清朝官場秘聞

《春冰室野乘》《諫書稀庵筆記》合刊

李岳瑞、陳恒慶 原著
蔡登山 主編

【導讀】清朝官場祕聞：談《春冰室野乘》及《諫書稀庵筆記》

蔡登山

晚清一直到民國初年，可說是中國未曾有之大變局。尤其是當時社會已經出現了中西雜陳、新舊並存等等現象。加上報業興起，許多文人將這些秘辛異聞，刊之報刊。就如同學者來新夏所言：「奇聞異說，層出不窮：或涉宮闈祕聞，或為里巷瑣議，或政海宦潮之波濤起伏，或文士騷客之綺聞雅趣，或世風民習之乖迕雜錯，大都皆可於諸家筆記中得其鱗爪片羽。若排比綴輯，時可見人事之概略與大要，大之為清代及民國史事拾遺補闕，小之亦可資瓜棚燈下笑語談助。」主要是這批作者的來歷非同小可，「多為廣聞能文之士，或曾為大府僚佐，參與密勿；或交遊廣泛，熟知風雲詭譎；或徜徉市井，采風聽歌，洞曉民風；而於迷信怪誕之異端又多具辨識之能力，故羼雜寫錄者蓋少，此又民國筆記之多勝前代而獨具特色者。」

而李岳瑞的《春冰室野乘》和陳恒慶的《諫書稀庵筆記》（又名《歸里清譚》）兩書，可說在民國初年出版時即洛陽紙貴，贏得時人多所讚譽，影響頗大。以其能補正史之不足及闕漏者，至於文字之優美，又為餘事耳。今乃重新點校出版，希有裨於喜讀晚清史料者。

李岳瑞（一八六二—一九二七），字孟符，號春冰，別號春冰室主。陝西咸陽庇李村人。父親李寅為翰林院編修，學識過人，有志經世。外祖父劉湘甫（樹森）則為咸豐朝名士。李岳瑞自幼聰敏，十歲時由其父請劉光蕡（古愚）來家教授。其家本為富紳，多有藏書，故其童年，即博覽群書，下筆浩浩如潮海。十六歲時父親去世。後從其師就讀於三原。光緒八年（一八八二）鄉試中式，時年二十歲。次年成進士，改庶吉士，授工部主事，遷屯田員外郎兼充總理各國事務衙門章京，辦鐵路礦務事。

李岳瑞年輕時飽讀經史，略通天文、地理和數學，時常留心國內外大事。光緒十六年（一八九〇），他曾撰文主張中國擬練師船（即海軍），希望以此收回中國喪失的各項經濟權利，並借此保衛祖國的萬里海疆。他指出，面對西方列強的侵略，中國必須加強海防，而有效的辦法就是「師夷之長技以制夷」。這種向西方學習，以反抗外來侵略勢力的主張，無疑與魏源是一脈相承的。

光緒二十一年（一八九五），《馬關條約》簽訂後，李岳瑞以實際行動參與了「公車上書」，並起了重要的作用。他還把梁啟超介紹給了他的老師陝西維新派領袖劉光蕡。此後，劉、梁二人多次通信，互相切磋，交流思想，使得康、梁的維新思想對陝西的維新活動產生了重大影響。光緒二十二年（一八九六），維新派黃遵憲、汪康年等人在上海創辦了《時務報》。該報大力宣傳維新派的變法主張，鼓吹救亡圖存。李岳瑞在北京主動承擔了為《時務報》募收捐款的工作，並積極協助報館推銷報紙，為宣傳維新變法做出了重要貢獻。

光緒二十四年（戊戌）夏，光緒皇帝接受變法主張，在戊戌變法中，李岳瑞積極參與變法活動，他常常利用自己在總理衙門擔任章京一職的便利條件，把有關變法的機密情報透露給在天津辦《國聞報》的嚴復，藉以傳播維新派的各項主張和活動情況，擴大對維新變法的宣傳。在變法期間，李岳瑞始終與康有為、梁啟超等保持極為密切的聯繫，時常往來於光緒皇帝與維新志士之間，成為兩者的聯繫管道外，還積極條陳新政事宜，直接參與變法維新。他曾向光緒皇帝上奏，請求廢除三跪九叩等繁文縟節，裁汰各官僚機構中的冗官冗員，撤除或合併翰林院、詹事府等閒散衙門，精簡中樞重疊的辦事機構。還奏請「易服制」，即建議以西服取代長袍馬褂。光緒皇帝看到此一奏章後，肯定了他的建議，並準備祕密派遣中國使臣到西方國家購買五百襲西服。當時慈禧太后得知後，氣得拍案大罵：「小子以天下為玩弄，老婦無死所矣！」頑固派聞訊，紛紛咒罵他是「漢奸」，說他企圖「用夷變夏」，斥責他違背祖宗成法。

當李岳瑞得知后黨頑固派調兵遣將、準備扼殺維新變法的消息時，急忙向康有為等人告警，示意他們注意防範。光緒二十四年八月初六（一八九八年九月二十一日），以慈禧太后為首的頑固勢力發動政變，光緒皇帝被幽禁，譚嗣同等六人被殺害，康有為、梁啟超逃亡日本，變法運動遭到失敗。李岳瑞聞知政變消息後，急忙通知宋伯魯和其他維新人士從京師逃走，自己則躲入義大利駐北京公使館避難。他身藏一盒鴉片，隨時準備在萬一被捕時吞服自盡。由於外國公使出面干預，李岳瑞得免殺身之禍，但八月二十三日（十月八日），清廷降旨：「李岳瑞，陝西省人，工部員外郎、總理衙門章京兼辦鐵路礦務事，上書請變服制、用客卿（指推舉維新人士），今革職，永不敘用。」李岳瑞隨即離京回籍，從此不問政事。

光緒三十一年（一九〇五），李岳瑞應張元濟邀請，前往上海，任商務印書館編輯，並曾與梁啟超合著《中國六大政治家》一書。辛亥革命後，李岳瑞受北京政府約請，赴京任清史館編修。一九二二年回到西安，名義上是陝西省府秘書長及督署秘書，充當陳樹藩顧問，實際上無所事事。由於政治上失意，晚年意志消沉，又染上了鴉片煙癮，故只是在家讀書，無甚建樹。一九二七年，李岳瑞因病去世。有《春冰室野乘》、《說元室筆乘》、《悔逸齋筆乘》及《評注國史讀本》行世。其中以《春冰室野乘》最為有名。此書原發表於宣統年間之《國風報》。宣統三年（一九一一）六月，由廣智書局單刊，一卷，書尾署「《春冰室野乘》卷一終」，此書至一九二九年，已再版六次，可見風行一時之盛況。

《春冰室野乘》是李岳瑞最負盛名的掌故著作，其所記之事，屢為民國年間史書及筆記所徵引，他是以史家筆法來撰寫筆記的，其述事之精鍊，評語之精當，可謂此中之翹楚。全書凡一百四十三則，記事廣泛，大致可分為三類：一、宮廷內幕、官場百態；二、文人軼事，藝林佳話；三、風情世態、俠客行蹤。其中述及宮廷祕聞內幕，資料性及可讀性都是很強的。如他居然找到當年審訊和珅的供詞，提供我們一手的資料。他說：「宣統庚戌秋，北遊京師，從友人某樞密處，獲睹嘉慶初故相和珅供詞。用奏摺楷書，猶是進呈舊物。惜僅存四紙，不過全案中千百之一。其訊與供亦多不相應，蓋又非一日事矣。尋而存之，以見當時獄事之梗概。」

而道光之所以能夠取得皇位，據說和他的神勇是分不開的，特別是在林清之變中，更是給嘉慶帝留下了深刻的印象。《春冰室野乘》上卷裡說，道光八歲的時候，就跟著爺爺乾隆帝去木蘭圍場打獵。一行人走到張家灣的時候，乾隆帝命令各王比試射箭，小道光則待在旁邊觀看，等各王射完後，他也躍躍欲試，拿了把特製的小弓箭射了幾下，結果還真射中了二箭。乾隆帝看後大樂，撫摸著小道光的頭說：「乖寶貝，你要是能連中三矢，我就賞給你黃馬褂穿。」小道光隨後再接再厲，還真就射中了第三箭，於是他便跪上前討賞，乾隆帝問他想要什麼，小道光既不說話也不起來。乾隆帝大笑，說：「好了，我知道了。」於是命侍臣立刻取黃馬褂來，手下的人看只有成人的黃馬褂，倉卒間找不到小號的，只好給他一件大的黃馬褂套上。由於衣服實在太長太大，小道光穿上後都沒法走路，最後只好由侍衛抱了回去。

又據《春冰室野乘》記載，有一天，道光帝突然想吃「片兒湯」，這是一種最普通的民間麵食，於是派太監去御膳房傳旨，不料廚師卻以「不會做」一口回絕。道光帝沒吃上片兒湯並沒當回事兒，不料第二天早上，內務府大臣求見，說有重要事情請示，道光帝召見詢問，原來是內務府奏請增設專製「片兒湯膳房」一所，提出了近萬兩白銀的開辦費。道光帝說，民間一碗片兒湯不過四十文制錢，讓太監去買就是了，何必增設專門的膳房。

內務府大臣由皇帝的親信擔任，他們常常上下其手趁機漁利。《春冰室野乘》還說，有一天早朝完畢，乾隆隨口問了大臣汪由敦一句：「你天還沒亮就趕著上朝，在家裡吃過早點沒有？」汪由敦回答說吃過。皇上問他吃了什麼。汪由敦回答說：「我家裡窮，每天早餐只吃四個雞蛋。」乾隆聽了大吃一驚說：「雞蛋一個需要十兩銀子呢，四個就是四十兩銀子，我都不敢這麼隨便吃，你一頓早餐就吃四個雞蛋，還敢說自己窮？」汪由敦當然知道是怎麼回事，只好應付說：「外面市上賣的雞蛋都是破了殼的，是不能給皇上吃的，所以比較便宜，我買的就是這種雞蛋，一個只要幾文錢。」汪由敦敷衍皇上，那是因為他知道有些話是不該他說的。皇上的膳食歸內務府管，內務府的事是皇上家裡的私事，也只有皇上能管，其他人是沒有資格多嘴的，所以他只好敷衍皇上。不過，一個雞蛋市面上不過是幾文錢，而內務府報給皇上的價錢居然是十兩銀子，這也未免太離譜了。

「楊乃武小白菜冤案」是所謂「清末四大奇案」之一。近人日記、筆記中很多都談到了此案，如《翁同龢日記》、《清代野記》等，《春冰室野乘》也有記載。當然後來黃濬所著《花隨人聖庵摭憶》一書更廣為蒐羅公私記錄，並有考辨，楊案真相灼然可見。而歷史小說家高陽更寫成長篇歷史小說《楊乃武與小白菜》，而後更拍成電視連續劇，一時間家喻戶曉。「楊乃武與小白菜案」發生在晚清同治末年到光緒初年之間，但其實此案終結後不久還發生過一樁「王樹汶案」，該案除了沒有男女情事外，其案情發展的紛繁複雜和罹案者的冤深似海，都比「楊乃武與小白菜案」，有過之而無不及。《春冰室野乘》中有專門記述了該案的大概始末，讀來很是令人驚心動魄。「王樹汶案」與「楊乃武與小白菜案」的共同之點在於案件發展的一波三折、紛繁複雜完全是由官員們的枉法造成的。那些參與審案的各級官員並非對案情沒有疑問，許多人甚至明知案情有冤，但有的收受賄賂，有的一心考慮自己的官位仕途，因而一個個成了加害無辜的幫兇，加上那種行政、司法集於一身的體制，就使不良官員能夠為所欲為。

在電視劇《雍正王朝》中，鄔思道是康熙皇四子（後來是雍正皇帝）身邊那位不動聲色、盡算先機的極有分量的人，腿瘸，走路拄拐棍，被皇四子尊稱為「鄔先生」。他在康熙三十六年曾以舉人身分參加應天府會試，期間率領五百考生大鬧貢院，觸犯國法，被康熙鎮壓收容了十多年，幸蒙皇四子相救，最後成為其府邸高級幕僚，潛心參謀政務十年。他雖未像諸葛孔明那樣羽扇綸巾，但卻有足不出戶便洞明天下事態、人心善惡之智，僅憑風聲耳報就能洞穿錯綜複雜的朝野局勢，建言獻策，一語中的，在皇四子走向雍正皇帝的坎坷道路上竭忠盡智，居功至偉。大功告成後又不貪戀富貴榮華，急流勇退，半隱江湖，既有散仙逍遙自在之樂，又無達官遭疑召禍之憂，常在國家危難之時挺身而出，挽狂瀾於既倒，神龍現首，點到即退。其超人才智不亞於春秋范蠡、漢代張良、東方朔、明朝劉伯溫。

《春冰室野乘》裡記載，鄔思道自幼好讀書，科舉不得意，當時的巡撫田文鏡慕名聘請鄔先生入幕，承辦一件棘手的案件。盛名之下，果然與眾不同，案子上報北京刑部順利通過。這樣漸漸取得田文鏡的信任。一日，鄔先生對田文鏡說：「君願為名督撫，抑或庸碌督撫。」田文鏡答，當然想做名督撫了。鄔先生就說，「既然你想做名督撫，就得聽任我替你辦一件事，此事你卻不可掣肘。」田文鏡就問是什麼事，鄔先生就說：「我替你準備了一篇上皇上的奏章，如果這道奏章送上去，君的大業便可成。只是此奏章內容你一字也不能看，不知你能不能信任我」。田文鏡與鄔先生相處了一段較長的時間，深知鄔先生有膽有謀，於是慨然答應了。原來這篇奏章的內容是彈劾隆科多的，隆科多是雍正的娘舅，官居大學士，隆科多倚擁戴之功，常做越禮違法之事，雍正這時已對他非常厭惡，正想清除他而苦於無從下手，因滿朝文武雖知隆科多不法，但懾於其權勢，無人敢揭發。鄔先生摸透了雍正的心理，所以敢做這件別人不敢做的事。雍正看了奏摺，正求之不得，立即發交六部核議，辦了隆科多的罪。從此，雍正對田文鏡寵遇日隆，而鄔先生也聲名遠播了。鄔思道為田文鏡府幕，聲名日重，後來連雍正都知道了。有次田文鏡上一道請安的摺子，雍正批道：「朕安，鄔先生安否？」田文鏡死後（雍正十年），各地督撫紛紛以重金聘請鄔師爺，可這位鄔師爺卻失踪了。後來有人在北京看見他，原來他已入宮替雍正皇帝辦事了。

在晚清人物中，若以才識之卓越、仕途之坎坷、死事之壯烈而言，當推張蔭桓。張蔭桓（一八三七－一九〇〇）。字樵野，廣東南海人。對於他，人們眾說紛紜，但都承認他是個天分很高的人。首先他文才出眾。他出使多年，不僅漢語出色，英語水準也相當優秀。曾在他手下做事的李岳瑞在《春冰室野乘》中說「駢散文皆能卓然成家，餘力作畫，亦超逸絕塵，真奇才也」。學術大師錢鍾書也說：「張蔭桓的詩和駢文，都不愧名家。」其次是放眼世界的觀念。張蔭桓從年輕時開始研究洋務，遍遊南北美洲和歐洲各國。回國後他聘請美國人林餘等編譯《西學富強叢書》二百餘卷，詳細介紹西方數學、化學、天學、地學、礦冶工程、兵學、史學、法學等西方科學知識。這不是一個普通的清朝官吏所為，而是瞭解外部世界，開啟民智，振興國家的大手筆，有著卓越的貢獻。戊戌變法失敗，慈禧重行垂簾，大拏新黨的當口，張蔭桓以「莫名所以」的罪名，流放新疆。兩年後，庚子拳匪之亂，卻又被矯詔（或者是密詔）處死。朝旨不宣其罪而亂命殺人，且戮之唯恐不速。其獲何罪，需斷首新疆，史書中似乎找不出確切的原因。從流放導致處死，在滿清三百餘年的歷史上都是罕見的一例。

陶無夢〈詠佛照樓〉詩云：「天半燈搖紫電流，玲瓏殿閣仿歐洲。卻因西人一炬火，化出繁華佛照樓。」此詩載於《春冰室野乘》，詩下注云：「佛照樓即儀鑾殿舊址。殿毀於庚子之亂，回鑾後重修，費帑五百餘萬，改用西式，賜名佛照樓。」庚子之亂，清政府賠付列強軍費四萬五千萬兩白銀，國庫空虛，百業凋敝，老佛爺卻興致不減，「費帑五百餘萬」，興建了玲瓏殿閣佛照樓！雖然「五百餘萬」這個數字不無誇張的成份，但所費不菲，定然無疑。老佛爺這樣做也許是在爭臉面吧，你們不是燒了嗎？瞧瞧，又建起來了，不但建起來了，而且還是西式的呢，你們洋鬼子糟蹋了我的寢宮，我就建一座西式的也來嘗嘗鮮！嗚呼，陶無夢「繁華」二字，令人傷心！

陳恒慶（一八四四—一九二〇），字子久，山東濰縣人。祖父陳官賢嘉慶二十一年（一八一六）丙子科舉人，任館陶縣教諭，署臨清學正。父介侯，咸豐元年（一八一五）恩科舉人，任濱州訓導。陳恒慶清同治十二年中舉，光緒十二年進士，在京都工部任都水司主事、營繕司員外郎、屯田司郎中，升兵科給事中，掌河南道監察御史等，後外放任錦州知府，宣統二年辭官歸里。

由於祖父、父親、長兄都曾在魯西北的館陶、臨清、惠民、濱州等地主教多年，陳恒慶自己也有在館陶、德州、陵縣十多年的教官生活，這即養成了他與魯西人民長期難以了斷的情愫。而後在光緒十八年，黃河決口，武定、濱州一帶，被淹沒大半，幾成澤國。時在武定主教的陳恒慶的長兄孚慶，心如火焚。他連忙給已在京都工部任職的弟弟恒慶寫信。陳恒慶見信十分著急，火速聯絡在京的山東同鄉，上疏請奏得旨，撥去賑災款數萬兩，全活的當地老百姓，不可以數計。

陳恒慶中進士後，有較長時期在工部做官，他自己說，「廁身朝列後，日日與磚為緣，十有五年」，由於處事謹慎、幹練，歷任尚書、侍郎都非常倚重他，諸如皇帝大婚、太后萬壽、修葺宮殿、城垣、河工等與工部有關的大事，大都委派他辦理。在後來升任監察御史，巡視中城時，陳恒慶對所管轄的京都梨園、茶寮、妓院等當時所謂「下民」，也多行德政。例如，當時的戲園子最怕因鬧事引發官司而被封門。一旦封門，門前冷落車馬稀，不僅是開戲園子的、唱戲的、連那些送戲單的、賣茶水的、打手巾把的所有靠戲園子吃飯的窮人，都因此而斷了生計。等到官司了結，申請開門，又要遭受官府惡吏的盤剝、勒索。陳恒慶有鑒於此，在判案處理時，只處罰有關當事人而決不給戲園子封門。

陳恒慶在京都做官二十多年，官職四品，由於身在皇帝跟前當差，他有機會結識諸如親王、軍機大臣、相國、尚書等達官顯貴，也時常與部曹、書吏、經承、買辦等官場的中、下層人物有交結。在巡視京都察訪辦案時，也認識了京都的一些屬於「下九流」中的人物，了解京城的茶寮、妓院、戲園子裏等草民的生活。因為他經多見廣，能洞察晚清的朝政積弊、制度陋習、官場腐敗。對於清政府歧視漢人的制度感受尤深。

陳恒慶在京時，先是中日甲午之戰，清廷喪權辱國。又親身經歷了庚子義和拳之亂、八國聯軍侵占京都的幕幕驚險。那時，他身在槍林彈雨之中，住所靠近什襲庫法國教堂，親眼目睹了昏聵無能的滿清大學士啟秀，面對洋人的長槍利炮，卻獻策於端王、莊王，令義和拳及虎神營兵在五臺山大和尚率領下，口念神咒，指令縱火，白白送死在洋人槍下。而後東華門失陷，慈禧太后連煮熟了雞蛋也來不及吃，與皇帝倉皇出逃。當時陳恒慶和家人也被迫躲到北城去了。

光緒三十四年，陳恒慶被外放任錦州知府，雖然當時在東三省主政的徐世昌十分重用他，委任他代理巡警道事，並兼辦全省墾務。但是，當時的滿清王朝，已經到了內憂外患，難以收拾的地步。陳恒慶謝絕上峰和民眾的再三挽留，毅然辭官歸里。宣統二年，陳恒慶回到了濰縣後，空閒時間就與好友、親朋在十笏園裏飲酒、作詩。在閒暇時舞文弄墨，將他所見所聞，寫了下來，於民國六年成書。名之曰《諫書稀庵筆記》。

《諫書稀庵筆記》共有短文一百六十五篇，其涉獵內容十分廣泛。這些文章中，有反映滿清末年國內發生的重大事件的。如：捻軍北上、義和拳排外、八國聯軍侵犯京都、辛亥革命、中華革命軍東北軍占領濰縣城、張勳復辟等等。有通過描寫王公大臣、部曹、書吏等人的私生活，揭示晚清朝政昏庸、官吏貪腐的；有記敘家鄉山東，特別是濰縣的經濟資源、鄉土、風俗、名人軼事，讚揚那些潔己奉公、立言有體、鞠躬盡瘁、存心無私的名宦、鄉賢、高師、大儒的。也有記敘京都所謂「下九流」人物的。如《賽金花》、《大老闆（程長庚）》等等，還有反映他晚年思想情懷的，這位曾以對聯「八載退隱抱赤子，十年進士如白丁」釋懷的晚清逸民，從《筆記》的若干文章中透露出，在經歷了辛亥革命的洗禮後，他也擁護五族共和、讚成男女平等、解放婦女，興辦平民教育，其思想逐步開明起來了。其在身後留下的《諫書稀庵筆記》，也為後人認識和研究晚清社會及地方鄉土文化，提供了許多有價值的文史資料。

陳恒慶《諫書稀庵筆記》中，有不少篇章，記敘了家鄉名士的一些逸聞趣事，其中，有些細節是在地方誌書中鮮見的。其中〈王五先生〉一文中說，王五先生原名王延，因在鄉試放榜時，寫榜書吏，把卷首經歷年若干歲的「年」連上「延」字，所以就改名延年了。王五先生收徒弟，進門先看拜門人的八字，對八字有利於科名者，才收受其學禮。但是，八字不盡可憑，陳恒慶的外祖父郎疄，當年要求到王五先生門下受業，因其八字不合格，拒收為徒。郎疄回家閉門苦讀，結果，郎疄與他弟弟郎昀在道光九年（一八二九）己丑科同登進士。

陳恒慶在中舉前，曾在煙臺東海關道當過幾年幕賓。當時他風華正茂，經常在山東半島沿海一帶跑來跑去，見證了大海的無限風光。飽嘗了芝罘島、煙臺、萊州灣以及家鄉濰縣沿海應季節而上的美味海鮮；目睹了漁民釣捕鯊魚、下海取參、拉大網捕撈嘉鯕魚、黃花魚的辛苦；看到了海邊潮上大魚來遠近村民前來搶食魚肉、用魚骨作屋樑並製作海秋角、假珊瑚、假象牙，還有海洋裏種種奇物怪事。這位年未及冠，已遍讀過《十三經》的少年，時常帶著自己所見所聞做學問。他翻遍古籍也沒有找到有關魚翅和海參的記載，有時，興致來了，他會給每一種知道名字的魚，都一一寫成詩句。他更愛動腦筋思考，比如，在濰縣沿海，為什麼難以捕撈到像煙臺海上那麼大的巴魚？還有，漁民出海最怕颶風突來，逃避不及，船沉人死，他曾不止一次看見，芝罘島上漁民，穿孝衣在海灘上哭泣。但是，為什麼漁民的長輩死於大海捕撈，而其後代子孫，仍然要繼承祖業呢？

掌故名家徐一士的《近代筆記過眼錄》，介紹晚清民初十一種筆記，當中有三種名為「筆記」者，以陳恒慶《諫書稀庵筆記》最為豐富精彩，徐一士用類似陳振孫評《老學庵筆記》的口吻贊之曰：「多可觀，有價值之筆記也。」洵為知言。

總目

春冰室野乘

李岳瑞　著

目次

卷上

卷中

卷下

卷上

揀魔辨異錄

《揀魔辨異錄》一書，世宗憲皇帝御製，以闢天童僧法藏弘忍師徒之邪說者也。簡端列諭旨一道，計四千一百餘言，略謂：

佛道以指悟自心為本，利人接物，直達心原。外道魔道，亦具有知見，因誤認佛性，謗毀戒行，故謂之魔。朕覽密雲《悟天隱修語錄》，其言句機用，單提向上，直指人心，乃契西來的意，得曹溪正脈。及見密雲之徒法藏所言，全迷本性，無知妄語，不但不知佛法本旨，即其本師悟處，全未窺見。其嗣宏忍，復有《五宗救》一書，造孽無窮。今其魔子魔孫，至於不坐香，不結制，甚至飲酒食肉，毀戒破律，唯以吟詩作文，媚悅士大夫。若不翦除，則諸佛法眼，眾生慧命，所關非細。朕既深悉禪宗之旨，豫識將來魔孽之深，不他摒斥，魔法何時消滅？著將藏內所有藏、忍語錄，並《五宗原》、《五宗救》等書，盡行毀板，僧徒不許私自收藏，有違旨隱匿者，發覺以不敬律論。另將《五宗救》等書，逐條駁正（案即此書）刻入藏內，使後世知其魔異，不起他疑。天童密雲悟派下法藏一支，所有徒眾，著直省督撫，詳細查明，盡削去支派，永不許復入祖庭。果能於他方參學，得正知見，另嗣它宗，方許秉佛。諭到之日，天下祖庭，係法藏子孫開堂者，即撤鐘板，不許說法。地方官即擇天童下別支，承接方丈。朕但斥除魔外，與常住原自無涉，與十方參學人更無涉，地方官勿誤會朕意。凡常住內一草一木，不得動搖，參學之徒，不得驚擾，奉行不善，即以違旨論。如伊門下僧徒，固守魔說，不肯心悅誠服者，著來見朕，朕自以佛法，與之較量。如果見過於朕，所論尤高，朕即收回原旨，仍立三峰宗派。如伎倆已窮，負固不服，以世法哀求者，則朕以世法從重治罪云云。

此旨既出，當時督撫，非皆諳習佛法之人，不知如何遵旨辦理。書凡八卷，每條先以小字，低一格錄宏忍原書於前，而以大字頂格，書聖制於後，與駁呂留良《四書講義》體例相同。特彼書為儒臣奉敕編纂，此書則一字一句，悉出聖裁耳（按藏忍之書，既入釋藏，其人必非國朝人，但未知其生當何代，當質諸精通內學者）。

書中第六卷有一條涉及儒書，因辨《史記》記孔子事之不可信，恭錄於此，以見大聖人讀書論世之精識。略云：

> 《論語》言孔子在陳絕糧，不言陳發卒徒圍孔子也。孟子曰：「孔子之厄於陳蔡之間，無上下之交也。」孟子何為有此言哉？蓋當時即有陳蔡發兵之說，而孟子辨之，謂陳蔡君臣皆與孔子無交，是以適有絕糧之厄，而非有兵戎之患云爾。歷來轉以《史記》釋《孟子》，而《孟子》之意遂不顯。按《史記》所載，吳伐陳，楚救之，軍於城父，知孔子在陳蔡間，使人召之。陳蔡之大夫相謂曰：「孔子賢者，其刺譏皆中侯王之疾，恐至楚而發我陰私。」遂相與發卒徒圍孔子，絕糧三日。孔子使子貢告於楚，昭王發兵迎孔子，圍乃解。此其為子虛烏有無疑。是時

陳蔡安敢構怨於楚，且吳伐陳而楚救之，楚迎孔子而陳轉圍之，陳君臣雖至愚劣，安敢當一大國伐我之時，更得罪救我之大國耶？楚使者與孔子俱，陳其並圍之耶，抑解圍一角而出之耶？楚王聞之，有不即發兵迎孔子，而必待子貢之來告耶？從者皆病莫能興，子貢獨能潰圍而出耶？此事之必無者也。且所記孔子告子貢、顏淵曰：「匪兕匪虎，率彼曠野，吾道非耶，何以至此？」子貢曰：「夫子之道大，故天下莫能容，盍少貶焉？」顏淵曰：「不容何病？不容然後見夫子。」夫顏淵、子貢之賢，豈得謬戾至此？君子當患難，省躬克己，則有之矣，安得有忽思改弦易操之理？且道大則於人無所不容，而亦無惡於天下，豈有以道大而轉致天下莫能容之事？如果至不容於天下，則必於己實有不韙，天下國家，豈有皆非之理？安得漫然曰不容何病，不容然後見夫子？豈聖賢戒慎恐懼之心哉？且孔子於子貢之勸以少貶，則怒而嗤之；於顏淵之言不容何病，則悅而受之。天下有如是好諛之聖人乎？且曰：「回也使爾多財，我為爾宰。」於絕糧三日之時，因一語投機，忽欲為弟子主掌家財，尤可謂無謂之極矣。此又理之所必無者也。然則《史記》之言，好事者為之也。

雍乾遺事（二則）

一、

昔客京師，聞諸故老：世宗、高宗皆好微行，故閭井疾苦無不周知。雍正時，內閣供事有藍某者，富陽人，在閣當差頗勤慎，雍正六年元夕，同事者皆歸家，藍獨留閣中，對月獨酌，忽來一偉丈夫，冠服甚麗。藍疑為內廷直宿官，急起迎，奉觴致敬。其人欣然就坐，問：「君何官？曰：非官，供事耳。問：何姓名。具以對。問何職掌，曰：收發文牘。問同事若干人，曰：四十餘人。問皆安往，曰：今日令節，皆假歸矣。問君何獨留，曰：朝廷公事綦重，若人人自便，萬一事起意外，咎將誰歸。問：當此差有好處否？曰：將來差滿，冀注選一小官。問：小官樂乎？曰：若運好，選廣東一河泊所官，則大樂矣。問：河泊所官何以獨樂，曰：以其近海，舟楫往來，多有饋送耳。其人笑頷之。又飲數杯別去。明日上視朝，召諸大臣問曰：廣東有河泊所官乎？曰：有。曰：可以內閣供事藍某補授是缺。諸大臣領旨出，方共駭詫間，一內監密日昨夜上微行事，乃共往內閣宣旨。藍聞命咋舌久之，後官至郡守。

二、

常州人楊瑞蓮者，梁文莊詩正之戚也，依文莊京師。楊工篆隸書，會乾隆中開西清古鑒官，文莊因送楊館中，充寫官。直八月十三日午後，一偉人科頭白袷，徐步而至。楊不知誰何，漫揖之就坐。其人問館中人皆何往？曰：悉入闈鄉試矣。問君胡獨不往？曰：恐內廷不時有傳寫事件，故留此耳。遂問姓名、籍貫，楊具以對。索觀所為書，極稱賞。忽數內侍聞聲尋至，方知是上。亟蒲伏叩頭，上笑頷之而去。次日，語文莊曰：汝戚楊瑞蓮，人甚誠實，篆隸亦佳，不得預試，殊可惜，可賞給舉人。文莊頓首謝。楊後以修書勞績，議敘選湘潭令，頗自貴其書，嘗忤撫軍意，被劾，上曰：楊瑞蓮老實人，朕所深知，所參不准，擲還原奏。後洊升知州，乃謝病歸。

乾隆宮禁遺事（三則）

一、

乾隆一朝，每歲暮，祀灶於坤寧宮，室中正炕上，設鼓板。皇后先至，上駕繼到，坐炕上，自擊鼓板，唱〈訪賢〉一曲，執事官鵠立環聽。唱畢，送神，上起還宮。六十年中，無歲不然，至嘉慶時始罷。

二、

圓明園福海之東，有同樂園，每歲賜內廷諸臣聽劇於此。高廟時每至新歲，特於園中設買賣街，凡古玩估衣，以及酒肆茶爐，無所不備，甚至攜小筐售瓜子者，亦備焉。開店者俱以內監為之。古玩等器，皆先期由崇文門監督，於外城各店肆中，採擇交入，言明價直，具於冊，賣去者給值，存留者歸其原物。各大臣入園遊覽，皆競相購買，或集酒館飯肆哺啜，與在外等。肆中走堂傭保，皆挑取外城各肆之聲音宏亮，口齒伶俐者充之。每駕過肆門，則走堂者呼菜，店小二報帳，司帳者核算，眾音雜遝，紛然並作。上每顧而解頤，至燕九日始輟。嘉慶四年，高廟上賓，此例遂停。

三、

高宗幼女和孝固倫公主，下嫁和珅子丰紳殷德。未嫁時，主常呼和相為丈人。一日，上攜主遊買賣街，和時入直，在焉。售估衣者有大紅呢夾衣一領，主悅之。上因語主曰：「可向汝丈人索之。」和亟以二十八金買而進之。主呼和為丈人，未知其故。主少時好衣冠作男子狀，或因戲為此稱耶？

乾隆朝萬壽慶典之盛（二則）

一、

乾隆十六年十一月二十五日，為孝憲聖皇后萬壽，由西華門至西直門外之高粱橋，經棚劇場，相屬於道。各省供奉，皆窮極工巧，而尤以粵鄂浙三省為最巨麗。粵之翡翠亭，高三丈餘，廣可二丈，悉以孔雀尾為之。鄂之黃鶴樓，形制悉仿武昌，唯稍小耳。最奇者，重樓三成，千門萬戶，不用一土一木，唯以五色玻璃瓦砌成，日光照之，輝映數里。浙之鏡湖亭，以大圓鏡，徑可二丈許，嵌諸藻井之上，而四圍以小圓鏡數萬，鱗砌成牆垣，人入其中，一身可化百億，真奇觀也。當時街衢中，惟聽婦女乘輿，官吏士民皆騎馬往來，不得乘車轎，慮擁擠也。熙來攘往，太和翔洽之盛，安得復睹於今日哉？

二、

嘗聞諸故老，同宗純皇帝八旬萬壽時，福文襄為兩廣總督，其進奉之物，係小楠木匣一枚。啟之，則一小屋，屋內中置屏風，屏風前一几，几上列筆床硯匣數事。有機藏几下，捩之，則一西洋少女，高可尺許，自屏右出，徐徐拂几上塵，注水於硯，出墨磨之。墨既成，又從架上取朱箋一幅，鋪之几上，即有一虯髯客，出自屏左，徑就几，搦管書「萬壽無疆」四字。書成，擲筆，仍返入屏後。女乃從容收去筆硯，仍置原處，始扃其戶而退。聞製此者，為院房一吏。製既成，文襄閱之，躊躇曰：「四字如能作『滿漢合璧』，則更佳矣。」吏跽而答曰：「可容歸而思之。」既歸，即高臥，至夕乃起。起輒以布一匹，緊纏其首，升屋瓦上，坐達旦。如是者三日夜，乃躍然曰：「得之矣。」略增機括數事，於是所書者，居然成滿漢文矣。文襄大喜，厚賚之。然其人腦力業已用盡，自此遂不能復記憶一事，平日巧思，皆烏有矣。此事傳者未免稍過，然詢之內府中人，知當時確有此事，特不如言者之甚耳。孰謂吾國人機巧遜晳種哉？或又云，文襄入都祝嘏，先期以此匣進呈現，內監索重賄，文襄靳之。監即正色曰：「機巧之物，非有知識，有來器愈精，則愈易破損。設書至『無』字，而機關忽滯，戛然中止，孰則執其咎者？」文襄無以難，竟被擯不得進御，此則更傳聞之誤。蓋文襄寵眷之隆，內監決不敢勒索重賄，即有要求，以文襄之豪侈，亦決不吝此戔戔也。？

宣宗沖齡神武

嘉慶癸酉林清之變，賊犯大內，宣宗方在智邸，讀書上書房。聞變，諸王貝勒皆倉皇奔避，宣宗獨親御鳥槍，連發斃二酋，賊錯愕不敢前，禁軍入，遂悉就擒。仁廟下詔褒異，加封智勇親王，遂定金匱緘名之局。人皆仰聖武之布昭，而不知智勇天錫，自髫齡時而已然也。乾隆五十四年，高宗木蘭秋獮，宣宗以諸皇孫隨扈，時聖齡才八歲。一日至張家灣行宮，上親率諸王校射，宣宗侍側，俟諸王射畢，亦御小弓矢，連發，中其二。上大喜，拊其頂曰：「兒能連中三矢，當以黃馬褂為賚。」果三中之。即置弓矢，跪上前，上問所欲，不對，亦不起。上大笑曰：「吾知之矣。」因命侍臣取黃褂衣之。倉卒間不得小者，即以成人之衣被之，乃謝恩起。而裾長拂地，不能行，乃命侍衛抱之以歸。御製詩集中，有詩紀其事。

德宗皇帝聖德恭紀（二則）

一、

德宗平生，最惡外洋機巧玩物，即鐘錶亦不肯多置左右。後來崇尚西法，純出於保國救民之念，而絕無喜新厭故之思，此質諸天地而無憾者。外間所傳，某侍郎每召見，必懷西人奇巧玩物數事以進，故聖眷最隆者，皆謠諑之蜚語耳。秀水沈淇泉太史（衛），甲午殿試前，補行覆試，不記何詩題，其結聯頌聖處，曰：「聖朝崇本務，奇技絀重洋。」閱卷大臣原定一等第十名，及進呈，上特以朱筆密圈，拔置第一人，觀此可以知先皇之儉德矣。

二、

政界之變相，始於光緒辛卯、壬辰間，此後遂如丸石走阪，不及平地不止矣。先是輦金鬻官者，必資望稍近，始敢為之。至是乃馳綱解弛，乳臭之子，汛掃之夫，但有兼金，儼然方面，群小之側目於先帝，亦至是而愈甚。四川鹽茶道玉銘者，都下木商，隸籍內務府，入資得同知職銜者也。其謝恩召見時，上詢爾向在何署當差，對曰，奴才向在〇〇（二字為木廠字號，記者忘之矣）。上不解，又問之，則曰：「皇上不知〇〇乎？〇〇者，西城第一大木廠也，奴才向充管事。」上哂曰：「然則木廠掌櫃耳，木廠生意甚好，何忽棄而作官？」對曰：「因聞四川鹽茶道之出息，比木廠更多數倍耳。」上是時已怒甚，然猶隱忍未發，復問：「爾能國語乎？」曰：「不能。」「能書漢文乎？」囁嚅良久，始對曰：「能。」上乃以紙筆擲地，令一太監引之出，於乾清宮階上，默寫履歷。待之良久，始覆命繳卷，僅有奴才玉銘某旗人數字，字大如茶杯，而脫落顛倒，不可辨識。甚者即玉銘兩字，亦復錯訛，不能成書。上始震怒，立命以同知歸部候選，而改授張元普為鹽茶道。張元普者，浙中老進士，官諫院多年，貧甚，京察已數屆，望一知府不可得，一旦獲此，真所謂始願不及者矣。玉銘既失官，復歸木廠。承辦醇賢親王祠廟大工，以乾沒鉅款，並勾通醇邸內監，盜邸中物，售諸西人使館。事覺，詔提督衙門逮捕。乃披剃為僧，遁入西山佛寺。先是有魯伯陽者，亦以夤緣得官蘇松太道。既抵江南，劉忠誠方督兩江，知其由來，固靳之，終不令到任。數月後，竟藉事劾去之，奉旨開缺。聞魯於此缺，先後運動費，耗去七十餘萬，竟未得一日履新任，因憤而入山，著道士服，不復出矣。京師人談此兩人事者，戲謂之一僧一道也。

德宗外交之大度

光緒乙未，朝鮮既稱帝號改元，明年遣使來聘，用敵國禮。廷議朝鮮吾舊藩，今夜郎自大如此，不如絕之。上曰：「我不能有而附於日，日既左右之，立國建元，稱帝號矣，固儼然鄰國也，此與東西諸國，寧有少殊乎？我不能拒絕東西諸國之使，奈何獨拒朝使？」遂令其覲見，而報以國書如常禮。上之豁達大度，黜虛文而崇實際類此。戊戌夏，聯日議起，始命黃京卿遵憲為出使大臣。故事實缺道員出使，皆以四品京堂候補。黃時官長寶道，獨以三品卿用，蓋重其事也。先期令總署恭撰國書，依故事擬草上，上閱之，殊不愜意。因於大日本國皇帝之上，御筆親加「同洲同種同文最親愛」九字。中間詞意，亦多所改定。書成，命王文勤及張樵野侍郎，奉詣日使館。與日使矢野文雄商榷，而密詔不令李文忠與知。蓋文忠仇日甚，不願聯日，而忌者又為蜚語以中之，故上怒遂不解也。未旬日而文忠出總署之命下矣。

曆書異聞

內廷進御之時憲書，與外間頒行者，其款式絕不相同。用白宣紙印朱絲闌，楷書繕寫，一頁僅十日，積三頁乃成一月。每日所有宜忌各事，皆屬國家大政，慶賞、刑威、朝會、遊幸之屬。姚伯昂先生《竹葉亭雜記》，嘗載其一條：高宗內禪後，已頒行嘉慶元年憲書。嗣仁宗面諭樞臣，命除民間通行專用嘉慶元年一種外，其內廷進御，及中外各衙門，與外藩各國頒朔，皆別刊乾隆六十一年之本，與嘉慶本並行，以彰孝敬之誠。自是兩本並行者歷四歲，至高宗升遐後始已。此見諸聖訓及《東華錄》諸書者也。

江右某學士，於光緒中葉，在琉璃廠肆一舊書攤上，購得順治三十年曆書一冊，亦係內廷進御之本。印官裝潢，色色精麗，且欽天監朱印，鮮明如新，決非可以偽為者。遍詢故老，竟莫明其故，今此本猶藏學士家中。

乾隆朝偽皇孫之獄

南宋劉僧遇（自稱欽宗皇子者），明末之王之明，皆在亂亡之餘，即西漢成方遂之獄，亦當戾園巫蠱之後，大獄甫解，人心未靖，乘機而起，圖遂奸私。從未有升平無事之時，忽起非常之疑獄者。

若國朝乾隆時，偽皇孫一案則真可異矣。乾隆五十五年春，純廟南巡回鑾，駐蹕涿洲，忽有僧人率一幼童接駕，云：係履端親王次子。王諱永珹，純皇帝第四子，其側室福晉王氏，王素鍾愛，有他側室產子以痘殤，邸中人皆言實為王氏所害。事曖昧無可究詰，上雖微聞之，然弗問也。至是乃以童子入都，命軍機大臣會鞫之。勵堂侍郎保成，時為軍機司員，察其偽，乃直前披童子頰曰：汝何處村童，為人所紿，乃敢為滅門事耶？童皇懼，自承樹村人，本劉姓，為僧人所教。獄上，斬僧於市，戍童子伊犁。後又於其地冒稱皇孫，為松相國筠所斬。保遂以是受知，不數年至卿貳。

明太祖御書墨蹟

華陰縣東華嶽廟，殿後萬壽閣，地勢絕高，登樓一望，可數百里。閣之後有一小樓，兔葵燕麥中，遊蹤罕至者。樓上供明太祖高皇帝御書〈夢遊西嶽文〉真跡，其文云：

猗，西嶽之高也哉！吾夢而往，去山近將百里，忽睹穿雲抵漢，岩崖燦爛而五光。正遙望間，不知其所以，俄而已升峰頂，略少俯視，見群巒疊嶂，拱護周迴，蒼松森森，遮岩映谷。朱崖突兀而凌空，其豺狼野鳥，黃猿狡兔，略不見其蹤，悄然潔淨，蕩蕩乎巒峰。吾將周遊嶽頂，忽白雀之來雙，驀異香之繚繞，管弦絲竹之聲，雜然而來。意試仰觀，見河漢之輝輝，星辰已布吾之左右。少時一神跽言曰：『慎哉，上帝咫尺。』既聽斯言，方知西獄之高，柱天之勢如此。于是乎誠惶誠恐，稽首頓首。再來瞻天，愈覺神殊氣爽，體健身輕。俄聞風生萬壑，雷吼諸峰。吾感天之造化，必民獲年豐，遂舉手加額，豁然而夢覺。嗚呼！朝乃作思，夜必多夢，吾夢華山，樂遊神境，豈不異哉？

此跡以墨筆書白油板壁上，作行楷書，字大如杯，書法雖不工，而有奇逸之氣，信非臣工所能代為。今尚完好如新，而棄置僻室中，華下人無知之者。貴築楊君壽彤，讀書嶽廟時，始尋得。惜地僻，無工攝影術者，傳其跡於世。

正音書院

人第知明太祖曾使人分赴閩廣，教習官音，而不知我朝亦有斯制。閩中諸州縣，從前皆有正音書院，即為士民學習官音之地。雍正六年，欽奉上諭：

凡官員有蒞民之責，其言語必使人人共曉，然後可以通達民情，熟悉地方事宜，辦理無誤。是以古者六書之訓，必使諧聲會意，嫻習言語，皆所以成遵道之風，著同文之盛也。朕每引見大小臣工，凡陳奏履歷之時，惟有閩廣兩省之人，仍系鄉音，不可通曉。夫伊等以現登仕籍之人，經赴部演禮之後，敷奏對揚，仍有不可通曉之語。則赴任他省，又安能宣讀訓諭，審斷詞訟，皆歷歷清楚，使小民共曉乎？官民上下，言語不通，必使胥吏從中代為傳遞，於是添設假借，百病叢生，而事理之貽誤者多矣。且此兩省之人，其言語既不可通曉，不但伊等歷任他省，不能深悉下民之情，即身為編氓，亦不能明悉官長之言。是上下之情，扞格不通，其為不便實甚。但語文自幼習成，驟難更改，故必徐加訓導。庶幾歷久可通。應令福建廣東兩省督撫，轉飭所屬府州縣，有司教官，遍為傳示，多方訓導，務使語言明白，使人易通，不得仍前習為鄉音。則伊等將來履歷奏對，可得詳明，而出仕地方，民情亦易達矣。

各處正音書院，蓋當時遵奏上諭所建，無如地方官悉視為不急之務，日久皆就頹廢。惟邵武郡城一所，至嘉道時尚存，然亦改課時文，無有知其建設之意者矣。今朝廷方謀統一全國語言，先朝祖制，自不可數典而忘，故亟著之，以餉今之言憲政者。

福八

明弘光帝小名福八，宮中妃嬪，嘗教鸚鵡呼之，以為謔劇。沈士柱宮詞所云「鸚鵡金籠喚御名」

者是也。見黃梨洲《思舊錄》。

明故太子之異聞

弘光南渡時，王之明一案卒召亡國之禍，人皆知之，而不知前此北都已有故太子出見之事。錢軹《甲申傳信錄》載其事頗詳，而他書不少概見，爰亟錄之。

順治元年十一月，忽有一男子，隨一內侍，投故嘉定伯周奎府中，自稱故明太子。奎侄鐸引與長平公主相見，抱頭痛哭。奎飯之，舉家行君臣禮。太子言城陷之日，獨出匿東廠門一日夜。潛出至東華門，投豆腐店中，店小兒易予以敝衣，居五日，送至崇文門外一尼庵。留居半月，而內侍來，遂攜歸其家，藏諸密室。今聞公主在，故來。傍晚哭別而去，數日復至。公主贈一錦袍，密戒云：「慎勿再至。」十九日又至。奎留宿，語之曰：「太子自詭姓劉，為書生，庶可免禍，否即向官府究論。」太子不從，逐之門外，遂以犯夜被擒。刑部山東司主事錢鳳覽勘其事，訊內侍舊臣，共言此真太子。舊司禮監王德化，亦言其真，百姓觀者數千，皆應聲呼真太子。是日送入殿中，廷勘之，太子言宮中事，悉無訛。召故錦衣官嘗侍衛東宮者十人訊之，十人同聲對曰：「真也。」獨故晉王執以為非是，遂下太子及常侍內監錦衣十人於獄。鳳覽上疏力爭，略曰：「前太子危地也，何所覬覦而假之？」京師商民，各具疏請釋太子。又有宛平民楊時茂者，上疏請將茂身肉剁為泥，骨銼成粉，以贖太子。順天府民人楊博等，亦疏請留故太子以奉明祀。疏上悉留中，此案遂不知其究竟，然大略可睹矣。

此案罕見記載，即亭林、南雷兩先生，亦不知之，當時祕密，概可想見。

交泰殿大鐘（三則）

一、

嘗讀沈侍郎初《西清筆記》中一則云：

交泰殿大鐘，宮中咸以為準。殿三間，東間設刻漏，一座幾滿，日運水斛許貯其中。乾隆以來，久廢不用。西間則大鐘所在，高大如之，躡梯而上，啟鑰上弦，一月後始再啟之，數十年無少差，聲遠直達乾清門外，猶萬曆時舊制也。于文襄執政時，每聞鐘聲，必呼同直者曰：『表可上弦矣。』今久不聞此聲，問之內廷官吏，亦無知者。

二、

《西清筆記》又云：

內府有一鐘，下格有一銅人，長四五寸許，屈一足跽，前承以沙盤。鐘鳴時，銅人則一手執管，於盤中劃沙，作『天下太平』四字，鐘聲寂而書竟矣。聞亦利瑪竇初來時所製者。

三、

記此因憶劉繼莊獻廷《廣陽雜記》云：

江寧孝陵之側，為靈谷寺，古剎也。其大殿中懸古景陽鐘，鐘周界為二十有四卦，卦各懸一杵，清濁高下，各自為律，依時遞報。久聞者辨為何律，即知已至何時矣。

此則必非西人所作。然使不明聲化學者，又何以為之？吾國中數百年前，已有如是絕藝，而竟不獲傳，並其姓名而不可知，惜哉！又國初，閩中最多絕技，相傳有漳州孫細娘之小自鳴鐘，高僅一寸，而報時不差分毫。莆中姚朝士之測晷儀器，不拘北極高下，皆可得真晷刻。而其器悉不傳，並其名亦在若有若無間矣。

明太傅遺事

納蘭太傅明珠，為康熙時權相，卒以賄罷。而生平馭下極嚴，以故當政柄十餘年，而門客家奴，無敢為城狐社鼠之行者，其智計亦足多也。太傅既貴，乃廣置田產，分命諸奴僕主之，厚加賞賚，使人人充足，而嚴禁其干預外事。立主家長一人，綜理家務，諸奴有不法者，許主家長立斃杖下。即倖免而被逐，亦無他人敢容留者，曰：「伊於明府尚不能存，況他處乎？」故其下受而畏之，莫敢不奉法者。太傅雖罷黜，而後嗣奕世富豪，為滿洲世家冠。至裔孫成安，忤和相坐法，籍沒其所庋珍玩，有天府所無者。或有以此事證《紅樓夢》一書，為演太傅家事者，則誤矣。蓋成安籍歿時，距太傅執政，已及百年，其時代迴不合也。

徐健庵遺事

唐人通榜之法，士大夫公然行之，不以為疑。自糊名易書之制行，此等事遂不概見。徐健庵尚書貴盛時，其中表楊某者，官翰林。一日，徐屏人語之曰：「欲主順天鄉試乎？」楊唯唯。健庵又曰：「若是則吾有一名單，君入場，當留心物色之。」未幾順天考官詔下，楊果得正主考。方摒擋入闈，健庵使其僕持一緘至，啟視，則名單一紙累累數十人，下悉注關節字句，皆當時名士也。楊入闈，悉如其指，榜發，都下大嘩。言官以其事上聞，聖祖降旨，定期親訊。楊窘甚，求救於健庵，健庵從容慰之曰：「子歸，毋恐，獄行解矣。」楊惘惘歸，恐懼猶未釋，已而竟無事。後始知有一近臣面奏，言國初以高官厚祿羈縻漢兒，猶拒而不受，今一舉人之微，乃至輸金錢通關節以求之，可見漢兒謂皆已歸心朝廷，天下從此太平矣，敢為皇上賀。」聖祖聞奏，為之解頤，故竟寢其事不究。然此人亦健庵所使也。

郭華野遺事

郭華野總憲琇，康熙中，由江南縣令行取御史。其劾明太傅珠一疏，至今為人傳誦。聞其上疏時，適直太傅誕日，賀客滿堂。郭公既遞封事，出朝，即命駕之太傅宅求見。蓋自行取入都，未嘗一履時宰門。太傅聞其來，則大喜不啻王毛仲之得宋璟也。急延之入。眾愕然，胥謂此老崛強，何忽貶節若此？郭公入，長揖不拜，而數引其袖，若有所陳。太傅益喜曰：「侍御亦有詩章相藻飾乎？」公正色曰：「非也，彈章耳。」因出疏草以進。太傅受讀未畢，公徐徐長揖曰：「郭琇無禮，應罰。」自飲一巨觥，趨而出。有頃太傅聽勘之旨下矣。嗟夫！使華野生於今日，亦不過追隨二霖後，款段出都門耳。大傅雖以好貨聞，然其優禮士大夫，又豈今人之所及耶？

高文良公夫人之能詩

高文良公其倬，為康熙朝名臣。其夫人蔡氏，名琬，字季玉，綏遠將軍毓榮之女，而尚書珽之妹也。將軍平吳逆有大功，而尚書在雍正朝，與李穆堂侍郎，謝梅莊侍御，以名節相砥礪，為田文鏡所構，下獄幾死。夫人濡染家學，博極群書，詩詞之外，兼通政術。文良揚歷中外，奏疏文檄，出自閨中者居多。文良巡撫江蘇，與總督某不合，屢為所傾。而文良卓然孤立，終不肯稍附和。偶〈詠白燕〉得句云：「有色何曾輕假借」。對句未就，屬思久之。夫人詢其故，具以告。乃援筆代為屬對曰：「不群終恐太分明」。蓋風之也。夫人詩集不傳，世僅傳其〈九華寺〉一章，曰：

蘿壁松門一徑深，題名猶記舊鋪金。

苔生塵鼎無香火，經蝕僧廚有蠹蟫。
亦手屠鯨千載事，白頭歸佛一生心。
征南部曲今誰是，剩有枯禪守故林。

蓋為綏遠作也。方三藩之始叛也，朝廷猶沿開國故事，以諸王貝勒督軍，不肯委兵柄漢大臣。然是時去開國垂四十年，當時百戰健將，代謝已盡，子孫襲爵者，席承平久，皆不知軍旅為何事。即八旗勁旅，亦稍稍脆弱。致吳逆席捲湖南江西，所至如破竹。諸大帥皆擁重兵，雲集荊襄，不敢遣一旅渡江與賊角。幸三桂已老，頗持重，不敢輕進，使從諸將計，以偏師濟江而北，勝負之數，未可知也。諸帥既無功，朝廷始不得不用漢人，於是綏遠及趙王諸將，始乘時而起，克蕆大功。然滿諸帥忌之愈甚，趙忠襄被劾，幾不免。賴聖祖仁明，始得保全。而綏遠竟掛吏議，奪爵削職。於是棄家歸空門，謝絕賓客，長齋奉佛以終，九華寺實其杖錫處也。

鴉片遺聞

人知道光朝煙禁之嚴，吸食者罪至繯首，而不知國初時，已禁令森嚴，特罪未至死耳。世宗時曾敕部議奏，通行禁止，販者枷杖，再犯，邊遠充軍。偶讀朱批諭旨，得一事，可備禁煙掌故：

雍正七年，福建巡撫劉世明奏稱：「漳州府知府李國治拿得行戶陳遠私販鴉片三十四斤，業經擬以軍罪。及臣提案親訊，則據陳遠供稱，鴉片原係藥材，與害人之鴉片煙，並非同物。當傳藥商認驗，僉稱此係藥材，為治痢必需之品，並不能害人。惟加入煙草同熬，始成鴉片煙。李國治妄以鴉片為鴉片煙，甚屬乖謬，應照故入人罪例，具本題參。」云云。閱之不禁失笑。執今日之人，而語以鴉片非鴉片煙，雖三尺童子，猶嗤其妄。而當時劉世明敢以此語欺謾於聖主之前，誠以當時吸食者絕少，尚不識鴉片為何物耳。然此物初入中國，宮禁先受其毒，明神宗三十年，不召見廷臣，即為此物所累故也。以世宗之舊勞於外，而竟不知鴉片煙為何狀，本朝家法之嚴明，於此益可見矣。

田文鏡之幕客

田文鏡在雍正朝，為河東總督，得君之專，與李敏達、鄂文端為鼎足，一時大臣，無與倫比。世傳其幕客鄔某事，頗奇特，因撮記之。

鄔某者，紹興人，習法家言，人稱之為鄔先生。文鏡之開府河東也，羅而致之幕下。鄔先生謂文鏡曰：「公欲為名督撫耶，抑僅為尋常督撫耶？」文鏡曰：「必為名督撫。」曰：「然則任我為之，公無掣我肘可耳。」文鏡問將何為？曰：「吾將為公草一疏上奏，疏中一字不能令公見，此疏上，公事成矣，能相信否？」文鏡知其可恃也，許之。則疏稿已夙具，因署文鏡名，上之。蓋參隆科多之疏也。隆科多為世宗元舅，頗有機幹，世宗之獲當璧，隆科多與有力焉。既而恃功不法，驕恣日甚，上頗苦之，而中外大臣，無一敢言其罪者。鄔先生固早窺知上意，故敢行之不疑。疏上，隆科多果獲罪，而文鏡寵遇日隆。已而文鏡以事與鄔先生齟齬，漸不用其言，鄔先生憤而辭去。自此文鏡奏事，輒不當上意，數被譴責。不得已，使人求鄔先生所在，以重幣聘之返。鄔先生要以每日饋銀五十兩，始肯至，文鏡不得已，許之。鄔先生始再至大梁，然不肯居撫署中，辰而入，酉而出。每至，見几上有紅箋封元寶一鋌，則欣然命筆，一日或偶闕，即翩然去。文鏡益嚴憚之，聖眷漸如初。是時上亦知鄔先生在文鏡幕中，文鏡請安摺至，有時輒批：朕安，鄔先生安否？其聲望見重如此。鄔先生一身客大梁，無妻妾子女，每日所得之五十金，持之歸，或以施振貧乏，或劇飲妓館中，必不留一毫至次日也。後文鏡卒，鄔先生去大梁，他督撫聞鄔先生名，爭以厚幣聘之，而竟不得所在。久之，或言鄔先生已被召入禁中矣。

于文襄出缺之異聞

金壇于文襄，在高宗朝為漢首揆，執政最久，恩禮優渥。輔臣不由軍力而錫世爵者，桐城張文和廷玉而外，文襄一人而已（新疆底定時，文襄以帷幄贊襄之勞，錫一等輕車都尉世職）。然世頗傳其非考終者，云文襄晚年，偶有小疾，請假數日，上遽賜以陀羅經被，文襄悟旨，即飲鴆死。往者聞萍鄉文道希學士談此，方以為傳聞之辭，絕無依據。頃者讀武進管緘若侍御《韞山堂集》，有〈代九卿公祭文襄文〉。中四語云：「欲其速愈，載錫之參，欲其目睹，載賵之衾。」乃知陀羅經被之賞，固當時實錄也。經被之為物，凡一二品大員，卒於京邸者，例皆有之，並非殊恩異數。以文襄膺眷之隆，身後奚慮不能得此，而必及其未死以前，冒豫凶事之戒，使其目睹以為快耶？此中殆必別有不可宣佈之隱，故特藉兩漢災異策免三公故事，以曲全恩禮，如孝成之於翟方進耳。國朝雍正以前，漢大臣居政地者，雖無赫赫之功，然大抵硜硜自守，不肯以權勢自肆。洎張文和當國，風氣始一變，而文襄實承其衣缽。士大夫之浮薄者，紛紛趨其門下，權勢赫奕，炙手可熱。國初諸老剛正謹厚之風，至是乃如闕文乘馬矣。裕陵之聰察，豈有不燭其隱者？文襄之禍，實由自取。昔文和晚年，以致仕歸里，陛辭日，要請宣佈配享世宗朝廷之旨，致觸聖怒，下詔譴責，撤其配享。及其薨也，以配享為先朝所許，復下詔還之，其用意殆與此舉同。英主之駕馭臣工，真有非常情所能測度者矣。

來文端之知人

文端公來保，為乾隆朝宰相，生平最善相馬，一時有九方皋之目。乃其知人之明，亦有不易及者。文襄公兆惠，微時甚貧窶，生未逾月，父母俱亡，育於姑家。七八歲時，已長大如成人，力敵百夫。偶過市，見群不逞聚毆一人，兆勃然，揮拳奮擊，皆披靡，鳥獸散。方欲追擊，一道人從後掣其肘，即隨之去。至西山深處一茅庵中，留教拳勇，且口授以兵法，半年乃歸，姑以為已死也。既而入營就步糧為街卒。文端兼攝步軍統領，見諸卒潑水，不過尋丈間，兆獨遠及數十丈外，異之，呼與語，甚戇，命鞭之，如擊石焉。大呼曰：「性耐刀鋸耳，不堪鞭棰也。」文端見其狀貌，已奇之，聞言，益大異。令明日至府面試，輓強命中，揮刀運石，力大無窮。與談行軍紀律，侃侃而言，動中窾要，文端益大喜。次日入朝，見上，叩頭賀曰：「臣為國家得一奇士，街卒兆惠，其人雖微賤，真大將才也。」即日召見，命之射，九發皆中，立授一等待衛。後平定西域，數建大功。

一、大臣微行（二則）

劉文正之以宰相督中牟河工也。一夕出館舍，微行河干，見鄉民與送秫秸者數十年，俱露宿河干，人牛皆饑疲，莫能興，老少相對飲泣。異而詢之，則對曰：「吾等畢某縣民也，去此三日程，奉縣官檄，輸送秫秸至此，而收料某委員，每車索錢數緡，錢不出，料不入。吾輩窶人，安所得錢？淹留已旬日，所賫已罄，即欲逃歸，亦不可得，是以泣耳。」公聞言，疑信參半。乃語之曰：「吾亦來輸料者，與某官手下人素相知，頃已繳矣，今當為汝等代繳之。」乃驅其一車去，至料廠，詣某委員處。某見其面目光澤，衣履鮮潔，疑為鄉間富室也，乃倍索錢十餘緡。公略與辨，輒大怒，令從者以鞭笞驅之出，而扣留其車牛。公急馳回館，立命材官，持令箭，縛某委員至，一面召河帥議事。某至，略詰數語，即命牽出斬之。河帥亟長跽為緩頰，良久乃命釋回，以重杖杖之數十，荷以大校，枷號河干。諸廠委員，悉震慴失次，而鄉民輸料者，隨到隨收，無敢稍留難矣。

二、

長牧庵相國麟，巡撫浙江，聞仁和令某，有貪墨聲，乃微行訪察之。一夕遇令於途，直衝其鹵簿而過，隸役方呵叱，令識為公，急降輿謝罪。公問何適，以巡夜對。公哂曰：「時僅二鼓，出巡無乃太早？且巡夜所以詰奸，今汝盛陳儀衛，奸人方引避不暇，何巡察為？無已，其從我行乎？」乃悉屏從人，笑談徐步，過一酒肆，曰：「得無勞乎？與子且沽飲。」遂入据坐，問酒家邇來得利何如，對曰：「利甚微，重以官司科派，動多虧本。」公曰：「汝一細民，科派胡以及汝？酒家顰蹙曰：「父母官愛財若命，不論茶坊酒肆，每月悉徵常例，蠹役假虎威，且取盈焉，小民何以聊生？」因歷述今之害民者十餘事，不知即座上客也。公曰：「據汝言，上官獨無覺察乎？」曰：「新巡撫聞頗愛民，然初到，一時何能具悉？小民亦胡敢越訴？」公略飲數杯，付酒錢出，笑語令曰：「小人言多已甚，我不輕聽，汝亦勿怒也。」行數十武，忽曰：「此時正好徼巡，盍分道行矣？」令去，公復返至酒家，叩門求宿。對以非寓客處，公曰：「固知之，我此來，非以求宿，特為護汝來耳。」酒家異其言，留之。夜半，剝啄聲甚厲，啟視，則里胥縣役，持朱簽，來拘賣酒者。公出應曰：「我店東也，有犯，我自當，與某無涉。」胥役固不識公，叱之曰：「本官指名拘某，汝胡為者？」公強與俱至署，令升座，首喚酒家，公以氈笠蒙首並綰登堂，令一見大駭，免冠叩首。公升座，索其印去，曰：「省得一員摘印官也。」

和珅供詞

宣統庚戌秋，北遊京師，從友人某樞密處，獲睹嘉慶初故相和珅供詞。用奏摺楷書，猶是進呈舊物。惜僅存四紙，不過全案中千百之一。其訊與供亦多不相應，蓋又非一日事矣。尋而存之，以見當時獄事之梗概。

一紙係奉旨詰問事件，凡兩條：

一問和珅：「現在查抄你家產，所蓋楠木房屋，僭侈逾制，並有多寶閣及隔段樣式，皆仿照寧壽宮安設，此僭妄不法，是何居心？」

一問和珅：「昨將抄出你所藏珠寶進呈，珍珠手串有二百餘串之多，大內所貯珠串，尚只六十餘串，你家轉多至兩三倍。並有大珠一顆，較之御用冠頂蒼龍教子大珠更大。又真寶石頂十餘個，並非你應戴之物，何以收貯如許之多？而整塊大寶石，尤不計其數，且有極大為內府所無者，豈不是你貪黷證據麼？」

一紙係和珅供詞，凡二條：

奴才城內，原不該有楠木房子，多寶閣及隔段式樣，是奴才打發太監胡什圖，到寧壽宮看的式樣，依照蓋造的。至楠木都是奴才自己買的，玻璃柱子內陳設，都是有的。總是奴才糊塗該死。

又珍珠手串，有福康安、海蘭察、李侍堯給的。珠帽頂一個，也是海蘭察給的。此外珍珠手串，原有二百餘串之多，其饋送之人，一日記不清楚。寶石頂子，奴才將小些的，給了丰紳殷德幾個（丰紳殷德為和珅子，即尚和孝公主者）。其大些的，有福康安給的。至大珠頂，是奴才用四千餘兩銀子，給佛寧額爾登布代買的，亦有福康安、海蘭察給的。鑲珠帶頭，是穆騰額給的。藍寶石帶頭，係富綱給的。又家中銀子，有吏部郎中和精額，於奴才女人死時，送過五百兩。此外寅著、伊齡阿都送過，不記數目。其餘送銀的人甚多，自數百兩至千餘兩不等，實在一時不能記憶。再肅親王永錫襲爵時，彼時緼住原有承重孫，永錫係緼住之侄，恐不能襲王，曾給過奴才前門外鋪面房兩所。彼時外間不平之人，紛紛議論，此事奴才也知道。以上俱是有的。

又一紙亦係供詞，而問詞已失之，凡十七條：

大行太上皇帝龍馭賓天，安置壽皇殿，是奴才年輕不懂事，未能想到。從前聖祖升遐時，壽皇殿未曾供奉御容。現在殿內已供御容，自然不應在此安置，這是奴才糊塗該死。

又六十年九月初二日，太上皇帝冊封皇太子的時節，奴才先遞如意，洩漏旨意，亦是有的。

又太上皇帝病重時，奴才將宮中秘事，向外廷人員敘說，談笑自若，也是有的。

又太上皇帝所批諭旨，奴才因字跡不甚認識，將摺尾裁下，另擬進呈，也是有的。

又因出宮女子愛喜貌美，納取作妾，也是有的。

又去年正月十四日，太上皇帝召見時，奴才因一時急迫，騎馬進左門，至壽山口。誠如聖諭，無父無君，莫此為甚。奴才罪該萬死。

又奴才家資金銀房產，現奉查抄，可以查得來的，至銀子約有數十萬，一時記不清數目。實無千兩一錠的元寶，亦無「筆一枝、墨一匣」的暗號。

又蒙古王公，原奉諭旨，是未出痘的，不叫來京。奴才無論已未出痘，都不叫來，未能仰體皇上聖意。太上皇帝六十年來，撫綏外藩，深仁厚澤，外藩蒙古原該來的，總是奴才糊塗該死。

又因腿痛，有時坐了椅轎，抬入大內，是有的。又坐了大轎，抬入神武門，也是有的。

又軍報到時，遲延不即呈遞，也是有的。

又蘇凌阿年逾八旬，兩耳重聽，數年之間，由倉場侍郎，用至大學士，兼理刑部尚書。伊係和琳兒女姻親，這是奴才糊塗。

又鐵保是阿桂保的，不與奴才相干。至伊犁，將軍保寧升授協辦大學士時，奴才因係邊疆重地，是以奏明不叫來京。朱珪前在兩廣總督任內，因魁倫參奏洋盜案內，奉旨降調，奴才實不敢阻抑。

又前年管理刑部時，奉敕旨仍管戶部，原叫管理戶部緊要大事。後來奴才一人把持，實在糊塗該死。至福長安求補山東司書吏，奴才實不記得。

又胡季堂放外任，實係出自太上皇帝的旨意。至奴才管理刑部，於秋審情實緩決，每案都有批語。至九卿上班時，奴才在圍上，並未上班。

又吳省蘭、李潢、李光雲，都係奴才家的師傅，奴才還有何辨呢？至吳省蘭聲名狼藉，奴才實不知道，只求問他就是了。

又天津運司武鴻，原係卓異交軍機處記名，奴才因伊係捐納出身，不行開列，也是有的。

又清單一紙，開列正珠小朝珠三十二盤，正珠念珠十七盤，正珠手串七串，紅寶石四百五十六塊，共重二百二十七兩七分七厘。藍寶石一百十三塊，共重九十六兩四錢六分八厘。金錠、金葉二兩平，共重二六千八百八二十兩。金銀庫所貯六千餘兩。按此單與世傳籍沒清單，多寡迥殊，當是初供，未肯吐實。惟正珠小朝珠一事，傳抄本無之。

紀和珅遺事（四則）

一、

高宗純皇帝之訓政也，一日早朝已罷，單傳和珅入見。珅至，則上皇南面坐，仁宗西向坐一小杌（每日召見臣工皆如此）。珅跪良久，上皇閉目，若熟寐然，口中喃喃有所語。上極力諦聽，終不能解一字。久之，忽啟目曰：「其人何姓名？」珅應聲對曰：「高天德，苟文明。」上皇復閉目誦不輟。移時，始麾之出，不更問訊一語。上大駭愕。他日，密召珅問曰：「汝前日召對，上皇作何語？汝所對六字，又作何解？」珅對曰：「上皇所誦者，西域祕密咒也。誦此咒則所惡之人雖在數千里外，亦當無疾而死，或有奇禍。奴才聞上皇持此咒，知所欲咒者，必為教匪悍酋，故竟以此二人名對也。」上聞之，益駭。知珅亦嫺此術，故上皇賓天後，數日即誅珅。

二、

珅伏誅時，諭旨謂其私取大內寶物，此實錄也。孫文靖士毅歸自越南，待漏宮門外，與珅相直，珅問曰：「公所持何物？」文靖曰：「一鼻煙壺耳。」索視之，則明珠一粒，大如雀卵，雕成者也。珅讚不絕口曰：「以此相惠可乎？」文靖大窘曰：「昨已奏聞矣，少選即當呈進，奈何？」珅微哂曰：「相戲耳，公何見小如是？」閱數日，復相遇直廬，和語文靖：「昨亦得一珠壺，不知視公所進奉者若何？」持示文靖，即前日物也。文靖方謂上賜，徐察之，並無其事。乃知珅出入禁庭，遇所喜之物，徑攜之以出，不復關白也。其權勢之恣橫如此。

三、

宮中某處陳設，有碧玉盤，徑尺許，上所最愛。一日為七阿哥所碎，大懼，其弟成親王曰：「盍謀諸和相？必有所以策之。」於是同詣珅，述其事。珅故為難色，曰：「此物豈人間所有？吾其奈之何？」七阿哥益懼，失聲器。成邸知珅意所在，因招至僻處，與耳語良久，珅乃許之。謂七阿哥曰：「姑歸而謀之，成否未可必，明日當於某處相見也。」及期往，珅已先在，出一盤相示，色澤尚在所碎者上，而徑乃至尺五寸許。成邸兄弟感謝珅不置，乃知四方進御之物，上者悉入珅第，次者始入宮也。

四、

偶讀《焦裡堂憶書》，有宰相食珠一則，最為異聞，亟摭錄之：

吳縣有石遠梅者，以販珠為業，恒衷一小篋，錦囊緼裹，赤金為丸，剖之則大珠藏焉。重者一粒值二萬金，次者值萬金，最輕者猶值八千金，士大夫爭購之，惟恐不得。問所用，則曰：「所以獻和中堂者也。」中堂每日晨起，以珠作食，服珠後，則心竅通明，過目即記，一日之內，諸務紛遝，胸中了了，不少遺忘。珠之舊者，與已穿孔者，服之皆無效。故海上採珠之人，不憚風濤，今日百貨，無如此物之奇昂者也。

按：周官有供王食玉之說，今乃有供宰相食珠者，真異聞矣。西人所撰《金塔剖屍記》小說，載埃及女王格魯巴堅，錦帆張燕時，用酒化一珠而服之，人已驚為窮奢極汰，今和珅乃以此為常服之藥餌，其汰不又在格魯巴堅上萬萬耶？

管韞山侍御之直節

管侍御以製藝雄一代，其《韞山堂稿》百年以來，幾於家弦戶誦。士束髮受書，無不知有管韞山者。而其氣節事功，轉為文名所掩。士之立身植學，以蘄傳於後世者，其亦有幸者有不幸哉！初，侍御數躓秋闈，中年始通籍，授戶部主事，旋入直軍機處，以才行受知阿文成。時和相已為軍機大臣，赫奕冠一時。侍御時時持正論折其牙角，和恨之甚，欲中以危法者屢矣，賴文成始終保全之。和於同列諸臣，俱視之蔑如，獨畏文成，故無如侍御何。侍御既傳補御史，文成慮其以言賈禍，乃面奏，軍機章京唯管世銘一人，諳練故事，下筆敏捷，世銘去，繼之者無人，請以御史仍留軍機處行走。故事，軍機傳補御史，即退出直廬，若留，則不得上疏奏事也。侍御未引見時，已草疏數千言，備論和之奸狀。引見歸，急繕摺，將於次日上之，而仍留軍機處之命已下矣。侍御大失望，洎入直，謁文成，猶宅傺不平。文成慰之曰：「報稱有日，胡必亟亟以言自顯乎？且和相方得君，豈一疏所能仆？徒以取禍而已，於國事無補也。留有用之身，圖異日之報稱，不亦可乎？」侍御感其言，乃稍稍自悔。及文成薨，侍御亦旋下世，去和敗時，僅數日耳。

侍御韞山堂詩，宗法杜蘇，不隨俗靡。方袁隨園之執牛耳於東南也，天下之士從之如市，侍御獨不肯附和。嘗賦詩以見志曰：

耆舊風流屬此翁，一時月旦擅江東。
寸心自與康成異，不肯輕身事馬融。

可謂婉而嚴矣。

畢太夫人訓子詩

國朝閨秀能詩詞者多，而學術之淵純，當以婁東畢太夫人為第一。夫人姓張氏，名藻，字子湘，秋帆制府之母也。其父本循吏，夫人稟承家學，湛深經術。制府之撫陝西也，夫人留居山東，以詩貽之曰：

讀書裕經綸，學古法政治。功業與文章，斯道非有二。
汝入官秦中，薦膺封圻寄。仰沐聖主恩，寵命九重貴。
日夕為汝祈，冰淵慎惕厲。譬諸樽櫨材，斫小則恐敝。
又如任載車，失誠則懼躓。捫心五夜漸，報答奚所自？
我聞經緯才，持重戒輕易。教敕無煩苛，廉察無苛細。
勿膠柱糾纏，勿模棱附麗。端己厲清操，儉德風下惠。
大法則小廉，積誠以去偽。西土民氣淳，質樸鮮靡費。
豐鎬有遺音，人文郁炳慰。況逢郅治隆，陶甄綜萬類。
民力久普存，愛養在大吏。潤澤因時宜，撙節善調理。
古人樹聲名，根柢性情地。一一踐其真，實心見實事。
千秋照汗青，今古合符契。不負平生學，弗存溫飽志。

上酬高厚恩，下為家門庇。我家祖德詒，箕裘罔或墜。
痛汝早失怙，遺教幸勿棄。歎我就衰年，垂老筋力瘁。
曳杖看飛雲，目斷泰山翠。

二百七十字，爾雅深厚，粹然儒者之言，當為國朝閨秀詩第一。太夫人之卒也，高宗嘗賜御書「經訓克家」四字以褒之。故制府遺集，以經訓堂名。惜制府晚年，竟違母訓，而諂事和珅。其督兵征苗時，又與福文襄比，驕奢侈泰，庫藏為虛。身後竟遭藉沒之慘，而遺裔亦式微矣。制府嘗以此詩手跡，泐諸陝西撫署。昔曾得其拓本，今憶而錄之。書作行楷，大半寸許，字體方嚴，殊不類閨閣手筆也。

楊重英遺事

雍、乾之世，漢軍閥閱，以廣州楊氏為最盛，而其後裔之受禍亦最慘。文乾當雍正中，由河南布政使，擢撫廣東。當是時，田文鏡勢張甚，文乾力與撐距，嘗脫王士俊之危，薦諸朝，卒為名臣，史豔稱之。子應琚，乾隆中葉，官雲貴總督，拜滿缺大學士，亦異數也。後以緬事失機，賜自裁。應琚子重英，官雲南按察使，率兵駐滇緬界上之新街，為緬人所虜。緬人縶重英，而縱其隨員知縣某某等兩人歸國。裕陵聞之，震怒，命執兩員磔諸境上，不許入中國界一步。且諭令滇督，如他日重英歸時，即照此辦理。重英既被虜，終不肯入緬都，緬人因舍諸新街。緬王欲其降，譬說萬端，卒不屈。王又盛飾其女以往，欲贅重英為婿，亦不可。重英在新街，先後二十五年，足跡未出閾一步。後緬既乞和，且值裕陵七旬萬壽，始釋重英歸國。甫及境，滇督某即遵前旨，執而梏之，不令入界，亟飛馳奏聞。時上春秋高，亦頗悔當時治此案過嚴，乃下詔旌重英之忠，謂其節過蘇武。且令滇督驛送來京，預備召見。旨至滇，重英已病卒，不及生入玉門矣。重英被虜後，其眷屬亦囚清室者二十五年，及是始赦出。

尹嘉銓罪案異聞

博野尹侍郎元孚，生平學術，恪守程朱，為畿南巨儒。其子嘉銓，克嗣家學，由進士起家，官至京卿，晚年引疾家居。乾隆中葉，高廟南巡，嘉銓迎駕行在，忽奏請以其父元孚陪祀聖廟，並面求賞戴花翎。自言臨行時，曾誇詡其妾，謂此行必得花翎，倘不得恩允，無以相見云。上大怒，褫職交大學士九卿科道嚴訊。嘉銓俯首引咎，自認為欺世盜名之小人，叩求立置重典。諸大臣覆奏，請援胡中藻例，處以極典。奉旨加恩，賜令自盡，子孫家屬，免其緣坐。而以其罪狀，宣示天下，以為偽儒之戒。

按此案諭旨，具載《東華錄》及聖訓，未嘗有曲赦之言也。昨在京師，晤膠州逢福陔觀察恩承，為言此案顛末，乃知嘉銓雖奉嚴旨，旋蒙赦宥。聖人之明罰敕法，而未嘗不俯順人情，操縱之神固非下士所能知矣。逢君博雅好古，多識前言往行，語必有徵，非傳聞者比也。云其姻家某氏之先人，於乾隆中為刑部郎中，總司秋審，此案經其一手辦理。曾奉旨為《紀事》一篇，今其稿尚存某氏家中，逢君實親見之。略云：

嘉銓既得罪，爰書已定之次日，上知某君之與嘉銓契也，特命某君往獄中宣旨。且賜御廚酒肴一席，命某君繼赴獄中，陽為己所攜入，以與嘉銓餞別者。諭令酒罷毋遽就死，而先以嘉銓所言，暨飲食與否，親自回奏，再俟後命。某君遵旨往，有頃覆奏，謂「嘉銓謝恩就坐，顏色不亂，陽陽如平常，惟深自引咎，辜負聖恩而已，凡飲酒三杯，食火腿及肥肉各一片」云云。上聞奏微哂。俄頃，命召嘉銓至，先數其罪，後乃宣旨，赦令歸田。又問尚有何奏，嘉銓頓首奏云：「臣蒙皇上天恩，至於此極，感激之忱，靡可言喻。惟年逾七十，精力衰頹，無以圖報，只有及未死之前，日夕焚香叩天，祝皇上萬壽，國家升平，雖至耄期，誓不敢一日間斷。」上大笑曰：「汝尚欲活至百年乎？」因揮之出。翌日，復召某君入見，賜酒食，即於御前就座。且命內監給紙筆，使某君將此案始末情形，詳細紀錄。某君且飲啖，且書，日旰始脫稿。上閱之，頗嘉許其詳盡，即以賜之。

逢君所見，猶是當時呈進真本也。

吳穀人遺事

吳穀人祭酒《垂老詩稿》，未刻入《有正味齋全集》，其子清鵬，裝為長卷，阮文達跋其後云：「乾隆末，先生館阿文成家，余時在京師，先生時有教益，為之泣下，人不知也。」數語頗回隱，似有不可明言者。世頗傳文達進身由和珅。祭酒教益之言，殊為和氏發乎？和相貴盛時，慕祭酒名，欲招致門下，卒謝不往，和甚恨之。祭酒某科考差，捲入他大臣手，已入選矣。和重加披閱，見詩中有「照破萬家寒」語，大言曰：「此卷有破家語，可進呈乎？」遽撤其卷。祭酒遂終身不得一差。

劉文清姬人善書

諸城劉文清公之側室黃夫人，能學公書，幾亂真。包慎翁嘗見其與公家書一冊，筆筆精妙，真尤物也。葉廷管《鷗波漁話》亦載此事，惟「黃」作「王」，云：「《淵雅堂集》有句云：『詩人老去鶯鶯在，甲秀題簽見吉光。』」注云，王常為公題甲秀堂法帖籤子，慎翁蓋嘗見之，故有是詠。此文清逸事之最可傳者。惟「黃」「王」互異，必有一訛。慎翁與文清交頗深，所見夫人跡最多，所載當不誤也。

龐雪崖之遺愛

任邱龐雪崖先生塏，康熙朝詩人也，以翰林出守建寧。甫受事，浦城令以嚴苛激變，邑人乘夜焚冊局，殺冊書。先生聞信，馳往，傳學官典史至，集諸生於明倫堂，數令罪，諭士民毋生亂。查倉庫及冊局，收未焚書冊，變遂定。制府某，惡閩俗之悍，欲重懲之。而浦令與士紳有嫌，將羅織興大獄。先生大言曰：「令實已甚，吾可殺人以媚人乎？」僅坐重辟一人，流二人而已。浦人屍祝之。嗚呼！今安得其人耶？

金簡

曩客都門，助友人纂輯《會典》，檢得一故事，絕可笑。乾隆某年月日，上諭內閣：

本日召見都統金簡，見其補服獅子尾端，繡有小錦雞一隻，訝而問之。則對以奴才以都統兼戶部侍郎，侍郎係文職二品，然照例文武兼官，章服當從其尊者，故繡此以表兼綜文武之恩榮耳。章服乃國家大典，豈容任意兒戲？金簡著交部議處。

此事殆可入笑苑，然亦可見當時重文輕武之心理矣。金簡本朝鮮人，入仕中朝，隸內務府旗籍，一女入宮為嬪，後仕至尚書。為人精幹有巧思，武英殿聚珍板程式，其所手創也。朝鮮人入仕中國，自唐已然。高仙芝乃至任將相，封王爵。而唐末崔致遠，且登進士第，佐節度幕，入為朝官。後復啟請還仕其國，亦曲許之，柔遠之意，至為厚矣。明成祖賢妃權氏，亦朝鮮人也。金簡之仕於本朝，自非創舉，但何以不入漢籍，不用本國籍，而必入內務府旗籍？則書缺有間，莫明其故矣。

朱文正之迷信

大興朱文正公晚年，棲心道教，迷信最篤。居恒閉目養靜，與客談，亦不開眸。翰林院土地神，相傳為韓退之，公一日忽語人云：「文公已受代去，代之者吳雲岩殿撰鴻也。」一歲丁祭畢，公乘輿過祠門外，自輿中拱首曰：「老前輩請了。」又自謂前身為文昌宮之盤陀石，故字曰石君，別號盤陀老人。有扶乩者，因言公乃文昌二世儲君。於是有奏請加梓潼帝號升中祀之舉，卒以嘉慶六年行之。公嘗值誕辰，諸門弟子稱觴為祝，洪稚存太史與焉。酒半，忽袖出一文上壽，公固夙喜洪文，亟命讀之。洪抗聲朗誦，洋洋千言，多譏公迷信事，座客皆驚，洪獨大笑叫絕。公遂大怒，洪坐是淪謫，卒不振，然弗悔也。

成得大逆案

成得者，內務府廚役也。仁宗駕幸圓明園，成得突起行刺，立被擒。上命諸王大臣六部九卿會訊之，默無一言，但云「事若成，則公等所坐之處，既我坐處」而已。上寬仁，不欲窮詰興大獄，遂命並其二子誅之。得之處決也，已至市曹，縛諸樁，乃牽其兩子至，一年十六，一十四，貌皆韶秀，蓋尚在塾中讀書也。至則促令向得叩首訖，先就刑，得瞑目不視。已乃割得耳鼻，及乳，從左臂魚鱗碎割，欲及右臂，以至胸背，初向見血，繼則血盡，只黃水而已。割上體竣，忽言曰：「快些。」監刑者一人謂之曰：「上有旨，令爾多受些罪。」遂瞑目不復言，訖不知何人所使也。擒得者為御前侍衛某額附。額附勇力，為侍衛中第一人，尚不如得。嘗與得校藝，以長二尺許木樁十餘枚排列為一行，植其半於地，堅築之，樁相去各半尺許。額駙與得，各臥於地，以腿橫掃之，樁應腿而出。得一舉腿，能掃去十二樁，額附不過七樁而已。是日不知何以不敵，遂被擒。蓋天威所臨，早已褫其魄也。

林清逆案異聞

嘉慶癸酉林清之亂，喋血禁門，毒流三輔，數月後乃克平定。國史皆謂變起倉卒，而不知先一歲已發露於臺灣，特當時公卿大臣，不肯據實上聞耳。先是壬申春，涇縣趙兵備崇華。攝臺灣淡水同知。甫下車，即訪，獲妖言惑眾之高媽達。訊之，俱供其同黨劉林、祝現定以次年閏八月望夜在都下舉事，徒黨遍中外。劉林者，即林清原名也。兵備亟通詳請奏，上官以其語不經，匿弗以聞，僅依尋常傳佈邪教律擬決。次年，都中之變果起。事起以九月十五，先一日，蘆溝橋巡檢已飛報祝現奉林清命，定次日午時入宮舉事，黨羽本日悉已入城。兼尹尚書某，猶以不可冒昧聲張，致釀巨變斥之，亦不部署防衛云。前此成得逆案，雖仁廟至仁包荒，然其事卒疑莫能明。及是，山東金鄉知縣吳階捕獲逆目崔士俊，究出嘉慶八年，成得曾偕祝現至士俊家宿一月，御車者為支進才。始知成得本林清逆黨，並無他故。而東撫以事屬既往，刪不入奏，遂使疑團至今莫釋。

湯文端遺事

蕭山湯文端公金釗，為嘉道間名臣。相傳未第時，其封翁設酒肆於鎮市。除夕，諸客飲散，惟一叟獨酌，漏三下，猶不言去。翁促之曰：「今夕歲除，人各有事，客可歸矣。」叟唏噓曰：「垂死之人，何以歸為？」翁訝曰：「叟何事為此言？願明告我。」叟曰：「余半生止一愛女，昨歲被奸人誘拐，近始得耗，知鬻諸京都和相國邸。欲往見之，而遠道三千里，非徒手所能往，行死溝壑耳。」翁曰：「附糧艘入都，不過十餘金，我尚能為子謀之。」叟拜謝而去。明歲，出金資其行。至都，見女，知為相國專房寵，諸姬莫敢爭夕。問父何能來，叟告以故。是歲為乾隆某科鄉試，時文端已為弟子員，方應舉。相國疏其名，以授浙典試，遂領解。入都應禮部試，謁座主，語之曰：「子之得解，和相力也。宜急往謝。」文端愕然，歸即託病，匆匆南歸。和敗，始赴會試，成進士。

楊忠武公遺事

道光十一年，回部酋長郡王銜伯克伊薩克入覲。伊薩克素強盛，雄長諸伯克，且有誘擒張格爾功，益驕侈自肆，輿馬繁多。所經回疆諸城，諸伯克悉盛供張，以結其歡。比入關，猶責地方官供應弗少戢。時楊忠武公遇春為陝甘總督。忠武故督師回疆，諸回部皆仰若天神者也。伊酋將至，布政使白公將郊迎於數里外。公曰：「毋須此，第視我行事。」明日，將入城，公遣牙官持令箭招之使入。伊薩克乃單騎從數人來。公令諸材官部卒有頂戴者，皆冠帶華服，惟不佩刀，轅門外至堂下鵠列兩行皆滿，伊酋至轅門下馬步行，見兩旁官皆屏息立無聲，傴僂不敢仰視。至堂下憩少時，有命入見。登堂，則堂上虛無人焉。一巡捕官導之行，歷廳事數重，乃至。公便服居一小室中高座，二童子侍側，地施紅罽。伊酋及門，未逾限，已跪地，摘帽叩頭。公令一童子扶以入，賜小杌命坐。伊酋至叩首，始敢就坐。公溫語慰諭之，因自拂其鬚曰：「吾老矣，視在回疆時奚若？」曰：「更精神。」公曰：「汝亦老，鬚髮加白矣。吾輩受大皇帝厚恩，當思及時報稱，為子孫計，毋生它妄想。」伊又叩頭曰：「謹受教。」公乃謂之曰：「大皇帝念汝，少住即行。無多帶從者，宜往謁諸官，皆有食物犒汝，忞汝飲啖也。」隨令一童子扶之出，伊酋汗流竟體，衷衣皆濕。上馬行數十步，神始定。明日遽行，騎從減十之六。公它日語僚屬曰：「蘭州為入關第一省會，當示以天朝威重，他省加禮，乃知恩也。」偶讀此，感念前歲達賴入覲時事，不禁今昔之感，輒泚筆記之。

梁山舟遺事

梁山舟學士，以書名乾嘉間，平生深自矜重，不輕為人作。乾隆末，入都祝嘏，道出山東。聞人言，運河盛漲，前途道阻，因詣撫軍某公諮之。某公者，滿州旗籍也，相見，即盛言水勢之大，因暫留居署內，館之後圃，膳餼豐隆。惟出入必經撫軍內室，殊苦不便，遂亦鍵戶不出。撫軍每三五日，必來省，見則言水勢未平，諮嗟不已。室中一無書籍，惟插架古法帖十數種，隃麋數十丸，縑素數百番而已。學士終日無事，因以翰墨為消遣，如是者匝月，架上楮墨，亦略罄矣。一日撫軍入見，喜動顏色，曰：「水已全退，可行矣。」遂張筵祖餞。酒半，忽顧架上楮素，歎曰：「吾以王事鞅掌，友朋書債，皆堆積此間，何日始能清理耶？」學士乃言曰：「吾在此無所事，已敬為代償矣。」撫軍佯驚曰：「此皆遠近名士，慕我書名，輾轉請求。今一旦為公汗盡，奈何？」亟呼僮，斥之去，更易新楮來。學士大慍，遽匆匆別去。既首途，則前驛並無水漲事，皆撫軍飾詞欺之耳，然莫明其故。久之，始悟廿餘年前，官翰林時，撫軍方官筆帖式，嘗以佳紙求書，學士拒而不許，今故為此狡獪以報之。學士後與人言及，猶憤憤。遣人往覘，則撫署中四壁琳琅，莫非學士手跡矣。此公可謂惡謔，然殊未傷雅。成哲親王曾為謝學士階樹作《黃庭經》小楷，為生平極精之作。旗下一都統見而愛之，乃以數十金購宋紙一卷，親詣邸跽求，王頷之，翌日即送至，某都統訝其神速，方竊自喜，展視，了無一字，惟一角有蠅頭小字三，猝不易辨。諦視之，則「你也配」三字而已，此則令人難堪矣。

李申耆遺事

李申耆先生之令鳳臺也，鳳臺地瘠而民悍，多豪猾，為逋逃藪者相望。先生常騎健馬，率鄉勇巡行閭里。每出不意得盜魁，察其中有重氣節、矜然諾者撫用之，盜以斂戢。嘉慶辛未，百文敏齡總制兩江，適儀徵有劫殺巨案，戕一家三命。文敏偵得盜魁為蒙城人，而匿於鳳臺。嚴檄兩邑，限一月捕送。先生偵知容隱盜首之巨猾不受捕，乃召所撫用某役至內室，置酒飲之。酒半，愴然曰：「吾行解組歸里矣，故召若來一痛飲耳。」某役怪其語不倫，請其故。先生出督檄示之。某曰：「此人匿某巨猾家，役故知之，惜力不能取耳。」先生曰：「若能取者，吾早以捕事屬若矣。吾即去此，若亦不能終作好人，故與若作別耳。」語畢，潸然久之，某亦悲不自勝。良久，始曰：「有一策，姑試為之。公收役家屬置之獄，而發朱簽諭役往。三日不歸，則役必死。役之妻若子，幸終身俾司應夫人、公子。俾得延宗祀，於願足矣。」先生諾之。猾家距城二十五里，某即日至。猾款之曰：「雲泥路隔已三載，何幸辱臨，得無為儀徵案乎？」某慨然示之朱簽。猾曰：「其人誠在此，試招與共飲，商榷之。」盜魁出，則曰：「我君之新友，彼則舊友也。且我讓一身，而彼一家。顧為新友一身，陷舊友一家乎？明日從入城矣。」次早，猾遣力士二十人，持長矛護送，至城門而返。蓋盜魁至驍勍，猾知某役之非敵也。先生方遣某去。即召匠制堅檻，集舁者護者百餘人以待。某役俄引盜至，先生略詰姓名，即檻解蒙城，而躬自護送之。鳳去蒙七十里，中道有鎮，為兩邑分界所。檻車入旅店，而先生降輿，當門坐。鄉民聞官獲大盜，爭來觀，環店外如堵。先生怡然謂之曰：「此大盜，千萬官軍所不能捕者，而我竟得之。他日當膺上賞，父老知我喜否？當置酒為我賀。」乃命取酒來，遍酌父老，且語之曰：「此賊精妖術，非我孰敵之者。彼與我戰。力不敵，乃幻形為狐狸，思竄去，吾亦變虎追之。彼又變隼，欲高飛，吾又變大鵬追之。彼窘，將走投海，吾乃檄天將合捕之。又擊以掌心雷，始因而就縛。」觀者奇其語，皆環聽不他瞬。久之，先生亦大醉，始升輿去。是時，猾已遣健者數十人來劫。見先生方坐店門劇飲，遂出鎮外俟。良久，先生輿始過。問檻犯何尚不來。從者答以在後徐行。猾黨返至店，則先生方劇飲時，已排店後牆，舁檻車由間道急行，計且抵蒙矣，猾黨乃廢然返。先生即改乘快馬，追檻車與俱，疾馳至蒙會。蒙令聯銜通詳，聲明鳳臺捕得，遵檄交蒙令轉解歸案。稾既發，先生始還鳳。其次日，聞盜已越蒙獄去矣。蒙令先以虧帑事，奉督檄嚴詰；事未竟，又失盜，遂縊。先生嘗語人曰：「鳳、穎、泗三郡，簡壯者五千人，可方行天下，然唯其豪能用之。官用之，必帥至千里外。或客兵勢盛，足相鈐制，乃可。否則驕蹇難制，且為大患。」後數十年，撚匪亂起，人始思先生言。

湯海秋之死

益陽湯海秋，道光時以少年捷科第，登言路，高才博學，聲華藉甚。一時勝流如曾文正公，及王少鶴、魏默深、邵位西、梅伯言諸君皆與之交。海秋氣甚豪，甫入臺，旬日間數上封章，忤朝貴意，回部曹行走，鬱鬱不自得。乃研精著述，所為《浮邱子》尤自喜。一日諸友集其寓齋，或言大黃不可輕嘗，如某某者，皆為庸醫所誤，服大黃致不起者也。海秋獨曰：「是何害？吾向者雖無疾，猶常服此。謂予不信，請嘗試之。」一趣命奚奴，速購大黃數兩來，諸友苦止之，不可。及購至，海秋即連取六七錢許吞之，諸友競起奪之，海秋猶攫得最巨者一塊，入口，且嚼且詈，奪者遂不歡而散。抵暮，遂泄瀉不止。黎明，諸友趨往問疾，則已於中夜逝矣。時年僅四十有四。文正集中祭海秋文有曰：「一呷之藥，椓我天民。」蓋紀實也。

慄恭勤公遺事

渾源慄恭勤公毓美，道光朝名河臣也。少時狀貌英俊。家貧，將廢學，業師某明經賞其慧，卻脩脯而留課之，與其子共讀。明經一女，甚端麗，屬意於公久矣，未之發也。比鄰某富室子，亦請業於明經，公與明經子同室，而以對屋舍鄰子。鄰子窺女美，數求婚，明經既屬意公，則峻卻之，鄰子懟而辭歸。一夕，公與明經子飲，明經子醉，臥公榻，撼之不醒，遂易榻臥。次早公起，則明經子臥血泊中，視之已喪元矣，駭極而號。明經奔視大痛，疑公所殺，控之官。縣令察公不類殺人者，而一時不得主名，獄不能具，因長繫之。鄰子鬮公入獄，仍以厚幣求婚，擇日迎娶，琴瑟甚敦，年餘生一子。一日醉後笑向女曰：「曩時不出辣手，胡以得君為妻？第苦若兄耳。」女大疑，因窮詰之。某自悔失言，堅不肯吐，女曰：「但實言，今既偕伉儷矣，尚何諱為？」某始自承殺人狀。蓋某久歉公，計非殺之，不能得女，是夕瞰兩人酒醉，因持刀越牆而入，暗中摸得公榻，徑斷其首而出，不虞兩人之易榻也。女聞言，夷然如平時。越日，乘其出門，取懷中兒絞殺之。乃詣署鳴冤，令詢得其狀，亟捕某至，一訊而伏，立出公於獄。女慨然謂公曰：「身既被辱，義不能復事君子。君他日名德必昌，幸自努力。」袖中出利刃，遽自剄死。公得釋，明年補博士弟子，以拔貢官東河知縣，薦至河督。公貴後，感女義，誓不再娶。得美玉，雕女王，恒佩之，數十年無須臾離。及官河督，以巡工夜宿吳家屯，遽感暴疾。地方官吏聞耗，亟來視，已不能言。數引手指其胸，探之，得所佩玉主，乃悟其意，欲以為殉也，頷之始瞑。初河堤用石為之，而兗豫間無大山，輦自數百里外，勞費百倍。及公蒞任，奏改用磚，歲省費以數十萬計，至今民屍祝之。

前輩愛才之篤（二則）

一、

嘉慶朝士之以博洽聞於時者，北則張石洲穆，南則俞理初正燮，一時學人，無及之者。理初舉於鄉，數困公車，某科阮文達典會試，都下士走相賀曰：「理初登第矣。」王菽原禮部為同考官，得一卷，驚喜曰：「此非理初不辨。」亟薦之。是日文達適有小疾，未閱卷，副總裁汪文端公廷珍，素講宋學，深疾漢學之迂誕，得禮部所薦卷，陽為激賞，俟禮部退，亟鐍諸筒中，亦不言其故。及將放榜，文達料理試卷，詫曰：「何不見理初卷耶？」命各房搜遺卷，禮部進曰：「某日得一卷，必係理初手筆，已薦之汪公矣。」文達轉詰文端，堅稱不知，文達無如何，浩歎而已。榜後，理初往謁禮部，禮部持之痛哭，折節與論友朋，不敢以師禮自居。且贈詩四首，有云：「如是我聞真識曲，最難人說舊知名。」又云：「冥鴻已分翔寥廓，暮雨蕭蕭識此心。」其傾倒也至矣。理初所著書，初名《米鹽錄》，禮部為鳩貲選刻其半，易名曰《癸巳類稿》。

二、

道光丙戌會試，劉申受先生為同考官，得龔定庵卷，狂喜，亟薦之。魏默深卷在某侍御房，某侍御得卷，猶疑不遽薦，禮部讀其文而大異之，乃促令亟薦。故默深於禮部，終身有知己之感焉。然龔共魏竟皆下第，先生痛惜之。贈以詩云：

三江人文甲天下，如山明媚畫嶙峋。
盎盎春溪比西子，浣花濯錦裁銀雲。
神禹開山鑄九鼎，魍魎俯伏歸洪鈞。
鋒車西走十一郡，奇祥異瑞羅繽紛。
茲登新堂六十俊（自注，浙卷七百餘人，余獨分得六十卷），就中五丁神力尤輪困。
紅霞噴薄作星火，元氣蓊蔚暈朝暾。
骨驚心折且揮淚，練時良吉齋肅陳。
紅旬不寐探消息，那知鍛羽投邊塵。
文字遼海沙蟲耳，司中司命何歡嗔！
更有無雙國士長沙子，孕育漢魏真精神。
尤精選理躒鮑謝，暗中劍氣騰龍鱗。
侍御披沙豁雙眼，手持亦我諮嗟頻（自注，湖南九四卷，五策冠場，文更高妙，予決其為魏君源）。
翻然雙鳳冥空碧，會見應運翔丹宸。

萍蹤絮影亦偶爾，且看明日走馬填城闉。

定庵是歲三十有五，後三年，始捷南宮，禮部即卒於是年。默深至乙巳始登第，則禮部不及見矣。

內務府糜費

滿員之任京秩者，以內務府為至優厚。相傳承平時，內府堂郎中，歲入可二百萬金。近年內務府大臣，多由堂郎中積資升擢，如立山之多藏厚亡，亦以任堂郎中最久，家資累千萬，故為拳匪所瞰也。乾隆朝，汪文端公由敦，一日召見，上從容問：「卿昧爽趨朝，在家亦曾用點心否？」文端對曰：「臣家計貧，每晨餐不過雞子四枚而已。」上愕然曰：「雞子一枚，需十金，四枚則四十金矣。朕尚不敢如此縱欲，卿乃自言貧乎？」文端不敢質言，則詭詞以對曰：「外間所售雞子，皆殘破不中上供者，臣故能以賤值得之，每枚不過數文而已。」上乃頷之。列朝惟宣廟最崇儉德，道光三十年間，內府歲出之額，不過二十萬。堂司各官，皆有臣朔欲死之歎。上一日思食片兒湯，令膳房進之。次晨，內務府即遞封奏，請添置御膳房一所，專供此物，尚須設專官管理，計開辦費若干萬金，常年經費，又數千金。上乃曰：「無爾，前門外某飯館，製此最佳，一碗直四十文耳，可令內豎往購之。」半日，復奏曰：「某飯館已關閉多年矣。」上無如何，但太息曰：「朕終不以口腹之故，妄費一錢而已。」以萬乘之尊，欲求一食物而不得，可慨也。同治時，穆宗大婚，購皮箱一對，亦尋常市上物，不過數十金者，而報銷至每對九千餘兩。文文忠力爭之，不能得也。

道光時南河官吏之侈汰

銅瓦廂河決以前，治河有兩總督，北督駐濟寧，南督駐清江浦。北河事簡費絀，繁劇迴遜南河。方道光中葉，天下無事，物力豐厚，南河歲修經費，每年五六百萬金。然實用之工程者，不及十分之一，其餘悉以供官吏之揮霍。一時飲食衣服，車馬玩好，莫不鬥奇逞巧，其奢汰有帝王所不及者。河防如是，普通吏治，益可想見，宜乎大亂之成，痡毒遂遍於海內也。某河帥嘗宴客，進豚肉一簋，眾賓無不歎賞，但覺其精美，迴非凡品而已。宴罷，一客起入廁，見死豚數十，枕藉院中。驚詢其故，乃知頃所食之一簋，即此數十豚背肉集腑而成者也。其法閉豚於室，屠者數人，各持一竿，追而抶之。豚負痛，必叫號奔走，走愈亟，撻愈甚。待其力竭而斃。亟刮背肉一臠，復及他豚，計死五十餘豚，始足供一席之用。蓋豚背受抶，以全力護痛，則全體精華，皆萃於背脊一處，甘腴無比。而餘肉則皆腥惡失味，不堪復充烹飪，盡委而棄之矣。客聞之，不覺慘然。宰夫夷然笑曰：「窮措大眼光，何小至是？吾執爨甫兩月，已手刲數千豕矣，此區區者，曾何足顧問耶？」其烹鵝掌之法，用鐵籠籠鵝於地，而熾炭其下，旁置醯醬之屬。有頃地熱，鵝環走不勝痛，輒飲醯醬自救。及其死，則全身脂膏，萃於兩掌，厚可數寸，而餘肉悉不堪食矣。有食駝峰者，選壯健槖駝，縛之於柱，以沸湯澆其背，立死。菁華皆在一峰，而全駝可棄。一席所需，恒斃三四駝。又有吸猴腦之法，尤為慘酷。選俊猴，被之錦衣，穴方桌為圓孔，納猴首孔中，柱之以木，使不能進退。乃以刀剃其毛，刮其皮，猴不勝痛楚，叫號聲極哀。然後以沸湯灌其頂，用鐵椎擊破顱骨，諸客各以銀勺入猴首中，探其腦吸之，每客所吸，不過三二勺而已。此不過略舉一二，其他珍怪之品，莫不稱是。甚至食一豆腐，而製法至有數十種之多。且須於數月前，購集材料，選派工人，統計所需，非數百金不能餐來其一箸也。食品既繁，一席之宴，恒歷三晝夜不能畢。故河工宴客，往往酒闌人倦，各自引去，從未有終席者。各廳署自元旦訖除夕，非國忌，無日不演劇。每署幕客數十百人，遊客或困頓無聊，乞得上官一刺，以投廳汛各署，無不立即延請。有賓主數年，曾未一謀面者。幕友終歲無事事，主人夏饋冰金，冬饋炭金，佳節饋節敬，逾旬月必饋燕席。幕中人為樗蒱戲者，得赴帳房支費，皆有常例。防汛緊急時，有一人得派赴工次三五日者，同人爭羨，以為至榮。其歸也，主人必有酬勞，百金至數百金不等。其久駐工次，與署中有執事之幕客，沾潤尤肥。非主人所親厚者，不能得也。新翰林攜朝貴一紙書謁河帥，河帥為之登高一呼，萬金可咄嗟致。舉人拔貢攜京員一紙書，謁庫道者，千金可立致也。驕奢淫泆，一至於此。此真有史以來所未聞者，釀成大劫，不亦宜乎？

曹杜兩相得謚文正之由

國朝漢大臣，易名得正字者凡八人：一湯睢州，二劉諸城，三朱大興，四曹歙縣，五杜濱州，六曾湘鄉，七李高陽，八孫壽州。較宋明兩朝，過之倍蓰，嗚呼盛矣！綜而論之，劉、曾之道德功業，洵足當正字而無愧。睢州之為人，有謂其為偽君子者。大興晚年，耽嗜宗教，自謂能與呂仙問答，其事甚怪。其飾終之典，所以備極寵榮者，則以和相弄權時，大興於仁廟，實有調護之功耳。此其事人人所習知。壽州則無毀無譽之願人，於國事無大關係，姑不具論。若歙縣、濱州兩公，則於國家治亂之關，三朝授受之際，實有非常絕大之關係。天下之士，或有未盡悉其始末者，爰追憶曩時所聞師友之緒論，泚筆紀之，亦三朝得失之林也。

宣宗成皇帝在位三十年，衣非三澣弗易，宮中用款，歲不逾二十萬，內務府堂司各官，皆貧困欲死，其儉德實三代後第一人。漢之文帝，宋之仁宗，莫能及也。然而三十年中，吏治日偷，民生日困，勢窮事極，釀成兵禍，外擾海疆，內興赭寇，遂以開千古未有之變局。所謂上有堯舜之君，而下皆共鯀之佐者，真道光朝之謂矣。夫以宣廟之聖明，何至不知吏治之偷，民生之困，所以然者，由言路之壅塞致之。而言路所由壅塞，則皆歙縣一人之力耳。上晚年頗倦勤，而一時言官，多好毛舉細故，相率為浮濫冗瑣之文以塞責。上初猶勉強延納，久益厭之，欲懲戒一二，以警其餘，則又恐言路為之沮格。歙縣以漢首相直軍機，上一日從容語及之，歙縣因造膝密陳曰：「是無難，凡言官所上章疏，無問所言何事，但摘出一二破體疑誤之字，交部察議，懲戒一二人，言者必駭服聖衷之周密。雖一二筆誤，猶不肯輕易放過，況其有關係之大者。嗣後自不敢妄逞筆鋒，輕上封事矣。在上無拒諫之疑，而可以杜妄言者之口，計無便於此者。」上聞奏大喜，如其所言。未幾，言官相戒，以言事為厲禁，而科道兩署，七八十人，皆寒蟬仗馬矣。歙縣之巧伺人主意旨，藉公論以逞私意者，率皆類此。上天性仁厚，以其外觀之忠謹也，絕不之疑。雖有言其奸者，上亦不肯信，及其歿也，猶痛惜之。賜恤恩旨，有獻可替否而人不知之語，蓋其所以固寵者深矣。嘉慶以前，殿廷考試，大臣奉派閱卷，皆先文詞則後書法，未有摘一二破體字，而抑高文於劣等者。至歙縣始用此術衡文，不但文詞之工拙，在所不計，即書法之優劣，亦不關重要。但通體圓整，無一點畫訛錯，即可登上第。蓋當時承乾嘉考證學派之餘波，士子為文，皆以博奧典實相尚。歙縣素不學，試卷稍古雅者，輒不得其解，故深惡而痛絕之。後來主文衡者，樂其簡易，相率效尤，於是文體頹而學術因之不振矣。道咸兩朝功令文字，最為卑陋，皆歙縣一人啟之也。祁文端既貴，以小學提倡後進，輦下學派，始稍稍振起，然遠遜乾嘉之盛矣（此條聞諸文道希學士）。

達縣吳季清先生，友一內務府老司官旗人某君，年七十餘矣。通籍道光末，歷事四朝，內廷故事綦熟，嘗為述道咸間遺事，多人間所不得知者。云，宣廟晚年最鍾愛恭忠親王，欲以大業付之。金盒緘名時，几書恭王名者數矣。以文宗賢，且居長，故逡巡未決。濱州時在上書房行走，適授文宗讀，微窺上意所在，欲擁戴文宗，以建非常之勳。一日上命諸皇子校獵南苑，故事：皇子方讀書者，奉命外出，臨行時，必詣師傅處請假，所以尊師也。是日，文宗至上書房，左右適無人，惟濱州一人，獨坐齋中。文宗入，行禮畢（皇子見師傅，皆長揖），問將何往，以奉命校獵對，濱州乃耳語曰：「阿哥至圍場中，但坐觀他人馳射，萬勿發一槍一矢。並當約束從人，不得捕一生物。覆命時，上若問及，但對以此方春和，鳥獸孳育，不忍傷生命，以干天和。且不欲以弓馬一日之長，與諸弟競爭也。阿哥第以此對，必能上契聖心，此一生榮枯關頭，當切記無忽也。」文宗既至圍所，如所囑行之。是日，恭王得禽獸最多，方顧盼自喜，見文宗默坐，從者悉垂手侍立，怪之，問其故，文宗曰：「吾無他，但今日適不快，弗敢馳逐耳。」日暮歸覆命，文宗獨無所獻。上詢之，具如濱州所教以對，上大喜曰：「是真有君人之度矣。」立儲之議遂決。後數歲，宣廟上賓，文宗甫御極，即晉濱州為協揆。未及正綸扉而遽薨逝，上聞訃，為之失聲，親往奠醊，追贈太師，予謚文正，飾終之典，悉視大學士例有加。嘉道以來，漢大臣追贈太師者，僅公一人而已。蓋非惟追懷典學之勤，亦以報其擁戴之勳也。國朝列聖之文學，以文宗為最優，蓋亦濱州啟沃之力云。

穆相權勢之重（三則）

一、

順德羅椒生尚書（惇衍），涇陽張文毅公（芾），雲南何根雲制府（桂清），三人同年登第，入翰林，年皆未弱冠。且同出湯海秋農部房，海秋為之狂喜，賦〈三少年行〉者也。時道光末造，穆鶴舫相國（彰阿）執政，炙手可熱，張、何兩公皆附之，獨椒生尚書絕不與通。散館後，初考試差，三人皆得差。命既下，尚書往謁潘文恭，文恭問見穆中堂否，曰：「未也。」文恭駭然曰：「子未見穆相，先來見我，殆矣。」尚書少年氣盛，不信其說，亦不竟往。次日，忽傳旨羅惇衍年紀太輕，未可勝衡文之任，著毋庸前往，另派某去。人皆知穆所為也，其權力回天如此。國朝已放差而收回成命者，尚書一人而已。實則張、何之年，皆小於羅也（考是年登科錄羅十九，張十八，何十七）。

二、

道光末，五口通商之約，穆一人實專主之。王文恪既薨，祁文端尚力爭，然文端在軍機為後進，且漢大臣，不能決事，故穆愈得志。然王、祁兩公之忠，宣廟未嘗不深知之。傳聞和局既定，上退朝後，負手行便殿階上，一日夜未嘗暫息。侍者但聞太息聲。漏下五鼓，上忽頓足長歎，旋入殿，以朱筆草草書一紙，封緘甚固。時宮門未啟，命內侍持往樞廷，戒之曰：「俟穆彰阿入直，即以授之。」並囑其毋為祁雋藻所知，蓋即諭議和諸大臣畫押訂約之廷寄也。自是上遂忽忽不樂，以至棄天下。

三、

蒲城王文恪公鼎，道光末，以爭和議，效史魚屍諫，自縊死。其遺疏嚴劾穆相彰阿，穆大懼，令其門下士，以千金諂文恪公子伉，且以危詞脅之，遂取其遺疏去，而別易一稿以進。人皆知為涇陽張文毅芾所為，而不知其謀實定於文毅同縣人聶沄之手。聶字雨帆，以拔貢朝考一等，官戶部主事，入直軍機處，為穆相所深倚。既得文恪遺疏，穆相面許以大魁酬之，是時聶已捷京兆試矣。及禮部試屆期，穆相授以關節，且遍囑四總裁，十八同考官。時同考官有某侍御者，晉人也，夙倔強，生平未嘗趨謁穆相。得穆囑，陽諾之。及入闈，聶卷適分某侍御房，侍御亟扃諸篋中，而因鐍之。榜既定，獨不得聶卷，主司房考，相顧錯愕，群知為侍御所匿也。因議搜遺卷。至某侍御房，侍御故為侘傺狀曰：「吾某夕不謹，致一卷為火所燼，榜發後不得不自請議處矣，公等所求者，得非即此卷乎？」眾知無可為，廢然而返。聶此歲亦補缺，不復應禮部試。後聶官至太常少卿，穆敗，聶亦謝病歸。回匪之亂，首擾涇陽，涇陽為西北商旅所輻輳，繁盛亞漢皋，賊故首趨之。眾謀城守，議廣積芻粟，聶以官貴為眾紳領袖，謂賊可旦夕平，城決無久守理，而其家有積粟數千石，可規善價也。乃倡議賊方苦乏食，故所致抄掠，今積粟城中，是招之使來也，力爭不令一粟得入城。後賊圍城年餘，城中食盡，守禦具一無缺，獨人皆餓仆，莫能乘城，城遂陷，所失以數千萬計。涇陽不守，而西北之元氣盡矣。嗟夫！僉壬之為禍也烈哉！文恪諸子，既賣其父。後來文恪墓誌，撰文者仍穆彰阿也。於力爭和議事，竟不及一字，文恪其不瞑矣。

張船山侍御之直節

遂寧張船山先生，書畫妙一時。性伉爽，無城府。由檢討遷御史，上官日連上三疏，一劾六部九卿，一劾天下各督撫，一劾河漕鹽政。或謂之曰：「子不慮結怨中外乎？」先生笑曰：「我所責難者，皆大臣名臣事業，其思為大臣名臣者，方且感我，為達其意，若無意於此者，吾將其身分抬高，至於如此，慚愧之不暇，又何暇怨我乎？」先生嘗畫一鷹，題一斷句云：

奇鷹瞥然來，聳身在高樹。
風動乍低頭，沈思擊何處？

讀此詩，可想見其風采矣。

道光朝兩儒將

道光季年，英吉利擾浙海，定海之陷，三總兵死焉。三總兵者，山陰葛壯節公雲飛，湖南鳳皇廳鄭忠節公國鴻，寧河王剛節公錫朋也。鄭、葛兩公，皆以儒將著。葛公有〈四十自傷〉詩，為人傳誦。其詩曰：

馬不嘶風劍不鳴，等閒已老健兒身。
近來不敢窺明鏡，恐照頭顱白髮新。

烈士暮年，壯心不已，足與岳忠武〈滿江紅〉詞「莫等閒白了少年頭」之句，後先輝映矣。葛公之授命也，義勇徐保求其屍，得諸竹山門下。時雨霽月明，見公立崖石前，半面已為賊削去，左目猶睒睒如生。欲負之行不能起，拜而祝曰：「盍歸見太夫人乎？」乃行。嗚呼！敵愾之志，將母之憂，歿而猶不能忘哉！鄭公文學甚優，而尤精經術，著有《詩經疏義》行世。

林文忠公遺詩

林文忠詩不多作，而勁氣直達，音節高朗，最近有明七子。相傳公戍新疆時，有〈出嘉峪關〉四律云：

其一

雄關百尺界天西，萬里征人駐馬蹄。
飛閣遙連秦樹直，繚垣斜壓隴雲低。
天山巉削摩肩立，瀚海蒼茫人望迷。
誰道崤函千古險，回看只是一丸泥？

其二

東西尉候往來通，博望星槎笑鑿空。
塞下傳笳歌敕勒，樓頭倚劍接崆峒。
長城飲馬寒宵月，古戍盤雕大漠風。
除是盧龍山海險，東南誰比此關雄。

其三

敦煌舊戍委荒煙，今日陽關古酒泉。
不比鴻溝分漢地，全收雁磧入堯天。
威宣貳負陳屍後，疆拓匈奴斷臂前。

西域若非神武定，如何此地罷防邊？

其四

一騎才過即閉關，中原回首淚痕潸。
棄繻人去誰能識？投筆成功老亦還。
奪得焉支顏色冷，唱殘楊柳鬢毛斑。
我來別有征途感，不為衰齡盼賜環。

卷中

一、林鄧唱和詩詞（三則）

文忠不以文學名，而餘事倚聲，亦入南宋之室。其〈月華清．和鄧嶰筠尚書沙角眺月〉韻云：

穴底龍眠，沙頭漚靜，鏡奩開出雲際。萬里晴同，獨喜素娥來此。認前身金粟飄香，拚今夕羽衣扶醉。無事更憑欄，想望誰家天際？憶逐承明隊裡，正燭撤玉堂，月明珠市，鞅掌星馳，爭比軟塵風細。問煙樓撞破何時？怪燈影照他無睡，宵霽。念高寒玉宇，在長安裡。

〈喝火令．和嶰筠〉云：

院靜風簾捲，篁疏月影捎。閒拈新拍按瓊簫，惹得隔牆眠柳，齊蝸小蠻腰。自避清涼界，斜通宛轉橋，家山休悵秣陵遙。翦取吳紈，寫取舊煙梢，喚取幽禽入畫，相對舞雲翹。

風情如許，亦復何減歐、范。

二、

嶰筠尚書諱廷楨，江寧人。文忠由江督使粵，治鴉片案，尚書實為粵督，兩公志同道合，誓澹沈災。權貴忌文忠，因並及尚書，兩公先後戍邊，而粵事遂不可為矣。尚書督粵時，有〈高陽臺〉一首，即詠文忠焚鴉片事也。詞云：

鴉度冥冥，花飛片片，春城何處輕煙？膏膩銅盤，枉猜繡榻閒眠。九微夜爇星星火，誤瑤窗多少華年！更那堪一道銀潢，去貸天錢。星查恰到牽牛渚，歎十三樓上，暝色凄然。望斷紅牆，青鸞消息誰邊。珊瑚網結千絲密，乍收來萬斛珠圓。指滄波細雨歸帆。明月空舷。

己亥歲除，文忠留鎮兩粵，而尚書移督兩江，持節鄉里，人尤榮之。二公以庚子元旦受命，其臨行時，留別文忠，有〈換巢鸞鳳〉一首云：

梅嶺煙宵，正南枝意懶，北蕊香饒。甚因催燕睇，底事趁鴻遙？

頭番消息恰春明，蓼汀杏梁，青雲換巢離亭柳，漫綰線繫人蘭棹。
思悄，波渺渺。簫鼓月明，何處長安道？洗手諳姑，畫眉詢婿，
三日情懷應惱。新婦無端置車帷，故山還許尋芳草。珠瀛清者，襟期兩地都曉。

此兩則皆可入《詞林紀事》中。尚書在新疆時，有〈百字令〉一首，〈祭東坡生日〉云：

九嶷雲黯，更匆匆去跨，南飛孤鶴。天上瓊樓寒自好，偏向瓊田瓢泊。
磨蠍身宮，飛鴻爪跡，生氣還如昨。海山兜率，舊遊應許尋著。
儂亦珠嬌餘生，乘風飄緲，來聽龜茲樂。一種天涯萍與絮，腰笛而今零落。北府兵銷，西州路遠，歸夢時時錯。華年知幾，翠尊聊為公酌。

宋于延序《尚書詞集》，謂其通籍以至持節，居處飲食，無改寒素。惟於音律殆由夙授，分寸節度，有顧曲風。於古人之詞，靡不博綜，所自製則雍容和雅，掔纖之音，逖濫之響，無從犯其筆端。所存無多，所托甚遠，非過譽也。文忠少尚書十歲，嘗言尚書年已七十，而細書精妙，猶不肯用靉靆，足見先輩養氣之厚。

三、

尚書賜環，先文忠一年，文忠以詩送之曰：

得脫穹廬似脫圍，一鞭先著喜公歸。
白頭到此同休戚，青史憑誰定是非？
漫道識途仍驥伏，都從遵渚羡鴻飛。
天山古雪成秋水，替浣勞臣短後衣。

回首滄溟共淚痕，雷霆雨露總君恩。
魂招精衛曾忘死，病起維摩幸告存。
歧路又歧空有感，客中送客轉無言。
玉堂應是回翔地，不僅生還入玉門。（尚書由謫籍賞編修還朝，故云）

尚書亦有和詩云：

秋淨天山正合圍，忽傳寬大許東歸。
餘生幸保精鬼在，往日沈思事業非。
遇雨群疑知並釋，摶風獨翼讓先飛。
河梁自古傷心地，無那分攜淚滿衣。

事如春夢本無痕，絕塞生還獨戴恩。
未必茝蘭香共攬，要留薑桂性常存。
百年多難思招隱，半壁殷憂敢放言。
此去刀鐶聽續唱，遲公歸騎向青門。

陶文毅識左文襄

左文襄之初舉秋試也，禮部報罷回籍，侘傺甚。館醴陵書院，山長修脯至菲，幾無以給朝夕。時安化陶文毅公，方督兩江，乞假回籍省墓。是時輪船未通。吳楚往來皆遵陸取道江西。文毅聖眷方隆，奉優詔，馳驛回籍。地方官吏，供張悉有加。醴陵為贛湘兩省孔道，縣令特假書院為行館，囑文襄撰書楹帖。其上房之聯曰：「春殿語從容，廿載家山，印心石在。大江流日夜，八州子弟，翹首公歸。」印心者，文毅家有古石一，其形正方，名之曰印心石，故文襄齋名，即以印心石屋命之。召見時，慕陵嘗從容詢及也。文毅睹楹帖，激賞不已。問縣令孰所撰，令具以文襄名字對。即遣輿馬迎之至，談一日夜，大洽。立延入幕府，禮以上賓。文毅得子晚，其公子尚在髫齡。而文襄有一女，年與相若。文毅一日置酒，邀文襄至。酒半，為述求婚意，文襄遜謝不敢當，文毅曰：「君毋然，君他日功名，必在老夫上。吾老而子幼，不及睹其成立，欲以教誨累君，且將以家事相付託也。」文襄知不可辭，即慨然允諾。未幾，文毅騎箕，文襄經紀喪事，挈公子歸里，親為課讀。且部署其家事，內外井井，如文毅在時。陶氏族人，欺公子年幼，群謀染指，賴文襄為之禦侮，得無事。文毅藏書綦富，文襄暇日，皆遍讀之，學力由是日進，一生勳業，蓋悉植基於是時也。

桂林寇警軼聞

粵西撫幕有陳君者，年八十餘矣。在撫幕數十年，金田之亂，固所目擊。嘗為人述粵匪圍桂林時事，至可駭笑。省城被圍，先後三年餘，於時撫桂者為長沙勞文毅公崇光。所恃以為守者，撫署親軍三百餘人，武巡捕某弁統之，民團五百餘人，紳士張某統之，駐城中。湖南援軍千餘人，駐城外。賊雖圍城，實未嘗一日進攻。蓋其精銳已悉數北趨，留桂林者，半皆老弱罷病，本不欲戰，聊以牽制而已。土人初尚畏賊，久之，乃與賊相忘，省城四門扃其三，惟開西門，以通樵採。民或出城，路經賊壘，賊亦不過問。賊中食物偶缺，亦時時入城購買，長髮鬖鬖然，紅布帕首，遊行街市間，人共知其為賊，賊亦不自諱。城中大小將校，皆與賊通款曲，酬酢往來。而團總張紳，蹤跡尤密，令節朔望，賊營常置酒，招張紳與諸官飲，張紳諸官，皆坦然赴之。醉飽而歸。亦時時置酒請賊目，以答其意。惟必在城外，不敢公然延客入城而已。桂林被圍久，餉源斷絕，公私掃地赤立。主客軍不滿二千人，欠餉皆積年未發，軍士知其不可得也，亦相與安之，文毅一日怒某弁，詬之甚厲，某弁不能堪，快快出，語軍士曰：「當此世界，猶向我輩使上官身分耶？吾行即辭差，不能鬱鬱久居此矣。」眾皆曰：「君去，固不敢留，然吾輩欠餉如何者？」某弁曰：「吾已失歡於大帥矣，安能更索欠餉，君輩自向大帥理論可耳。」於是有數人据撫署大堂，自訴饑苦者，俄而增至數千人，雜訊漸厲。文毅在內室聞之，則自出彈壓。甫及門，矛鋒已自門內出矣，始悚然退歸。召某弁至，譙讓之，使以大義安眾慰心，某弁辭不往，文毅大怒，乃坐以激變軍心，而下諸臨桂獄，別簡一人為親軍督。一面令司道府縣，安撫變兵，許以餉至即發。諸軍士亦本不欲與巡撫為難，聊藉此為戲，以抒其憤懥而已，得諸官撫慰，亦遂散去。

如是者又數月，某弁被禁久，意忽忽不自聊。一日忽上書文毅，自稱從戍數年，一無建樹，中路蹉跌，實所不甘。與其羈死囹圄，何如戰死沙場，倘蒙恩釋出，當率所部，殺敵致果以報。文毅得書，笑曰：「某特欲出耳，然果能出戰，亦大佳事。」即召之至，面獎其勇敢，謂曰：「汝所將特三百人耳，烏能與賊戰？」某弁曰：「尚有張紳所統團練五百人在，可令彼為後勁，某當力效前驅。」文毅首肯，即以令箭召張紳至，語以故。張紳大驚，念今日乃言戰耶？然不敢違巡撫令，姑許諾。

遂相率出城，壓賊壘而陣，鳴鼓大噪。賊出視，亦大驚，迎謂曰：「彼此相安，耦俱無猜久矣，今奈何遂以此面目相向耶？」某弁不答，麾眾直前搏戰。賊始知其真欲戰也，亦蜂擁拒敵，不食頃，某弁與三百人者，遂皆拼命稱國殤矣。張紳徐至，頓足曰：「今茲敗矣，某弁全軍覆沒，吾何以覆命？」癡立良久，即馳去，徑赴賊壘，令從者以被虜歸報。團勇皆桂林城中無賴子，惟張紳能統馭之。張紳既去，軍無統率，諸軍士日為暴閧市，官吏不敢詰。命他紳接統，則皆辭以不能。文毅無如何，則謀贖回張紳。乃遣使者，詣賊營商之。賊目允贖，而要以大炮四尊，紅綢十匹，為交易之媒介。使者歸覆命，文毅難之曰：「紅綢無足重輕，大炮胡可畀賊？外人聞之，其視吾輩為何如人耶？」覆命使者往，議以數百金為大炮代價，賊目不允，必欲得炮而後可。使者歸，諸官相顧無策。藩司某進曰：「今既無用炮處，炮之在我與在賊，庸何擇焉？但勿令士民知之耳。請聲言允紅綢，不允給炮，而密以綢纏炮身，使人但見為綢，不見為炮，舁而置諸城外，俾賊自取之，不亦可乎？」文毅亦矙然曰：「君真善辦事者矣。」如其計行之，而張紳果歸。

曾文正公遺事

金陵之初復也，有蕭山一士人，自稱浙省教職，謁文正軍門，雄談大睨，不可一世。文正心奇之，偶談及下僚欺蔽之難杜，某正色曰：「受欺不受欺，顧在己如何耳。某盱衡當世大人君子，惟有中堂至誠感人，人自不忍欺。若左太保之嚴氣正性，人不敢欺，然以較中堂，已落第二義。至如某某諸公，則人即不欺，而己顧常疑其欺；或已被欺，而反不疑其欺者，比比是也。」文正大服，撫髀稱是不置。因語之曰：「吾幕府諸賢，子可遍謁之。月旦其優絀以語我。」某諾而出。次日，覆命曰：「軍中多豪偉士，然某於其間得二君子人焉。」文正驚詢之，則涂制府宗瀛，郭中丞柏蔭也。文正益心折，稱善，乃待為上客。顧一時未有以處之，姑令督製炮船。未幾，忽挾千金遁去。所司以聞，請發卒追捕，文正默然良久，曰：「休矣，置之可耳。」所司莫測其意，惘然退。文正乃咄咄獨坐，自循其鬚曰：「人不忍欺，人不忍欺。」左右皆匿笑。聞其人卒折節為善士，為諸生以終。

一、左文襄軼事（二則）

左文襄之捷秋試也，與同年生湘潭歐陽某，同舟北上。一日文襄伏几作書，歐陽生問何為，曰：「作家書耳。」有頃，舟已泊。文襄匆匆登岸縱眺，書稿置几上，尚未緘封也。歐陽生因取視之，書中敘別家後情事，了無足異者。惟中間敘及一夕泊舟僻處，夜已三鼓，忽水盜十餘人，皆明火持刀入倉，以刃啟己帳，己則大呼，拔劍起，力與諸賊鬥，諸賊皆披靡，退至倉外。己又大呼追之，賊不能支，紛紛逃入水中。頗恨己不習泅，致群逸盜去，不得執而殲旃也。歐陽生讀之，大愕。自念同舟已十餘日，果有此事，己何以不知？然家書特鄭重其事，又似非子虛，因召文襄從者問之，亦愕然不知，又召舟人問之，皆矢言實無其事。未幾，文襄徐步返舟，歐陽生急詰之。文襄笑曰：「子非與我同夢者，安知吾所為耶？」歐陽生曰：「夢耶？何以家書中所言，又若真有其事也？」曰：「子真癡人矣，昨晚吾偶讀《後漢書・光武紀》，見其敘昆陽之戰，雲垂海立，使人精神飛舞，晚即感此夢。乃悟前史所敘戰事，大半皆夢境耳。安知昆陽之役，非光武偶然作此夢者？子胡為獨怪我耶？信矣！癡人之不可與說夢事。」

二、

吳縣吳清卿中丞之督學陝甘也，按試至蘭州。於時左文襄甫肅清關內，方佈置恢復新疆之策。文襄固夙以武侯自命者，平時與友人書札，常署名為今亮。中丞下車觀鳳，即以「諸葛大名垂宇宙」命題，文襄聞之，甚喜。次日班見司道，故問新學使昨日觀風，其命題云何，司道具以對，文襄撚髭微笑，不語者久之，徐曰：「豈敢！豈敢！」

左文襄聯語

先外祖巴陵劉湘浦先生，諱樹森。弱冠以刑名學遊幕秦中，歷佐諸節使幕四十餘年。為文章宗法柳州，簡練峭潔，奏牘之文，一時無兩。每遇極繁賾瑣屑之事，他人數十語所不能盡者，先生輒以數語了之，而曲折奧窔，無不畢舉，以是名動九重。咸豐中，曾卓如中丞望顏入覲，文宗曾以先生名垂詢，士論以為至榮。先生之薨也，左文襄以一聯輓之曰：「約秦法三章，弱楚材一個。」一聯長盈丈，作擘窠書，字徑幾二尺許，為文襄生平極得意書。有勸諸舅氏以此泐諸墓門者，以尺度過長，竟不果。

左文襄遺議

左文襄戡定西垂，功名與曾、李埒，然實有未盡滿人意者。其奏疏鋪排戰功，半屬子虛，所以奏廓清之績者，純恃招降以集事耳。肅州之役，一敗塗地，幾不能軍。幸虜酋無遠志，涎降人待遇之優，排眾議而就撫，關內賴以奏肅清，然亦危矣。近讀江都史繩之中丞（念祖）〈復程伯序〉一書，其詆訶甚至。史晚節為人不足重，而此書則不可謂非實錄也，今節錄於下：

足下來書，下詢邊徼漢唐之形勢，近代之變遷，每欲作札，略述近日攻剿之機，邊民流離之慘，輒咄咄不能置一語。嗟乎！塞則猶是也，漢唐守備之故，形勢阻隔之險，久不復聞矣。方謂山遷河改，無事法古，安問當年形勢乎？國朝乾嘉之間，撫馭箝制，漫不復稽，遑問漢唐乎？嗟乎！幸僕筆拙目短，不足准古證今，以報足下之命。不然，將歷考其羈縻之失，而追尋其傾覆拙鈍之由，曲述其遁飾之隱，屠戮之虐，搜括羅織之苛，使九邊泣血之死聲，千里暴骨之慘狀，一旦而畢呈於足下之前，亦足下之所不忍聞也。足下乃謂僕之西行，可以有為乎？昔者顏子將之衛，請於夫子，夫子曰：『嘻，若殆往而刑耳。』僕雖不敏，獨不懼死於暴人之前乎？（下略）

甘肅僻處天西，風氣樸僿，士人僅知帖括。兵興十餘年，未有能著一書，以述攻戰之蹟者。文襄持節西征，又極力牢籠士大夫，結其歡心，使不持異議，故竟無一人能發其驕愎粉飾之情狀。嗚呼！使多忠勇不死，關隴可百年無患也。幕燕之危，岩壇之險，孰實為之？江統徙戎之論，讀之有餘悲已。聞人言，史少年時，目不知書，既貴，乃折節向學。此文郁聿昦岸，直摩唐人之壘，非規撫兩宋，以時文為古文者所能，不可謂非奇士也。

李文忠公遺事

甲午以前，人皆詈李文忠媚外，今溝猶瞀儒尚持此論。不知文忠卑視外人之思想，始終未嘗少變。甲午以後，且益厲焉。其對外人，終不以文明國人待之。此老倔強之風力，今安得復睹其人哉？其使俄也，道出日本，當易海舶，日人已於岸上，為供張行館，以上賓之禮待之。文忠銜馬關議約之恨，誓終身不復履日地，從人敦勸萬端，終不許，竟宿舟中。新船至，當乘小舟以登，詢知為日本舟，遂不肯行。船主無如何，為於兩舟間架飛樑，始履之以至彼船。其晚年直總署也，總署故事，凡外國使至，必有酒果款之，雖一日數至，而酒果仍如初，即此項已歲糜數千金。公至署，諸使來謁，署中依例以酒果進，公直揮而去之曰：「照例，外賓始至，乃款在酒果，再至則無之也。」諸使皆色變，然竟不能爭。法使施阿蘭狡甚，雖恭忠王亦苦之。會與相見，方談公事，驟然詢曰：「爾今年年幾何矣？」外人最惡人詢問年齡，然懾於公威望，不能不答。公掀髯答曰：「然則是與吾第幾孫同年耳。吾上年路出巴黎，曾與爾祖劇談數日，爾知之乎？」施竟踧踖而去，自是氣焰少殺矣。丁酉歲暮，俄使忽以書來求見，公即援筆批牘尾曰：「准於明日候晤。」時南海張樵野侍郎在座，視之愕然曰：「明日歲除矣，師尚有暇晷會晤外人乎？俄使亦無大事，不過攪局耳，不如謝卻之。」公慨然曰：「君輩眷屬皆在此，兒女姬妾，團圓情話，守歲迎新。惟老夫蕭然一身，枯坐無聊，不如招三數洋人，與之嬉笑怒罵，此亦消遣之一法耳。明日君輩可無庸來署，老夫一人當之可矣。」其佗傺如此。

一、閻文介遺事（五則）

朝邑閻文介公敬銘，狀貌短小，二目一高一低，恂恂如鄉老。未第時，嘗就大挑，甫就班跪，某親王遽抗聲曰：「閻敬銘先起去。」公深以為恨，常慨然歎曰：「一歲三落第，而會試不與焉。」蓋公於是歲試中書教習，皆被擯也。其後入翰林，改官戶部。胡文忠奏調總辦東徵糧臺，疏中有「閻敬銘氣貌不揚，而心雄萬夫」之語。未幾即超擢藩臬，晉撫山東。東事既定，公亦乞病解組，以故居逼近大河，時虞水患，乃徙居解州之運城。光緒元年，秦晉大饑，奉命偕曾忠襄公督辦晉賑。吉州牧段鼎耀，冒侵賑款，奏斬以徇。諸官吏皆惕息，莫敢玩法。晉人歌詠其事，至以比包孝肅。辛巳冬，與南皮張文達同被召命，長戶部，知遇之隆，一時無兩。癸未春，奏結雲南報銷案，公與樞臣同入見，奏封至三時許。太后以某事問恭王，王奏曰：「此事丹翁知之最悉，太后可問彼。」後顧公亦曰：「丹翁以為何如？」公聞命，惶悚萬狀，亟免冠叩首，眾皆不喻其故。後徐悟，微笑曰：「汝以吾誤稱汝字耶？吾敬汝德望，在宮中語及汝，未嘗不以字也。」一時聞者，以為異數。

二、

光緒甲申，法越事亟，北寧失守。慈聖下手詔，責樞臣襄贊無方，盡退恭忠親王以下諸公，而以禮親王世鐸及文介張文達、額勒和布諸公代之。時高陽李文正，以協辦大學士降調侍郎，協揆一缺，應由吏部具題請旨。先一日，召樞臣面議，文介力保文達及徐蔭軒相國。慈聖猶豫久之曰：「用他們不如用你。」文介亟頓首謝，不允。次日，枚卜之命遂下。

三、

文介長戶部數年，其最有力之改革，即以漢司員管理北檔房是也。故事，天下財賦總匯，皆北檔房司事之。而定例北檔房無漢司員行走者，以故二百餘年，漢人士大夫，無能知全國財政盈絀之總數者。文介為戶部司員時，夙知其弊。及為尚書，即首建議，謂滿員多不諳握算，事權半委胥吏，故吏權日張，而財政愈棼，欲為根本清釐之計，非參用漢員不可。當時滿司員尚無所可否，而胥吏皆懼失利權，百計沮之，文介毅然不少動。幸是時慈聖眷公方殷，竟從其請。邦計出入之贏縮，至是乃大暴於天下，此亦滿漢權力消長之一大事也。

四、

文介既得政，忽失慈眷，此中蓋有祕密之關係。論者舉謂慈聖方興三海頤和園之役，而文介靳不與款，以此惡而逐之者，猶是皮相之論也。初文介極敬戚畹某上公之清節，某上公亦極意交歡文介。文介遂力請以某上公為滿尚書，冀收和衷共濟之益。某上公既為尚書，則又進福文慎錕於文介，文介亦器其材，奏為戶部侍郎以自副。某上公與文慎既同得志，朋比而傾文介，所以齮齕者備至，文介遂以此稍失慈眷，不得不求去矣。初以久疾，請解機務，專辦部事，疏上，遽得請，都下皆駭然，莫喻其故。然此時文介雖管部，而權力已大遜為尚書時，故常請假不至署。會江西布政使李嘉樂，署陝西布政使李用清，皆奉旨開缺候簡，二李皆一時廉吏，為文介所舉，而被疆臣劾罷者也。命下，文介方在告，遽奏辨贛陝西撫之誣，請旨收回成命。疏入，奉旨嚴行申斥，責以不諳國家體制，公於是遂決浩然之志矣。然其歸也，猶溫旨慰諭，俾馳驛歸里，食全俸。且戒以國有大事，宜隨時以所見入奏。及其薨也，乃僅贈太子少保銜，一切輔臣恩澤，俱不得與。故事：輔臣身後，必晉三公，即不能，亦當贈太子太師。今以一品大臣，而身後飾終之典，乃以二品銜予之，國朝二百年間，蓋公一人而已。是時幾並予謚而靳之，賴南海張樵野侍郎力爭，始得請。內閣原擬「清、勤、慤、介」四字，朱筆獨點用第四字，亦不滿之意也。

五、

光緒乙巳冬，薄遊漢皋，宿漢陽兵工廠。廠吏某君，咸、同時舊人也，年七十許矣，猶及事胡文忠，為述文忠及朝邑閻文介公遺事甚悉。文介之署鄂藩也，文忠已薨，官文恭為總督，新繁嚴渭春中丞（樹森），繼文忠為巡撫。嚴公原籍渭南，盩厔李午山方伯（宗壽）知武昌府，皆文介鄉人也。故事：兩司必兼督撫總營務處銜，故能節制諸將領。某弁者，文恭之孌童也，文恭寵之甚，令帶衛隊，且保其秩至副將。某居然以大將自居，恃節相之寵，勢張甚，視兩司蔑如也。一日帥親兵數人，闖城外居民家，姦其處女，女哭詈不從，以刀環築殺之而逸。其父母入城呼冤，府縣皆莫敢誰何。文介聞之，大怒，急上謁督署。某弁固知文介之必不赦己也，先入督署，求救於文恭，文恭匿之。有頃，文介已上謁，文恭辭以疾。文介稱有要事，必欲面陳，如中堂不可以風，即臥室就見亦無妨。閽者出，固拒之。文介曰：「然則中堂病，必有痊時，俟其痊，必當傳見，吾即居此以待可耳。」命從者自輿中以襆被出，曰：「吾即以司道官廳，為藩司行署矣。」一臥起於官廳者三日夜。文恭囑司道，勸之歸署，必不可，文恭窘甚。以嚴李兩公，與文介同鄉，急命材官延之至，浼其為調人，而自於屏後竊聽之。二公譬諭百端，文介終不屈，誓不斬某弁不還署。文恭無所為計，乃自出相見，即長跽，文介岸然仰視，不為動。嚴公乃正色曰：「丹初亦太甚矣，中堂不惜屈體至此，公獨不能稍開一面網乎？」文介不得已，則趨扶文恭起，與要約，立斥某弁職，令健兒解歸原籍，立啟行，無許片刻逗留。文恭悉允諾，乃呼某弁出，令頓首文介前謝再生恩。文介忽變色，叱健兒執詣階下，褫其衣，重杖四十，杖畢，立發遣以行。事訖，始詣文恭前，長揖謝罪。然文恭由是益敬憚文介，且密疏保奏，俾撫山東。文介之執法不阿，固未易及，而文恭之休休有容，不以私憾廢公義，又豈能求之於今日哉？

倭文端沮開同文館

同文館之始開也，朝議擬選閣部翰林宮年少聰穎者，肄業館中。時倭文端方為首揆，以正學自任，力言其不可。御史張盛藻，遂奏稱天文演算法，宜令欽天監天文生習之。製造工作，宜責成工部督匠役習之。文儒近臣，不當崇尚技能，師法夷裔。疏上，都下一時傳誦，以為至論。雖未邀俞允，而詞館曹郎，皆自以下喬遷谷為恥，竟無一人肯入館者。朝廷歲靡鉅款，止養成三數通譯才耳。方爭之烈，恭忠親王奏命文端為同文館大臣，蓋欲以間執其口也。文端受命，欣然策騎蒞任，中途，故墜馬，遂以足疾請假，朝廷知其意不可回，亦不強之。文端之薨也，巴陵謝麐伯太史以聯輓之曰：「肩正學於道統絕續之交，誠意正心，講席敢參他說進；奪我公於國是紛紜之日，攘夷主戰，明朝無復諫書來。」當時士大夫見解如是，宜乎郭筠仙、丁雨生，皆以漢奸見擯於清議也。國之不競，諸君子烏能辭其責哉？雖然，今日國家固已興學矣，固已重用留學生矣，而效果究何在耶？吾恐文端諸人，方齒冷於地下，而持用夷變夏之說者，且益張其焰而助之攻也。噫！

恭王用人之公

光緒癸未春，豫撫李鶴年以王樹汶案革職。孝欽召見樞臣，謀代者。高陽李文正舉今相國定興鹿公，寶文靖舉覺羅成孚，兩人皆藩司，資望相埒，孝欽疑未能決。顧問恭忠王，當與何人。王對曰：「成孚亦甚好，但滿員，恐不諳民間利病。豫省吏治甚頹敝，不可不簡授清望之員以矯之，用成不如用鹿。」議遂定。會河督梅啟照，亦緣是案罷斥，乃命成孚署河督印務，賢王之立賢無方如此。

朱提督洪章遺事

曾忠襄之克秣陵也，大將李臣典、蕭孚泗咸膺上賞，錫封子男。而不知悉黔將朱洪章一人之功，李蕭皆噲伍耳。洪章，黔之鎮遠人。胡文忠為鎮遠守，洪章以親軍隸麾下，文忠壯之。及陳臬湖北，遂挈以自隨，肅清武漢，實為首功。文忠太夫人壽，洪章使酒罵座，忤其曹偶。文忠慮不為諸將所容，因遣從曾文正軍。文正因使帥精銳數千人，隨忠襄搗金陵。忠襄部下皆湘將，洪章以黔人孤立其間，每有危險，輒以身當其衝，以此知名，忠襄益倚重之。初開地道於龍脖子，垂成而陷，健兒四百人殲焉，皆洪章部下也。二次地道成，忠襄集諸將，問孰為先入者，眾皆默無言。洪章憤，願一人為前驅，從煙焰中躍上缺口，以矛援所部，肉薄蟻附而登，諸將從之入，城遂復。臣典於次日病卒，忠襄好語慰洪章，使以首功讓臣典，而已次之，洪章慨然應諾。及捷報至安慶，文正主稿入奏，乃移其次第，以洪章為第四人。於是李蕭皆封子男，而洪章乃僅得輕車都慰，殊不平，謁忠襄語及之。忠襄笑而授以佩刀曰：「捷奏由吾兄主政，實幕客李鴻裔高下其手耳，公可手刃之。」洪章一笑而罷，其後終雲南鶴麗鎮總兵。張文襄督兩江時，洪章猶在，然閒廢久矣。文襄為奏起之，使募十營，駐守蘇浙間之金山衛，軍紀肅然，市廛不擾。未幾，以積勞觸發舊傷卒於軍，吳人至今猶感其惠云。

張汶祥案異聞

張汶祥刺殺馬新貽一案，當時問官含糊了事，以故，事後異論蜂起。大抵皆謂馬新貽漁色負友，張汶祥為友復仇。近人且以其事演成新劇，幾於鐵案不可移矣。然以眾所聞，則有大異者。張初在髮逆軍中，為李侍賢裨將。金陵既下，侍賢南竄閩廣，數為官軍所敗。汶祥知其必亡，陰懷反正之志。會有山東人徐姓者，仕為武職，被賊掠去。適與汶祥同營，二人遂深相結納，謀同逃，誓富貴無相忘。未幾，竟得脫。時馬已官浙撫矣，徐與同鄉，故相識，遂留其幕下為材官。而張則輾轉至寧波，開小押當自給。一日張至杭訪徐，徐留與飲，酒酣，徐忽慨然曰：「『竊鉤者誅，竊國者侯。』古人信不吾欺。以堂堂節帥之遵，而竟甘心外向，曾無人發其覆者。而吾儕小人，不幸被虜，伺便自脫，官府猶以賊黨疑之，或竟求生得死。天下不公之事，孰有甚於是者？」張異其言，固詢之。徐乃言，旬月前撫帥得一無名書，發視之，新疆回部某叛王之偽詔也（馬新貽，故回回種人）。偽詔略云：「現大兵已定新疆，不日入關東下，所有江浙一帶征討事宜，委卿便宜料理」云云。馬得書，即為手疏以報，略言大兵果定中原，則東南數省，悉臣一人之責。張聞言大憤，拍案叫曰：「此等逆臣，吾必手刃之以洩憤。」已而，馬下令禁私開押店，盤利害民，而張肆遂被封，益落魄無聊，殺馬之志益決。未幾，馬已擢任江督，張適以事詣金陵，遂謀行刺。是日，馬未曉已出閱操，歸署時甫黎明，張潛伏箭道門側以俟。會有一山東人，漂泊白下，求馬資助者，輿甫入門，其人即攔輿遞呈。馬探半身出接呈。張狙出進刃，刃從肋下入，本向上，張又力絞之，使下向。迨刃抽出，已捲作螺旋形矣，其用力之猛如此。馬既飲刃，即大呼謂左右曰：「扎著了。」南人不明北語，誤扎為找，故疑二人本相識，因以有復仇之說也。

馬死時家有兩妾，皆四十許，蓋從馬已廿餘年矣。張既被獲，群擁之入署，兩司集訊之。張据地趺坐，抑使跽，卒不肯。但問上坐者何官，曰：「臬藩兩司也。」笑叱曰：「兩司那配問我？請將軍來，我始肯言耳。」有頃，將軍至，訊其何以行刺，則曰：「請先飭制臺家屬，一律出署，再遣兵役圍其內宅，我方肯說。」將軍以語不倫，斥之，則曰：「若是，吾終不肯言矣。」窮詰之，終不吐一語，不得已，乃摒左右，誘使吐實。始以徐語告，且曰：「公不信，第遣人往搜其秘篋，苟不得偽詔者，吾甘伏反坐之罪。」問官聞此，咸大惶惑，不欲興大獄，故矯為獄詞，而亟磔張於市，實則終無確供也。莫子偲先生之弟某，於時署江寧府，親睹其事云。

林夫人書稿

沈文肅公夫人林氏，為文忠公女。其乞援饒廷選，以保廣信府城事，人豔稱之，而書稿則多未之睹，亟錄於此。書云：

將軍漳江戰績，嘖嘖人口，里曲婦孺，莫不知有饒公矣，此將軍以援師得名於天下者也。此間太守，聞吉安失守之信，豫備城守，偕廉侍郎往河口籌餉招募。但為時已迫，招募恐無及，縱倉卒得募，恐返驅市人而使戰，尤所難也。頃來探報，知貴溪又於昨日不守。人心皇皇，吏民商賈，遷徙一空，署中童僕紛紛告去。死守之義，不足以責此輩，只得聽之。氏則倚劍與井為命而已。太守明早歸郡，夫婦二人，荷國厚恩，不得藉手以報，徒死負咎。將軍聞之，能無心惻乎？將軍以浙軍駐玉山，固浙防也。廣信為玉山屏障，賊得廣信，乘勝以抵玉山，孫吳不能為謀，賁育不能為守。衢、嚴一帶，恐不可問。全廣信即以保玉山，不待智者而後辨之，浙大吏不能以越境咎將軍也。先宮保文忠公奉詔出師，中道賚志，至今以為深痛。今得死此，為厲殺賊，在天之靈，實式憑之。鄉間士民，不喻其心，以輿來迎，赴封禁山避賊，指劍與井示之，皆泣而去。太守明晨得餉歸後，當再專牘奉迓。得拔隊確音，當執爨以犒前部。敢對使百拜，為七品生靈請命。昔睢陽嬰城，許遠亦以不朽。太守忠肝鐵石，固將軍不吝與同傳者也。否則賀蘭之師，千秋同恨，惟將軍擇利而行之。刺血陳書，願聞明命。

高心夔遺事

故協辦大學士戶部尚書宗室肅順，為三凶之魁，卒以大逆伏誅。然其才識，在一時滿大臣中，實無其比。髮逆蕩平之由，全在重用漢臣，使曾胡諸公，得盡其才。人第知其謀之出於文端慶，而不知帷幄之謀，皆由肅主持之。徒以戊午科場大獄，為科甲中人所切齒，故惡而不知其美耳。肅雖痛恨科甲，而實愛才如渴，一時名士，咸從之遊。湘潭王闓運、湖口高心夔，其尤著也。方左文襄之佐湖南幕府也，為蜚語所中，疾之者爭欲置諸死地，禍幾不測。微肅之論救，必無幸矣。方獄事急時，文襄故交某君，走京師，詣高謀之。高即入言於肅，肅曰：「論救吾當力任之，然必外廷漢官，有上疏言之者，上必垂詢，某乃可盡言。不然，某素不與外官交通，上所深知，今無端言此，適以啟上疑耳。」高出謀於眾，眾皆畏禍累，蔑敢應者。吳縣潘文勤，時官翰林，慨然單銜入奏，請以百口保左宗棠無他。上果持其疏，詢諸樞臣。肅頓首奏潘祖蔭國家世臣，所保必可信，請姑寬之，以觀後效。因乘機極言滿將帥腐敗不可恃，非重用漢臣不可。上大感動，即可潘奏。文襄獲無事，旋即大用。而曾文正督師之局，亦定於此時。肅之功顧可沒哉？文襄歷任閩陝兩江，於京朝士大夫，向不致饋冰炭，獨於文勤，每歲必以千金為贐，訖終身無間。高舉己未進士，相傳禮部放榜後，肅為之竭力揄揚於公卿間，必欲以第一人處之。及覆試保和殿，欽命詩題，官韻限十二文，而高誤押入元韻一字，因置四等，罰停殿試一科。肅亦為懊喪無已。次歲庚申恩科，高臚唱列入二甲。肅於朝考前一日，探得詩題為〈紗窗宿斗牛〉，得「門」字，唐人孫逖〈夜宿雲門寺〉詩也。亟召高至，密以題紙授之，且勖曰：「此番好為之，朝元當可望也。」入場，題下果符，通場三百人，無識出處者。高意得甚，自命不作第二人想，出場後，持詩稿即往謁肅。肅覽之，頓足曰：「完矣！完矣！」蓋通首除官韻外，其七字皆押入十一真部也。翌日榜發，復列四等，引見得歸班銓選。王壬秋嘗戲以聯語贈高曰：「平生雙四等，該死十三元。」噫譃而虐矣。自肅伏法後，高益潦倒無聊俚，文襄由陝督入軍機，高猶旅食京師也。文襄出督兩江，亟為高報捐道員，指分江南，囑其先行到省以俟。高引見畢，即由海道南下。文襄由內地徐徐行，抵瓜洲，司道以下官，皆渡江迎謁，獨不見高來，奇之。俄度江，至金陵城外，高猶未來，文襄不能忍，詢諸藩司某，某愀然對曰：「高道於昨日逝矣。」文襄亟往臨哭之，為不怡者累日。嗟夫！迷信家恒謂君相造命，豈其然哉！（高號伯足，江西湖口人，同治末年官吳縣知縣，光緒七年卒於吳中）。

延樹南宗伯之大節

光緒丙戌三月，孝欽太后率德宗恭謁東陵，至定東陵，李貞顯皇后陵也。鑾輿甫至，未行禮，先詣配殿小憩。所司以禮節單呈進，后閱之，色頓不懌，擲之地，命另議以進。蓋照例拈香進酒須跪拜，故后不願也。是時，高陽李文正為漢尚書，聞命色變，戰慄不敢出一語。滿尚書延樹南宗伯煦獨奮然曰：「此不能爭，國家何用禮臣為？公不敢言，我當獨面奏。」即肅衣冠入見，跪殿門外，大言曰：「太后今日至此，兩宮垂簾聽政之禮節，無所用之，唯當依顯皇帝在時儀注行之耳。」後聞奏，失色，命之起。公對曰：「太后不以臣不肖，使待罪禮曹，見太后失禮而不敢爭，臣死無以對祖宗。不得請，誓不敢起。」後不得已，可其奏，公乃徐謝恩起。當是時，同列皆汗流浹背，公從容如平時，卒成禮而後歸。（是科會試改十一日入場，蓋車駕初八日始還京也）。

薛雲階司寇之法學

前明六部權最重，為部郎者，率視外任如左遷。國朝官制，無異明代，而部權之衰，則一落千丈矣。士大夫起家進士，任曹司二三十年，京察注上考，始得一麾出守。同儕望而羨之，真有班生此行，何異登仙之慨。噫，可以觀世變矣！諸曹司事權，皆在胥吏，曹郎第主呈稿畫諾而已。惟刑部事非胥吏所能為，故曹郎尚能舉其職。刑部事統於總辦秋審處，額設提調坐辦各四人，主平亭天下秋審監候之獄，必在署資深，且深通律學者，始獲充是選。長安薛雲階尚書允升，官提調十餘年，始獲外簡。甫六歲，復內擢少司寇，薦長秋官，掌邦刑者，又二十年，終身此官，其律學之精，殆集古今之大成，秦漢至今，一人而已。嘗著一書，以大清律例為主，而備述古今沿革，上溯經義，下逮勝朝，比其世輕世重之跡，求其所以然之故，而詳著其得失，以為後來因革之準。書凡數十冊，冊各厚寸許，卷帙繁重，竟無人能為任剞劂者，恐日久終不免佚闕矣。

尚書清癯疲削，若不勝衣，而終日端坐讀書無倦容。語音極小而清朗，每在稠人大會中忽發一言，雖坐離數丈者，亦聞之歷歷，不啻促膝對語。而大聲雄辯者，其音反為所掩。蓋壽相，亦異稟也。嘗言士大夫一生，學問為一事，科名為一事，官職名譽，又各自別為一事，兼是四者，古今殆罕其人。以王荊公之道德氣節，而宋儒至儕諸盧杞，包孝肅使生於兩漢時，在《酷吏傳》亦不過僅居下駟之列，而至今婦孺皆知，奉為神明。名實何必相符？史冊安有定論耶？嘗為嘉興沈乙庵述之，乙庵歎息，以為至言。

寶文靖遺事（二則）

一、

恭忠親王在政府，與寶文靖相得，王恒呼文靖為龜。一日退值偕行，過一豐碑下，王指負碑之贔屭，戲文靖曰：「此為何物？」文靜正色對曰：「王爺乃不識此物乎？此龍生九種之一耳。」王亦鼓掌大笑。

二、

寶相國退閒後，常語門下士曰：「吾他日身後，得謚文靖，於願足矣。」及其薨也，易名之典，適符素志。蓋門下士具以公意啟樞臣，而樞臣為之乞恩也。

多忠勇公軼事

中興諸將之善戰者，以多忠勇公隆阿為最。公之戰功，始於東南，而終於西北，東南戰事最久，而不如西北關係之重。蓋其在東南，不過攻城野戰之勳，而在西北，則仗鉞專征，獨當一面也。同治元年，陝回亂起，朝廷以勝保為欽差大臣，帥師西征。勝保在皖北，頗著聲績。及西入關，則銳氣頓挫，株守省垣，日縱淫樂，不敢言戰事。言者交章論劾，詔逮治入京，而以公代之。回匪逆巢，在渭北者凡三城。最東曰羌柏，在同州，迤西有蘇家溝，再西為渭城。蘇家溝、渭城，皆在咸陽境。賊於渭城建府治，蓋居然以偽都視之矣。公督師入關，徑趨羌柏，力戰三日夜，克之，殲悍賊幾盡。移師西指，群賊懾公威，蘇、渭兩城，皆一鼓下，陝回皆西走甘肅。大軍方欲上隴，而蜀匪驟出山，据盩厔、鄠縣，乃移師而南。周至甫下，公亦致命，千鈞之弩，傷於鼷鼠，惜哉！回逆最悍耐戰，過粵匪遠甚，賴公先後十餘戰，盡梟其魁傑。左軍西征，直因公成局而蕆其事耳。微公造攻於先，後來成敗，未可知也。然公苟不死，則必舉逆孽而盡殄之，平慶、涇固間，無花門縱跡矣。文襄後來招撫，直出於不得已。車箱之峽，隱憂方大，安得起公九京，而付以西垂之事哉？

公致命後，秦人德之甚，雖婦孺無不下淚者。而駐防旗丁，獨深憾之。方賊之圍攻省城也，官軍分城而守，東北隅在滿城內，故旗營主之。佐領某，潛輸款於賊，約為內應，期以六月望夜分，賊舁雲梯，由東北角樓下登城，而某自城上援之。至期，大風雨，賊所持草炬皆濕不能燃，迷失路，反向北行。奔馳至曉，則已在渭濱，去城四十里矣。某得賊賄千金，欲闔有之，其黨大憤，遂上變，將軍乃斬某以徇。賊旋敗退，城幸得全。公既抵陝，聞其事，乃震怒，立奏誅同謀者數十人，而盡革旗營月餉。當是時，旗丁衣食無所資，相率折售屋材以餬口，鬻子女、賣婦者相屬也。公薨後，繼任者始奏覆之，故旗丁憾公特甚。至今公專祠中，春秋社賽，旗人無一至者。

國朝列女傳三人（三則）

曾見達縣吳季清先生所著筆記，有紀國朝列女三事，云聞之湘潭王壬秋。後讀壬秋《湘綺樓全集》，有此三傳，而所紀詳略各不同。第一傳香妃事，以孝聖憲皇后為主，與季清所紀，宗旨更互異，因憶而錄之，以備異聞。季清殉節三衢，盡室國殤，遺著悉葬之烈火中矣。錄此三事，竟猶想見宣南冷寺中，掀髯劇談時也。黃壚腹痛之慼，不禁涕泗之交集矣。

一、

回部王妃某氏者，國色也，生而體有異香，不假薰沐，國人號之曰香妃。或有繩其美於中土者，高宗純皇帝微聞之。西師之役，將軍兆惠陛辭，上從容語及香妃，命兆惠一窮其異。回疆既平，兆惠果生得香妃，致之京師，先密疏奏聞。上大喜，命沿途地方官吏，護視起居維謹，慮風霜跋涉，致損顏色，兼以防其自殊也。既至，處之西內，妃在宮中，意色泰然，若不知有亡國之恨者。唯上至則凜如霜雪，與之語，百問不一答。無已，令宮人善言詞者諭以旨，妃慨然出白刃袖中，示之曰：「國破家亡，死志久決。然決不肯效兒女子，汶汶徒死，必得一當，以報故主。上如強逼我，則吾志遂矣。」聞者大驚，呼其侶，欲共劫而奪之。妃笑曰：「無以為也，吾袒衣中尚有如此刃者數十計，安能悉取而奪之乎？且汝輩如強犯我者，吾先飲刃，汝輩其奈何？」宮人不得要領，具以語白上，上亦無如何。但時時幸其宮中，坐少選即復出，猶冀其久而復仇之意漸怠也。則命諸侍者日夜邏守之，妃既不得遂所志，乃思自戕。而監者昕夕不離側，卒無隙可乘而止。妃至中土久，每歲時令節，思故鄉風物，輒潸然泣下。上聞之，則於西苑中妃所居樓外，建市肆室廬禮拜堂，具如西域式，以悅其意。今其地尚無恙也。時孝聖憲皇后春秋高，微聞其事，數戒上毋往西內，且曰：「彼既終不肯自屈，曷弗殺之以成其志？無已則權歸其鄉里乎？」上雖知其不可屈，而卒不忍捨也。如是者數年。會長至圜兵大祀，上先期赴齋宮，太后瞷上已出，急令人召妃詣慈寧宮。妃既至，則命鐍宮門，雖上至不得納。乃召妃至前，問之曰：「汝不肯屈志，終當何為耶？」對曰：「死耳。」曰：「然則今日賜汝死可乎？」妃乃大喜再拜，頓首曰：「太后天地恩，竟肯遂臣妾志耶？妾間關萬里，所以忍辱而至此者，唯不欲徒死，計得以一當以復仇雪恥耳。今既不得遂所志，此身真贅旒，無寧一瞑不視，從故主地下之為愈矣。太后天地恩，竟肯遂臣妾志，臣妾地下，感且不朽。」語罷，泣數行下，太后亦為惻然，乃令人引入旁室中縊之。是時上在齋宮，已得報，倉皇命駕歸。至則宮門已下鍵，不得入，乃痛哭門外。俄而門啟，傳太后命，引上入，則妃已絕矣。膚色如生，面色猶含笑也。乃厚其棺殮，以妃禮葬之。

舊史氏曰：「吾讀亡國之史，至於晉羊後、北齊馮淑妃、南唐小周后之遺事，未嘗不廢書三歎也。即孟昶宮入費氏，賦詩見志，慨國無男，未嘗不志節佼佼。然卒之失身宋祖，雖巽辭自解，潛祀故君，然亦兒女子之愛情而已，未足以為訓也。（今世所祀張仙起於宋世。本花蕊夫人在宮中潛祀孟昶，一日藝祖見而問之，則詭以張仙對，謂婦人祀此像者，可以生男，藝祖乃釋然，宋人說部中多載其事）。嗚呼！熟謂域外遠夷巾幗中，乃有荊軻、豫讓其人耶？錢牧齋、龔芝麓之徒，可以愧死矣」

二、

旗人某氏女者，父為驍騎校，夫婦老而無子，且家赤貧，恃女針黹以養，縫浣湢廚之事，悉一身兼之。女略識字，有暇，則聚鄰童，教以識字，藉博升合資，時咸豐初年也。一日禁中選秀女期屆，女名在籍中。聞報，抱父母慟哭，念己入宮，父母老無依，且輾轉死溝壑，欲奉親以遁者數矣。故事，無問官民家女，既當選，則以官監守之，慮其遁也。女既不克脫，不得已，屆期隨眾往，排班候駕於坤寧宮門外，時天甫黎明也。是時金陵甫失守，羽書絡繹至，上憂勞旰食，每樞臣入見，議戰守事，輒至日昃乃退。民家女初入宮禁，已戰慄不自勝，又俟駕久，疲倚不能耐，重以饑渴交迫，相向飲泣。監者叱之曰：「聖駕行且至，何敢若此，不畏鞭笞耶？」眾聞言，愈戰懼欲絕。女勃然起，厲聲語監者曰：「去室家，辭父母，以入宮禁。果當選，即終身幽閉，不復見其親。生離死別，爭此晷刻，人孰無情，安得不涕泣？吾死且不畏，況鞭笞乎？且赭寇起粵嶠間，不數載，悉長江而有之，今遂陷金陵，天下已失其半。天子不能求將帥之臣，汲汲謀戰守，以遏賊鋒，保祖宗大業，而猶留情女色，強攫民家女，幽之宮禁中，俾終身不獲見天日，以縱己一日之欲，而棄宗社於不顧，行見寇氛迫宮闕，九廟不血食也。吾死且不畏，況笞鞭乎？」監者大驚，急掩其口。而上適退朝，御輦已至前矣。因共縛其手，牽詣上前，抑之跪，女猶倔強，不肯屈膝。初女所言，上已微聞之，至是復笑問其故，女仍侃侃然奏如前語。上欣然喜曰：「此真奇女子也。」亟命釋其縛，令引入宮中，朝見皇后。時某邸方喪偶，謀續娶，因以女指婚焉，而罷所選秀女，使皆寧其家。

舊史氏曰：「甚矣，人主聽言之難也。往往師保疑丞，諫議拾補，竭其法語巽言，疏十上而不能一紓天聽者。匹夫匹婦兒女子之流，顧能以一言感之，且其言恒有常人所不堪者，而英君誼辟，獨能欣然容之，豈不奇哉？聞諸故老，列祖列宗之文學，以文宗為最優。御極之初，天下欣欣，有小堯舜之稱。然曾文正奏進孫文定〈三習一弊疏〉，請銘諸座右，聖意怫然，幾欲降旨詰責，賴祁文端從容申解，乃已。疏中所言，較庶女呼號之詞，其順逆當不可同日語矣。乃彼所苦心孤詣而不能得者，此獨於立談間得之。誠以危言抗論，適中肯綮。且一出中心惻怛之至誠，而絲毫無所矯飾故耳。然非文宗之聖，又胡能紆尊從諫若此哉？嗚呼！此其所以撥亂反正，而卒基中興之烈也歟。

三、

某氏者，河南民家女也，生而奇慧，鄉里以針神譽之。少失怙恃，鞠於兄嫂，兄嫂皆鍾愛之，為擇配甚苛，故及笄猶無人委禽也。女一日以麥草織雨笠，窮工極巧，鉤心鬥角，數十日力，僅成一具。持付兄，俾詣市售之，曰：「第索價百金，無增減，有購者，即詢其里居姓字而謹識之。」兄訝曰：「一笠耳，惡能值百金？持以過市，人不將疑我狂耶？」女曰：「第如我言行之，必有購者。如其竟無人，不怨兄也。」嫂在側，默喻其意，知女意在擇偶也，因促其夫如妹言。兄不得已，持以出，閱三日，無人問價者，意女特奮言耳，日暮，倦欲歸。忽一少年翩然來，迎與語，衣履修潔，神宇閒雅，兄故所相識，鄰村某高材生也。見所持笠，異之，把玩不釋手。問持此何為，以求售對，詢其價，以百金對。生沈思久之，恍然悟，即邀兄詣其家，出百金授之，而留其笠。兄微以言叩之，則生猶未娶也。歸告妻，使以語妹，女果首肯，亟以媒氏往，婚遂成。卜日親迎以歸，伉儷果綦篤。婿家故無舅姑，惟夫婦二人，倡隨之樂，誠萬戶侯不與易也。生寶愛草笠甚，令女製錦韜藏其中，出必冠之，無間晴雨，歸必手自拂拭，韜而懸之帷中，以為常。數年後，女舉一子，已呀呀學語矣。生有所善某富室子者，嘗求婚於女，女以其無行，卻之。至是，益妒生之得美婦也，謀所以間之者，乃陽納交焉。恒招生為詩酒會，因導之為狹邪遊，生惑焉，出輒數日不歸。女憂之，乃婉語曰：「昨某君來吾家，吾於屏後窺其人，目動而言肆，是殆有異圖，不可近也。」生未以為然，笑置之。一日醉歸，忽易笠而帽，女訝問之，則已為某乘醉攫去矣。女默然，亦無一言。生倦而酣寢，曉始醒，則獨臥於床，訝女胡早作，呼之不應，亟起視，已縊於窗櫺間矣。生駭極木立，大痛，茫不知其故。俯視碎錦狼藉地上，拾審之，即所以韜笠者，始悟女所以死。乃大痛悔，號泣數日，亦感疾死（此事與《湘綺樓集》大異）。

舊史氏曰：「《易》有之，『君子見幾而作，不俟終日』。若女者，可謂能見幾者矣。生之寶愛是笠也。非笠之足寶，寶制是笠者之人耳。夫以造次不肯相離之物，忽慨然舉以人而弗之惜，寵移愛奪之機朕矣。女也不死，其將坐待為班姬之扇，樓東之珠乎？嗟呼！使淮陰而知此，則必無雲夢之擒」使陸敬輿而知此，則何至有忠州之謫？古今豪俊奇偉之士，如劉誠意者，庶其近之矣。

李蓮英女弟之指婚

李監蓮英有一妹國色也。辛卯壬辰間，年甫逾笄，尚未適人。李數繩其美於孝欽，遂召入內侍起居。李妹故慧黠，善伺人意。孝欽寵之甚，呼為大姑娘。每日上食時，惟李妹及繆素筠女士侍後左右，同案而食，皇后及諸妃嬪皆立伺於□。一日，某福晉入宮候起居，福晉於孝欽為姊妹，入宮相見，未嘗賜坐，是日請安畢，忽賜坐，福晉驚悚逡巡，不敢即坐。孝欽微哂曰：「吾所以賜坐者，豈為爾乎？爾不坐，大姑娘不敢坐。彼漢裝纖足，那能耐久立乎。」福晉憤甚而不敢言，歸即發病。蓮英之進其妹，本欲效李延年故事，而不悟上非漁色之主，所圖竟不遂。蓮英之懸上此亦其一原因也。內務府司員某者年少貌美，適喪妻，孝欽遂為李妹指婚焉。武進屠敬山水部（寄）《結一廬詩集》中有〈宮詞〉二首，其一云：「偷隨阿監入深宮，與別宮人總不同，太母上頭宣賜坐，不教侍立秀屏風。」又，某君〈小遊仙詞〉中一首云：「漢宮誰似李延年，阿妹新承雨露偏，至竟漢皇非重色，不將金屋貯嬋娟。」即詠此事也。

廚役高識

甘肅牛制府監，少時家綦貧，徒步走千餘裡，至西安，肄業關中書院，無以給饔餐資，常寄食於院中之廚役某叟家。某叟偉其氣宇，知必大用，不責償也。牛後通籍，報以千金。及督兩江，某叟猶健在，年踰七十矣，家亦小康。因往訪牛，牛留之署中。及鴉片戰事起，牛附和奕山、伊里布等，力主和議，陷陳忠愍、裕靖節於死。某叟乃大憤，馳書告其子，舉家中產業，凡以牛贈金營運所殖者，悉斥賣之，匯其銀至江南，計逾二千金。乃持以謁牛曰：「牛先生，昔吾所以解衣推食者，以子氣貌英偉，將來必大用，為國家名臣耳，豈望報乎？今子乃誤國至此，吾義不受子之惠。請以昔所贈，及歷年所得子金悉還之子。吾仍為廚役，不慮餓死也。」牛亟起謝，竟拂衣去，告貸於鄉人，乃得歸。聞牛同鄉述此事，惜竟不知其姓名矣。牛先生者，牛昔為諸生時，某叟常以相稱者也。

沈副憲之知遇

高宗純皇帝訓政時，三省教匪方熾，宵旰憂勤，視朝較平時恒早數時。一日，召樞臣，俱未至，獨章京吳熊光入直，遂蒙召對。是日即降旨以熊光為軍機大臣，嗣後無召見章京者。光緒甲申春，恭忠親王、寶文靖、李文正諸公之出軍機也，是日諸公皆已至直廬，方預備入對，忽奏事內監傳旨，令王大臣皆毋庸入見，而單召領班章京沈源深進內獨對。於是諸公始知有大處分，前數日固毫無音息也。是日承諭擬旨述旨，皆沈一人為之。沈河南祥符人，由進士部郎入直，是時方官大理寺卿。故事：領班章京，回翔未久，必補軍機大臣。沈又承特達知遇如此，眾謂不日必當國矣。未幾，升副憲，照例出樞廷，乃竟數年不遷。僅於庚寅恩科，典禮部試，旋即下世。竟未得與爰立之選，信乎升沉之有命也。

一、某太史遺事（二則）

某相國者，講學家也。其兼翰林院掌院學士時，延一新留館之某太史，為諸孫授讀。相國生平，固深惡吸食鴉片煙者。太史到館數月，賓主極相契，相國方自喜為諸孫得良師。一日太史獨坐齋中，整檢箱篋中物，篋底固藏煙具，方一二拂拭刮磨，而生徒突自外入，亟掩藏之，則已無及矣。諸公孫下學歸，因為相國言之。相國乃頓足太息，歎知人之易，且惜太史之少年自暴棄也。偶退朝回，步至書齋，就太史談，移時因及吸煙之害，遂反復痛切言之。太史悚息，側聽良久，倏肅然起立，涕泗被面曰：「某雖愚，亦知師言必為某而發，某不肖，未嘗奉教於大君子之前。少時偶因疾病，藥餌無靈，友朋因以吸煙勸，爾時不知其害，貿然從之，沉溺此中者十年矣。今聞師言，如夢初覺，十年來殆不可為人，自今日起，誓當痛絕之。」相國見其意誠，轉抱不安，慰之曰：「君既因病吸煙，驟絕之，恐宿疾復發，但有志戒絕，漸進可耳。」太史曰：「不然，改過貴於勇猛，向不知其為害，相與安之。今既知其非義，則斯須不可淹留，朝聞道夕死之謂何？即使觸發宿疾，遂致不救，不猶愈於為吸煙之人以終乎？」乃即相國前啟篋，盡取其煙具出，毀而棄之。相國大歎異，所以慰藉之良厚。太史自此日危坐齋中，不出跬步者兩月餘。相國諗知之，乃益服其進德之猛，改過之速，為生平所未見。留館授職，未十年，遽保列京察一等，擢守雄郡。實則太史生平並不吸煙也。

二、

太史一日偕同官詣院接見（掌院學士每月三次詣院，至則召諸翰林來署，坐談數刻。每班十人，謂之接見。侍讀以下至編檢皆與焉，庶子以上則否。蓋翰苑職事清簡，自清秘堂辦事諸員外，罕有得見掌院者，故為此制，使堂屬得常相見，藉以察其人之賢否也），相國從容問曰：「君讀何書？」太史答曰：「數日以來，未嘗讀書。適購得菊花數十盆，羅列廳事中，終日靜坐其間，為養心之一助而已。」相國乃諮嗟太息曰：「數日未與君相晤語，所見又進一步矣。但君必觀花始能養心，若老夫則空所依傍，雖目中未接一物，而此心常覺活潑潑地，似當較勝君矣。」太史慄然改容應曰：「吾師造詣，已至顏子心齋坐忘境界，豈門生之所敢望？門生不過略有周茂叔『綠滿窗前草不除』之意耳。」始兩人問答時，旁坐九人，已不禁失笑，恐失儀，皆竭力抑制之。至此，不復能忍，竟哄堂大笑，遂匆匆而散。

浙案異聞

浙江葛華氏一案，為光緒初四大案之一，自經部審平反，久成信讞矣。乃以蒙所聞，則頗有與當時案牘異者，蓋葛品蓮雖未被謀害，要非良死，葛畢氏亦實非良家婦也。畢故余杭土妓，楊乃武與縣令劉錫彤之子皆昵之。楊以諸生武斷鄉曲，常恃劉為護符，劉亦藉楊為爪牙，故二人相得甚歡，而以畢氏為之媒介。楊既捷秋試，家計頓裕，畢氏遂議委身事之。謀既定，為劉所偵知，乃大憤，於是謀所以陷楊者。而適有品蓮死事，品蓮者畢之夫，魯而懦，畢平時故庸奴畜之，品蓮不能堪，因乘間服阿芙蓉膏以死。劉詢知之，則大喜，即召品蓮之出母某氏者至，餌以厚賄，俾投狀訴冤，稱子被二人者謀死。縣令逮楊及畢氏至，脅以嚴刑，五毒備施，不勝楚，皆引服。浙之士大夫則起而大憤，謂楊雖非端人，而品蓮實非所謀害，縣令疾其把持公事，藉事鋤之耳。乃合詞控諸都察院。然葛品蓮之服毒果實，則楊之冤終無由雪，故堅稱品蓮實病死，而非毒斃。後事下學使者覆訊，仍以原讞上，浙京官益恚，再疏爭之。而刑部提訊之旨下部，檄至浙，令縣令親解屍棺入都。浙紳聞之大懼，亟謀乘夜啟品蓮棺，以它屍易之。劉令故貪鄙，署中吏役，莫不恨之刺骨，故無一人洩其事者。劉令行時，尚陽陽自得，語人曰：「品蓮服毒固確，楊乃武終無由卸罪，吾行騎款段出都門矣。」既抵部，部臣奏請開棺甄驗，先例詢劉令是否真苦主屍棺，劉答以無訛，且循例具親供甘結。棺既開，劉乃大愕曰：「此似非真屍矣。」問官叱之曰：「爾已具結於先，今尚何狡辨為？」劉遂俯首無一辭。案既結，楊及畢氏皆釋放，巡撫、學使、臬司及歷次承審道府州縣，皆革職降調有差。劉令發黑龍江，遇赦不赦，時年已七十矣。

鎮平王樹汶之獄

河南南陽府鎮平縣猾胥胡體安者，盜魁也。河南以多盜故，州縣皆多置胥役，以捕盜為名。大邑如滑、杞，隸卒皆多至數千人，實則大盜即窟穴其中。平時徒黨四出，劫人數百里外，裒其所得，獻諸魁。大府捕之急，則賄買貧民為頂凶以消案。有司顢頇，明知其故而不敢究詰，盜風乃益熾，體安凶猾，尤冠其曹。一日使其徒劫某邑巨室，席所有以去。鳴諸官，案久未破，巨室廉知體安所為，則上控司院。巡撫塗宗瀛檄所司名捕之，體安大窘。陰與諸胥謀，以其家童王樹汶者，偽為己，俾役執之去。樹汶初不肯承，諸役私以刑酷之，且誑以定案後決無死法，樹汶始應諾。樹汶年甫十五，尪羸弱小，人固知其非真盜也。縣令馬翥者，山東進士也，聞體安就獲，則狂喜，不暇審真偽，遽馳牘稟大府，草草定案。當樹汶大辟，於時體安已更姓名，充它邑總胥矣，樹汶猶未知之也。刑有日，樹汶自知將赴市，乃大呼曰：「我鄧州民王樹汶也。安有所謂胡體安者？若輩許我不死，今乃食言而戮我乎？」監刑官以其言白宗瀛，宗瀛大駭，亟命停刑，下所司覆鞫之，卒未得要領。

樹汶自言其父名季福，居鄧州，業農。乃檄鄧州牧朱刺史（光第），使逮季福為驗，未至而宗瀛擢督兩湖以去，獄事遂中變。河道總督李鶴年，繼豫撫任開歸。陳許道任愷者，甘肅人也，先為南陽守，嘗讞是獄，又與鶴年有連。於是飛羽書至鄧，阻朱公，俾勿逮季福，且以危言怵之。朱公慨然曰：「民命生死所繫，曲直自當別白，豈有相率煬蔽，陷無辜之民，以迎合上官者耶？」任愷使其黨譬說百端，終不為動。竟以季福上，使與樹汶相質，則果其子也。愷始大戚，知是獄果平反，已且獲重咎，百計彌縫之。豫人之官御史者，乃交章論是獄，說頗侵鶴年。鶴年初無意袒凱，然出生軍旅，素簡貴，不屑親吏事，又恚言路之持之急也，遂一意力反宗瀛前議。然樹汶之非體安，則已通國皆知，無可掩飾。則益傅會律文，謂樹汶雖非體安，然固盜從。在律強盜不分首從，皆立斬，原讞者無罪。時樹汶入獄已五年，初止為體安執爨役，或曰孌童也，並無從盜事。而讞者必欲坐以把風接贓之律，於是樹汶遂為此案正兇。而官吏之誤捕，體安之在逃，悉置之不問矣。言者益大嘩，劾鶴年庇愷，於是有派河督梅啟照覆審之命。故事，欽差治獄，皆令屬官鞫之，大臣特受成而已。河工諸僚佐，什九鶴年故吏，夙承鶴年意。啟照已衰老，行乞休，不欲顯樹同異。竟以樹汶為盜從，當立斬，獄遂成。言者爭之益力，吳縣潘文勤，時長秋官，廉得其實。乃奏請提部覆訊，且革馬翥職，逮入都。於是趙舒翹方以郎中總辦秋審，文勤專以是獄屬之，研鞫數月，始得實，行具奏矣。而鶴年使其屬某道員，入都為遊說。某故文勤門下士，文勤入其說，遽中變，幾毀舊稿，仍依原讞上矣。趙爭之甚力，曰：「舒翹一日不去秋審，此案一日不可動也。」方爭之烈，文勤忽丁外艱去官，南皮張文達繼為大司寇。文勤亦旋悟，貽書文達，自咎為門下士所誤，所以慰留趙者甚力。疏上，奉旨釋樹汶歸，戍馬翥及知府馬承修極邊，鶴年、啟照及臬司以下承審是獄者，皆降革有差。而朱公已先以他事掛吏議，則任愷嗾鶴年為之也。方三法司會稿時，豐潤張學士佩綸署副憲，閱疏稿竟，援筆增數語於牘尾曰：「長大吏草菅人命之風，其患猶淺，啟疆臣藐視朝廷之漸，其患實深」云云。輦下士大夫，莫不歎為名言。一時督撫，皆為之側目。其實此語亦有所本，當光緒丁丑刑部治葛畢氏獄，給事中王昕疏劾浙撫楊昌濬，疏中大意，即此數語也。

今禮部侍郎張亨嘉，於時以大挑知縣，需次東河。啟照之派員讞案也，亨嘉與焉。獨持議平反，不肯附和鶴年黨。比提部部檄查取諸承審官職名，亨嘉請去己名，啟照不許。乃請諮會試，陳牒刑部，述此案始末綦詳，以是免議。旋即於是科成進士，入翰林。義寧陳撫部寶箴時官豫臬，當朝命啟照覆訊也，陳公固心知樹汶冤，以啟照為其鄉先輩，冀力爭，得轉圜。而啟照中先入言，卒不從，及部檄至，有謂陳公可據此自辨者，陳公謝之曰：「吾不欲自解以招人過也。」遂同罣吏部議。獄之起，當光緒己卯，訖癸未春，始議結，今二十八年矣。豫人談斯獄者，猶曰：「微朱公，樹汶無生理也。」然體安卒無恙。

王可莊太守失歡於寶文靖

閩縣王可莊太守仁堪，光緒丁丑，以進士第一人入翰林。方其未捷時，以舉人官內閣中書，才名固已藉甚，諸巨公爭欲羅致門下。是科寶文靖以次揆主會試，得太守，喜甚。已而文靖又奉命充教習庶起士，庶常館大課，賦題為〈靈壽杖〉，官韻中有相字。太守賦云：「危不持而顛不扶，焉用彼相？」文靖閱之，大怒，以為有意諷己也，遂終身不與太守相見。

輓聯

陳弢庵學士曾辦南洋海防，丁母憂歸里。豐潤張幼樵學士，以聯輓之曰：「狄梁公奉使念吾親，白雲孤飛，將母有懷嗟陟屺；周公瑾同年小一月，東風未便，弔喪無面愧登堂。」時方當馬江敗後，故其辭悲憤異常。馬江之役，人多以咎豐潤，然豐潤不過會辦耳。書生夙不知兵，而受任於倉卒之際，號令不專，兵將不習，政府又力禁其先發，著著皆有取敗之道。一督一撫，一船政大臣，開府有年，何竟一無備禦？既知豐潤調度乖方，何不先事奏參？此何等事，而可袖手旁觀乎？斯時閩中大吏，殆惟幸豐潤之敗，而藉手於法軍以取之耳，豈有絲毫為國之意耶？豐潤出京時，閻文介執其手而謂之曰：「子其為晁錯矣。」閩事之必敗，智者莫不知之，即豐潤亦未始不自知之，知之而不得不往殉之，其遇彌艱，而其心未嘗不可諒也。然法帥孤拔，實為吾炮所斃，故船局雖毀，而不敢進趨省城。然則茲役雖敗，猶不無尺寸之功焉。視甲午之役，又孰優而孰劣也？

錢塘孫子授少司農薨於位，王黻卿農部頌蔚輓之曰：「公以枚乘給札，兼浮邱授詩，直道雖行，往事不須慚醴酒；我本詞館門人，備司農掾屬，文章無命，逢人猶自惜焦桐。」蓋司農初為南書房翰林，後入毓慶宮，授德宗讀，眷畀日隆，行陟正卿。忽以失察戶部書吏案，退出毓慶宮，遂一蹶不振，鬱鬱以歿。故上聯以申公為比，下聯則農部由庶常改官部曹，故以焦桐自慨也。蒙於司農，為再傳弟子，嘗侍公座。為言授讀時，上之天亶聰明，真非常人所及，讀書不三遍，即成誦，能熟背，授之講解，未嘗或忘。其或有所疑而垂詢者，則皆講義之所未及，或與他篇有抵牾同異者也。時聖齡才十四五耳。後來外間傳言，謂上讀書不慧者，皆謠諑之言，不足信也。

紀馬江死事諸將

甲申馬江之敗，世皆歸罪於張幼樵學士。然諸將用命，力戰死綏，其忠藎實有不可沒者。且法人內犯，實仗孤拔一人，自孤拔斃於炮，法人已失所恃，遂不復能縱橫海上，功過亦差足相抵。較之大東溝、劉公島諸役，其得失必有能辨之者。爰檢篋中舊所錄存學士為諸將請恤疏稿，錄之於此：

方今朝廷銳意規復海軍，聽鼓鼙而思將帥，其亦有奮袂而起，以追先民之風烈者乎？

按：是役死事最烈者，為督帶飛雲、兵輪副將銜參將高騰雲、管帶福星輪船五品軍功陳英。原疏敘高事云：

該參將由粵來援，論事吶吶，如不出口。前月二十六日，法增一船，諸將來請援。高騰雲獨義形於色，臣心異之。夜復來見，詢以方略。高騰雲曰：『閩防之意，本以牽制，使敵不發耳。廠非戰地也。但炮注子人枕戈者已一月，晝夜相持，咫尺間恐釀成戰事，知帥意急欲先發，必多牽制不可得。南洋援必不來，即來，怯將亦無用，徒害事耳。』臣詰之曰：『然則奈何？』對曰：『專攻孤拔，得一當以報而已。』臣欲令其統率諸將，則辭以資望在李新明後，且曰：『水師船各自為戰，非若陸軍一將，能指揮十餘萬也，請不必紛更，堅守以待上命。』該參將既去，臣復囑各船，就商籌策。該參將志定神完，誓死報國，是日手發巨炮，擊其烏波船，一一命中，以一飛雲小艦，當敵人三大艦，中流堅拒不退。忽橫來一炮，該參將腿為之折，復一炮，遂飛入水中而沒，舟乃發火。

其敘陳事云：

該軍功人極瘦弱，文理甚優。方敵艦日增，臣深憂之。陳英上書，請以各輪船合攻孤拔座船，而艇船等發火牽制下游，使各輪小商船水勇及捍雷船，截其魚雷艦。所論均有條理，臣採其論，下諸將，佈置略定。無如法暗約英美先發也。陳英見英美船驟下，急起碇誓眾曰：『此吾報國日矣。吾船與炮俱小，非深入不及敵船。』敵以三船環之，舟中機損人亡不顧，但以炮向孤拔船，孤拔船受炮略退，敵復增船來持。至一時許，陳英猝中炮於望臺，學生王漣隨殉，船始焚毀。英美船觀戰者，均稱歎不置，為之深惜。

云云。後奉旨：高騰雲照總兵陣亡例，從優議恤。陳英給都司銜，照都司陣亡例，從優議恤。王漣照五品官陣亡例議恤。是役力戰死者，尚有千總許壽山、葉琛、五品軍功林森林三人。

甲申越南戰事雜紀（五則）

昨從友人齋頭，讀鄂中吳君光耀《華峰文集》，中有〈寧副將戰事略〉一首。其敘甲申間越南戰跡，與官中文牘，及海內傳聞，有迥異者，爰擷其要而錄之於此。

一、

甲申越南之役，兩廣總督張樹聲、前雲貴總督劉長佑，暨沿江海督撫，各徵兵出鎮南關，是為中路之師。廣西巡撫徐延旭，屯諒山督師。樹聲遣將黃桂蘭、董履高等，多淮軍。延旭巽懦，不敢違總督意旨，盡用其人，而自用黨敏宣、陳朝剛、陳得貴等，皆廣西人。延旭倚桂蘭，俾盡統諸軍當前敵，駐北寧。延旭自統二十餘營為後路。桂蘭所統，凡四十二營，在北寧日夜酣酒，奪民間妹崽，恣為荒淫，不恤軍事。部下益相習無紀律，越南人怨之刺骨。會有教民，賄敏宣，請給軍裝助戰。敏宣言諸桂蘭，桂蘭已昏醉，悉聽敏宣言，教民得軍裝，遂助法攻官軍，官軍潰走，延旭逮問。朝命潘鼎新為桂撫，而以布政使王德榜署提督，代桂蘭，且命斬敏宣及總兵陳得貴，敏宣以退縮，得貴則首失扶良炮臺者也。時敏宣猶領三千五百人屯諒山，為桂蘭軍營務處，合所節制，尚二萬餘人，兵權甚盛。得貴所領亦千人。德榜懼其叛，秘不發，而令部將寧裕明往誘之。裕明以一騎一卒，往迎敏宣聲言籌軍食，而一幕客廣西人者繼之。客固敏宣鄉里，謂可通誠也。裕明見敏宣，邀與同往大營，敏宣不疑，單騎隨之行。才入關，遽就縛，搜其身，得雙響手槍二，已上子藥矣，遂斬之，並斬得貴。得貴初猶侃侃辯，謂吾退炮臺有將令，詰以克扣軍餉事，始俯首無語。桂蘭夜餌金死。朝剛亦當斬，亡命不知所在。敏宣曉相人術，自以法當死兵，故每戰輒退縮，至是竟死刑。

二、

越南一役，諸將善戰者，以寧裕明為第一。裕明，湖南衡陽人，初隨劉武慎軍。甲申春，淮軍既敗，廣東陸路提督楊玉科領廣武三營，屯觀音橋。調裕明領右營。閏月丙午昧爽，法人由郎甲進攻觀音橋，橋南北皆山，高數十丈，北嶺尤陡絕。提督萬葉，以所部四千人屯橋南，當前敵。裕明從玉科，與提督王洪順屯橋北，為後勁。日未晡，萬葉戰敗，退至橋北，倚北嶺而陣。法軍從之入，裕明急出萬葉後，登北嶺絕頂，發炮下擊，別伏兩哨於山之左右麓，橫截法軍之要。法軍悉力禦嶺上軍，不虞伏兵之驟出也，大驚潰走。諸軍悉眾追之，至郎甲，殲其銳卒數百人，於是法人始有求和之舉。洪順不知西人好爭高，乃屯山下平地，幾為敵所乘。然見前敵敗退，能督隊不少卻。萬葉雖敗，而部伍井井不稍亂，故卒能轉敗為勝。二人皆淮軍良將也。萬葉後怒鼎新賞不公，辭歸。而裕明敘績以千總超擢游擊，會奉電旨，令退師，毋礙和議。我軍如約退入鎮南關，法人約退東京，乃止退北寧。裕明說玉科謂法人詐和，必不可信，宜乘機進兵。旋奉旨派員潛赴敵境偵探，諸帥皆謂無如裕明，裕明遂行。以六月乙酉發觀音橋，晝伏夜行，蠻煙瘴雨，備嘗艱苦。七月癸卯朔，歸龍州，說鼎新宜進兵，於是遂決二次大舉之議。

三、

八月庚寅，我師敗績於郎甲。郎甲南距諒山十五里，北距觀音橋八十里，東船頭，西太原，各百里。先時越南教民，送豕羊犒軍，報法人且至，方提督友叔謂之曰：「我軍裝未齊，營壘未固，不能速戰。」越民遂去，不二日而法兵大至矣。關外林木叢密，法人倚以自蔽，我軍竟不之覺。昧爽忽聞炮聲，友叔猶曰：「兵勇打冷炮耳。」俄而開花彈落營中，炸死十餘人，始知敵至。時築壘未畢，軍士各散就空村為食。周提督者率二千五百人駭而奔，友叔以千人亦奔。法人萃於玉科營，圍之數十重。裕明令軍中，即無事，亦戒備如對敵，故拒戰獨整暇。乃憑牆發槍，法人更番迭進，死傷如積。營牆猝轟倒，裕明以親軍三百人，且戰且掘坑。自朝至日昃，法人數萬，衝突數十次，卒不得入。左右呼裕明曰：「大人不速出，死傷無孑遺矣。」裕明回顧，見積屍縱橫，四面皆法兵，不見援兵一人。望玉科中軍，圍尤厚，不知存沒。乃慨然曰：「戰死槍，走亦死槍，寧戰死耳。」左右曰：「統領猶在。」裕明曰：「即欲出。亦必殺入。」時天已昏黑，裕明乃口銜匕首，右手縱火彈，左手持馬刀，馳而斫。左右隨而馳斫者，二百餘人。法兵皆披靡，竟入中軍，玉科左右，僅數十人，尚據內濠力戰。裕明於是衛玉科出，士卒死者，又五十人，傷四十餘人，存者止百人耳。玉科既出，左右僅三人，由是益親裕明，裕明亦樂為玉科用。是役也，玉科懲黨敏宣前事，拒教民不使見，而友叔不知教民皆法軍間牒，遽納之入，且以實語之，故及於敗。我軍死千餘人，法軍死者亦相當。而玉科、裕明之能軍乃大著。友叔被創，怨周提督之不相救也，周亦懼誅，吞金死。

四、

十一年正月，諒山既失守，諸軍退屯鎮南關內。獨玉科屯關外十五里之文淵，距法軍所駐五里。己酉昧爽，法軍進犯，裕明陣中嶺，身當前敵，分兵據左右二嶺，左嶺徐占魁當之，右嶺寥應昌當之。玉科駐大塘嶺上督戰，後裕明陣里許。綏甫交，占魁炮傷足，遽回營。應昌懼而奔，一軍隨之。獨裕明督所部力戰。法人分兵從右嶺入，玉科見應昌敗，慮裕明力單，遣提督劉思河率中營親兵助之。思河持馬刀來，裕明謂「且置刀，亟蹲而發槍。」語未畢，炮彈已洞窮思河胸，玉科亦負兩傷，一中頭太陽，一洞腹。裕明不知玉科之傷且死也，猶遣紅旗索玉科諸營子藥盡與我，我不收隊矣。紅旗報玉科陣亡，裕明乃痛哭曰：「主帥死，我須性命何為?弟兄不能戰者，請逃死；不懼死者，請隨我，為主帥復仇。」眾皆哭曰：「願從死。」裕明銜法軍，擊殺一五畫金線者，或曰法總統之婿也。是時炮聲如雷霆，子飛如風雨，槍連環如數萬爆竹齊發，如倒岩牆，非忘生死者，不敢斯須立也。

裕明倏中彈，洞右頰而出，血流滿身，裕明猶不知，但持刀督軍士前進。士皆大哭曰：「大人戴花矣。」戴花者，軍中中炮之隱語也。爭扶掖入關，裕明不肯，謂死亦當在關外。左右紿之，謂玉科尚未死，乃強輿入關。王德榜嘗拊裕明背而調之曰：「人言我王老虎膽大，汝膽乃大過我耶？」

五、

二月戊寅，法人攻陷關前隘。隘北五里有三山，如品字，曰小南關。馮子材統十營，三營屯山上，七營屯山下。是日法人以奇兵越鎮南關東嶺，出間道，襲奪小南關。裕明方養創憑床，聞炮聲，裹創飛騎至，則馮軍已敗下山。裕明從山北衝上，馬刀斫法人，法人披靡，於是諸軍相繼登。德榜屯油隘，亦聞炮聲，遣都司陳得勝間道赴援，留旗幟油隘為疑兵，而自率親軍，施放火箭，橫殺入關，截法人輜重。法人前後受敵，乃敗走。南方卑濕，春草方生，洋人革履滑，輒顛入草中。迫追兵，又不得正路，窮急哀呼相聞。我軍戰勝，氣益猛，乘日光窮追，斬馘法人數千級。法人被殺急，則投槍降，去帽為叩首狀，以手捍頸。軍士憤法人甚，卒殺不止，人遂謂中國人無禮也。法人一敗不復整，敗文淵、敗諒山、敗谷松、敗威坡、敗長慶、敗船頭，由北而南，八日夜，退二百餘里。諸軍歡呼，謂恢北圻復東京有日矣，而停戰之詔書遽下。

章高元失青島之遺聞

德人之擾青島也，守將章高元迭電總署，謂被德人誘之登舟幽諸舟中，迫脅萬端，終不為動。此事後掩飾之辭，非實錄也。初青島既開闢，政府擬建為海軍根據地，以文武大員二人守之。文員為山東道員黔人蔣某，武員則高元也。會丁酉會試，蔣奉調回省，防務乃為高元一人所專。是日日方正中，炮臺上戍兵偶以遠鏡周矚海中，忽隱隱見兵船一艘，破浪而來，疑之。謂外國兵輪，何事至者，再審睇之，則更有數艘，銜尾繼至，急使人報知高元。高元方與幕客數人為麻雀戲，怡然曰：「彼自遊行海中，偶經此地耳。何預吾事？而爾等張惶如是。」俄頃，船已抵岸，始辨為德人旗幟。旋有水兵三四人，由船中出登岸，買紙筆數事而去。移時，即以照會一函抵高元署中，高元賭方酣，意擲之几上，漫不拆視，喃喃曰：「是何大事，來溷乃公？」又歷食頃，賭倦少憩，一幕客取牘欲啟封，高元尚尼之。幕客曰：「封已啟矣，姑視其中作何語者。」既啟，某客遽狂呼咄咄怪事。高元始取視，乃知德人勒令於二十四鐘內，將全島讓出也。高元遽推案，盡翻賭具於地下，令迅速開隊，亟出署，則德兵已滿衢市。隊既齊，將士皆挾空槍，無子藥，急返庫中領取，則庫已為敵所占矣，乃大窘。高元曰：「即不能戰，吾惟有與之論理耳。」亟詣德將，侃侃與辯。德將夷然曰：「此事吾奉本國訓條行事，實無理之可言。汝但全師退出而已，吾亦不汝害也。」高元終不許，遂幽之署中。高元故健將，然非方面才。法人犯基隆時，力戰嘗有功，恃勇而驕，漫無豫備，以至於此。

服妖

服妖之說，鑿然有之。辛有伊川之歎，子臧聚鷸之事，三代前已啟其端。昔史所記，如南唐之天水碧，北宋之女真妝，南宋之錯到底、快上馬，其事皆信而有徵。蓋國之將亡，其朕兆先見於起居服御之間，氣機所感，固有莫之為而為者，不得謂五行家武斷附會之說也。光緒中葉，輦下王公貝勒，暨貴遊子弟，皆好作乞丐裝，余嘗親見之，不知其所自始。而一國若狂，爭以寒乞相尚，初僅見諸滿州巨室，繼而漢大臣之子孫亦爭效之。淄川畢東河尚書之諸孫，蓋無人不作此裝也，今其家已式微矣。猶憶壬辰夏六月，京師熇暑特盛，偶登錦秋墩逭暑，鄰座一少年，面黧黑，枯瘠如尪，盤辮髮於頂，以骨簪貫之，袒裼赤足，僅著一犢鼻褌，長不及膝，穢黑破碎，幾不能蔽其私。腳躡草履，破舊亦如之。最奇者，右拇指穿一漢玉班指，數百金物也。雕羽扇一，碧玉為之柄，價亦不下百金。箕踞而飲酒，聆所談，皆市井穢褻語。然酒家傭奔走其側，無停晷，趨事惟謹，不類侍他客，方深異之。俄而夕陽在山，遊人絡繹歸。忽見右下一朱輪後檔車，行馬二十餘擁之，眾皆大詫，因駐足觀其竟。則見有冠三品冠、拖花翎者兩人，作侍衛狀，一捧帽盒衣包，一持盥盤漱盂之屬，詣少年側，鵠立啟曰：「大爺，輿已駕矣，傍晚尚有某王府飯局，須早去也。」少年竦然起，取巾靧面訖，一舉首，觀者愈驚愕，幾失聲。蓋向之黧黑者，忽變而白如冠玉也。然後悟其以煤炭塗面耳。盥漱既竟，徐徐著衣冠，則寶石頂而三眼翎者。兩侍衛擁以下，既登車，游龍流水，頃刻渺矣。傭保乃耳語余曰：「此某貝勒也。」余益駭曰：「何至是？」友人哂曰：「君尚不知輦下貴人之風氣乎？」乃屈指為述某王、某公、某都統、某公子，皆作是時世妝。若此貝勒者，猶其稍守繩檢者耳。因慨然曰：「不及十年，其將有神州陸沈之變乎？」友人故旗藉，官內務府，故知之如此其悉也。果未及十年，而有庚子之亂。聞王公大臣之陷虜者，克勤郡王為洋兵所迫，日負死屍，懷塔布為使館擔糞，呑聲忍辱，甚至被鞭笞，莫敢自明。嗚呼！「寶玦青珊，路隅飲泣，荊棘十日，身鮮完膚」，哀王孫之詩，乃於吾身親見之矣。痛定思痛之餘，其亦有能力灑斯恥者乎？亦尚有樂從牧豕兒遊者乎？

庚子拳亂軼聞（七則）

一、

庚子之變，正士碎首，公卿駢戮，自開國以來所僅見。被難諸公，其尤為無妄之災者，則海鹽徐大司馬（用儀）是已。徐公由戶部小京官，考取軍機章京，薦至正卿，官京師四十餘年，畏慎小心，遇事模棱，有孔光、馮道之風，而竟與袁、許諸賢，同遘奇禍，實出意料之外。蓋東海（徐蔭軒相國）深惡其人，必欲殺之而後快。方甲午之役，徐公以少宰為軍機大臣，而東海以大學士管吏部。時東海久不召見，一日忽入內，散直後至吏部。徐公已先在，迎謂曰：「聞中堂今日有封事，內容可得聞乎？」東海拈髯微笑曰：「無他言，但竊附春秋之義，責備賢者耳。」蓋即劾濟寧（孫文恪毓汶）

及徐公也。後徐公之出軍機，此疏有力焉，其怨深矣。戊戌政變後，徐公再入總署，意甚得。所親有勸以時事方艱，當乞身勇退者，徐曰：「吾通籍將五十年，竟不得一日為尚書，辜負此生矣。終須一陟正卿，始乞退耳。」後果擢大司馬，甫月餘而難作。徐公與瑞安黃漱蘭侍郎，為兒女親。拳禍未作時，侍郎在里門，以書貽之，封識重重，啟視之，僅素紙一幅，擘窠書「水竹居」三字而已。水竹居者，徐公里中別墅名也。侍郎蓋以此惎其歸，徐終不悟，竟及於難。徐死時，年逾七十矣。

二、

浙右老儒某君者，與許竹篔侍郎為布衣交。自侍郎持節歐西，即入其幕中，十餘年未嘗一日去左右。某君嘗為人言，侍郎下獄之日，晨起，都市尚平安，寂寂無所聞。日晡飯罷，方坐書室中，與某君閒談，一面令從者駕車，云將赴總署。未及整衣冠，忽閽人持一名刺入，云有客求見。侍郎審其名，非素所識，令閽人辭以即赴總署有要事，不暇接見，閽人出，須臾復入，則來者自云係總署聽差武弁，奉慶邸命，請許大人即入署，兩邸諸堂已先在，云有要公待商也。侍郎乃出見之，立談數語，某弁即辭出。侍郎乃入，具衣冠，語某君曰：「昨晚散時，未聞有何要事，何今日兩邸諸堂，同時俱集耶？」君曰：「想必有事。公出，我亦欲至城外，看外間消息如何？」言已遂去。俄復入云：「請公之某弁尚未去，方在門外，顧盼非常，甚可疑詫。且總署武弁數人，吾備識之，未嘗見此人也。公可多帶數人去，有不測，當飭其還報也。」侍郎笑置之，不以為意。及驅車出胡同口，則尚有提署番役數人俟焉。某弁一指揮，爭蜂擁待郎車，不東向而北駛。問何故，則曰：「今日議事在提署，不在總署也。」有頃，至步軍統領衙門，某弁即扶侍郎下車，而盡斥其從者使還曰：「此間有人伺候大人，不須汝等矣。」侍郎入，引至一小室內，即反扃其門而去。侍郎聞隔壁室內，有一人叱吒聲，審之，即袁太常也，然亦不得相見。從者既歸，某君大驚愕，急詣王文勤宅，探聞消息並請其論救。文勤尚不信，曰：「頃散直時，並未奉旨，安得有此事耶？」某君奔走終夜，卒不獲要領。三鼓後，始聞侍郎及太常皆送刑部。次早又得刑部某部郎密書，謂頃者堂官從內出，即飭預備紅絨繩，恐目前即有不測。故事：大臣臨刑，必用紅絨繩面縛也。某君得書，猶欲詣文勤乞援。甫出門，聞人言囚車已屈城者，急奔走西市，則二公皆已授命。監刑者徐侍郎承煜，已驅車入城覆旨矣。

三、

逄福陔觀察言，立豫甫尚書之死，人皆知為拳匪涎其財富，而不知尚書與瀾公別有交涉。其死也，瀾實與有力焉。先是，都下有名妓曰綠柔者，豔絕一時，瀾與立皆昵之，爭欲貯諸金屋。是時瀾尚閒散無差事，頗窘於資，故不能與立爭，綠柔卒歸立。瀾以是銜立刺骨，及是遂傾之以報。聯荇仙學士之上封事請停攻使館也，出遇崇文山上公於景運門外，崇訝曰：「荇仙何事，今日未明入直耶？」學士告以故，崇勃然曰：「荇仙，君自忘為吾滿洲人乎？乃效彼漢奸所為。」學士毫不遜謝，竟拂衣出。崇益怒，未數日，學士遂赴西市矣。是日學士已赴市，將就刑，忽見一大師兄，紅衣冠，由宣武門出，怒馬驟馳，騎後尚拖一巨物，塵埃坌湧，觀者皆莫辨。俄頃至刑所，始知為一人，縛手足，繫諸馬蹄，面目已毀敗，不可復辨。私問諸番役，乃知為立尚書也。

四、

立、聯既死，端、剛諸人猶不慊，將以次盡殺異議諸臣。廖仲山尚書壽恒，時已罷軍機及總署大臣。然其初入樞庭，固常熟所汲引者，故端、剛惡之尤甚。已定於七月□十□日斬異議者數人，而尚書為之首。時諸人亦不復祕密，輦下幾無人不知。尚書於時已盡遣家屬出都，而身寓東華門外一小寺中。聞耗大懼，屬其戚某制府，乞哀於榮相，榮相允之。翌日謂某制府曰：「仲山事無望矣，吾今日入對時，百計為乞恩，叩首無數，而慈意竟不可回，奈何？君可傳語伊，早自裁可也。」某制府以語尚書，尚書竟不能引決。會先期一日，聯軍入城，乃得脫，匆匆南歸。寺僧為人言，方事急時，尚書在室中，環走三日夜，未停步，不語亦不食，面殆無人色云。

五、

江蘇劉編修可毅，以甲午恩科南宮第一人入翰林。都下傳刊題名錄，或訛為「可殺」，一時引為笑談。而編修心疑其不祥，既留館，一日與朋輩數人，詣一星士。星士謂之曰：「君將來必死於刑。」編修益大懼，念詞曹清簡，無抵觸刑章之理，或將來以科場事被累，如咸豐戊午之獄乎？由是遂不敢考差。然翰林俸入微薄，無他差可資津貼，奴僕債主，皆望其三年一差。倘不考差，則米鹽無從賒取，而僕輩亦將望望然去之。於是每試輒不終場而出，家中人不知，猶望其得差也。及是，乃被拳匪所戕，刑死之言竟驗。

六、

董軍攻使館，十餘日不能下，朝旨召武衛軍開花炮隊入都助攻，今天津總兵張懷芝，方為武衛軍分統，奉檄率所部入都。榮相以城垣逼近使館，居高臨下，最便俯攻。即飭懷芝以所部登城，安置炮位。炮垂發矣，懷芝忽心動，令部將且止毋放，而急下城詣榮相邸，請曰：「城垣距使館僅咫尺地，炮一發，闔館立成齏粉矣。不慮攻之不克，慮既克之後，別起交涉，懷芝將為禍首耳。請中堂速發一手諭，俾懷芝得據以行事。」言之數四，榮相終無言。懷芝乃曰：「中堂今日不發令，懷芝終不肯退。」榮相不得已，乃謂之曰：「橫豎炮聲一出，裡邊總是聽得見的。」懷芝悟，即匆匆辭出，至城上，乃陽言頃者測量未的，須重測，始可命中。於是盡移炮位，向使館外空地，射擊一晝夜，未損使館分毫，而停攻之中旨下矣。

七、

是役也，仁和王文勤公文韶亦幾不免。五忠正法後，端庶人之弟載瀾，上疏言攻使館事，而附片奏稱「諸臣通敵者，已盡置典刑，獨王文韶在耳，斬草不除根，深恐終貽後患，請並誅之，以清朝列。」疏至樞延，榮相先閱看，閱畢，急納其附片於袖中，乃以正摺授文勤。文勤閱至竟，猶詢左右曰：「瀾公尚有一附片，今安在耶？」榮相徐應曰：「想留中未下耳。」有頃，同入見。奏事既畢，榮相徐出瀾奏片於袖中，曰：「載瀾此奏，可謂荒謬絕倫，請太后傳旨申斥。」后沈吟久之，始厲色曰：「汝能保此人無異志乎？」榮頓首曰：「縱朝臣盡有貳心，此人亦必不爾，奴才敢以百口保之。」后猶遲疑良久，始曰：「果爾，吾即以此人交付汝，倘有變，汝當與同罪。」榮復頓首謝恩，乃起趨出。文勤耳故重聽，又所跽處，去御座稍遠，始終竟不知后與榮所言者何事。後榮向人述及此事云：「方力爭時，后聲色俱厲，數怒目睨文勤。同列皆戰慄無人色，而文勤含笑，猶自若也。」

張樵野侍郎遺翰（三則）

一、

南海張樵野侍郎蔭桓，起家簿尉，粗識字，中歲始力學，四十後即出持使節，入贊總署。而駢散文詩，皆能卓然成家。餘力作畫，亦超邈絕塵，真奇材也。生平倣事，不拘繩尺。且以流外官，致身卿貳，輦下諸貴人尤疾之，以故毀多於譽，然幹局實遠出諸公上。戊戌五月，常熟去國時，侍郎亦被人參奏，聞東朝已有旨，飭步軍統領，即日前往抄籍矣，以榮祿力諫而止。實則榮祿別有用心，非為侍郎乞恩也。嘗見其為人所畫便面，濕雲滃鬱，作欲雨狀，雲氣中露紙鳶一角，一童子牽其線，立一危石上。自題詩其上曰：「天邊任爾風雲變，握定絲綸總不驚。」蓋即此數日中所作也。

二、

侍郎詩筆清蒼深重，接武少陵、眉山，視高達夫之五十為詩，蓋有過之。嘗得其遺詩一卷，皆遣戍西行時，關內外途中所作，爰擇其尤者錄之。〈九月晦，渭南道中得廉卿祭酒書，述敝居及塏兒蹤跡，奉答一詩〉云：

無限艱危一紙書，二千里外話京居。
覆巢幾見能完卵，解網何曾竟漏魚。
百石齋隨黃葉散，兩家春與綠楊虛。
灞橋不為尋詩去，每憶高情淚引裾。

一氣關生，情文交摯。何大復〈潯陽江上〉之作，無以過之。〈留別鄧錦亭軍門〉云：

交臂京華感慨深，只憑秋雁寄邊音。
艱難三箭痕猶在，倉卒離筵酒共斟。
瘴海同鄉知韋睿，天山舊跡訪裴岑。
長途旗旆勞相送，萬古難忘此夜心。

其歌行渾灝流傳，尤深入坡老之室。〈周式如太守以錢叔美《入關圖》為贈，賦詩奉酬〉云：

松壺畫筆時所珍，派別宋元逾三文。
入關圖為蔣侯繪，玉門歸鞚嘶邊塵。

款署南陽歲癸未，閱世行將八十春。
桃花如笑簇鞭影，晴川野館山峋嶙。
矮松紅柳互映帶，大旗獵獵懸城闉。
風沙萬里羌無垠，至此似覺天回溫。
伯生資郎原通人，丹青賴爾能傳神。
一藝升沈會前定，坎壈豈獨曹將軍？
海軍聲價日驟長，廣搜始自潘文勤。
伊余藏棄本非儉，巢覆散作涼秋雲。
天涯作伴只王惲，米船未許充勞薪。
使君投贈吉語真，彷佛仙梵室中聞。
蹇驢一夕壓球壁，怪底寶氣騰氤氳。
廿年京邸相過頻，屢困南箕傷溷菌。
便宜坊夜炙鴨臛，迢迢情味猶在唇。
從茲中外頓契闊，一麾西邁慳片鱗。
無端遇合歲雲暮，嚴譴何敢行逡巡。
此身九死不忍述，合檢寒具供陶甄。
天教生入作左券，願乞山水作廛民。

嗚呼！孰料玉門既出，遂無生入之望也哉？侍郎富名跡，收藏石谷卷軸至多，嘗建百石齋以儲之。自被禍後，桓玄寒具，遂成雲煙之散沒矣。其〈度烏稍嶺寄督部陶公，並懷拙存徵士〉云：

鎮羌破驛不任住，大風吹送龍潭去。
烏稍嶺勢原平夷，往來輒與昏霾遇。
行人視此如險艱，材官亟勸勿猶豫。
沙溝石滑叢冰積，獨木危橋一川注。
幾經跋涉達山趾，三五人家雜牧豎。
坡陀數折如龜穹，時見煙墩閒電柱。
嶺巔孤峙韓湘祠，睨及逐臣徵吉語。
嚴程何暇叩山扉，但見冰崖浮紺宇。
自從秋度四天門，河潼二華忘朝暮。
疲極虛瞻玉女盆，饑來安得仙人露。
六盤青嵐倍幽雋，酬酒山靈或題句。
征途計日過伊涼，羌笛吹殘玉門樹。
郵亭三九猶晴暄，天下絕人況編戍。
獰飆豈有終朝鳴？四顧青蒼散妖霧。

沿山舊壘相委蛇，云是防邊最要處。
前年鼙鼓震西寧，漢回血戰洮湟腥。
董軍捷奏太子寺，公侯從此資干城。
急移勝兵控山海，更募健兒充神京。
甓齋經略逾萬里，夾袋別已儲三明。
花門活佛並蘇息，宵晝出沒無鼯鼪。
隴雲藹藹補宮柳，竹頭木屑皆有情。
沈蒲教肅氣靜穆，上流節鉞流休聲。
莊浪水利以時拓，盡收刀劍趨牛耕。
荷茂且廑仁人矜，調護苦待冰橋成。
溪壑回春在何許，去德滋遠心搖旌。
紀群高架今咸英，侍行求己言為經。
靈光殿賦不足擬，說偈宜使蟒淚零。
時艱更期保玉體，補綴雲物酬升平。

摘句如〈和張子漁詠梅〉云：

「寒侵修竹猶堪侶，世有孤花貴善藏。」

「已無水部吟東閣，幾見星躔指少微。

別墅豈曾蔭遠志？西州誰為寄當歸？」

「方朔善諧嗔阿母，朝雲香夢伴東坡。

調羹事業原虛語，酒暈無端入醉哦。」

「路逢驛馬香何戀？冷憶弓蛇影未馳。」

〈寄趙次珊方伯〉云：

五雲樓閣調羹手，萬里關河負米心。

皆興象深微，別有寄託。

三、

侍郎之進用，由於閻文介之汲引。初以山東道員，召為太常寺少卿，充總理各國事務衙門大臣，駸駸大用矣。會京朝士大夫，以其出身不由科第，故挾全力擠之。直總署未數月，復出為大順廣道。既而美使缺，文介復力保，遂再授少常，出使，薦至侍郎，加尚書銜。侍郎於合肥，晚年頗隙末，而於朝邑風義，顧始終弗替。文介之薨也，遺疏忤孝欽意，恤曲獨薄，禮官以賜謚請，幾靳不予，後卒得轉圜者，侍郎力也。

中堂之識字

剛毅為刑部尚書，上官日，與諸司員言，稱皋陶為「舜王爺駕前刑部尚書皋大人皋陶」。此事早膾炙人口，而不知猶有令人發噱者。其在刑部日，提牢廳每報獄囚瘐斃之稿件，輒提筆改為瘦字，且申訴諸司員不識字。諸司員咸匿笑而已。在軍機時，四川奏報剿番夷獲勝一折，中有追奔逐北一語。剛覽折忽大怒，謂川督何不小心至此，奏摺可任意錯訛耶？擬請傳旨申斥，眾詫而問之，則曰：「此必『逐奔追比』之訛，蓋因逆夷奔逃，逐而獲之，追比其往時掠去漢人之財物也。若作逐北，安知奔者之不向東西南，而獨向北乎？」常熟在旁，忍笑為解其義，剛終搖首不謂然。

尚書忠愛

戊戌政變時，長沙徐壽蘅尚書樹銘為大司空。是日方入署，獨坐堂上，忽傳太后訓政之旨下，又聞派步軍統領往抄南海館。急肅衣冠出堂，北向頓首。每一頓首，輒呼女中堯舜者一，九呼九頓首，始起。近日讀某說部，以事屬諸徐進齋侍郎壽朋者，誤也。徐侍郎是時方由皖臬賞三品京堂，出使高麗，尚未為侍郎。

劉博泉侍郎之直

吳橋劉博泉侍郎恩溥，光緒初官御史，以敢言稱，與鄧鐵香鴻臚齊名。然其奏疏中，頗好為滑稽之辭，詞意抑揚，若嘲若諷，與鴻臚之樸實無華者迥異。宗室某甲，設賭局於皇城內，有旗人某乙某，亦世家子，以飲博傾其家，貧無立錐，一日博偶贏，往索博進，竟被毆死，其屍暴露城隅者，二十餘日，無人為收斂，官亦畏某甲勢，不敢過問。侍郎乃上疏言其事，略謂：

某甲托體天家，勢焰薰灼，某乙何人，而敢貿然往犯威重？攢毆致死，固由自取。某甲以天潢貴胄，區區殺一平人，理勢應爾，臣亦不敢干預。唯念聖朝怙冒之仁，草木鳥獸，咸沾恩澤。而某乙屍骸暴露，日飽烏鳶，揆以先王澤及枯骨之義，似非盛世所宜。合宜飭下地方官檢視掩埋，似亦仁政之一端也。云云。

此疏詞氣憤懣，尤乖奏對之體。蓋其時清流諸君子，意氣甚盛，侍郎知朝局不久必變，恐被波及，欲先藉微罪以行，與嘉慶時吳省蘭之保王曇工掌心雷，同一用意耳。然疏上，竟未蒙譴責，原摺且發鈔，自此遂緘口結舌，等於仗馬矣。庚子秋，侍郎且躬為統領義和團大臣云。

張文襄遺事（二則）

一、

同光間某科會試場後，潘文勤、張文襄兩公大集公車名士，燕於江亭。先旬日發柬，經學者、史學者、小學者、金石學者、輿地學者、曆算學者、駢散文者、詩詞者各為一單，州分部居，不相雜廁。至期，來者百餘人，兩公一一紆尊延接。是日天朗氣清，遊人亦各興高采烈，飛辯元黃，雕龍炙輠，聯吟對弈，餘興未央。俄而日之夕矣，諸人皆有饑色。文勤問文襄：「今日肴饌，令何家承辦？」文襄愕然曰：「忘之矣，今當奈何？」不得已，飭從者赴近市酒樓，喚十餘席至，皆急就章也。沽酒市脯，重以餒敗，飯尤粗糲。眾已憊莫能興，則勉強下嚥，狼狽而歸，有患腹疾者，都人至今以為笑談。

二、

文襄自言夙生乃一老猿，能十餘夕不交睫。其督蜀學時，一日出城，遊浣花草堂，偶集杜詩二語楹帖，欲繫以跋，因坐而屬思，稿數十易，終不愜，然已三日夜不寐矣。侍者更番下直，猶不支，困而僵者相屬也。而文襄從容如平時，及揮毫落紙，則僅集本集句四字而已。書成，始欣然命駕歸。

卷下

都門詞事彙錄（七則）

二十年來，中外多故，詞人哀時憫世不敢顯言，往往托為弔古詠物之作，以寄其幽憂忠愛之志。非得同時人為之箋解爬梳，數十年後，讀者不復知為何語矣。今夏溽暑逼人，聊取王佑遐黃門《半塘詞》及朱古微侍郎《彊村詞》讀之，見其中多有涉及時事者，爰就所記憶，拉雜錄之，不能得其什一也。

一、半塘老人遊仙詞

《佑遐味梨集》中，有〈望江南・小遊仙詞〉十五首，皆詠頤和園故實，錄之以當詩史。

（一）排雲立，飛觀聳神霄。雙鶴每邀王母馭，六龍時見玉宸朝，阿閣鳳皇巢。

（二）山徑轉，雲磴鬱盤紆。聞道練顏仙姥健，御風不用日華車，飛佩響瓊裾（孝欽晚年甚健，每遊園登山陟磴，步履若飛，宮婢有追隨不及者）。

（三）雲木杪，瑤殿敞山阿。天上也思安樂好，璇題新署小行窩，富貴到煙蘿。

（四）金闕秘，朝暮降真仙。甲乙親排承直日，英皇分侍上清筵，來往各翩然。

（五）新漲落，荇藻碧參差。偶駕潛虬凌弱水，人間遙指是晴霓，金翠接天西。

（六）多少事，天上異人間。電入夜城光不滅，月臨蓬島影長圓，雲水共澄鮮（此指電燈）。
（七）壺中靜，揮灑出天真。題榜少霞官閣吏，侍書南嶽召夫人，清極絕纖塵（侍書夫人疑指繆素筠）。
（八）煙柳外，空翠濕衣裾。三塔高低連北鎮，六橋縹緲似西湖，圖畫定誰如。
（九）屏山曲，雲母繞周遭。玉座重重遮錦幄，琪花密密獲仙茅，寒重覺天高。
（十）闌干側，風景更誰同。千步長廊隨曲水，萬株寒翠閒鞋紅，迎面碧芙蓉。
（十一）琉璃壁，雲影四周回。不遣輕塵粘舞席，愛移行幰傍歌臺，羯鼓報花開。
（十二）雲水畔，奇幻絕人寰。泛海靈槎疑化石，出林高閣欲藏山，休作化城看。
（十三）仙路迥，天外望青鸞。最是雲間雞犬樂，因緣分得鼎餘丹，長日守松壇。
（十四）驂鸞路，行近意都迷。柳岸風輕煙絮軟，芝田日暖藥苗肥，雲控漫如飛。
（十五）遊仙樂，彈指現林邱。寶氣遠騰天北極，豪情親過海西流，終古不知愁。

二、九九銷寒圖

「亭前垂柳，珍重待春風」。兩句九言，言各九畫，宣廟御製詞中語也。懋勤殿謹依原跡，雙鉤裝幅，為《九九銷寒圖》，題曰〈管城春滿〉。南齋諸臣，按日填注，陰晴風雪，日填一畫，八十一日而畢，歲為故事。歸安朱古微《宗伯集》中，有〈齊天樂〉一首詠此，詞云：

龍池淺色東風緩，春光管城先透。三起三眠，一波一磔，妝點銷寒時候。酥鈿九九，換新樣宮綃，墨塵雙逗。鵲尾香中，幾呵揮翰玉堂手。清吟天上事遠，御屏宣侍處，玉案烏袖。六琯光陰，百年文物，不是尋常懷舊。芳韶盡有，夢不到靈和，雨滋煙溜。自擘苔箋，細填梅蕊瘦。

三、鷓鴣天詠

黃門《半塘詞》中，多以〈鷓鴣天‧詠史〉之作，實皆風議時事之什也。定稿中僅留五首。

其一

笑裡重簪金步搖，鸚哥學語盡能驕。只愁淡月朦朧影，難驗微波上下潮。箋十色，燭三條，東風從此得愁苗。靈貍秘記分明在，回首神峰萬仞高。

此當指丙申、丁酉間事，漚翁曾為述其大略，惜忘之矣。

其二

卅載龍門世共傾，腐儒何意占狂名。武安私第方稱壽，臨賀嚴裝早辦行。鷩割席，憶橫經，天涯明日是春城。上尊未拜官家賜，頭白江湖號更生。

其三

群彥英英祖國門，向來宏長屬平津。臨岐獨下蒼生淚，八百孤寒愧此君。傾別酒，促歸輪，壯懷枉自托風雲。劇憐彩鷁乘濤處，親見蓬萊海上塵。

兩首皆指常熟去國事。

其四

屬國歸來重列卿，楊家金穴舊知名。似傳重訂冰天錄，那得長謠穎水清。仙仗入，篋書傾，空令請劍壯朱生。好奇事盡歸方朔，殿角微聞叩首聲。

此首指南海張樵野尚書事。

其五

注籍常通神虎門，書生恩遇本無倫。鬼神語秘驚前席，輓輅謀工拾後塵。空折角，笑埋輪，寓言秦鹿底翻新。可憐一哄成何事，贏得斑姬苦乞身。

此首為朱古微學士、張次珊參議劾某官事發，折角埋輪，指兩人姓也。

四、紀翁協揆去國

常熟之去國也，正當戊戌變法之初。《彊村詞》中有〈鳳凰吟〉一首，題為〈和半塘四月二十七日雨霽之作〉，即詠此事也。其詞云：

斷送園林如繡，雨濕朱幡，塵飄芳閣。黃昏獨立，依舊好春簾幕。分明俊侶，霎時乖阻，鏡鳳盟寒，衫鸞妝薄。漫托青禽寄語，細認銀鉤珠淚，潛透箋角。此後別腸寸寸，去魂總怯波浪惡。夜暝天寒處，拚鉛紅都洗，眉翠潛鑠。舊情未訴，已是一江潮落。紅燭玉釵恩易斷，悔圓紈重握。影娥夢裡，知甚時念著？

五、詠珍妃殉國事

珍妃殉國一事，孝哲皇后之殉節，義烈哀慘，同為千古所未有。《彊村集》中〈聲聲慢〉一首，題為〈十一月十九日味聃以落葉詞見示感和〉，即賦此事也。詞云：

嗚蛩頹城，吹蝶空枝，飄蓬人意相憐。一片離魂，斜陽搖夢成煙。香溝舊題紅處，拼盡花憔悴年年。寒信急，又神宮凄奏，分付哀弦。終古巢鸞無分，正飛霜金井，拋斷纏綿，起舞回風，才知恩怨無端。天陰洞庭波闊，夜沉沉流恨湘弦。搖落事，向空山休問杜鵑。

又兩家詞中〈金明池詠扇子湘荷花〉一首，其後闋亦暗指此事。王云：

忽湧飛塵驚掠鬢，怕水佩風襟，舊情難問。芳時換哀蟬曲破，花夢短野鴛睡穩。裊香煙復道垂楊，望太乙仙舟，歸期難准。剩泣露欹盤，飄零鉛淚，悄共銅仙揄搵。

朱云：

拗折西風絲寸寸，漫覓醉仙漿，碧筒深引。霓裳舞今宵疊遍，盤淚影明朝吹盡。盡相思太液秋容，但墜粉空房，石鱗沉恨。怕玉井峰頭，月昏煙淡，翠被餘香愁損。

六、詠雛伶五九事

京師雛伶五九者，以色藝名丁戊間，南海張樵野侍郎昵之。侍郎之譴戍也，門生故吏，無敢往送行者。五九獨棄所業，追送至西安而後返。都下一時，稱為義伶。兩家集中，各有〈氐州第一〉一首，即詠此事。

王云：

何事干卿，笙鳳喚起，當歌對酒情抱。舞扇留雲，邊笳訴月，淒絕榮華露草。三五年時，記舊約攏房深窈。張緒風前，秦宮花底，負春多少？　又試新聲鶯燕小，話前事亂愁誰掃。迷蝶春心，聞蟬客思，甚夢醒人杳。乍開簾驚見處，歌塵惹閒情絕倒。玉笛從今，定愁翻伊涼別調。

朱云：

輕薄箏塵，零亂鈿粉，當筵恨壓眉小。密緒連環，清吭掩扇，淒隔秦天縹緲。蕃馬屏風，有暗月窺人偷照。玉杵深盟，金錢淺擲，頓催歡老。　八九驚烏棲樹少，定輸與羈雌鳴繞。毿幕思新，珠田夢遠。驀並歸愁抱。惹花前閒淚落，停杯處相看一笑。誰打鴛鴦，錦塘空孤眠到曉。

七、紀王煥事

漚尹集中〈鳳街杯〉一首，哀山陰王郎中煥也。煥，字輔臣，儀貌昳麗，才思倜儻，頗以天下才自負。入資為工部郎，與壽山為昆弟交。壽山官侍衛，貧窶甚，幾不給饘粥，賴煥時時卵翼之。煥恒鬻室人簪珥衣飾，以資壽山。壽山感煥甚，誓富貴無相忘也。俄而壽山以剛毅薦，出為黑龍江將軍。因奏調煥同往，軍府之事，委悉以之。煥竊自喜，得藉此發舒，視官事如家事，經畫區處，井井有緒，壽山聲譽日隆起。已而都下拳禍作，東三省奸民，亦紛紛應之。壽山承中朝意旨，一意招撫，且將盡除境內教士、西商，煥力陳不可，壽山弗聽，煥爭之急，壽山大忿，遽攘袂大詬，立逐煥出署。煥知不可諫，亦遂驅車南返。行三日矣，壽山回念前事，益忿戾，忽轉念，謂煥此去入都，必且毀己，且其沮義舉，為外人遊說，心尤不可問，彼既無君臣之倫，吾安能復顧友朋之誼，不速除之，將有後患。因召材官數人，授以健馬，令速追煥還省。煥方在中途，見材官來，以為壽山有悔禍之心，仍用己謀也，乃欣然返。至軍署，則壽山已盛服坐堂皇，健兒數百左右侍，乃大驚。壽山見煥至，憤怒跳踉，不復可遏。命侍者捽煥使跪，拍案大詈，叱其不忠，立命縛出斬之。未逾月，壽山亦敗死。詞云：

斡難河北陣雲寒，咽西風鄰笛淒然。說著舊恩新怨總無端，誰與問九重泉？　悲頗景，悔投箋，斷魂招哀迸朱弦。料得有人收骨夜，江邊鸚鵡賦誰憐。

陶農部宮詞

新建陶無夢農部，有宮詞百首，述三十年來內庭軼事，大都得自傳聞。為錄其翔實者十五章，附以箋釋，皆他時史料也。

其一

倚虹堂外柳煙濃，御路無塵走六龍。
歲歲宸遊春色裡，萬人歌舞百官從。
（倚虹堂在西直門外，臨高粱河。慈駕幸頤和園，恒於此憩，進茶點。）

其二

雕欄百折接明廊，仙殿排雲湧御香。
天半銅亭光四照，日高草木遍山黃。
（排雲殿為萬壽山最高處。）

其三

八方無事暢皇情，機暇揮毫六法精。
宸翰初成知得意，宮人傳喚繆先生。
（繆女士嘉蕙，字素筠，雲南人，以畫筆供奉內廷。）

其四

釘鈴佩馬去如飛，諳達垂鞭左右隨。
詔遣阿哥歸主祭，黃韁紫轡好威儀。
（大阿哥溥儁立二年，凡大祀皆奉旨恭代行禮。諳達國語，謂師傅教授清文者，其儀視師傅稍殺。）

其五

公使西南越巨溟，國書親奉覲宮庭。
禮臣引入文華殿，天語溫和賜寶星。
（文華殿在東華門內，為各國公使覲見地。）

其六

景運門前曉色開，百官濟濟早朝回。
御醫隨例聽傳喚，排日抄將脈案來。
（戊戌九月後，上多不豫，隔數日，輒以脈案頭頒示中外。）

其七

六龍倉卒幸西秦，玉骨含冤裹錦裀。
從此笙囊休進御，武皇歸哭孟才人。
（哀珍妃殉國也。）

其八

天家玉食喜奇瑰，潑翠茶濃瑪瑙杯。
昨日使臣新貢入，柏林香草野楊梅。

以下皆辛丑回鑾後事：

其九

天半燈搖紫電流，玲瓏殿閣仿歐洲，
卻因一炬西人火，化出繁華佛照樓。
（佛照樓即儀鸞殿故址。殿毀於庚子之亂，回鑾後重修，費帑五百餘萬。改用西式，賜名佛照樓。）

其十

清華西苑景如仙，百頃琉璃漾井蓮。
羨殺詞臣與樞密，獨邀天寵許乘船。
（軍機大臣及兩書房翰林入直西苑，例得乘船，免迂途也。）

其十一

供御龍賓發異香，新年染翰伴君王。
淋漓錫福蒼生筆，福字先書絹一方。
（賜福蒼生筆，聖祖所製，列聖寶用，每歲元旦用此筆書福字。）

其十二

園子春來柳早青，郊居景物暢皇情。
輪船似報巡遊信，一帶長河汽笛聲。
（昆明湖中御座輪船二艘，某國所進也。）

其十三

彊臣獻納太珍奇，一笑天顏喜可知。
翡翠壽星高二尺，透明碧綠似玻璃。
（翡翠壽星，回鑾後浙撫某中丞所進。）

其十四

蠶織蘇杭藝最精，詔徵機女入神京。
綺華館內薰風暖，長晝遙聞絡緯聲。
（綺華館在福華門內，徵蘇杭女子蠶織其中。）

其十五

恭進應時春貼子，樞臣親寫硬黃箋。
兩齋毓慶同頒賜，麝墨雞毫下九天。
（立春日，軍機大臣進春帖子，五言絕句一首、七言絕句二首，用硬黃紙書之。毓慶宮及兩書房翰林亦如之，各拜筆墨之賜。近時春帖以張文襄所進為最工。）

紀歙鮑烈士增祥事

光緒初，安徽歙縣令某者，書生也，愚而墨。寵二婿：曰王耀，曰三多，挾其勢，恣橫一邑，豪奪巧取，靡虛日。歙人許頌康，薄有資。其戚程某，為武學生，富過許。有質庫，一在縣北富堨。許以事積忤二婿，適邑有盜案發，二婿乃虛構佐證，誣許、程為逋逃主，執入獄。鍛鍊月餘，許、程不勝搒掠，兩股肉乃糜，遂誣服。獄成，上江督皖撫，不日出決矣。王耀揚鞭過富堨市，指質庫笑曰：「此不日屬我矣。」歙之人，莫不憤怒，然莫敢誰何者。鮑增祥，歙諸生，舉秋試為副貢，儒而俠者也。聞之大憤，乃攘臂為文，獨署己名上徽守，白許、程冤。守召增祥詰之曰：「獄已成，汝橫來干涉，案出入甚大，誣平民猶反坐，況官長乎？汝能任此責，吾則轉詳大府，否則不如已也。」持其書作注目狀，同署名者噤無言，增祥毅然曰：「諾，刀鋸鼎鑊，某一人當之，不以累眾也。」書遂上。二婿猶不知，日盼金陵回文至，決許、程於市。歙故無劊手，走休寧，假以來。是時候官沈文肅督兩江，政尚嚴明，得書，陰廉得其實，乃大怒。立馳釘封付徽守，釋許、程，梟二婿示眾。守奉檄坐堂皇，召二婿至，陽陽如平時，示以檄，始色變無語，縛以赴市，守親監刑，觀者如堵。即以休寧劊手奏刀焉，梟其首於萬年橋上。橋者，歙北通衢也。某令聞變，飲藥死。未數年而有方伯松之事。

方伯松者，歙市井中人，少無賴，以博蕩其產，則橫噬閭里間，邑人尤患苦之。會天主教士來歙，方首先皈依，稱信徒，益號召群不逞以濟其虐。方不識字，諸生某某等為之記室，赴訴者日恒數十人，半田產錢債事。方頤指記室錄其詞畢，即分命其黨，汝往某村取某田，若往某村取某錢，母子毋少缺。皆以券授之，其券皆數十年陳舊物也。日暮歸，悉出所收以獻，無少短缺。方妾誕日，邑之縉紳，莫不匍伏賀於庭，壽禮至盈屋，而西教士固不知也。遇訟獄，方第署片紙付縣令，令悚息奉行，如得大府檄。婿役輔之，四境騷然，至不敢偶語方名。增祥客於外，方歸，聞之，大憤曰：「世安得有此？」謀走省控諸院司。方聞之，笑曰：「此豈復梟王耀時耶？」增祥憤愈甚，星夜去。方乃揚言將以眾毀鮑氏之家，增祥子鸎是時亦舉於鄉，夷然弗為動，方亦卒不敢往也。增祥卒白皖撫，郵書上海法主教某，斥方出教籍，徒黨悉鳥獸散，方始斂跡。增祥字結廷，能詞，工畫梅。家無儋石儲，而好為任俠，得錢輒散去。室人交謫，偃如也。

紀大刀王五事

大刀王五者，光緒時京師大俠也，業為人保鑣，河北山東群盜，咸奉為祭酒。王五因為制法律約束之，其所劫必贓吏猾胥，非不義之財無取也。己卯、庚辰間，三輔劫案數十起，吏逐捕不一得，皆心疑王五，以屬刑部。於是刑部總司讞事兼提牢者，為溧水濮青士太守文暹，奉堂官命，檄五城御史，以吏卒往捕。王所居在宣武城外，御史得檄，發卒數百人圍其宅。王以二十餘人，持械俟門內。數百人者，皆弗敢入，第囂呼示威勢而已。會日暮，尚不得要領，吏卒悉散歸。既散，始知王五不知何時，亦著城卒號衣，雜稠人中，而官吏不之知也。翌日，王五忽詣刑部自首。太守召而詢之，則曰：「曩以兵取我，我故不肯從命，今兵既罷，故自歸也。」詰以數月來劫案，則孰為其徒黨所為，孰為他路賊所為，侃侃言無少遁飾。太守固廉，知其材勇義烈，欲全之，乃謬曰：「吾固知諸劫案，於汝無與，然汝一匹夫，而廣交遊，酗酒縱博，此決非善類。吾逮汝者，將以小懲而大戒也。」笞之二十，逐之出。歲癸未，太守出為河南南陽知府，將之官，資斧不繼，稱貸無所得，憂悶甚。一日，王五忽來求見，門者卻之。固以請，乃命召入。入則頓首曰：「小人蒙公再生恩，無可為報，今聞公出守南陽，此去皆暴客所充斥，非小人為衛，必不免。且聞公資斧無所出，今攜二百金來，請以為贐。」太守力辭之，且曰：「吾今已得金矣。」五笑曰：「公何欺小人為？公今晨尚往某西商處，貸百金，議不諧，安所得金乎？無已，公盍署券付小人，俟到任相償何如？至於執羈鞠，從左右，公即不許，小人亦決從行矣。」太守不得已，如其言，署券與之，遂同行。至衛輝，大雨連旬，黃河盛漲，不得度，所攜金又垂盡，乃謀之五，曰：「資又竭矣，河不得度，奈何？」五笑曰：「是戔戔者，胡足難王五？」言畢，乃匹馬腰佩刀，絕塵馳去。從者嘩曰：「王五往行劫矣。」太守大駭，旁惶終日不能食。薄暮，五始歸，解腰纏五百金擲几上。太守正色曰：「吾雖渴，決不飲盜泉一滴，速將去，毋污我。」五啞然大笑曰：「公疑我行劫乎？王五雖微，區區五百金，何至無所稱貸，而出此乎？此固假之某商者，公不信，試為折簡召之。」即書片紙，令從者持之去。次日，某商果來，以五所署券呈太守，信然，太守始謝而受之。五送太守至南陽，仍返京師，理故業。安曉峰侍御之戍軍臺也，五實護之往，車馱資皆其所贈。五故與譚復生善，戊戌之變，五詣譚君所，勸之出奔，願出身護其行，譚君固不可，乃已。譚君既死，五潛結壯士數百人，欲有所建立，所志未遂，而拳亂作，五遂罹其禍。

南下窪水怪

光緒甲午三月，京師南城外陶然亭畔葦潭中，忽有怪聲如牛鳴。余時在都下，嘗親聞之，確如牛鳴盎中，其聲嗚嗚然。有疑為蛟蜃之屬者，有謂盜窟此中者，市井人妄繪其形，名之曰大老妖，謂其物專噬洋人。稍有識者，皆哂其無稽。而圖說刊板流傳。遍佈大江南北，乃至新疆塞外。官吏示禁，竟不能止。福文慎錕，時為執金吾，調兵窮搜，卒莫得端倪。內務府至召僧道設壇諷經以禳之，數月後始寂然，真異事也。張豫荃其淦《夢痕仙館詩抄》中一首，詠此事云：

右安城門當晝晴，野畦淺水蘆葦平。
忽有怪物如牛鳴，路人千萬皆聞聲。
喧傳遠近草木腥，街衢入夜無人行。
或圖其狀如鮫鯨，似虎搖尾龍轉睛。
巨鱗修鬣腹彭亨，罔兩罔象莫識名。
日午健兒敲銅鉦，戈予森立車衝輣。
擊以巨炮雷霆訇，如臨大敵心怦怦。
登刀蹋火道侶迎，敕召六甲與六丁。
呼星喚鬼與怪爭，怪殊不懼反自矜。
若鳴得意聲無停，健兒咋舌雙目瞠。
拖泥帶水如履冰，道人執劍走野亭。
護身符咒嗟無靈，我亦隨眾來郊坰。
鳳城景物爭春榮，麥芒漸綠柳眼青。
輕風轉蕙晚照明，鶯歌燕語調鳳笙。
萬人如海身伶仃，枳籬薤隴側耳聽。
鳴蛙噪蚓集眾蠅，心知其誕笑語傾。
嗟哉危坐高官形，柳陰歧路支涼棚。

藉資彈壓列眾兵。更欲紛調神機營，
舉國若狂誰使令，解人難索繫我情。
石言蛇鬥傳所稱，妖不自作由人興。
見怪不怪真典型，諸公衮衮來槐廳。
紛披宮錦帶雀翎，口蜜腹劍利是征。
誤人家國傾人城，此真怪物是咎徵。
災祥在德天所憑，反德為亂妖災生。
嘻嘻出出聞於庭，我欲射之弓陰弸。
檮杌饕餮服上刑，天為一笑河為清。
人妖既除邦乃寧，物妖有象禹鼎呈。
何至妖異喧神京，無乃小怪作大驚。

暨朝鮮戰事起，議者乃曰是兵象也。

百年前海王村之書肆——琉璃廠於遼為海王村

乾隆時，益都李文藻所著《南澗文集》中，有琉璃廠書肆記云：

琉璃廠因琉璃瓦窯為名，東西可二里許。未入廠東門，路北一鋪曰聲遙堂，入門為嵩□堂唐氏、名盛堂李氏，皆路北。又西為帶草堂鄭氏、同升閣李氏，皆路南。又西則路北有宗聖堂曾氏、聖經堂李氏、聚秀堂曾氏。路南為二酉堂、文錦、文繪兩堂、寶田堂、京兆堂、榮錦堂、經腴堂，皆姓李氏，宏文堂鄭氏，英華堂徐氏，文茂堂傅氏，聚星堂曾氏，瑞雲堂周氏。二酉堂自明中葉已有之，人故呼為老二酉。迤西，南轉沙土園北口，路西有金氏之文粹堂，肆賈謝姓，頗深目錄之學，為乾嘉兩朝冠。又北轉至正街，為文華堂徐氏，在路南，而廠橋東之肆盡矣。橋西僅七家，先月樓李氏在路南。又西為寶名堂周氏，在路北。又西為瑞錦堂，亦周氏，在路南。其地即韋姓鑒古堂舊址。韋氏在乾隆初頗有聲，全謝山、杭大宗、朱笥河諸先生，皆折節與交者也。又西為煥文堂周氏、五柳居陶氏，在路北。陶氏即黃蕘圃題跋所謂五柳主人者也。又西為延慶堂劉氏，在路北。又西為博古堂李氏，在路南。自此出廠西門，書肆盡矣。

今去南澗時甫百年，而記中所列各家，乃無一存焉者，求如陳思蔡益所之流，益不可得矣。《南澗集》在潘氏《功順堂叢書》中，今印本亦漸稀，爰撮其要於此，以餉後之修城坊記者。

燕郊廢寺之金爐臺

燕郊鎮在京師東，屬通州，東陵往來孔道也，曩時曾宿其地。去鎮數里許，道旁一廢寺。土人為言，寺建於明中葉。入國朝百餘年，殿宇頹圮無存者，唯一香爐兩燭臺在焉。爐高八尺，臺丈餘，熔鐵為之，重莫能舉，故棄置荒煙蔓草中，久無人過問者。乾隆四十二年，純廟謁陵，蹕路經此，忽遇暴雨，乃入寺暫避。偶以鞭扣爐，曰：「此非鐵聲也。」令侍衛椎破之，皆精金鑄成，外塗火漆，更察兩燭臺，亦如之，遂命移入內庫。寺之緣起，州志不詳。後土人於牆陰掘得一碑，乃明嘉靖中太監李璵家廟也。世宗約束內監極嚴，李璵名不見史冊，似非當時權貴，而豪富已如是，彼王振、劉瑾、汪直、魏忠賢輩，其奢汰當更何如？史冊所傳，正恐未盡其什一耳。嗚呼！民力安得不日蹙也？

雲南銅廠

國家二百餘年，用銅專仰雲南。而銅廠之弊，亦遂不可勝言。咸同間有錢唐吳仲雲者，官滇久，有〈廠述詩〉四首，言之最詳，足備掌故。其詩云：

其一

華楹具百戲，雕俎羅八珍。指使諸童僕，佩服麗且新。
問官所職掌，曰銅鐵錫銀。朝上一紙書，暮領十萬緡。
會計足課額，可以娛嘉賓。勿謂官豪華，視昔官已貧。
頗聞有某某，憑陵居要津。積金北斗高，歌舞難具論。
歌舞豈不歡？世事如轉輪。朝廷固寬大，國法亦以伸。
事過三十年，殘魄含酸辛。官今當黽勉，富貴天所親。
鳩卮與漏脯，智者終逡巡。哀哉銅山下，乃有餓死人！

其二

滇廠四十八，寶路區瘠肥。媪神豈愛寶？苗脈有盛衰。
攻採矧云久，造物亦告疲。寧臺與湯丹，今亦非曩時。
小廠益衰竭，徵課檄若馳。何從獲硬硤？間或得草皮，
雞窩不滿萬，餓鞘亦何為？長芟入龍窟，水泄費不貲。
年年告缺額，呵斥安敢辭？我聞古銅官，坊治各有司。
方今吏事繁，難理如亂絲。況復畀廠政，殿最較銖錙。

既耕復使織，誰能劑盈虧？上贍九府供，下給家室私。官私兩不病，治術其庶幾。

其三

受事平其爭，厥長凡有七。錘手與砂丁，是皆長所師。有犯則抶之，晝夜戒無逸。怕首縛□登，行若緣縫虱。仰攻亦俯鑽，但懼引線失。風穴竅硲硎，廂木駕疏密。龍驚地軸裂，一入不復出。悲哉乾蟣子，枯臘黑於漆。更聞扯火勤，爐罩難畢述。爭尖與奪礌，刀劍鬥狂獝。一朝鳥獸散，探胠入民室。索之籍無名，山箐費窮詰。恃此問長官，鎮撫用何術。

其四

廠主半客籍，逐利來入邊。入官報試採，自竭私家錢。欣然大堂獲，繼以半火煎。抽課得羨餘，陶朱不足賢。百貨日麇集，優倡肆嬌妍。荒荒蠻瘴中，聚若都市闐。聞者饞涎垂，擾擾蟻集膻。叩囊出黃金，一擲虛牝填。

所願倘不償，家室成蕭然。妻孥難存活，伴侶空相憐。
不如扶犁好，猶得耕薄田。

嘉禾圖

乾隆二十八年七月杪，松江府境，暴風三日夜不息，禾盡偃，稻花全落。諸縣田有一粒不收者，有畝收斗許者。有及半者，則慶大有年矣。吳士盧元昌有詩紀之曰：

困窮甘儉食，垂老遇奇荒。百歲人稀遘，三吳事可傷。
探丸竟白日，划篋到黃堂。我粟無升斗，開門亦不妨。

如此奇災，乃巡撫洪之傑，不唯諱災不告，反取句容縣境青苗一束，繪《嘉禾圖》上獻。詔書嘉獎，宣示中外，吳人銜次骨。嗚呼！天下妄狠人，獨洪之傑也歟？

叢書之刻，至國朝而始精。若歙之鮑，吳之黃，金山之錢，張南皮所謂五百年中，決不泯滅者也。然士禮居專重景宋，秘笈無多。守山閣專取《四庫》未刻之本，猶嫌其經說及考據書太多，而唐宋說部及前人遺集獨少，唯《知不足齋》三十二集，於四部無所不收，而雜史小說兩種，所收尤夥，皆據精本、足本付刊，絕無明人專擅刪改之弊。且巾箱小冊，最便流通，其有功文獻者，更在黃、錢上矣。南海潘嶧琴學士衍洞嘗言，曾在揚州書肆，見有《知不足齋日記》鈔本數帙，密行細字，是淥飲老人真跡，皆記所得古書始末，及與乾嘉諸老往還商榷之語，於古刻之優劣、鑒別之方法、收藏家傳授之源流，皆言之綦詳。次日往購，則已為他人取去矣。此書未經劫火，當仍在世間。海內好事家，倘為之刻布傳流，其聲價當在《皕宋一廛賦》之上也。

三進士出身之奇

本朝進士出身，最奇者三人，皆在國初。一杞縣任暄猷，明末團練鄉勇，禦流寇有功，後仕福王，為後軍都督。王師下南京，投誠隸旗下，中順治壬辰進士，以磨勘被黜，後再中乙未進士。一邵陽吳芳，崇禎己卯舉人，永曆中官至左都御史。歸命後，願以科第進，中康熙甲辰進士。一五河錢世熹，明末官縣令。鼎革後，削髮為浮屠。久之，復還俗為諸生，康熙庚戌進士，年已七十餘。

奏疏紕繆

國朝滿州入仕之途甚寬，各部院筆帖式，目不識丁者，殆居多數。循資比俸，亦可至員外郎中。然不能得京察一等，無外補之望，乃以保送御史為出路。朝廷視滿御史甚輕，但保送即記名，不必考試也。故滿御史多不能執筆作書，間或上疏言事，然亦他人為之捉刀。光緒甲午冬，東事正亟時，一日早期，福山王文敏，在午門外與同列論及軍事，太息曰：「事急矣，非起檀道濟為大將不可。」蓋指董福祥也。一滿御史在旁，聞之，殷殷問「檀道濟」三字如何寫，或書以示之，次日即上奏，請起用檀道濟。又有一御史，上疏力保孫開華，不知開華已死數年矣。又某京堂上奏，言日本之東北，有兩大國，曰緬甸，曰交趾，壤地大於日本數倍，日本畏之如虎。請遣一善辯之大臣，前往該兩國，與訂約，共擊日本，必可得志云云。聞德宗閱此疏，甚為震怒，將降旨斥革。恭忠王在側，言如此將使滿州大臣，益為天下所輕，乃止。昔康熙時一老侍衛，值乾清門數十年，清寒甚。聖主見而憐之，因授為荊州將軍。詔下，妻子皆狂喜，而某獨不樂。戚友來賀者，輒對之痛哭，駭問其故，則曰：「荊州要地，東吳之所必爭，以關瑪法之智勇，尚不能守，何況於我，此去必死於東吳之手矣。」眾知其不可理喻，咸匿笑而已，然此人猶能讀《三國演義》，猶自知才力之不勝，在今日飛鷹走狗之徒上萬萬矣。

文牘謬誤

光緒年相傳有兩事，絕可笑。某生者，夙以善書名，為義州李子和制府（鶴年）司摺奏十餘年。義州後緣案革職，某生轉入合肥李筱泉制府（瀚章）幕中。時合肥方督兩湖，一日奏事至京，上發視之，則湖廣總督其官，而李鶴年其名也。合肥因此大被申斥，並交部議處。不知當時幕中人，何以都漫不省視耶？一為魏午莊制府（光燾）官平慶涇固道時，駐軍固原，部下有逃卒數人，大索不可得，乃通札各府及直隸州，飭所屬嚴緝。此本照例文牘，向無人措意，吏胥不通掌故，以奉天府雜入各府中，徑行札飭，且呼其官曰奉天府知府。是時官留尹者，為松侍郎林，得札大恚，即行文往詢其故。魏乃大窘，浼某貴人為之緩頰，饋松萬金，自稱門生，事乃已。次年松復致書魏，托購玄狐猞猁孫等珍裘數十襲，為價又以萬金計，時人稱此札直二萬金云。然自官制改革以來，奉天尹竟改為知府矣。

明季兩烈婦

寧藩下永寧王世子妃彭氏，奉賢人，生有國色，足極纖，江西人以彭小腳稱之。而驍勇多智，力敵萬夫。江西破，永寧父子皆殉國。妃乃率家丁數十人入閩，寓汀州，結義軍將范繼辰等，聚眾數千，克寧化、歸化等十餘州縣，勢張甚，大清兵極畏之。值歲饑，眾稍散，遂以順治五年，為叛將王夢熤所敗，被執不屈，絞殺於汀州之靈龜廟前。其從婢二人，一名金保，一名魏真，年皆未及笄，而俱有勇力，善騎射。妃既死，保自剄，真竄山谷間十數日，兵退乃出，竊妃與保屍葬之，遂去為尼，不知所終。此事明季諸野史俱未記載，惟見施鴻保所著《閩雜紀》中，亟表而出之。

霍山黃鼎者，諸生也。鼎革時起義，後降洪承疇，授總兵，使駐江南。其妻獨不肯降，擁兵數萬人，據濠泗山谷中，與王師抗，數有斬獲。總督馬國柱乃召鼎至，謂之曰：「汝獨不能招汝妻使降乎？」對曰：「不能，然有子在此，使之往，或可動也。」乃命其子往。妻曰：「大廈已傾，一木夫何能為？然志士不屈其志，吾必得總督親來廬州一面，約吾解眾，喻令剃髮，然吾雖解兵，當仍居山中，不能如吾夫聽調遣也。」國柱許之，即自至廬，婦率眾出見，兜鍪貫甲，凜凜如偉丈夫。執總兵見督府禮，以兵餉簿籍授國柱，即上馬馳還山中，終不與夫一見。此婦真有烈丈夫風，而姓字闃如，惜哉！明之末造，豫中阮太沖，憤兵驕將惰，乃著《女雲臺》以譏之，雜取古女子婦人建議滅賊事，多至數十百人，一時傳之。嗚呼！若彭妃、黃婦者，又豈讓古人哉？

李奉貞

勝國末造，奇女子最多。其能執干戈以衛社稷者，秦良玉最烜赫外，若沈雲英、劉淑英、畢著輩，皆見諸名家集中，為之碑版歌詩，功雖不成，而名足以不朽矣。獨國朝閨閣之知兵者，不少概見。咸豐朝唐縣李武愍公孟群，有從妹，名奉貞者，知書，工騎射，《六韜》孫吳、鳳角占驗之書，靡不精究，而奉母不字。武愍以知府，奉胡文忠檄，督師討賊，召奉貞同往。奉貞即戎裝從行，在軍中晝策決勝，往往建奇功。武愍由郡守，數年間擢至藩司，幫辦軍務，半奉貞力也。武愍一日以輕兵追賊，失利，被圍十餘重。他將悉束手，不敢救。奉貞獨率所部馳赴之，槍林彈雨中，突圍而入，手斬勍賊數十級，賊眾披靡，卒護武愍歸，甲裳均赤，萬眾駭視，驚為天神。後文忠以大軍攻漢陽，寇堅守，久不能克。奉貞與方伯謀夜襲之，孤軍深入，中賊伏，援兵不至，遂血戰死，年才二十餘。奉貞死，武愍軍氣驟熸，未幾亦戰死矣。往時見某說部，紀奉貞事，獨深致不滿，亦可謂不成人美者矣。武愍擢幫辦時，年亦甫二十七。商城周文勤時長軍機，與李氏世姻。上一日從容語及武愍，因垂詢曰：「李孟群相貌，不知如何英偉，卿當識之。」文勤故與武愍父子不協，即奏曰：「李孟群固勇於任事，但惜其年太少耳。」上聞之，怫然曰：「如卿言，少年人皆不能辦事耶？」文勤亟惶恐謝罪出。蓋文宗嗣服之初，春秋鼎盛，銳欲有為，文勤之言，適中上所忌也。未幾，文勤即緣事罷軍機大臣。

女子絕技

閨秀能詩詞書畫者多，而以它美術顯者絕少。國初梁千秋之侍兒韓約素字鈿閣者，善鐫印章，周櫟園載之《印人傳》中。有以數寸大石章求鐫者，約素輒顰蹙曰：「欲儂斫山骨耶？」康熙中，吳門顧二娘以製硯著稱，此則真可謂斫山骨者矣。聞顧生平所製硯，不及百方，非端溪老坑佳石，不肯奏刀。傳其以鞋尖點石，即能辨別瑜瑕，亦奇技也。乾隆末，杭州何春巢，得一硯於金陵市上，背鐫劉慈一絕云：

一寸干將切紫泥，專諸門巷日初西。
如何軋軋鳴機手，割遍端州十里溪？

跋曰：「吳門顧二娘為製斯硯，贈之以詩，顧家於專諸故里，故云。」時康熙戊戌秋日，詩絕超逸，慈不知何人也。何工倚聲，因賦〈一翦梅〉鐫其旁云：

玉指金蓮為底忙，昔贈劉郎，今遇何郎，
墨花猶帶粉花香。自製蘭房，佐我文房。
片石摩挲古色蒼，顧也茫茫，劉也茫茫，
何時擕取過吳閶？喚起情郎，吊爾秋娘。

此條見袁隨園《詩話》，喜其韻絕，攗以實吾書。戊戌為康熙五十七年，距今才二百三十年耳。然問諸吳人，已無能舉其姓字者矣。

尹杏農侍御

桃源尹杏農侍御，為咸豐朝直臣。戊午英艦抵天津，舉朝搶攘，無所為計。侍御獨疏陳戰守機宜，先後八九上，樞臣主和議，卒格不行。最後疏上，奉命隨同王大臣會議，鄭親王端華，厲聲詰責，侍御抗辯不少詘，由是直聲震天下。而權貴益側目，卒藉科場案去之。同治時再起，治軍河南，官河陝汝道。民懷其德，歿後入祀名宦，治績宣付國史館，列《循吏傳》中。所著有《心白日齋詩文集》，集中警句，如「元佑一朝遺老盡，永和三月酒人稀。」「時來將相都論命，老去英雄只著書。」「煙花不為哀鴻減，林木空餘社燕歸。」皆俯仰盛衰，欷歔欲絕，入之主客圖中，洵無愧色。

陳子莊明府之外交

同治丁卯九月，海昌陳子莊明府其元令南滙。時有英商，以夾板船載煤運滬。駛大洋中，膠於沙，沉其舟，煤皆散浮海面。海濱居民，紛紛往撈，取藏諸家，固不知有洋船也，但識為洋煤而已。未幾，一英人偕通事來縣，言船為南滙民所焚，煤盡被掠，索償五萬金。陳以其語狂誕，拒之去。徐思洋人必不肯遽已，不先查還其煤，必且肇釁，一經聞諸總署，則所傷實多，是不賠而賠矣。且庸知總署不飭令賠償者，乃親自赴鄉查勘。沿海地袤延百餘里，一時不及周悉，而英領事已照會滬道，委員暨英翻譯官偕洋商來矣。且海面時有兵艦，往來鳴炮，南匯民大震。陳力與爭曰：「吾民果掠爾船，自應治罪，今爾船自擱淺沉沒，百姓只撈取水面之煤，何罪之有？藉曰百姓不應取爾之煤，而乞我代為查還，我體兩國交好之誼，自當竭力查辦。爾所失者煤，並非失銀，安得賠銀？今言賠銀，是訛詐也。訛詐安有交情？我官可去，銀不可得。」委員亦以大義責之，英商始氣沮。陳因與約：煤船既擱沉，必不能復得全數，將來查得若干，即以若干還之，英商亦首肯。陳次日即赴鄉，召集各村之民，老幼男女，來者數萬人，先以此案始末告之，又以拚一官保衛百姓之意，反復申喻數千言。鄉民皆感激泣下曰：「實不知有此許多道理，幾累我公。」於是均願以所撈者送還之。數日間，繳煤十八萬斤，事遂已。

同時又有美船交涉一事。美商運貨來滬，遭風滯於沙，不能動，乃至滬，雇民船為轉運。適有魚舟數艘，在海捕魚，即雇之往，言定每人日給銀兩圓，往返十餘日，始竣事，迨向索工資，則盡縛其十六人送滬道，謂係海賊搶劫者。道發上海縣研訊，俱不承。十六人者，中有南匯人七，因請發南匯。陳詢悉其始末，且訪諸七人之鄉里，莫不言其冤，乃具稟昭雪。美領事執不肯，則復提滬訊，仍不承，則再移還南匯，而七人中已死其一矣。陳知滬道不足與言也，則直陳其事本末，徑稟蘇撫。時撫蘇使者，為豐順丁雨生中丞，得稟，震怒，亟下札發斥滬道，命立釋此十五人。滬道始悚息受命，而美領事亦不復過問矣。蓋洋商不過圖賴工資，初不虧地方官之辦案，有司為積威所劫，不敢不格外討好耳。此兩事，恨不令今之為吏者知之。

王文靖遺文

宛平王文靖熙，為康熙初名相。生平頗挾智任數，回翔於諸滿大臣之間，而能得其歡心，以保祿位。世頗有疑《石頭記》之王熙鳳，即指文靖者，其人固極相類也。遺集不傳於世，其遺文惟有〈為陳默公焯徵刻遺書〉一啟。亟錄之，以見古人風義之篤。

蓋國天佑斯文，自產千秋之宗主，人肩大道，寧耽一代之浮榮。故賢聖惟發憤而詩乃成，即後儒必學成而書可著。《春秋》須羽翼，邱明之雙目難存；《史記》待昭垂，司馬之全形忽廢。他如張文昌以乍盲而工樂府，盧照鄰緣久疢而擅吟壇，若斯之徒，殆猶小技，矧夫守先待後，析天人性命之微言；述往思來，備今古興亡之準鑒，非邀休暇，豈獲專勤？桐城陳默公，九液蘊靈，六匡誕秀。七歲遍通經傳，箋研百氏以無遺；十齡輒庀史材，身任三長而不讓。衡文吳下，張揚願擻皐比；正雅雲間，陳李齊投縞帶。入興朝而膺恩拔，在廷爭睹光儀；甫鄉薦而掌秘書，政府咸資手筆。雖大魁中沮，至今猶歎為真狀元；迨釋褐南歸，舉世仍呼為好才子。是以熙父任祭酒時之贈詩曰：『注殘經史年猶少，歷盡艱虞氣更新。』大塚宰靜海高公之贈句曰：『無雙經學黃江夏，第五科名杜紫薇。』期待各已如斯，通顯奚難立致？乃造物巧為成就，奪去子野之聰；令儒術大振今時，悉倚離婁之目。寸陰必惜，日斯邁而月斯征；萬卷堪娛，冬不爐而夏不扇。書成廿種，載可盈車。抉六籍之奧義於二經，功約而倍；寓一朝之褒譏於四部，指隱而彰。掃山陰餘姚之禪唾，門庭斷自程朱；溯嘉隆宏正之詩源，流品分從趙宋。西京以下，未償無賦，賦會出而世識真騷；八家之後，敢曰無文，文會行而人裁偽體。若不共襄剞劂，何以仰答聖賢？熙等職在清曹，分應獨任。但略計鏤版之費，動須數千；勢必賴大雅之流，各資涓滴。與其結佛緣以沾利益，何如種文福以厚箕裘。且默公官僅數旬，居無五畝。彼于皕亦人耳，能將百萬為高士買山；即郗超小夫乎，屢費千金為故人治宅。今陳子既以詩書為生活，則吾黨亦用梨棗代田廬。伏乞諸老年臺先生，隨分樂捐，聲施不朽，噫嘻！杜微失聽，猶來君相之求；徐積病聾，實賴蘇黃為友。況有功於孔孟，詎止篤夫情親？諒切同心，敢申虔懇。

默公蓋以聾廢者。故啟中以杜微、徐積為比。今其諸書傳世者，惟《宋元詩會》一種耳，啟所謂詩源趙宋者，即指此書也。

宰白鴨

折獄之吏，能使民無冤，固已難能而可貴矣。乃有一獄之起，有司明知其冤，而卒無術以平反之者，其慘痛更何如耶？憶某勸善書中，紀福建一獄，至今讀之，猶為酸鼻。

漳泉兩府，頂凶之案極多。富戶殺人，輒以多金買貧者，代之抵死，沿以成俗，毫不為怪，所謂宰白鴨也。某大令官於閩，襄事福州讞局，嘗訊一鬥殺案。正兇年甫十六，而死者則偉丈夫也。檢屍格，鱗傷十餘處，必非一人所能為。且其人尪瘠弱小，亦必非能殺人者。提案覆訊，則背誦供招，滔滔汩汩，與詳文無一字差。令異之，再令覆述，仍一字不誤，蓋讀之已成誦矣，知其必為白鴨也。加之駁詰，矢口不移。再四開導，始涕泣稱冤，乃駁回其縣更訊。未幾，縣又頂詳，仍照前供。再提犯鞫之，則斷斷不肯翻供矣。令猶旁惶不忍斷，他委員共嗤其迂，乃代為提訊，遂如縣詳定案。比臬司親訊，仍執前供，因詆爾年齒甚輕，何能下此毒手，則對曰：「恨極耳。」案定後，發還縣。令遇諸門，問其故，則涕泣曰：「極感公再生恩，然發回之後，縣官怒其翻供，更加酷刑，求死不可得。父母又來罵曰：『賣爾之錢，已早用盡，爾乃翻供，以害父母耶？若出獄，必置爾死地。』進退皆死，無寧順父母之命耳。」令為之失聲哭，遂終身不入讞局云。

此與前紀王樹汶事極相類，若樹汶者，其真有天幸哉！

史撫部詩

史撫部念祖之工文，前已略述之，茲又得其古近體詩十數章。撫部起家簿尉，中年始折節向學，與樵野侍郎同。侍郎之詩高華，撫部之詩疏宕，皆一時異才也。

〈古意〉云：

美人不世出，嫁必輕薄兒。
奇士不世出，遇必亂離時。
天公最有心，可以見操持。

〈征夫吟〉云：

丈夫當請纓，揮手勿復慮。
懷中兒問爺，但道封侯去。

〈苦雨行〉云：

天不雨，東皋禾麥不出土；
天欲雨，道上行人征戍苦。
欲雨不雨心京京，吁嗟天亦難為情。

〈駐軍趙旗屯除夕發家書〉云：

大捷欣看露布馳，春風入壘酒盈巵。
幾千萬語無人道，二十一年有限時。
誰滅孫盧回浩劫，已收淮蔡是偏師。
家書先寫平安字，戰狀從容報母知。

〈即席贈歌者〉云：

湓浦琵琶恨未深，六弦添出寫秋心。
弓彎破夢翩躚舞，絲裊無痕宛轉音。
惜別大難藍尾酒，用情容易白頭吟。
他年重訪清江道，綠葉成陰何處尋？

〈野寺納涼同五兄蓮叔〉云：

螢光濕雨明滅飛，昏月掛樹松風吹。
露凝落葉墮微響，宿鳥撲撲驚高枝。
古碑臥地斷可坐，翁仲無言拱道左。
溪東大塚郁林莽，野狐出沒逐磷火。
半晌問答聲響息，童攜燈來滿眼黑。
轉念身世各努力，兄弟夜吟亦難得。

〈英山〉云：

松花一徑踏成塵，松子枯餘拾作薪。
繞屋溪聲時訝雨，當窗山色遠窺人。
野樵度水亂斜照，幽鳥和煙啼晚春。
頗似江南小村落，謀生到此悔征輪。

〈雨後〉云：

春波泛綠與橋齊，蒲沒青尖禿柳低。
昨日汀花留未採，潮生行不到前溪。

數詩皆可奪宋人之席。

黃公度京卿遺詞

嘉應黃公度先生，詩筆為同光間大家，而倚聲之作，不少概見。頃得其〈賀新郎〉一闋，亟錄之。題為：〈乙未五月芸閣南歸，飲集吳船，各撫賀新郎詞，以志悲歡〉。詞云：

鳳泊鸞飄也，況眼中蒼涼煙水，此茫茫者。一片平蕪飛絮亂，無復尋春試馬，又漸漸夕陽西下。水軟山溫留扇底，展冰奩試照桃花，寫影如此，淚重灑。　尋思羅里臨行，竟把明明、蚊綃分翦，公然割捨。天到無情何可訴，只合理憂地下。但何處、得開酒社。相約須臾毋死去，盡丁歌甲舞今宵，且看招展，花枝惹。

蒼涼激楚，直摩稼翁之壘。

周太史（蘭）雋語

同治中，吳縣周伯蕖太史，督陝甘學政歸，與伶人張天元者狎。天元頗風雅，從太史習詩字，過從無虛日，太史戲呼之曰天兒。後因事有違言，蹤跡漸疏。而奉新許仙屏河帥振褘，亦自陝甘學差歸京，天元遂棄周而事許。一日有人戲問太史曰：「日來與天兒相見否？」太史歎息曰：「天而既厭周德矣，吾其能與許爭乎？」聞者為之拍案叫絕，此真天造地設之妙，所謂巧不可階者矣。前輩吐屬，名雋乃爾。

題壁詩

光緒癸未九月，出都，宿保定城西之大汲店。旅舍壁間，有一詩，墨痕剝落，煙靄模糊。署款有「庚申冬初」字，蓋十餘年前跡也。字頗豪縱怪偉，因諦視讀之。其詩曰：

北去金輿萬騎扶，長安城上有啼烏。
禁門晝閉宮槐冷，蹕路宵岩塞草枯。
九廟英聲驚朔漠，幾人留守重西都？

孤臣流涕朝天遠，分作滄江老釣徒。

蓋文宗北狩時感事之作也。清蒼激壯，足以接武大樽。惜署名處泥土剝缺，不知為何人作矣。室中四壁堊刷新潔，獨留此一方，知非流俗人所為。召店夥詢之，乃知店東故諸生，見此詩而深愛之，故不忍堊去也。僻鄉中乃有斯人，亦云難矣。

又吳寄髯先生，曾在荊巫間一山寺內壁上，見一詩云：

大江東去盡蒿萊，尚有黃花此地開。
落木山空秋色老，平蕪天遠暮愁來。
驚風沙磧盤雕健，殘照關河過雁哀。
驀記今朝是重九，獨攜樽酒上高臺。

蓋亦金陵未復以前感事之作。沉鬱頓挫，饒有杜意，亦不得作者姓名。

孫北海雅謔

順治中，張爾唯太守，由部郎出守蘇州。將出都，孫北海、曹倦圃、龔芝麓三公設宴祖餞。各攜所藏法書、名畫相誇示，太守亦出舊藏江貫道《長江萬里圖》卷真跡，三公傳觀，皆愛不釋手。曰：「此跡可謂今日壓卷矣。」太守意得甚。北海徐曰：「此圖以萬里名，而爾唯一人據之，無乃太貪。不如截作四段，四人分有之，人各得二千五百里，不亦可乎？」曹、龔皆附掌稱善，立呼侍者，以刀尺進。太守窘甚，至長跽乞哀。北海大笑曰：「吾今日得一集唐絕對矣。」眾問之，則「翦取吳松半江水，惱亂蘇州刺史腸」二語也，一座為之絕倒。

巧對

光緒中葉，山東尹琅若編修琳基，官詞館久不開坊，鬱鬱弗自得，乃縱酒自遣。醉輒謾罵座客，以是與其鄉人鄭侍御溥元齟齬。鄭遽摭尹陰事劾奏之，人皆不直鄭。旨下，尹、鄭皆休致，是日，樞臣述旨既退，寶文靖語同列曰：「『白日放歌須縱酒，青春作伴好還鄉。』可移贈尹、鄭兩君矣。」甲申春，閻文介、張文達同入軍機，二公年皆逾七十。未幾，孫文恪毓汶、烏少司空拉布，奉命勘案江南北諸省，歷年餘始歸。都人為集唐人句曰：「丹青不知老將至，雲山況是客中過。」

又光緒癸巳恩科，殷秋樵鴻少如璋、周伯晉編修錫恩典浙江試。榜發，士論頗不韙。或為聯以譃之曰：「殷禮不足徵，已經如瞶如聾，漫詡文章操玉尺；周任有言曰，難得恩科恩榜，好憑交易集金錢。」離析二人姓名，而銖兩悉稱，語意渾成，尤為巧合。又烏達峰尚書與惲次遠學士同典浙試，烏文學頗疏淺，而學士有煙癖。或以二人姓為聯曰：「烏不如人，胸中只少半點墨；軍無鬥志，身邊常倚一條槍。」又同治中，四川副都統有名「鐵爾克達春」者，或戲以「金吾不禁夜」對之。

國初富室

國初富室，以南季北亢為領袖。季氏居泰興季家市，其族人三百餘家皆有複道，門戶相通。每夕行擑者，至六十餘人。蓄女樂兩部，服飾至值巨萬。滄葦侍御振宜，以藏書著國初者，即其族也。亢氏籍山西，相傳李自成西奔時，所攜輜重，皆棄之山西，盡為亢氏所得，遂以起家，富甲天下。康熙中《長生殿》曲本初出，亢氏家伶即能演之。器用衣飾，費鏹至四十餘萬，他舉稱是，今無人能舉其姓者矣。保富之術不修，國之所以不競也。

官書錯誤

乾隆中修《四庫全書》，高宗謂遼、金、元三史地名、人名、譯音皆失其真，因詔館臣重加改定。然武英殿本全史，刊於乾隆四年者，尚未暇追改也。道光初，乃詔軍機章京重複校正，刓改舊板，而其中有絕可笑者。《金史・地理志》有「金復海蓋」一語，乃總金州、復州，及蓋平、海城兩縣而言之，今官牘中尚有此語。乃校者誤以海蓋為人名，而改為哈噶。又《元史・睿宗傳》有「飲酒樂甚，顧謂左右曰」一兩語，校者誤以甚顧二字為人名，而改為薩賴。若此之類甚多，殊堪噴飯。且其本地名、人名者，則又不遵「欽定三史國語」解，而以意更換，移步換形，遂令人莫知為何人何地矣。官書之不可信，大抵如此。

《四庫全書》之濫觴

乾隆朝修《四庫全書》，從《永樂大典》中輯佚書七百餘種，人皆知其議之發於朱笥河學士，而不知徐健庵尚書已有此議，學士特因其成說耳。考健庵所為〈高詹事刻編珠序〉云：

皇史宬《永樂大典》，鼎革時亦有散失，往語詹事：皇上稽古右文，千古罕遘。當請命儒臣重加討論，以其秘本，刊錄頒佈，用表揚前哲之遺墜於萬一。余老矣，澹事孜孜好古，幸它日勿忘此言也。

按：《大典》中佚書，實不止此七百餘種。當時館臣蒐輯，大抵取其卷帙略少者，宏編巨冊尚不暇甄錄。後來徐星伯先生所輯《宋中興禮書》、《政和五禮新儀》諸書皆從《大典》中錄出，張石洲實佐其役。石洲曾為人言：「其中秘本尚夥，惜無此暇日盡錄成書，以補《四庫》之闕。」（此語見某説部中，今忘其名矣。）庚子拳亂，翰林院被焚，《大典》一書遂無片紙留遺矣。惜哉！

私家藏書樓

舊槧《音學五書》，前有徐健庵兄弟三人啟云：

亭林先生年逾六十，篤志五經，欲作書藏於西河之介山，聚天下古今書籍藏其中，以詔後之學者。先達明公，好事君子，如有前代刻版善本，及抄本經史有用之書，或送堂中，或借錄副，庶傳習有資，墳典不墜。

其後此舉，竟不果成。朱竹君學士嘗議建書藏於曲阜孔氏，廣庋古今墳籍，亦僅有此語。阮文達嘗舉所藏書分儲於浙之靈隱、潤之焦山，亂後靈隱毀於兵火，焦山書亦多散佚。聞後來梁按察鼎芬有意規復，嘗謀諸丁松生，松生慨捐所藏數百種以付之。故梁題〈松生著書圖〉，有「焦山靈隱存雙藏，猶記秋鐙遞信時」之句。竊謂名山古剎，將來都不可保，謀建私家書藏者，究以孔林為第一。好事者盍圖之？

閨中經世遠識

錢唐顧若璞，字和知，胡明上林署丞顧友白女，文學黃東生之妻，讀書能古文詞，著有《臥月軒合集》。其長子婦丁氏，亦湛深經史，有經世之志。《若璞集》中，有與其友張夫人一書云：

冡婦丁氏，從余讀唐詩，其〈寄燦〉詩有云「故有愁腸不怨君」，幾於怨誹不亂矣。與燦酒間，絕不語及家事，時為天下畫奇計。而獨追恨於屯事之壞也，且曰：「邊屯則患旁擾，官屯則患空言鮮實事。妾與子努力經營，倘得金錢二十萬，便當北闕上書，請淮南北閒田，墾萬畝，好義者引而伸之，則粟賤而餉足，兵宿飽矣。然後仍舉鹽筴，召商田塞下。如此，則兵不增而餉自足。使後世稱曰：『以民屯佐天子，蓋虞考懿女實始為之。』死且目瞑矣。」其言雖誇，然銷兵宅師，濡濡成議，其志良不磨，夫人許之否？

巾幗中乃有此高議雄略，而名字翳如，文章行事，不得少見梗概，豈不惜哉！

吳梅村身後之文字獄

國初南潯莊氏私史之獄，罹禍者至數十家，其始末人皆知之。吳梅村《綏寇紀聞》一書，身後亦幾成大獄，則無人能言之者。考是書本名《鹿樵紀聞》，不著撰人姓名。或以此疑非梅村所作，向莫明其故。後讀施愚山〈致金長真書〉，始知當時危慄情狀，其不至蹈力田赤溟之覆轍者，亦云幸矣。書略云：

梅村《鹿樵紀聞》一編，鄒流騎以故人子弟之義，賣屋為任剞劂，一備放失舊聞，一以表彰前輩著述，良為勝事。但不合輕借當時名流姓氏參評，致有此舉，蓋懲前史之禍，不得不申明立案，非有深求於鄒也。聞書中絕無觸犯，惟凡例所列，有大事記，似為蛇足。今拘繫赴解，舉家號哭，悉焚他書，笥橐為空。毗陵士大夫，莫不憐之。鄒既貧且老，莫為援手，萬一決裂，不特鄒禍不測，且恐波及梅村。遺孤惴惴，巢覆是懼。夫束天下文士之手，寒先輩地下之心，或亦當世大賢所不忍為也。云云。

按：此則梅村著述，其熸於一炬者，正自不少。而世傳《紀略》之本，亦必非曩時原稿可知。

吳漢槎髫年能詩

吳漢槎以丁酉科場事，謫戍絕域，晚歲賜還，侘傺以終，人但悲其數奇運蹇而已。及讀《秋笳集》，乃知其於故國惓惓不忘，滄桑之感，觸緒紛來。始悟其得禍之由，不隨力田赤溟輩湛身赤族者，蓋亦幸耳。余最愛誦其〈湘中秋感〉八律，以為遠追信陽，近挹黃門。按：漢槎作此詩，當甲申九月時，年才十三，髫年得此，豈非異才？亟錄於此，以諗讀者。詩云：

其一

桂林搖落迴蒼蒼，歲莫天涯黯自傷。
永夜星河翻夢澤，高秋風雨暗瀟湘。
三年作客清砧斷，萬里懷人叢桂長。
憑眺欲尋西澨佩，數聲漁唱起滄浪。

其二

楚望還登王粲樓，參差吹徹木蘭舟。
風清桂嶺猿初嘯，雨歇蒼梧瘴未收。
帝子怨深瑤瑟夜，美人心折白蘋秋，
卻憐故國多芳草，幾度登臨賦遠遊。

其三

西山陵闕鎖幽宮，辱帝神靈想像中。
銀海雁寒虛殿月，玉衣香散夜臺風。
天高朔氣星辰動，響入邊笳禦宿空。
禋祀萬年開北極，只今秋祭在江東。

其四

楚宮八月下攙槍，宗子誰傳帶礪盟。
雲夢旌旗還去國，章華臺榭更開營。
珠囊夜泣三湘雨，玉馬秋迷六詔兵（自注：楚中諸王避地黔粵者，半為夷獠所掠）。

開道至尊思叔父，鑾煙渺渺動皇情。

其五

齊豫諸軍盡北來，淮淝山色陣雲開。
九江潮穩飛龍艦，萬騎風高戲馬臺。
殊錫競推王導貴，折衝空憶謝玄才。
先皇恩澤知無數，誓眾應多縞素哀。

其六

遙傳陶侃駐江干，三月兵戈血未乾。
甲帳紫貂多縱寇，牙門青犢共登壇（自注：左侯麾下，半係降將，有賜蟒玉者）。
嚴城落日征烽急，絕塞迎寒畫角殘。
共道楚軍能戰鬥，卻教鄢郢路常難。

其七

千里平沙接大荒，襄中風物自蒼蒼。
漢江莫掩孤城白，戍鼓寒沈落照黃。

逐寇健兒騎玉馬，觀軍中貴擁銀鐺。
可憐高纛重圍裡，卻使君王策廟堂。

其八

長沙寒倚洞庭波，翠嶂丹楓雁幾過。
虞帝祠荒聞野哭，番君臺迴散夷歌。
關河向晚魚龍寂，亭障凌秋羽檄多。
寥落楚天征戰後，中原極目奈愁何。

大盲頭陀遺詩

大盲頭陀，故明遺民，不傳其姓名。錢牧齋嘗為刻其詩百首，陳菊人為之序曰：

頭陀少負秀才，名噪諸生間。每思效陳湯、傅介子、班超、馬援，揚旌秉鉞，立功萬里外。國變後，嘔血數升，卸衣去巾，詠「滿地蘆花和我老，舊家燕子傍誰飛」及「寧可枝頭抱香死，何曾吹隕北風中」之句，輒涕下被面。久之，往來秦淮，親見蒲柳宮牆，銅駝荊棘，呻吟夢囈，發為詩歌，其忠孝大節，皭然不欺如此。牧齋最喜其「牧馬人歸夕陽影，報鐘僧打過潭聲」及「鷗惟空闊無他戀，燕亦炎涼到處飛」之句，以為世之有名籍甚，張鱗競爪者，恐未能有此逸句也。

孫豹人遺事

三原孫豹人先生，於甲申闖寇亂時，曾結里中少年殺賊，失足墮坎中，幸不死。後流寓廣陵，學賈，三致千金，已而盡散之，僦居董相祠，扃戶讀書。身長八尺，龐眉廣額，衣冠甚偉。與尤悔庵初未識面，一日悔庵集某公處，豹人甫入門，悔庵即離座起迎曰：「此孫先生也，余固識之。」相與大笑。豹人晚年，築室數楹，題曰：「溉園」，烹魚釜鬵，隱然寓匪風之痛也。嘗遊焦山，中流遇大風，鼉作鯨吞，舟中人失色震恐。豹人獨扣舷歌曰：「風起中流浪打舷，秦人失色海雲邊。也知賦命原窮薄，尚欲西歸太華眠。」時人服其雅量。王文簡之司李揚州也，慕豹人名，欲往詣之，而恐其不見，乃先之以詩曰：「焦獲奇人孫豹人，新詩雅健出風塵。王宏不見陶潛跡，端木寧知原憲貧！」遂為莫逆。漁洋俸滿入都，豹人送以詩曰：「欲問忘情老，何名並命禽？」

吳徵君農祥遺事

吳徵君農祥，字慶百，仁和人，康熙十八年薦舉鴻博。徵君生有異稟，淹貫經史，與西河竹垞頡頏，而身後之名稍晦。方四方徵車詣闕，益都相國擇其尤者六人，客之邸中，世稱佳山堂六子。六子者，迦陵、西河、吳任臣、王嗣槐、徐林鴻，其一則徵君也。徵君鳶肩鶴頸，指爪長三寸，鬚髯鬑然，頹然淵放，得錢輒付酒家，而識微見遠。吳下人沿復社故態，角藝相徵逐，而浙西之讀書、秋聲、登樓、孚社及慎交諸社，爭立名字應之，各欲得徵君自重。徵君曰：「是載禍見餉也，諸君子忘東京鉤黨事乎？」不答書，亦不發視。其後政府果切齒為社事者，盡搜所刊錄摧燒之。《隨園詩話》言徵君乳哺時，啞啞私語，諦聽之，皆建文時事也。年逾十歲，始不復言，此則鄰乎語怪矣。

屈翁山遺詩

屈翁山（大均）詩集在禁書中，世不獲讀其全集者久矣。頃在一選本中，見其〈大都宮詞〉三首，乃知禁毀之由，因其多紀掖庭秘事也。其詩云：

其一

暖殿開春宴，才人賜錦袍。舞低吳蛺蝶，歌倚鄭櫻桃。
學士調花曲，閼氏按鳳槽。只愁金漏短，日出未央高。

其二

具帶盤龍錦，垂髾墮馬妝。漢宮丹鳳女，胡地白羊王。
夜醉蒲桃酒，朝開蹋鞠場。邯鄲諸小婦，雜坐弄笙簧。

其三

佳麗征南國，中官錦字宣。紫宮鳳雙入，秘殿百花然。
卓女方新寡，馮妃是小憐。更聞喬補闕，愁斷綠珠篇。

按此詩所刺者，大抵初入關時睿、豫諸王事。梅村七言絕中，多有足與此詩相印證者。

錢牧齋詩案（六則）

一、

錢蒙叟《有學集》以有指斥國朝之語，遂被厲禁。焚書毀板，幾與呂晚村、戴南山諸人等。二百年後，遺集始稍稍複出。嘗取集中諸詩文，一一勘校，雖指斥之詞，觸目皆是，然大抵憤激詛詈之語，未嘗有實事之可指，尚不如翁山詩外所詠軼事，有裨蒭勝異聞。不知身後受禍，何以如此其酷！唯《有學集》第十三卷中有〈和燒香曲〉一首，詞氣惝恍迷離，若有所指。疑當時宮闈中，必有一大事，為天下所駭詫者。雖以東澗老人之顏厚言巧，謬托殷頑，亦不敢質言其事，而托之擬古耳。《義山集》中有〈燒香曲〉，故此以「和」名。東澗生平不作昌谷、玉溪體，尤見此詩之有為而發也。詩云：

下界伊蘭臭不收，天公酒醒玉女愁。
吳剛盜斫質多樹，鸞膠鳳髓傾十州。
玉山岢峨珠樹泣，漢宮百和迎仙急。
王母不樂下雲車，劉郎猶倚小几立。
異香如豆著銅環，曼倩偷桃爇博山。

老龍怒鬥搜象藏，香雲罨藹通九關。
鬻香長者迷處所，青蓮花藏失香譜。
靈飛去挾返魂香，玉杖金箱茂陵土。
煙銷鵲尾佛燈紅，夢斷鐘殘鼻觀通。
雜林香市經遊處，衫袖濃薰盡逆風。

按，此詩與梅村〈清涼山贊佛〉詩似可參觀。

二、

頃讀《有學集》諸詩，摘其詆欺本朝之語而彙錄之，其僅僅眷懷故國之詞不與焉（《投筆集》諸詩全首指斥不與）。大抵所指斥者，以剃髮及國語兩事為最夥。如：

髠鉗疑剃削，壞服覓儔侶。（〈次韻贈別友沂〉）

碣石已鐫銅狄徒，天留一媪輓頽綱（〈袁節母壽詩〉）

馬沃市場餘苜蓿，婢膏胡婦剩燕支。

又：

春酒酌來成一笑，黃龍曾約醉深卮。（〈吳期生生日〉）

國殤何意存三戶，家祭無忘告兩河。（〈簡侯研德〉）

紙帳梅花檀板月，夢魂不到黑山邊。（〈虎邱舟中戲張稚昭〉）

朔風吹動九天昏，四壁明燈笑語溫。

可歎爰居無屋止，避風常向魯東門。（〈題京口避風館〉）

三王五伯迭整頓，君臣將相同拮据。

撐天拄地定八極，衣冠福樂爭寰區。

東門嘯戎索，北落移天樞。

裸衣笑神禹，好冠詫句吳。（〈放歌行〉）

東門銅狄不相待，麻姑筵前見桑海。
燕山馬角可憐生，揚州鶴背知誰在。
天關漢口未通津，銀海又報生埃塵。
漁陽白雀自賓主，魚鳧杜宇猶君臣。（〈孫郎長筵勸酒〉）
宵來光怪橫甲兵，彌天倒瀉修羅雨。（〈補堂山〉）
顧影不須嗟短鬢，黃花猶識晉衣冠。（〈題菊齡圖〉）
周冕殷冔又劫灰，緇衣僧帽且徘徊。（〈歸立恭畫像〉）
蒼鵝崇朝起池水，杜宇半夜啼居庸。
銅人休嗟冶新鑄，銅駝會洗塵再蒙。（〈乳山道士勸酒〉）
南戎江山半壁新，月華應不染胡塵。（〈南樓〉）
陰火吹風撲燈燭，鬼車載鬼嚎簷端。

須臾神鬼怒交鬥，朱旗閃爍朱輪殷。
相柳食山醒未愁，刑天爭神舞不閒。
天吳罔兩助聲勢，海水矗立地軸掀。（〈寒夜記夢〉）

夢得朱囑書，旁行寫復復。
不辨科斗文，神官為我讀。（〈飲酒雜詩〉）

聖人必前知，卓哉我高皇。
天文清分野，兩戎分針送。
躔度起斗牛，天街肅垣牆。
篇終載箕尾，尾閭慎堤防。
渺然龜魚呈，海底沈微茫。
卓犖世史書，濬臣提正綱。
戎夏區黑白，亙古界陰陽。
石屋閟光怪，化為魚鳥章。
高秋風雨多，夜起視襲藏。（〈前提〉）

閶門飛閣瓦欲流，毒霧腥風滿阡陌。（〈放歌行〉）

閣道垣牆總甘休，天街無路限旌頭。

生憎銀漏偏如舊，橫放天河隔女牛。（〈丙戌七夕〉）

貝闕珠宮不可尋，六鼇風浪正陰森。

桑田滄海尋常事，罷釣何須歎陸沈。（〈海客釣鼇圖〉）

殘書翻罷劫灰過，汗簡崔鴻奈史何？

貢矢未聞虞服少，專車長誦禹功多。

荒唐浪說程生馬，訛謬真成字作他。

東海揚塵今幾度？錯將精衛笑填河。（〈次林茂之韻〉）

又：

地更區脫徒為爾，天改撐犁可奈他。

茫茫禹跡今如此，憤憤天公莫怨他。

又：

先祖豈知王氏臘，邊人不解漢時春。（〈次茂之申字韻〉）

滄桑以來六百殃，飆回霧塞何茫茫？
昆明舊灰鑠銅狄，陸渾新火炎昆岡，
乘輿望御委塵土，武庫劍履歸昊蒼。
炮火蕩拋琬琰字，馬牛蹴蹋金玉相。（〈新安汪氏收藏目錄〉）

雖無法部仙音曲，也勝陰山敕勒歌。（〈夏日燕新樂小侯〉）

林木猶傳唐痛哭，溪雲常護漢衣冠。（〈嚴祠〉）

歌舞夢華前代恨，英雄復漢後人思。（〈西湖雜感〉）

昔叩于公拜綠章，擬征楛矢靖東方。
鴟夷靈爽真如在，銅狄災氛實告祥。

又：

堤走沙崩小劫移，桃花剺面柳攢眉。
青山無復呼猿洞，綠水都為飲馬池。
善舞獮猴徒跳蕩，能言鸚鵡學侏㒧。
只應鷲嶺峰頭右，卻悔飛來竺國時。

又：

匼市湖山錦繡窩。腥風殺氣入偏多。
夢兒亭裡屯蛇豕，教妓樓前掣駱駝。
粉蝶作灰猶似舞，黃鶯避彈不成歌。
嘶風渡馬中流領，顧影相蹄怕綠波。

又：

青衣苦效侏離語，紅粉欣看回鶻人。

又：

鶯斷曲裳思舊樹，鶴髡丹頂悔初衣。

又：

髮短心長笑鏡絲，摩挲皤腹帽簷垂。
不知人世衣冠異，只道科頭岸接䍦。（〈題丁老畫像〉）

渭濱方罫擅長安，紗帽褒衣揖漢官。
今日向君談古事，也如司隸舊衣冠。（〈京口觀棋〉）

朔雪橫吹銅柱殘，五溪雲物淚汍瀾。

法筵臘食猶周粟，壞色條衣亦漢官。（〈懷嶺外四君〉）

歌聞敕勒，只足增悲。

天似穹廬，何妨醉倒。（〈高會堂酒闌雜詠序〉）

毳帳圍塵里，穹廬埒堵牆。

駱駝銜燕寢，雕鷲撲迴廊。

綠水供牛飲，青槐繫馬樁。

金扉雕綺繡，玉軸剔裝潢。

篳篥吹重閣，胡笳亂洞房。

老夫殊毾㲪，吾子剩飛揚。（〈徐武靜生日〉）

兵前吳女解傷悲，霜咽琵琶戍鼓催。

促坐不須歌出塞，白龍潭是佛雲堆。（〈霞老置酒記事〉）

蘭錡羝羊觸，罘罳凍雀穿。

左言童豎慣，右衵道途便。

蘆管聲啁哳，穹廬帳接連。
銅駝身有棘，金狄淚如鐫。
沙道堤翻覆，雲臺像播遷。
只孫侔豹虎，怯薛領貂蟬。
潼酒天廚給，駝羹御席駢。（〈茸城惜別〉）

指示旁人渾不識，為他還著漢衣冠。（〈自題小像〉）

執熱漢臣方借箸，畏炎胡騎已揚舲。（〈雞人〉）

東澗為瞿忠宣公座師，其〈哭忠宣詩〉一百韻，情詞悱惻，接武少陵。取其詩而掩其名，誰復知為黼尋殷士之言也哉？

三、

《有學集》中又有〈戲為天公惱林古度歌〉一首，仿昌黎〈二鳥〉青田〈二鬼〉之作，至為奇詭。詩入集中第二卷，而題其後曰：「此詩得之江上丈人，云是東方曼倩來訪李青蓮於采石，大醉後放筆而作，青蓮激賞而傳之也。或曰，青蓮自為之，未知是否。」其詩云：

己丑春王近寒食，陽和黯黮春無力。
嚴霜朔風割肌骨，愁霖累月天容墨。
徹空飛霰響飄蕭，殷雷闐闐電光激。
須臾冰雹交加下，亂打軒窗攢矢石。
老人擁被向壁臥，如蠶縮繭烏塌翼。
金陵城中有一老生林古度，目眵頭暈起太息。
摩挲箱架翻玩占，彳亍鄉鄰卜蓍筊。
對飯失箸寢失席，如魚吞鉤掛胸臆。
蛙怒鼓腹氣彭彭，蚓悲穴竅音唧唧。
吟成五言四十字，字字酸寒氣結轖。
一吟啼山魈，再吟泣木客，
三吟四吟天吳罔兩紛來下，鐘山動搖石城仄。
山神社鬼不敢寧居號啕訴上帝，帝遣六丁下搜獲。
天公老眼慵識字，趣召巫陽呼李白。
李白半醉心膽粗，曼聲吟誦帝座側。

天公傾聽罷，拍手笑啞啞。
女媧弄黃土，摶作兩笨伯。
盧仝下賤臣，叩頭詛月蝕。
林生韋布士，雨雹恣訶斥。
天壤之間臬兀產二儒，使我低頭掩耳受鐫責。
唐堯為天子，倦勤而禪息。
穆滿八駿歸，耄期乃登格。
我為天帝元會運世八萬六千歲，
安能老至不耋長久精勤勿差忒？
二十八宿糾連炁孛羅計四餘氣，控訴西歷頻變易。
四餘刊一四氣孤，列宿失躔紊營室。
吁呼真宰乞主張，我為一笑付閔默。
由來世界怕劫塵，寧保雲蒼免黜陟。
我甘名號改撐犁，女輩紛呶復奚恤？
汝勿苦霖雨，不見修置宮中雨下成戈戟。
汝勿苦雪霰，不見堯年牛目雪三尺。
雹胡為而作？乃是玉女投壺失笑天眼坼。

雷胡為而作？乃是東方小兒，作使阿香，掉雷車而扇霹靂。
雹胡為而作？乃是女媧補天之餘石，碎為炮車任騰擲。
《春秋》請高閣，《洪範》仍屋壁。
仲舒《繁露》誠大愚，劉向五行徒懇惻。
鯫生捉鼻善吟縛衣帶，何用撼鈴伐鼓置天馹？
天公支頤倦欲臥，金童玉女擎觴進金液。
此義沾醉氈毹白雀，
遙觀金陵城中吟詩之人，夜分鼾睡殊燕適。
擂鼓忽坐通明殿，號召玄冥豐隆諸神齊受職。
火速趨赴金陵城。雪霰重飛雹再射。
推敲衡門穿戶牖，惱亂吟魂攪詩魄。
是時午夜正昏黑，大家小戶眠不得。
眠不得，忽驚嚇，乃是天公弄酒發性，
故與吟詩老生作戲劇。

西歷、變易兩語，乃似近人頑固黨口吻。

四、

〈四庫提要〉於梅村集，謂其雜文間駢儷於散體之中，不古不今，深致弗滿。今按牧齋雜文，已作此體，梅村特與為賡和耳，非其所自創也。予於《有學集》，最愛其〈贈黃皆令〉一序，爰錄於此，以備畫苑遺聞。

絳雲樓新成，吾家河東君邀皆令至。研匣筆床，清琴柔翰，挹西山之翠微，坐東岩之畫障，丹鉛粉繪，篇什流傳，中吳閨閫侈為盛事。南宗伯署中，閒園數畝，老梅盤拏，奈子花如雪屋。烽煙旁午，訣別蒼黃，皆令擬河梁之作，河東抒霖雨之章，分手前期，暫遊小別，迄今數年往矣。今年冬，余遊湖上，皆令僑寓秦樓，見其新詩骨格老蒼，音節頓挫，雲山一角，落筆清遠，皆視昔有加，而其窮亦日甚。湖上之人，有目無睹，蠅鳴之詩，鴉塗之字，互相題拂，於皆令莫或過而問焉，衣帔綻裂，兒女啼號，積雪拒門，炊煙斷續，古人賦〈士不遇〉，汝亦有焉，吁其悲矣！滄海橫流，劫灰蕩掃。留署古梅老奈，亦猶夫上林盧橘，寢園櫻桃，斬刈為樵薪矣。絳雲圖書萬軸，一夕煨燼，與西清東觀，琅函玉軸俱往。紅袖告行，紫臺一去，過風□而留題，望江南而祖別。少陵墮曲江之淚，遺山續小娘之歌，世非無才女子，珠沉玉碎，踐戎馬而換牛羊，視皆令何如？皆令雖窮，清詞麗句，點染殘山剩水間，固未為不幸也。河東湖上詩：「最是西湖寒食路，桃花得氣美人中。」皆令苦相吟賞。今日西湖，追憶此語，豈非窮塵往劫？河東患難洗心，懺除月露，香燈禪版，淨侶蕭然，皆令盍歸隱乎？當屬賦詩以招之。

五、

牧齋文指斥本朝處，較詩為少，而詞意之狂悖，抑又甚焉。其〈贈愚山子序〉略云：

愚山子以地師遊人間，嘉定侯廣成久殯未葬，愚山子歎曰：「安可使忠臣之骨，露暴腥穢？」躡屩二千里，相視吉壤，哭奠而去。」訪余小閣，余乃告之曰：「佛言南印度為象主，東支那為人主，西波斯為寶主，北獫狁為馬主。吾彝考之，唯南、東二主而已，他非與也。印度為梵天之種，佛祖之所生。支那為君子之國，周禮之所化。南曰月邦，東曰震旦，日月照臨，禮教相上。波斯輕禮重貨，獫狁獷暴忍殺，區以別矣。安得曰蔥嶺以西，俱屬梵種？夷門之左，皆曰胡鄉？既指蕃□為佛國，將黜梵亦濫胡名。九州十道，並為禹跡；燕代迤北，雜處戎胡。厥後茹血衣毛，閹有中土，肅慎孤竹，咸事剪除，皆馬國之雜種，幽冀之部落，東之逼於北也，東之劫也。南居離位，東屬震明，為陽國；西北則並為陰國，今儼然稱四主焉，何居？陰疑於陽必戰，大易所以有憂患也。此地理之當明者一也。一行謂山河之象，存乎兩戒，北戒自三危積石，負地絡之陰，乃至東循塞垣，抵涉貊朝鮮，是謂北紀，所以限戎狄也。南戒自岷山嶓塚，負地絡之陽，乃東循嶺嶠，達東甌閩中，是謂南紀，所以限蠻夷也。自晉以前，秦洛為中夏，淮楚為偏方，南紀微而北紀獨尊。自晉以降，幽並則神州陸沈，江東則一州御極，北紀潰而南紀猶在。我國家受命鍾祥，實星紀斗牛之次。洪武中詔修《清類分野書》，以斗牛吳越分為首，而尾箕幽燕之分，盡遼東三韓，最居其後。以是為雲漢末派，龜魚之所惡，而北紀之所窮也。此地理之當明者二也。其一匡辨謂犬戎、山戎，皆為北狄。戎狄種類繁多，狄有赤狄、白狄，戎有九姓八國，各以所據地為號，實皆匈奴別種。北狄種有二，玁狁葷粥之屬，世居陰山幕北，是為北匈奴。山戎自周末孤竹失國，竊居其地。故燕北有東胡，胡有東北，猶單于之有南北二庭，其實一也。春秋時山戎最強，齊桓伐山戎而九夷皆服。今北平之東，自元之遼東大寧，盡遼水之陽，皆孤竹山戎故地。漢末匈奴北遁，鮮卑強盛，其別種為庫莫奚契丹。而阿保機之興也，在白狄故地，今日大寧也。阿骨打之興也，在肅慎故地，今之開平也。契丹為鮮卑遺種，金源又為契丹雜種，並居山戎挹婁故地，則皆東胡耳。開闢以來，為中國患者，玁狁、山戎而已矣。玁狁之禍，至蒙古而極。山戎之禍，至黑水靺鞨而極。大矣哉！齊桓之伐山戎也。

全集諸文，唯此二篇，最為刺目。竊怪當時文網之密，何以竟敢剞劂流傳。後讀世祖章皇帝天語有曰：「明臣而不思明者，必非忠臣。」大哉王言！乃知當時文字之禍，因此而能釋者，正自不少。雖然，故國之思可也，立乎人之本朝，而負恩反噬，如對仇讎，則悖逆耳。使乾隆中無焚禁之舉，則東澗一老，居然與亭林、南雷諸公，並稱遺民矣，何以教忠而示後耶？

六、

佟氏當勝國末造，為遼左巨族。本朝開國之初，首先效順，旗常鐘鼎，賞延奕祀。今以《牧齋集》考之，則佟氏在當日，未嘗不效忠於明。特朝中黨人，以其為熊襄愍所用，欲傾襄愍，不得不坐佟氏以謀叛之罪。迨佟卜年以私拜金世宗墓坐罪死獄，而佟氏舉族東奔，襄愍以遼人復遼地之策，遂成畫餅，而東事乃不可為矣。此事關係興亡大局，而諸書俱不詳其始末。牧齋《幽憤集序》一篇，其文亦慷慨激昂，不可以其人而廢之也。序略云：

《幽憤錄》者，故登萊僉事觀瀾佟公絕命時，自著幽憤，先生傳其子（今閩撫國器），集錄以上史館者也。東事之般也，江夏公任封疆重寄，一時監司將吏，皆梔言蠟貌，不稱委任。佟公為諸生，籌邊料敵，慨然有掃犁之志，江夏深知之。當是時，撫清（撫順、清河兩堡）雖熸，遼瀋無恙。以全盛之遼，撼新造之建，以老羆當道之威，布長蛇分應之局。鷸蚌未判，雲鶴相疑，傳箭每一日數驚，拂廬或一夕再徙。公將用遼民守遼土，倚遼人辦遼事。赦脅從，招攜貳，施鉤餌，廣間諜，肅慎之矢再來，龍虎之封如故，經營告成，豈不鑿鑿有成算哉？天未悔禍，國有煩言，奸細之獄，羅織於前，叛族之誅，瓜蔓於後，而遼事決不可為矣。嗚呼！批根黨局，假手閹官，借公以螫江夏，又因江夏以翦公，此僉人要路，所為合圍掩群，惟恐或失者也。殺公以錮佟氏之族，錮佟氏以絕東人之望。於是乎穹廬服匿之中，望窮甌脫；椎結循發之屬，目斷刀環。翕侯中行說之徒，相率矯尾厲角，戮力同心，以致死於華夏。

蓋自群小之殺公始，國器以開國勳臣，出據使節，牧齋為之撰文，顧略不顧忌諱如此，亦可藉觀當時漢軍之心理矣。

香塚鸚鵡塚

都城南下窪，陶然亭之東北，有香塚焉。孤墳三尺，雜花繞之，帝豎一小碣，正書題曰：

浩浩愁，茫茫劫，短歌終，明月缺。鬱鬱佳城，中有碧血。碧亦有時盡，血亦有時滅，一縷香魂無斷絕。是耶非耶？化為蝴蝶。

無姓名題署，不知為何人。或曰：「曲妓有蒨雲者，與某生情好綦篤，已誓白頭之約。生素貧，鴇貪甚，無以為聘。一大腹賈見蒨雲，豔之，以千金諂鴇，將納為側室，鴇羨其資，受之，蒨雲遂自剄死，碑即生所豎也。」或又謂「某生素負才名，數應京兆試，不得一第。憤而絕意進取，舉其歷試落卷，瘞之於此，而擊之以銘。」碧血香魂，悉寓言耳。香塚之北，有鸚鵡塚，視香塚略低，亦有碑，作八分書，為粵人某君作。某君宦京師，自粵中攜一白鸚鵡，慧甚，能誦詩歌曲。死而瘞諸香塚之側，從其類也。其詞亦哀豔，惜未錄存。

夢異

周禮有占夢之官，其術不傳。雖神話時代之舊術，然必有精理奧義，為哲學家所當探索者。吾國人向以夢之休祥，為後事之徵驗。自西士腦筋留影之說出，而舊說遂絀。然以蒙所聞，實有能見未來事者，精神上之作用，必有其所以然。今魂學尚未昌明，故莫能言其故耳。癸巳夏，余旅居京師，一夕忽夢覆車，驚而寤，心血猶跳蕩不止。次晨入城，果覆於正陽門外，車旁所見，宛然夢中景象也。腦筋留影之說，豈足以概之乎？吾國人向以科第為第一事，故夢之屬此類者甚夥。然大抵小說家附會緣飾之辭，十八九非實錄。惟有兩事，最為翔實。徐尚書用儀、錢尚書應溥，咸豐朝同直軍機，同應京兆試。場後，徐匿其稿，錢數索觀，終不肯出示。一夕，錢忽夢讀闈墨，徐名在焉，夢中讀其文而識之，醒後竟一字不遺。次早入直，為徐述之，徐大駭。或曰，「是必錢君竊窺君稿，故以為戲耳。」然徐自言場中實自焚其稿矣。數日榜發，果如錢言。同治乙丑會試，吾師蘄州李百之先生士彬，中第三名。榜前有丁士彬者，夢觀榜禮部門外，已名在第三，惟其姓字獨小，且較他人略低半字，不解其故。及榜發，竟落第。十餘日後，入城經禮部門，榜猶在。因趨近觀之，則第三名「李」字之上半，為雨所淋，僅存其下半之「丁」矣，乃大駭。丁與師故不相識，次日乃尋至師寓所，以夢告之，相與歎詫不置。前一事聞諸徐尚書之戚某君，後一事則吾師自言之。

洪大全遺事

洪秀全之黨，才略以洪大全為最。楊秀清號善用兵，然遠遜大全。秀全未出粵西，而大全遽就擒伏誅，天也。大全籍湖南衡州，與洪逆本非同族。幼絕慧，九齡能背誦《十三經》，兼工詩詞。長益自負，屢應童子試，輒被黜，遂落拓懷異志。自趙金龍平後，粵、湘間盜賊並起，大小數十股，大全遍謁其魁，陰察無可與言者。聞秀全起金田，所為與群盜殊，因往謁之，與聯宗誼。秀全亟加倚任。且大全乃為之定營制，整軍律，陷永安而守之。而楊秀清忌其才，積不相能。會官兵攻永安急，大全一日微服出城，遽被擒，大帥張其事以奇捷奏，令隨營主事丁守存獻俘於京師。城賊出悍卒千人謀奪之，廣西撫臣鄒鳴鶴飛書促守存兼程前進。行七日抵全州。丁以大全衡產，必有賊黨謀篡取者，乃陽稱將捨舟登陸，檄諸州縣驛站撥兵護送，而陰由水路晝夜兼行，置大全內艙，塞其窗，無少隙，又八日而抵長沙。大全不知船行之速，日語兵役曰：「某日當抵衡，便可遵陸矣。」兵役漫應之。至是乃紿之曰：「已到衡矣。」大全欣然出艙四顧，駭然曰：「此長沙也，不謂汝輩竟能紿我至此，吾其休矣。雖然，秀清豎子，不從吾言，終亦成擒耳。」

石達開之日記

洪秀全諸將，兼資文武者，洪大全而外，惟翼王石達開。其上曾文正七律五首，前已載《新民叢報》中。達開之入蜀也，意欲由川南襲成都。寧遠府萬山中，有一鳥道，亙古榛蕪，未通人跡。由此北行出山即在成都南門外矣。達開偵得此路，輕騎趨之。會輜重在後，迷路相失，士卒皆餓莫能興，遂坐困，致為土司所獲。達開在獄中，述其生平事蹟，及洪逆作亂以來，與官軍相持，始終勝敗得失之由，為日記四冊，記載最詳。今其書猶存四川臬司庫中，藩庫亦存副本。官書記載用兵時事，率多為官軍回護，掩敗為勝，迥非當時實錄。昔李秀成被獲後，手書供詞，凡七八萬言，為曾軍幕下士刪存十之三四，計其關係重要之語，已芟薙盡矣。達開此書，倘有人錄而傳之，其有裨史料者，當不少也。

吳三桂之逆跡

吳三桂之請援於我朝也，與其父襄書曰：「父不能為忠臣，兒自不能為孝子。」豈不皭然大義之言？今觀明內監王永章陷賊中所著《甲申日記》一書，中載三月十九後三桂與襄諸書。置君親於不顧，唯拳拳於陳妾一人，真所謂狗彘不食者。乃知世所傳前書兩語，皆亂賊矯誣文過之辭耳。記云：「四月初一日，吳襄繳到三桂廿二書云（按：此時襄已降闖，所謂繳到者，即繳之於闖也）：『聞京城已陷，未知確否。大約城已被圍，如可遷避出城，不可多帶銀物，埋藏為是。並祈告知陳妾，兒身甚強，囑伊耐心。』第二書云：『得探報京城已陷，兒擬即退駐關外，倘已事不可為，飛速諭知。家口均陷賊中，只能歸降，陳妾安否，甚為念。』第三書廿五日發云：『接二十日諭，知已歸降，欲保家口，只得降順。達變通權，方是大丈夫。惟來諭陳妾騎馬來營，何曾見有蹤跡？如此青年小女，豈可放令出門？父親何以失算至此？兒已退兵至關，預備來降。惟此事實不放心。』第四書廿七日發云：『前日探報陳妾被劉宗敏掠去，嗚呼哀哉！今生不能復見。初不料父親失算至此。昨乘賊不備，攻破山海關一面，已向清國借兵，本擬長驅直入，深恐陳妾或已回家，或劉宗敏知係兒妾，並未姦殺，以招兒降。一經進兵，反無生理，故飛稟問訊。』第五書云：『奉諭陳妾贍養在宮，但未有確實之說，究竟可來？太子既在宮中，曾否見過父親？既已降順，亦可面奏說明此意，但求將陳妾太子兩人送來，立刻降順』云云。」以此諸書觀之，梅村所謂「衝冠一怒為紅顏」者，真詩史之言也。

三桂初猶有擁立太子之議，所謂「義興元年」者是也。暨聞闖以圓圓侍太子，大憤，其議遂罷。此即梅村詩所未嘗及，而國初諸老逸史，亦未有能言其故者。今悉在永章《日記》中。其時目擊所錄，必得其真。亟錄傳之，亦足以廣異聞也。記云：

三月二十日，賊在田皇親家搜得太子、定王以獻，闖令入宮。廿一日封太子為宋王，定王為安宅公。四月初六日發檄與三桂云：『太子好好在宮，汝莫想借他為由，朕已封為宋王，將爾等妻女與他姦淫，以洩崇禎之忿。』初九日下偽詔親征三桂，十二日起程，太子、定王、代王、秦王、漢王、吳陳氏、吳氏、吳氏、吳李氏、偽后、妃嬪皆從行。吳陳氏即圓圓，兩吳氏皆三桂妹也。廿五日戰於一片石，闖大敗，退入關。太子與圓圓遂皆至三桂軍中。廿六日闖又為誓書與三桂云：『大明朝義興皇帝，使監國大學士平南王吳三桂，尚義伯總兵官唐通，大順朝永昌皇帝，使兵政府尚書王則堯、張若麒，於甲申四月廿二日立誓於山海關。自誓之後，各守本有疆土，不相侵越。大順朝已得北京，准於五月初一日交還大明朝世守，財貨歸大順，人民各從其便。如北兵侵掠，合力攻擊，休戚相共。有渝此盟，天地殛之。』廿八日牛金星揭吳三桂告示兩通，一列監國大學士平南王吳衡，下書義興元年四月廿四日。一列平西親王吳衡，下書順治元年四月廿六日，印文亦兩歧。闖曰：『大約我勝，則與我和；清勝，即與清合。彼誘得太子陳氏，便爾背盟，實非人類。』立擒吳襄及家口十六人斬於市。廿九日，闖登極，三十日，率諸賊退出京師。五月初一日，接太子手敕，以初三日入都，為大行皇帝大行皇后舉行大事，末署義興元年四月廿六日。正擬具本，明日入奏，忽傳太子已至城外，王德化亟備車駕鹵簿，至朝陽門迎駕，永貞在內預備」云云。

此下遂無一字，其如何變局，則不可得而知矣。按：諸書皆言闖挾太子、二王西走，未嘗有歸諸三桂之說。果爾，則北都公主所見，與南都所謂王之明者，信哉其為依託矣。然亦安知非闖賊以是繫三桂及中原士大夫之心，而偽封一人以亂觀聽乎？逸民某君所為《木居士憤言》，謂方太息此舉之不成，而致慨於有明一朝興廢，實係圓圓一人，則非惟墮三桂之欺，抑且為闖所笑矣（圓圓本姓邢，生時有群雉集屋，眾因呼為野雞。其姨陳氏，俗所謂養瘦馬者，圓圓母歿遂依陳，因從其姓。此亦諸書所未及者）。

戈登遺言

英將戈登，曾立功中國，隸李文忠麾下者十餘年。後歸國，死事埃及。吾國士大夫，語及戈，以為不如華爾。然華不過一戰將，弋則具有文武才略。且其人實忠於吾國，不可沒也。其歸國時，當光緒六年，嘗上書文忠，論外交軍事甚悉，皆犖犖大端，使早從其言，何至有後來喪地失權之禍？不幸而戈所深戒者，吾事事莫不蹈之。今距戈去時，甫三十年耳。而每下愈況，遂至此極。戈登有知，應亦自歎其言之不幸而中也。戈所陳十策，為撮其要於下：

一、中國與外國議約，當在中國開議。（按：吾國與各國立約，蹈此戒者，實不可勝數。馬關一約，尚不在內。）

二、與外國議約，須多用文字，少用語言。文書以簡明為貴，或先將其意暗詢別國。因各國互相猜忌，若某款吃虧，必為指出。
（按：此策十年以前猶可用，今則均勢之局已定，協以謀我，雖此策亦無所用矣。）
三、中國一日不去北京，則一日不可與人開釁。因都城距海口太近，無能阻擋，此為孤注險著。
（按：此條蒙頗不謂然。雖然，旅順、威海之不守，戈因先見之矣。）
四、陸軍無勁旅，則水師無退步。今宜先練陸師，再練水師。
五、所購船炮，甚為失計。當時若以購船炮之款，盡購新式槍，較為有益。俟陸軍練成勁旅，再購船炮。
（按：此二條，今之海軍大臣聽者。）
六、中國有不能戰而好言戰者，皆當斬。
七、應多方幫助華商出洋，徑向製造廠購貨。
八、總稅司宜駐上海，專管稅務，不令擅越他事。若與外國公使議事，不宜令局外之洋人干預。
（按：後來赫德權力之膨脹，孰實使之？哀哀諸公，不惟負國負民，抑且無以對戈登矣。文忠在總署時，不喜與赫德商榷國事，殆猶未忘戈登之戒歟？）
九、當責成出使大臣，承辦外洋軍火，如與各國公使談論，有不諧之處，當令出使大臣，在外商辦。
（按：十條中惟此條無關緊要。）

十、亟宜設稅務學堂，令華人習學關稅事宜，以備代替外人。薪水宜照外人例優給。

（按：赫德總榷政以來，垂五十年矣。而此條竟無人議及者，尚何言哉？）

丁韙良被騙

西人旅居中國者，其機械變詐，往往有出人意料之外，以余所聞德貞騙丁韙良事，其一端也。丁韙良為同文館總教習十數年，於吾國官場慣技，揣摩純熟。恭、慶兩邸及總署諸堂官，皆與之相得。丁為人小廉曲謹，自教授外，公私外交，一無所干預，故華人皆樂就之。德貞者，英人也，精於醫，為人捭闔有機智。光緒中葉，西人之來華營路礦者，皆以德為主謀。德亦廣交遊，結納權貴，大閹名優，王公貴戚，無不得其歡心。與丁為莫逆交，丁乃援之入同文館，充醫學教習。同文館定例；總教習月薪千金，各科分教，僅三百金而已。德之婿歐禮斐者，略諳普通學，來華依其岳，謀一席地。德薦諸赫德，使為圉人長。歐見總教習之獲多金也，羨之，欲去丁而篡其位，謀諸德。德頷之曰：「當徐圖之，勿汲汲也。」又半歲，丁忽肩上生一瘤，延德診視，德視之曰：「無妨也，不數日愈矣。」語畢，背而拭其睫，作飲泣狀，瞥為丁所見，固問之，德乃慘然曰：「吾二人交好如弟昆，吾見君得此危疾，不忍以實告，而又不禁其心之痛，不圖乃為君所覺，今不得不以實告矣。此症無生法，吾力能保百日，百日以往，藥餌無能為矣。為君謀，不如急請假歸美。用吾藥，猶能抵家，與妻子相見也。」丁如其言，匆匆請假行，未抵三藩市，疾已霍然矣。抵家後，竟不復發。方訝德之妄言，謀束裝作西渡計。忽得友人書，則歐禮斐已膺關聘，坐臯比，月享千金矣。始悟德之賺己也。實則歐於普通學外，諸科學未諳門徑。故事：總教習必通各國語言文字，始能稽核課程，歐則英文外一無所知也。及丁再至華，德已前卒矣。

赫承先求應鄉試

赫德仕中國五十年，而不入國籍，不易章服，且仍食本國男爵之俸，亦創例也。赫之子名承先，酷慕中國科第之榮，其父及為延名師，教為制藝。京師人有見其課稿者，飽滿暢達，居然二十年前好墨卷也。試帖楷法，亦端謹不率。癸巳萬壽恩科，必欲援金簡故事，以內務府籍應試。執政者顧堅不許，赫嬲弗已。乃藉慶典恩數，賞以三品銜候選道，而卒不許其應試。一時翰苑中人，皆失望懊惱。蓋承先果入場，則必無不中，中後贄敬，必可獲巨萬也。吾國外交上，有至不可曉者。國權所繫，輕以予人，絕不少惜。獨此等虛榮所在，乃竭力以爭之，可謂不識輕重矣。

黃靖南遺事

明靖南侯黃得功，微時豢鴨為生，每日輒少數鴨，久之，幾盡。黃怒，涸水蹤跡之，於塘底得一巨鱔，粗如盎。烹而食之，體貌頓改，為偉丈夫，勇力絕倫，遂習武。然貧不能應試，日為人策蹇。時楊龍友文驄甫鄉捷，由黔入都，至浦口，雇黃驢北行。中途遇劫賊六人，龍友本嫻騎射技擊，方謀抵禦。黃遽大呼，看我殺賊，從驢背躍地，一手牽驢，一手持行囊撲盜。盜大驚，急止之。黃不顧，撲如故。盜下馬羅拜，呼曰：「公真大英雄，我輩願拜下風矣，勿失義氣。」黃乃止，因共邀黃入夥，堅拒之，貽之金，又不受，請姓名，亦不答，盜遂拱手去。楊奇其勇義，因與約為兄弟。南歸，言之馬士英，士英為之婚娶，延師教以兵法。及督鳳陽，拔為親將，遂建功河北，為明季名將。

詩鐘彙錄

詩鐘之作，近世極盛，有籠紗、嵌珠兩格。籠紗者，取絕不相干之兩事，以上下句分詠之者也。嵌珠者，任取兩字，平仄各一，分嵌於第幾字者也。籠紗易穩而難工，嵌珠難穩而易工。近時多尚嵌珠，鄙意頗不喜之。都中相傳有分詠楊貴妃及煤山者云：「秋宵牛女長生殿，故國君王萬歲山。」超脫悲渾，當為極格。朱彊村侍郎〈詠山谷蠹魚〉云：「詩派縱橫不羈馬，書叢生死可憐蟲。」李西漚

〈詠寶劍崔雙文〉云：「萬里河山歸赤帝，一生名節誤紅娘。」或〈詠魁星及承塵〉云：「常將彩筆干牛斗，不見空梁落燕泥。」有人仍用上題，而魁星手中，不持筆而持元寶者云：「文章自古須金買，臺閣於今半紙糊。」史記〈白糖〉云：「傳世文章無礙腐，媚人口舌只須甜。」數聯皆極超雋。

此體閩人最工，魁星、承塵兩聯，皆閩人也。鄭太夷嘗言，福州某社，出「女、花」兩字，用嵌珠格，因字面太寬，限集唐詩，其前列三人皆極工。一云：「青女素娥俱耐冷，名花傾國兩相歡。」一云：「商女不知亡國恨，落花猶似墜樓人。」一云：「神女生涯原是夢，落花時節又逢君。」此所謂文章天成，妙手偶得者耶？有人欲撰聯嵌「雪、珠」兩字，請太夷為捉刀者。太夷應聲曰：「雪膚花貌參差是，珠箔銀屏迤邐開。」二語皆在〈長恨歌〉，尤極自然鄙人嘗有〈詠老將及避債〉云：「三遼獨立頻看劍，一代孱王尚有臺。」又〈烏江及革命黨〉云：「渡此更將何面目，誤人無限好頭顱。」自謂頗能渾脫。

又適士來書云：

庚子、辛丑間，海上某報發起詩鐘社，一時名句頗多。或〈詠醉蟹情絲〉云：「濁世不容公子醒，春愁多為兒女牽。」又一聯云：「一世橫行終入甕，七襄苦織不成章。」皆極超渾。上句皆有寄託，濁世句敦厚溫柔，尤得風人之旨。惜不知作者姓氏，為耿耿耳。

嵌珠難穩而易工，良然。顧其佳者亦正可諷。丁未旅粵，暇輒從朋輩為詩鐘之會。一日拈得

「臣、滿」二字，用嵌珠中之虎頭格，虞和甫觀察云：「臣門車馬登龍日，滿屋圖書伏蠹年。」虞固閩人，所作均以工整勝，此其一斑也。又況晴皋大令云：「臣門冷落容羅雀，滿地淒涼怕聽鵑。」陳伯瀾刺史云：「臣心常與葵同向，滿鬢羞將菊亂簪。」自然名雋，較虞尤勝。又用燕頷格嵌「屋、心」二字，伯瀾云：「老屋欲傾松作柱，禪心未定絮沾泥。」用鳶肩格，嵌「人、南」二字，晴皋云：「杜陵人日淒涼甚，庾信南來感慨多。」陳少蘅大令云：「天上人間今夜月，北征南下隔年霜。」又陳堝伯大令用虎頭格，嵌「臭、珠」二字云：「臭逐不妨來海上，珠還何日返天南？」皆佳句也。拙作「臭、珠」云「臭如蘭蕙交如水，珠辟塵埃玉辟寒。」又「千、土」二字用蜂腰格云：「隔院秋千雜絲竹，東華塵土夢觚棱。」嗜痂者以為後一聯感喟蒼涼，別有懷抱。然視以前諸聯，則瞠乎後矣。

隱語彙錄

隱語始春秋時，其後流為燈謎，遂為文詞遊戲之一種，至近時而益工。佳者必表裡皆現成語，兩不相涉，而恰能傳神阿堵中者，斯為上乘。若徒以字面鬭合，或更乞靈僻典，縱極工巧，要不免笨伯之誚矣。昔人謂詩有別才，非關於學。若謎語者，殆純恃別才者矣。二十年前，京師此風最盛。昔潘文勤嘗以「臣東鄰有女，窺臣已三年矣」射唐詩一句，縢以古吉金數事，直可數百金。出月餘，竟無人敢問津者。後為江南一士人所射得，蓋「總是玉關情」一句也。運實於虛，斯真能傳神阿堵中者矣。余所聞佳謎，不下百餘條，今不能記十之二三矣。雨窗獨坐，偶憶及數條，彙錄於此。「王太監遺容」，射唐詩一句：「承恩不在貌」。「聾子的耳朵也是個樣子」，射毛詩一句：「不聞亦式」。以「也是」兩字扣亦字，運思之巧，真匪夷所思。「分明摩詰印章，為何顛倒殘缺至此」，射毛詩一句：「維王之邛。豈曰小補之哉」，射《周易》一句：「大無咎也」。「擾」字，射毛詩三句：「惟其優矣，人之云亡，心之憂矣」。「虛帳不必實付」，射唐詩一句：「花開堪折直須折」。咸豐朝以制錢缺乏，京師嘗行鈔票，既而價漸低落，至不能值半價，戶部猶不肯廢罷。而入市買物無人肯收受者，相率以此充戚友婚喪之饋遺品。有以此為表，射毛詩「云不可使，得罪於天子。以云可使，怨及朋友」四句者，此真文章天成，妙手偶得者矣。」謎語有最可發笑者：「玉皇神牌」，射毛詩一句：「上帝板板」。「秀才一桌」，射《禮記》二句：「其數八，其味酸」。「紅羅雙繡鳳頭鞋」，射毛詩一句：「赤舄几几」。「妖的越顯紅白」，射唐詩一句：「桃花帶雨濃」。「一聲聲是衣寬帶鬆」，射元人名：「脫脫」。（此條有以「我將你鈕叩兒鬆，我將衣帶兒解」兩句為謎面者，不如此句之得神也）。

鐵路輸入中國之始

同治四年七月，英人杜蘭德，以小鐵路一條，長可里許，敷於京師永寧門外平地。以小汽車駛其上，迅疾如飛。京師人詫所未聞，駭為妖物，舉國若狂，幾致大變。旋經步軍統領衙門，飭令拆卸，群疑始息。此事更在淞滬行車以前，可為鐵路輸入吾國之權輿。

乞食制府

乾嘉間有某制府者，八旗人也。盛時，僮僕姬侍服飾飲食玩好之物，窮極奢麗，日費不資。及和珅敗，制府亦牽累罷官。數年後窮窶不堪，遂至乞食市上，王公貴人，皆嚴絕之。惟朱文正公戒閽人勿卻，每旬日必一至，文正輒手持青蚨二百贈之。一日又至，值書室無人，因竊取小鏡，懷之而出。後遍覓不得，諸僕喧言制軍頃實來此，文正戒勿聲言，如再至者，惟伺候侍茶，毋令不在室中而已（按：此似富勒渾事）。

時藝餘譚

康熙、雍正以前，功令未嚴，格式未備。生童應小試，尚無試帖，僅《四書》文一篇而已。江蘇為人文淵藪，相傳昔學政有以「快、短、明」三字衡文者。大抵繳卷愈快愈妙，篇幅愈短愈妙。題紙一下不容構思，振筆疾書，奔往投卷。取額一滿，則不待終場，輒出案。往往考生猶據案推敲，忽炮聲隆隆，鼓吹聒耳，則紅案已出矣，乃皆踉蹌不終卷而去。一日試題為「山梁雌雉」。有一生文僅十六字，曰：「春秋絕筆，西狩獲麟，鄉黨終篇，山梁雌雉。」榜發，竟冠其軍。又一日題為「孟之反不伐」。一生文曰：「不矜功，良將也。夫伐情也，反不然，良將哉？春秋時不伐者二，一介子推，一孟之反。子推不貪天功以為己力，之反不假人力以為己功。吁，良將哉！」又拔冠其曹。評語謂其僅五十五字，而全篇規模已具，蓋隱然兩大比格也。又有塾童五六人同赴試，一送考之傭工，年過四十，蓋亦讀書未成，輟讀而耕者也，好論文，貪飲食。偶見諸童文，輒從而指摘之。諸童使具酒食，每先自飲啖，諸童疾之甚，相與謀曰：「彼喜自炫其能，當思有以困之。」乃用傭姓名，密為購卷，俾攜考具相隨，若為送考者。既唱名，一人在傭後代應，而推之使前，傭不得已，接卷入。笑曰：「若輩欲困我耶？我當有以間執其口。」是日題「夫微之顯」。傭憶少時在塾，曾讀此題舊文，小講下既承上文，即接筆曰：「夫然而微矣，夫然而顯矣。夫然而微之顯矣。」提比後用複筆，後比末之結筆亦如之。因抄襲入文，而其他皆不知作何語也。遂首先交卷，學使見三複筆，即提筆密圈，不暇細閱他處，竟拔取冠軍，諸童皆喪氣而返。又乾嘉之際，漢學大行，有能以《緯書》及《汲冢書》、

《穆天子傳》等書入文者，輒獲上選。黠者因偽撰典故，以蒙試官。試官欲避空疏之誚，不敢問也。江左某生，素滑稽，值彭文勤校試，某生亦赴試。場期前一日，偶與同院生出遊，道旁兩槐，濃蔭蔽日，中一井，井畔有石，喜其清潤，因坐石上傾談。某生忽有悟曰：「此本地風光，即吾明日場中文料也。」同院生猶哂之。次日入試，榜發，果冠軍。索試卷觀之，小講起語即曰：「且自兩槐夾井以來」云云。以下皆杜撰語，而評語極賞其典奧。

術士能代人飲食

頃讀漁洋《池北偶談》，載其叔祖季木吏部家中，有一方士，能代人飲食。其人自飽，亦往往令人代食，至溲溺亦如之。漁洋必非妄言者，然則催眠一術，吾國人二百年前，已有能通其學者矣。

馬士英玉佩

桂林王幼遐給諫，嘗得玉佩一事，長二寸弱，寬半之，盤螭宛轉，中刻「瑤草」二字，疑為馬士英故物。因賦〈念奴嬌〉一闋紀之。詞云：

夢華遺恨，話南朝影事。誰教玉碎，漫擬苕華鐫宛轉，腹草家瑤云爾。制想牙牌，臭餘腰玉，名字參差是。沙蟲江上，未隨塵劫輕委。　贏得圖畫漂零，玉瑛塗抹，辱及桃根妓。扇底曾窺名印小，篆勢般般曾記。射馬謠新，用牛語謔，塵垢難磨洗。梅花冠劍，只今光照淮水。

按：《畫徵錄》：瑤草畫法倪黃，頗足與思翁龍友肩隨，為人所累，遇者咸棄弗顧。書畫賈人，因增其姓名為馮玉瑛，謂明末南都妓女，始有人肯購者，故有「辱及桃根」之語。給諫又藏士英畫扇，儷以周宜興書，扇底名印，即指此也。相傳浙中軍敗，士英召其妻高夫人至，使自裁。高問汝將何為，曰：「吾將披剃入山，棲某寺耳。」高恚曰：「汝尚不肯死，乃令我死耶？」士英固迫之，高怒，閉門大詬，士英惘惘出門去。俄而大兵至，大索士英不得。高聞之，乃赴軍門，自言知士英所在，導官軍入山，徑趨某寺，士英遂被擒。

諫書稀庵筆記

陳恒慶　著

目次

序

予告歸後，年近七十。飽食終日，日入即睡，夜半即興，悶坐無聊，乃學為詩歌古文詞，積稿盈尺。自知學識譾陋，不能追蹤古人。一日，紫紱十六弟告予曰：「兄詩文有金石聲。筆發既速，可作為小說，詳述平生所見聞，使雅俗共睹，豈不勝於詩文哉！」予曰：「唯唯。」乃即目所見耳所聞者，振筆錄之。無以名之，名之曰《歸里清譚》。門生楊咸卿曰：「曷不曰『林下清譚』？」予曰：「辭官歸里，豈易言哉？嘗見有服官半生，擁厚資，蓄珍寶，恐兄弟親族之爭其產也，甘棄其先人墓廬，僑居他鄉，死不得正丘首，殆不如狐。近有閩人，以貪黷敗官，將載寶而歸。鄉人相誓，勿售以房。又有位居顯要，親族恃勢，逞強霸產，擾害一方，鄉人將掘其墓而火其廬。其人久已失官，至今不敢歸。然則歸里豈易言哉！」咸卿曰：「師言誠是。」是為序。

丁巳夏時十月朔日，諫書稀庵主人記。

狀元

山東自有清以來，狀元有六人：聊城傅以漸、鄧鍾岳，濟寧孫如瑾、孫毓溎，濰縣曹鴻勛。鴻勛六七歲，即能作擘窠書。傳臚時，天尚未明，佇立丹陛下，聽候消息。耳中迭聞有呼其名者，回頭四顧，初無其人。無何，鴻臚高唱，果為第一人。予時家居讀《禮》，未得目睹。閱二十餘年，曹殿撰已開府陝西。癸卯科，濰縣王壽彭繼得狀元。兩狀元皆住南關新巷，且比鄰也。予謂曹殿撰曰：「予應殿試，恭書大卷七開半，一字不苟，僅得二甲分部，悔不效季雅一千買宅一萬買鄰之故事。」曹笑曰：「恐買鄰亦無益閣下。書法不敢謂不佳，唯獨行己意，自成一體，不黃不蘇，以吾閱卷，亦不取也。」予赧而退，從此不為人作字。王壽彭傳臚時，予正仕京曹。俗例，同鄉有應殿試者，京官必攜荷包忠孝帶，以備前十名引見佩用。是日辰初，讀卷大臣魚貫進內。至辰刻，大臣手捧黃紙，自內出，立於乾清門丹陛上，高呼曰：「王壽彭。」王驚喜變色，同鄉官代應曰：「在此。」乃為之整衣，佩荷包忠孝帶，扶上丹陛，肅立大臣之後。俟前十名依次傳齊，乃帶領引見。引見畢，同鄉官偕至山左會館，已見報喜人以「狀元及第」橫匾，及「禹門三級浪，平地一聲雷」黃紙對聯，張貼已畢。會館值年官即籌備款項，先以五十金交新狀元，往拜前科狀元，索取歷科帳簿。簿上一切事宜帖式，均詳載之。乃為之照寫請帖，邀請各位老師、歷科鼎甲之在京者。翌日，至會館飲燕。例召梨園演劇，我山東則否，以會館正廳供至聖先師位故也。翌日辰初，皇上御太和殿，先聞靜鞭三響如爆竹，黃傘隨駕至殿。鴻臚官唱喚一甲三人升殿，行三跪九叩禮。新進士在午門外行禮。聖駕退，鑾儀衛以黃亭舁黃榜，由太和門、午門、端門正中出，鼓樂前導，黃儀仗俱備，出東長安正中門，懸黃榜於北黃牆上。順天府尹於黃榜之左搭彩棚，設紅案，陳酒果，手敬三鼎甲各一杯，皆立飲，為之披紅簪花。旁有驊騮繡鞍，請三鼎甲上馬。一馬數役護之，前有紅儀仗鼓樂，導致國子監，行釋菜釋褐禮。旋至明倫堂，兩大司成正坐，受三叩禮。大司成身不敢動，頭動則狀元不吉；左右手動則榜、探不吉。此說相傳久矣。自國子監出，三鼎甲聯馬而行，沿途觀者如堵，婦女則門垂湘簾，或登樓倚檻而觀。此俗所謂狀元遊街也。斯時風和日暖，天街無塵，御柳成陰，櫻桃在樹，杏花出牆，童稚跳舞歡呼曰：「狀元郎來矣。」負郭鄉村婦女，新衣鮮履，僕僕徒行，信口評騭曰：「狀元美，榜眼偉，探花秀。」又有艷稱唐宋時選駙馬者。聽其言，殊可哂。侯門處女，守貞待字，父為宰執，配以金馬玉堂之士，亦事所或有；然《柳林池》《琵琶記》諸故事，有清一代，未有所聞。蓋清代科名難得，儒者自童試、科試至春闈，層累曲折，乃博一第，計年必當逾二三十歲矣。糟糠之妻不下堂，士風之淳，不至如唐宋時之澆習。狀元騎馬歸第，榜、探送之。探花復送榜眼歸第，而後自歸。於時館中懸燈結彩，酒筵畢陳。門外冠蓋盈衢，車馬填巷。大官翰林，一時偕至。同鄉官為之款接送迎。子奔波一日，筋力俱疲。濰諺有云：「乃弟娶新婦，乃兄跑斷筋。」情形似之。

賽金花

某狀元未通籍時，就幕於東海關道署，昵一妓曰秦愛玉。晨興盥洗，愛玉見其掌心紅如朱砂，知其必貴，願委身焉。會將北上公車，苦無資斧。愛玉饋以三百金，乃能成行。許以中式後，納為簉室。是科果臚唱第一。既而食言，足跡不復東來。愛玉自某貴後，閉門謝客，群呼為狀元夫人，欲謀一面者不能得。迨狀元失約，愛玉愧無以見人，乃投繯而死。相傳死之日，即賽金花降生之日。又與某狀元同鄉。生時，頸有紅圈如線。及長，面若芙蓉，目如秋水。家貧，學為雛妓。時狀元家居，同人邀飲，招妓侑酒，為狀元招金花。入門，兩人相見，似曾相識，偎傍其側，局終依依不能去。乃攜之歸家，畀其母以重金，置諸側室。逾年，狀元以卿貳出使德國，偕之前往。住德數年，德國語言文字，粗能通曉。歸國後，隨狀元寓京都。狀元將歿，囑其夫人畀以三千金，令其母攜去擇配。夫人吝甚，予以首飾衣服數事，逐之使去。乃入滬上青樓，輾轉至京，寓西安門外磚塔胡同。地為樂部群妓之淵藪，於是聲名藉甚，車馬盈門矣。至吾家相府請安者數四，予因得識面焉。覩見時，目不敢逼視，以其光艷照人，恐亂吾懷也。庚子歲，拳匪起，洋兵入都。德國元戎瓦達西者，為八國統領，原與金花相識，一旦相逢，重續舊好。凡都人大戶被洋兵騷擾者，求金花一言，可立解，以此得賄巨萬。洋兵既退，其名益震，人皆稱為賽二爺。門前榜曰「候選曾寓」，曾蓋金花之本姓也。家蓄雛妓四五人，以代其勞。終日安居樓上，非有多金貴客，不下樓一見也。夜與同夢者，多紫韁黃絆而至，群呼樓上為椒房焉。其性殘忍，一雛妓被其笞死，瘞之樓後，為人控告。時予正巡中城，委指揮趙孝愚持票往傳。至其家，有娘姨數人，婉言進賄二千金，放其逃走。趙指揮本為安邱富紳，不允其請。又詭云：「夜間被竊，失去中衣，不能行也。」指揮將飭城役往購中衣。彼知不能逃，乃登車至城署。五城御史多與相識，不敢堂訊，咸曰：「此乃命案，例送刑部。」乃牒送之。堂官派一滿一漢兩司員鞫之。上堂時，滿員先拍案恫喝，金花仰面上視，曰：「三爺，你還恫喝我，獨不念一宵之情乎？」滿員乃由後堂鼠竄。漢司員，正人也，諦視其貌久之，心怦怦動。旁有錄供者，筆落於地。司刑隸手軟，不能持鎖。司員乃嘆曰：「此禍水也！吾其置之死地，以杜後患。」此語傳出，諸要路通函說項者，紛至沓來，堅請貸其一死，乃定為誤傷人命，充發三千里，編管黑龍江。而說項者又至矣，乃改發上海。予聞之，笑曰：「蛤蟆送入濕地矣。」例由五城押解，復委趙指揮押登火車，送至良鄉縣。縣官躬迎於車站，告趙指揮曰：「下官敬備燕席，為二君洗塵。」乃同入縣署，賞名花，飲佳醴。翌日，趙指揮回城復命。予曰：「東坡有句云『使君莫忘霅溪女，陽關一曲斷腸聲』，當為君詠之。」近聞金花已物故，年不過四十也。

傷乳

京城外有鴨嘴溪，其地空曠。洋人歲時賽馬，多在其地。某歲值賽馬，觀者男女雲集。有少婦跨驢經過，一年少書生偶燃爆竹，驢驚而婦墜，石觸其乳，流血縷濡。少婦之夫與書生理論，相率赴城署喊控。予先飭穩婆驗傷，據報傷不甚重，敷以創藥，血止矣。堂訊書生，乃宛平秀才。予斥之曰：「爾見少婦跨驢而來，故以爆竹驚其驢，實屬有心嬉戲，平素佻達可知。」飭擊掌二十，即為完案，並寫判以示之。判曰：「洋人賽馬，正來鴨嘴之溪；少婦墮驢，誤創雞頭之肉。桃符未換，爆竹何來？戒佻達之狂且，懲以夏楚；保軟溫之雙乳，賞以膏丹。少婦歸哺幼兒，書生勿為浪子。其各遵判勿違。」此判懸諸署門，被報館抄登。此後報館屢來抄判，以充資料，並送閱報章，不索報費。予曰：「判案尚得潤筆，抑何可笑也。」

改胭脂判

《聊齋》《胭脂》一段，為東昌府之實事，正值蒲留仙應試之時。結此案者，為提學施愚山閏章，留仙之師也。清末，《聊齋》一書入於大內。慈禧太后喜閱之，命京師名優孫菊仙，排演《胭脂》一劇，一日才能演畢。取鄂秋隼者為朱素雲，年韶貌麗，平日善學蘇、黃書法。取胭脂者為楊小朵，溫秀如處女。其父曰老朵，貌亦美，取此劇之賣花婆，演劇時與其子相調笑，令人解頤。取施愚山者即孫菊仙。宮內戲具咸備（京語曰切末物）。城隍將出，有高鬼，著孝衣長二丈，孝帽高二尺；矮鬼，以小兒披髮戴面具，跳躍而出。以及刀山血磨，群鬼舁之，利鋸鋼叉，立於臺前。燈火慘澹，嗚嗚作鬼鳴，令人毛骨悚然。至尾聲，則笙管作喜音。胭脂乘彩轎于歸。鄂郎披紅簪花，襴衫官靴，乘藍轎。縣官亦乘轎相送，鳴鑼開道，儼如實事。太后大悅，賞賜極優。外間戲園演之，攢頭而觀者，幾無容足之地。惟留仙所撰判文數百字，孫佺據案宣讀，為時頗久，俗人不能解，有沈沈而睡者。予為孫佺改之，唱一段，說一段。孫佺聲音徹亮，善唱皮簧。此後聽者，擊節嘆賞，不復思睡矣。一日宮內再演，大后贊曰：「改得好，是何人所改？」孫佺奏稱自改，不敢以御史觀戲上聞也。孫佺亦解人哉。

侄控姑

五城公署之側有菩薩廟，住持為尼姑。家有老母，迎入廟中養之，並迎其侄婦王氏入廟，不令其侄相見。其侄名李時元，久不得見其妻，疑其姑在廟賣姦，赴城控告。呈詞言其姑乳名蘭姐，年少輕浮，霸禁其妻，不令歸家，亦不令其謁見祖母。聞蘭姐不守清規，懇乞傳訊云云。予閱其詞，曰：「我向不願婦女上堂，矧尼姑乎？應即判斷。」判曰：「尼姑敬佛，勿登柏樹之堂；農子娶妻，願為瓜綿之續。侄既授室，當有室人；姑既出家，莫干家事。飭蘭姐在廟養母，明三教不廢倫常；飭王氏出廟從夫，使兩人永無怨曠。姦情既無憑證，控案作為結完。此判。」即飭差帶原告到廟領其妻歸家。於是京中尼姑群相謂曰：「某侍御保護吾輩體面，勿深究此事，忠厚之至也。」

潘尚書

潘文勤伯寅以欽賜入翰苑，學問淵博，曾入樞密。後直南齋，半夜即起。入內，內侍為之然燭十餘枝，坐而觀書。勤之一字，無愧也。為工部尚書時，由內出，即入部，天方黎明，告司員曰：「清晨辦公，精神清楚。皇上遵祖法，早起視朝，故無廢事。若部中俗例，秋、冬、春為晚衙門，夏日為早衙門，吾不謂然。然亦須體恤人情，不便自行早來，或三日一到部，或四五日一到部，先一日預告部中，不敢使諸公虛候也。」尚書尚儉，不乘肩輿，一車而已。駕車白騾，已老矣。某歲伏雨過多，道途泥濘，行至宣武門外，老騾陷於淖不能起。尚書告其僕曰：「前有一車，懸工部燈籠。急呼之，予附其車。」問之，果為工部司員，且門生也。是早為尚書堂期，故早起入署。急下車相讓。尚書曰：「此車為吾兄之車，吾兄入車內，予坐車前足矣。不允，予將徒行。」乃同車而行。其白騾從此病憊，乃賃一轎，命僕人舁之。僕未練習，一日行至正陽門，雨後路滑，前二人仆，尚書亦仆於地，道旁觀者大笑。有識之者，曰：「此管理順天府事父母官也，奈何笑之？」尚書起立，曰：「本來可笑。」乃乘轎而歸。京師傳為笑柄。凡騾之青色者，年老則變白。潘府中騾多白，故京師人語云：「潘家一窩白，陳家一窩黑。」尚書天閹，與翁常熟同。一門生不知，初謁時，詢問：「老師幾位世兄？」尚書曰：「汝不知我天閹乎？」尚書善鑒別金石，有濰縣裴三者，得一漢洗，花紋古篆皆佳，尚書以三百金購之，極喜。裴三求書楹聯，諾之，曰：「汝先歸店，我即令人送到。」乃鋪紙濡筆直書。書成一幅，命僕人往送。旋又寫成一幅，更命僕送去，蓋得一古器而興高也。有諸城縣拔貢尹祝年，講金石之學，入京朝考，自書門生帖謁尚書。尚書曰：「此非門生也，姑延入。」尹入見，即行師生禮，口稱老師。翌日，入南齋，告曹殿撰曰：「君同鄉尹祝年硬拜老師，似強姦也。」同直者急詢之曰：「強姦已成否？」相與大笑。內侍急入曰：「皇上將登殿。」笑乃止。尚書下直，出東華門，必至小合興酒館小飲，此館得其墨跡最多。上齋翰林多寓西城，下直必出西華門，再出西安門。門外有酒館曰萬福樓，與予寓相近，每邀予作陪。某日清晨飲罷，下午又在此聚飲。曹殿撰引《聊齋》書一對，囑予對之。其出聯曰：「妓女出門訪情人，來時萬福，去時萬福。」予急切無以應，乃曰：「翰林下直喚酒保，你飲一杯，我飲一杯。」以妓女對翰林，亦謔之耳。

雷甲雷乙

陝西有二雷姓，皆以進士官吏部，然只同姓而不同宗，人呼謂雷甲、雷乙。乙無正妻，攜一妾寓京師，門首銜條曰「吏部雷」。甲有正妻，悍甚，又無子，乃置一妾，分別而居，門首銜條亦曰「吏部雷」。甲妻聞其置妾也，密詢家人此妾寓於何處，家人但云：「門首有『吏部雷』字樣。」甲妻持棒而往，誤入乙寓。見一少婦正在梳妝，髮鬢而美，蓮足纖纖。大怒，以棒擊之。旋將鏡臺磁皿，全行碎之。正在施威，雷乙入門，曰：「是何潑婦，敢來吾家？」細睨之，曰：「年齒稍長，姿容尚好，予久無正妻，留汝作配可耳。」命其妾出，遂闔門抱之，將與同夢。甲婦大窘曰：「吾誤矣，甘受罰，勿污我。我乃雷甲之妻，聞其別置一妾，故有此誤。」雷乙責之曰：「爾夫年逾四十，尚無子。爾悍名素著，人皆聞之。吾室內有佛，爾宜對佛宣誓，此後聽夫置妾，不再過問。倘食言，佛必殛之。」甲妻允之。宣誓畢，乃放之歸，自此閫威不作。雷甲時宿其妾寓，生二子。人皆曰：「雷甲之子，雷乙之力也。」聞者絕倒。

姚頌虞

工部同僚姚頌虞，世浙江鹽業，家富鉅萬。年少翩翩，捐資入部，為候補郎中。其妻為盛尚書之女，悍甚，時往來京津間。一日，京中名優譚鑫培在津演戲。天津戲園本有女座，姚太太素愛觀劇，園主日為留樓座一間。是日，易州刺史竇小村在津邀客，聽譚伶《戰宛城》，遣人定座。座已滿而客已訂，計無所出。遣人求姚太太暫讓座一日，得允諾，甚感之。一日，姚公在妓寮飲酒，夫人聞之大怒，將以官員狎妓飲酒控諸大府，請上奏革其職。頌虞懼，浼竇乞情，以為竇之面子大也。竇往見，為之哀求。夫人曰：「當日汝請客聽戲，予讓座一日，以汝為正人也。今來關說，必與頌虞為一流人物，予將控汝引誘良家子弟，革汝功名。」竇大懼，長跪不起，而後允情。竇公出告人曰：「予在易州，山上有虎，予能擒之。今日獅子一吼，予膽破矣。」人謔之曰：「今日君演《打蘇跪塀》，勝於譚伶《戰宛城》十倍也。」予曰：「不意一婦人能擒竇二東（《紀氏五種》言竇為河間人，俗呼二wwwww）。姚夫婦在京，同僚偶至其寓，主人囑勿談狎游事，恐有耳屬於垣者。家有兩婢，年及笄，夫人疑與姚有私，日日鞭拷。姚曰：「饒其命，予已為之覓配矣。」乃放出，為之擇配。倉猝難成，暫賃屋以寄之。風聲偶露，夫人持棒而往，痛擊瀕死，遂鬻之。姚遂患夾氣傷寒症，不數月而亡。時兩宮由西安回鑾，姚以十二萬兩購回宮內陳設古磁等物，獻之上。得旨以道員即選，適逢桂梧鹽道缺出，應即銓選，而已玉樓赴召矣。惜哉！

兩大司成

清宗室盛伯羲先生學問宏博，群呼為旗人中小聖人。作大司成，獎勵後進，成均士風，為之一變。漢大成則為吾鄉王文敏廉生。兩人皆講金石，講考據，以故成均之士，講漢學者居多。兩人散署後，昕夕晤談。端午帥亦講金石，時相辯論，又相謔也，呼兩人為大八成，時捐例以大八成為上也。文敏善罵，凡至美至惡之事，皆曰「王八蛋樣」，如論人文學之至佳者，必曰：「好似王八蛋樣。」人或嫌之，予解之曰：「此非罵也。『王八蛋樣』，即朱子所謂無以復加之意。」文敏喜曰：「老同年，誠善解經哉！」文敏生二子，長子已登賢書而病亡。伯羲無子，夢王孝廉來為己子，果得一子，仍以孝廉之名名之，未成人而殤。生平禮賢愛士，名士多寓其府邸。戊子科充山東大主考，所取皆知名士。此科闈藝，以山東為冠。門生上公車，多寓其府邸。壁懸名人畫一幀，上繪鼎爐萱花螃蟹，指示門生曰：「諸君今科得鼎甲，或傳臚，予所殷盼也。」一門生鄒道沂曰：「門生不敢望鼎甲傳臚，作老師之鑪子，時得親炙，則幸矣。」京師以鑪子為罵語，鄒初入京，不知也，座中大笑，伯羲亦笑而出。而鄒之徽號，傳播京師矣。文敏值庚子之變，與其夫人、寡媳投井殉國。奉旨以文敏陪享國學韓文公祠。群謂文公好辯，文敏亦然，兩人同祠，講學恐多齟齬。國學學官曰：「自文敏入祠後，睡夢中似有爭論之聲，彷彿聞孔孟與楊墨字樣。醒而潛聽，寂然也。」而血食千秋，福山與昌黎對峙，亦吾東省之光也。

潔癖

裕相國齋田有潔癖，多禁忌。家中常坐之處，不令他人坐。掀簾、開風門，其手所捏之處，不令人捏。在部畫稿，司員知其癖，遞筆時，皆拈筆管之頂以授之。如是日為四離四絕，則不出門，不閱公牘。所著衣服，潔淨無塵，並無褶疊痕。在部坐久，偶有褶疊，歸則令人以熨斗平之。一日日已夕，步行至巷口，吃烤羊肉。都中冬日，滿街有手輓車，上載羊肉、鍋鑪、酒壺、木炭，切肉而烤之。食者皆立於車旁，一足踏地，一足蹬車，持箸而食。是日雪後，突來一犬，雪花滿身，突入相國兩股間，污其白狐裘，適中其所忌，懊恨不能再食。命僕縛犬，截其尾以洩憤。予適逢之，乃相謔曰：「古語有云『貂不足，狗尾續』，乞以狗尾與我。我貂褂不完，可藉以補之。今日天寒甚，予裘不能御冬，相國如嫌狐裘已污，可以贈我。」一笑而散。相國歸語家人曰：「傾相譃者，乃山東人，作給諫，吾友也。彼性不好潔，多食而健。年五六旬，猶可徒行十餘里，吾何自苦哉！」由是潔癖遂改。予聞之曰：「予以譎諫規相國，相國從諫如流，此真賢相哉！」

同鄉相參

日照開坊翰林尹朗若，與御史鄭菱泉夙有嫌。一日同鄉公宴，兩人酒後互詈，同鄉官勸解各歸。第二日，彼此遞摺參奏。上命翰林院掌院學士查覆。掌院傳同宴者各遞說帖，詳述情形。濰縣郭中書虞琴表兄曾預座，亦赴翰苑親遞說帖，出而告人曰：「予一監生，未曾得有科名，今日得至翰苑，此生無憾矣。」會掌院覆奏，尹鄭兩人使酒罵座，皆有應得之咎。奉旨革職。尹失官後，削髮為僧，居嶗山之下。鄭不知也，為道士裝，居嶗山之上。後遇香火會，兩人晤面，又互相詈，眾為之勸散。此後兩人日通函相詈，無休時。予聞之，曰：「有一解鈴之法，便永不相詈。」人問何法，予曰：「一人為僧，一人割勢為尼姑，則式好無相尤矣。」此乃譃語耳。不意兩人皆不守清規，被主持驅逐。予曰：「前言謬矣，兩人各割勢為尼姑，則不被驅逐矣。」後數年，虞琴表兄長子松存，先中副榜，嗣中兩榜，為名翰林。予曰：「乃翁赴翰苑遞說帖，是為之兆也。」虞琴笑而頷之。

潘得譽

粵東潘得譽，富甲一鄉，園林池沼，占地十餘畝。亭榭樓閣，連楹而建。夏日為鏡榻，注水於內，蓄以金魚，與姬妾裸體相狎，取如魚得水之義。其第五妾田氏，尤得寵。田氏之弟曰田十，賭博無賴，屢向田氏乞貸。一日，田氏告之曰：「今畀爾五十金，賃一屋，娶一妻，安分度日，吾當歲有所助。否則勿再來也。」田十夙知洋煙館主人李六之妻，貌尚美，乃與李六相商，借妻一日，誓不過宿，議價三十金。李六允之。田十走告其姊，言妻已說成，屋已賃定，某日吉期，請往觀焉。屆期，田氏至其家，果見百事齊備。須臾，新婦下轎，拜天已畢，入室向姊行禮。田氏見其貌美秀端好，攜其手同坐，告之曰：「此後與吾弟和睦安度，飲食衣服之費，吾能給之，勿慮也。」旋手脫金鐲一雙，飾其纖腕。復叮嚀數語，乃辭歸。新婦覺金鐲沈沈，觸目燦黃，為生平所未見。回顧田十，年少翩翩，從之又可衣食無虞，勝於從李六多矣。日將西，乃闔門與田十同榻而臥。李六視天色已晚，妻尚未歸，急往叩其門。門堅閉不啟。將逾垣，被巡更兵捉去，乃自白其情。兵役皆曰：「無妨也。爾婦與田十有一宿之緣也。」第二日，乃成訟。縣官傳訊新婦，詰其願歸何人，曰：「願歸田十。」遂斷離，飭田十償李六娶婦之資，案乃結。潘氏以商起家，富而不貴，是年鄉試，為其子捐監，以數萬金賄通關節，鄉人皆知。揭曉日，監臨入闈，行至中途，有人狂奔，誤觸騶從。執而訊之，乃為潘氏報喜，冀先報得重賞也。監臨取其報條入闈，示眾曰：「如有此名，請黜之。錢可通神，外間風聲不小，宜慎之。」寫榜至三十餘名，果有此名，乃易之。兩主考顏赧赧然。人謂失卻數萬金錢，保住四個頭顱（謂兩主考一房官及潘），亦潘氏之福也。得譽八旬乃故。其養生之法，古今未聞，日以熟紅棗七枚，置諸姬妾牝戶中，津潤半日，而後食之。死後含殮，不見其舌，人皆不解。予曰：「舌與陽莖一氣相聯，以陰助陽，陽長則舌短。死則氣全下注，故現此相，理或然歟？」

崔靈芝

予在京時，名優有三靈芝，曰丁，曰李，曰崔。李美秀而文，不善歌而能作小詩，頗有雅趣，河間府獻縣人，不知其鄉有紀文達，予乃贈以《紀氏五種》一部。丁則善唱戲，而貌微寢。崔則無美不備，令人見而神傾，以故聲價極高。一日，予凌晨赴城署，出正陽門，見數十人立於橋上，似將迓予。旋見眾人羅跪車前，呈遞呈詞。予略閱之，謂曰：「到城聽斷。」乃相率至城署。細閱所訴，乃兩戲班爭崔一人。此曰：「崔先受我三百金，允入班唱戲一年。」彼曰：「崔舊在吾班中數年矣，不辭而行，實不合理。即索三百金，亦願予之，何故捨舊而新是謀。」崔言後所得三百金，業已用罄，無力償還。予諭之曰：「此事易易耳，每日為兩班演唱，或先或後，聽汝自便。都中皆誇汝為美人，又誇汝歌喉，謂能繞樑三日。吾知聽汝戲者，仍趨之若鶩。且一歲得六百金，視宰相年俸尚優，豈不善哉。」予知兩班無不樂從。兩班齊聲曰：「遵斷。」崔曰：「多得金固好，惟一日演兩齣，恐勞累以死。」予厲聲曰：「人皆愛汝，予獨不愛汝。勞累以死，正合予意。遵斷勿得違，違即答爾臀。爾身為優伶，亦當保爾臀也。」群笑而退。僚友謂予善作遊戲文字，第謔而虐耳。此後日演兩齣，園主及觀劇者，嘖嘖頌予功德。予曰：「功德止此耳。」

義和拳

庚子義和拳之亂，新出《清朝野史》大略紀之，尚有未詳盡者。予時服官京師，身在槍林彈雨之中，一月有奇。所寓又近什襲庫法國教堂，義和拳及虎神營兵，日日圍攻，予親見之。聞教堂內，教士教民約三四百人，其兵械只有槍數十。義和拳挾煤油柴草，從外誦咒以焚其室，迄不能然。於是謠言出矣，謂教士以女血塗其屋瓦，並取女血盛以盎埋之地，作鎮物，故咒不能靈。大學士啟秀獻策於端王、莊王曰：「此等義和拳，道術尚淺。五臺山有老和尚，其道最深，宜飛檄請之。」乃專騎馳請，十日而至。啟秀在軍機處賀曰：「明日太平矣。」人問其故，曰：「五臺山大和尚至矣。教堂一毀，則天下大定。」聞者為之匿笑。和尚住莊王府邸，先選拳匪之精壯者數百，又選紅燈照女子數十人。協揀選者，大學士剛毅也。韶年女子，手攜紅巾，足著小紅履，腰繫紅帶，下垂及足，額有紅抹，掩映粉黛，口誦神咒，蹀躞於府廳氍毹之上。樂部歌妓唱蕩韻（京師有此調，頗雅），舞長袖，不能比也。揀選事畢，莊王問大和尚：「何日攻打教堂？」和尚輪指以卜曰：「今日三點鐘為最吉。」又問：「騎馬乎？步行乎？」和尚閉目言曰：「騎載勛（莊王名）之馬，備一大刀。」於是跨馬挾刀，率拳匪直入西安門，紅燈照尾其後。剛毅亦以紅布纏腰纏頭，隨之步行。西安門內有當店兩座，早被拳匪搶掠一空。和尚暫坐其中，以待吉時。座前酒一壺，菜一盤，自斟自飲。剛毅及諸拳匪侍立於庭。將報三點鐘，予在寓登壁而觀，家人阻予曰：「槍彈飛來奈何？」予曰：「今日拚命觀此一劇。」旋見和尚策馬率領拳匪直撲教堂，指令縱火。教堂內猝發數槍，正中和尚要害，墮於馬下。拳匪大師兄居前者，亦被彈而倒。後隊大潰，數人拖一屍而奔。紅燈照幼女有被踐而死者，蹂花碎玉，殊可惜也。敗北者一擁出西安門。剛毅立不能穩，足不能動，力抱門柱而立。一老閽人不知其為宰相也，曰：「你老先生如此年紀，亦學此道，何自苦也！」拳匪拖屍，逕奔莊王府。中道謂人曰：「和尚暨大師兄暫睡耳，吾當以咒喚醒之。」途人竊語曰：「恐長眠不起矣。」端王以教堂不能下，憤甚，乃命工以木桿起四面炮臺，請巨炮名大將軍者，實鉛彈如斗以攻之，彈著屋瓦，不能透。復命挖地道，以棺實火藥然之。教堂毀去一屋，死教民數十人，仍不能下。命四周掘地以陷之。予寓勢將被掘，乃攜眷遷於北城。時六月念四日，為關帝生辰。拳匪持紙馬紙衣，入廟稽首，揚言曰：「關帝座下之馬，汗流至足，殆赴天津大戰，殲洋人盡之矣。」數日，天津失守。端王聞警，急召李秉衡入京，問戰和之策。李仍主戰。乃率烏合之眾，馳赴通州。洋兵已至燕郊鎮，李營不戰而潰。李仰藥死於通州，其參贊戎務者，予同年王太史廷相，識見迂執，予嘗笑之，亦仰藥而死。七月廿一日夜，炮聲隆隆。清晨，洋兵破齊化門而入。旗兵與之巷戰，均能奮不顧身，彼此死傷遍地。洋人炮攻東華門，兩宮坐內監車，出西直門。逃難者擁塞如堵，不得行。載瀾以槍擊斃數十人，車駕乃得出，逕赴頤和園。太后入內監房少坐，曰：「餓甚。」內監曰：「出雞子煮之。」旋聞炮聲在邇，太后曰：「不食矣。」登輿行九十里，晚至貫市村，宿於回教禮拜寺。召見老回回，問：「有現銀否？我倉猝未攜一錢。」老回回奏曰：「為人解鏢有八百金。」命盡獻上。鄉人煮麥飯，以筒盛之，舁至寺中，高聲呼曰：「請娘娘們喝粥。」老回回當搖手禁之曰：「此何等地方，敢作野人之聲乎？」兩宮及宮人飽餐麥粥，視唐明皇之出狩，情形無以異也。自此至太原，至西安，《清代野史》所載綦洋，不復贅述。再記洋兵占城之事如左。

洋兵占城

洋兵入京城，計有八國：曰美，曰英，曰法，曰德，曰意大利，曰俄，曰日本，曰奧，分城駐兵為八區。德將瓦達西為八國統領，以其駐京使臣克林德死事之慘，故推德為首領，以定和議。瓦達西駐節西苑之儀鸞殿，太后之寢宮也。洋兵初入之日，教堂中人慶更生，齊出殺人以洩憤，西安門迤北人家，屠戮殆盡。第二日，洋帥下令禁之，乃止，而尸積如山矣。予在北城，見各戶皆插白旗，上寫「順民」二字，殆仿闖賊入京城之故事。嗣北城為日本分區，傳諭各戶，撤去「順民」二字，塗一紅日於旗心。搜查拳匪，數日乃罷。此後居民頗相安。設審判處於順天府署，延瑞澂判案。瑞澂之超陞，實由於此。其時通衢左右，陳列衣服、骨董、家具無算。緣破城之日，當店、大肆、富室，被土匪搶劫，都中菁華，耗矣盡矣。上等皮衣、舊磁、名畫，多被外人以賤價購去。華商所得者，中下等物耳。京官留都者，無資不能購，徒眼熱耳。京官大員，亦有未行者，如崇中堂、左小侯、懷尚書、世侍郎，尚有十餘人，或行或止，茫茫無策。洋帥意在議和，而不見中華大員來議，無從著手。海關總辦赫德，顧問官也，乃出見總理衙門掌印司員舒齡，示以議和之意。舒公乃邀請大員七八人至其寓，商量謁見洋使。大員家中被劫，多無長衣。舒公開篋出長衫數件，各衣之，步行而往。洋使歡迎，且曰：「請汝慶王、李中堂入京，可以議和。」言罷，指其屋棚：「你看多少槍彈孔，吾輩不死，幸耳。」數大員仍歸舒宅，議寫奏摺，遣司員樸壽賫呈行在。得旨命慶王回京議和。

筓

滙俗凡丈夫而巾幗者，謂之曰「男人戴鬐」，以其事後食言，靦不知恥，如婦女然。按《玉篇》：「鬐，髮光澤貌，以筓蟠髮也。」《禮記・內則》：「女子十有五年而筓。」又云：「筓總角，拂髦。女大則蟠髮為鬐。」滙俗亦然。古人男子蟠髮，則用櫛，若今之小梳然。左太沖稱其妹左芬為「不櫛進士」是也。竊謂古人男女頭上之髮皆不剃，或櫛或筓，以為區別。至清朝入關，始下剃髮之令。民國共和，又有翦髮之令。兩次皆不及婦女。數百年來，男子莫能保其髮，而婦女之髮如故，且放足為天足，亦云幸矣。共和後，予翦髮如和尚，夏日偶至東城樓關廟納涼，和尚少瀾欣欣然曰：「老爺今日步我後塵，亦祝髮矣。」予曰：「和尚是步我後。何言之？予家有女眷，和尚亦私蓄女眷，豈非學步哉！」和尚赧然。

盜墓

清制，宰相卿貳，亦葬用土穴，棺之外加木槨而已。外省多不恪遵，京畿則不敢違也。以故。葬後多被盜掘者。離墳一二里，挖道而入，外不見土，其技至精。或守墓佃戶，遇窮餓時，往往自室中穴而入，實無防範之法。四川卓相國，葬於京畿。葬後，其子孫俱在京寓，皆患腿疼，以為宅第低濕所致，而兒婦、孫婦以及僕人，則無此疾。醫者云：「腿雖疼，而六脈無病。」日久不解。一夜，相國示夢告其子曰：「吾腿有疾。」乃開墳視之，始知被盜。盜以相國腿上之長骨，高支棺蓋。乃易棺，整骨以掩之，子孫腿疾漸愈。相國能示夢於其子，死而有靈也。枯骨偶動，全家不安，因知血脈相傳，綿延累世，令人愴然動木本水源之思。曩予在京，猶及見卓少君，群呼為「卓矮子」，身高僅及中人之半，以蔭賞郎中，在戶部當差。堂官嫌其侏儒，不願其到部，恐補缺引見時，為上所嗤笑。一日，堂官入署，卓持稿上堂，翹兩足呈遞。堂官畫押畢，將交之。張目四顧曰：「卓老爺何往？」復低頭而笑曰：「在桌底下，吾焉得見之？」卓從此告休。凡盜墓之賊，其睛皆綠。予會審時，歷驗不爽，緣尸氣薰蒸也。故就刑時，無呼冤者。近日華人之娶洋婦者，生子則黑髮碧睛，所在多有，又將何以辨之？

論墓

帝王陵寢之制，為石室、石床、石門，外圍以磚為室城。嬪妃則以石砌為長方池，謂之金井。下至卿相，皆葬土穴。吾滙則不然，蓋離京千里，夜郎自大，其多財而不知禮法者，則為寶沙穴，或作包沙二字，以沙土石灰水潤之，築成房廳，高出於地，前開隧道。再次者則為攢館，亦開隧道，屋較小，或磚或石，上與地平。其號稱知禮者，不敢僭開隧道，多以磚沙為金井。棺外有用槨者，有不用槨者。以上諸葬法，雖曰違朝廷之制，而不使土侵膚，亦仁人孝子之心也。築穴既堅，從無盜墳之事。盧家金碗，千年猶在。墓上豐碑，宜高不過三尺餘，厚二尺，矗立於地，久而不仆。樹木則宜植學士松，枝葉蔥茂，蔚然叢生，不中棟樑之材，無刈伐者，以待數萬年後，陵谷變遷，付之滄桑可耳。

放生池

京師崇文門外放生池，大可數畝，夏日芰荷甚盛，遊人如織。池上有大禪院，供大士像，金碧燦然，吾琴山族伯作御史時所倡修也。歲庚辰，上公車，同縣四人寓其中，虔求神簽。簽云：「文士自慚無進步，農夫且喜有新田。」不解其意。已而四人皆落第。田介臣以拔貢應朝考，後至，亦寓寺內，得小京官，始悟首句「無進步」；第二句「有田」二字，亦瞭然矣。池中施放活魚，孳生極繁。主持和尚寥空，戒行甚高，日夜監視，不令人竊取活魚。魚以白鱔居多，蓋鱔愛護其子，不相吞食。如鱔有孕，人將烹之，則首尾入熱湯，其腹穹起，恐傷其子。此亦物之至仁者，大不類梟獍之性矣。

相面

予由給諫簡放知府，鄉人為予惋惜曰：「宜放道員，今屈就矣。」予曉之曰：朝廷視知府重於巡道、鹽道。工部同僚，有志崇者字岳亭，為六額駙之子。額駙最為宣宗所寵愛，常命其同坐而食。官至內務府大臣，清廉自持，力絕苞苴，故身後蕭然。岳亭以蔭賞郎中，在部當差十餘年，按資得京察一等，記名道府。貧甚，典衣殆罄。會寧夏巡道缺出，大軍機剛毅為之說項。太后曰：「此子吾甥也，極老實，能作府、道乎？」剛毅奏曰：「作知府，恐不勝任；作巡道，食祿而已，不管重要案件。」乃得旨簡放。岳亭將之任，苦無資斧。內務府大臣追念六額駙之廉潔，為集千金以助之，乃成行。岳亭人極長厚，惟讀書不多耳。以是知朝廷視知府，重於巡道、鹽道也。雍乾間，吾家本支無作顯官者，先相國文愨公以二甲二名入翰林。歸家至壽光縣，店中有善相者，倩其相面。相者許以官至知府。抵家告諸家人，一門老少大喜，買麵十斤，作麵條同食，以為賀焉。近代品級層層，官階累累，以位置冗員，仕版所載，屈指難計。太守一官，漢重其任，或以尚書令、僕射出為太守，或自郡守入為三公，事恒有之。壽光相士以古法相人，未可厚非也。予作知府數年，解組歸里，全家甚喜，曾有詩記之云：「午夜攻書自引錐，揣摩文字壯年時。一朝衣錦歸鄉里，阿嫂猶為季子炊。」

煤氣

予巡中城，冬日報煤氣薰死者，恒有之。燕地嚴寒，無煤火則夜間骨慄。吾師嵩文恬公以刑部尚書為內務府大臣，竟死於煤氣。其他官員人役死於此者，不可勝計。數千百年來，華人無祛除煤氣之法。有之，自洋爐入華始。一洋爐煙筒外引，煙出而火熾，今已流遍寰區。人皆曰洋爐能暖人，而不能烹爨，是猶固執不通也。洋爐之雙蓋者，以泥杜其兩端，專用其中之圓蓋，燒煤至少。去其蓋，可以烹爨，爨畢仍蓋之，數口之家飽且暖焉。其或地無煤炭，則可用木柴，西伯利亞地無煤炭，不惟爐灶用柴，即火車亦用之。其火力不及煤炭，遇陀阪之路，多加木柴，一鼓其氣而上。惟飛灰滿街衢，為可厭耳。其柴多取之吾黑龍江千年山林。惟楚有材，晉實用之，良可慨也。然豈第此木柴已哉。今日在大連灣充日本警察長者，為玄華峰，濰縣人也，官聲錚錚。丁巳夏，濰大旱，饑民載道。華峰軫念故鄉，募鉅款寄濰施賑，全活無算。予有詩贈之，詩云：「子胥去楚卻歸吳，能寫流民鄭俠圖。浮海遙來仁者粟，頓教桑梓慶其蘇。」「東海遙連鴨綠江，高人戶外水淙淙。好生先把黃金寄，喜捧瑤函鯉一雙。」他日，華峰言歸祖國，整頓警察，一洗腐敗之風，吾國庶有豸乎！

立尚書

立尚書山，字玉甫，漢軍人。其先為楊姓。美儀容，慷慨好施，交遊至廣。善鑒別古磁、古字畫，收藏綦富。由奉宸苑郎中洊升戶部尚書，為內務府大臣。邸內園林之勝，甲於京師諸府。予與之鄰居，起園時，為之擘畫。自園門至後院，可循廊而行，雨不能阻。山石亭榭，池泉樓閣，點綴煞費經營。演劇之廳，原為吾家廳事，後歸尚書，予為布置，可坐四五百人。時鴉片煙盛行，設榻兩側，可臥餐煙霞，靜聽詞曲。男伶如玉，女伶如花，迭相陪侍。戲劇有不雅馴不合故事者，予為改正之，群呼我為「顧曲周郎」。凡冠蓋而來者，冬初則一色雞心外褂，深冬則一色貂褂。王府女眷，珠翠盈頭。小內監二人，扶掖而至，相見以摹鬢為禮。脂粉之香，馥郁盈室。復有時花列案，蓓蕾吐芳。春則牡丹、海棠、碧桃等卉，謂之唐花。夏則蘭、芷、木香，秋則桂花滿院。猶有滬上佳卉，來自海舶者。雕簷之下，鸚鵡、八哥、葵花等鳥，懸以銅架，喃喃作人語，與歌聲互答。酒酣燈炮，時已四鼓，賓散戲止，優伶各驅快車，出城而去。此可謂盛矣。無何拳匪亂起，紅巾纏頭者，填溢都門。商賈歇業，戲館焚如。予所見在邸中演戲之優伶，習武藝者，則為拳匪之師兄；其弱文者，則裝為道姑，手執麈尾，身披八卦衣。女子口中念念有詞，群設香壇，供奉《封神演義》之列仙。時端王載漪（其父守制時生此子，宣宗惡之，賜名哭）率旗兵拳匪，圍攻八國使館及教堂。德宗明達，召諸大臣垂詢議和之策。尚書與徐用儀、聯沅、許景癸、袁昶奏言：「拳匪為妖，萬不可用。洋兵已集津沽，宜急赴使館議和。」乃命五人前往議和。載漪恨之，數日後矯詔盡殺之。事定後，兩宮回鑾，方知之。乃詔各立專祠，予以易名之典。尚書園林被毀，故宅已改建專祠，廟食千秋焉。予於亂中攜眷避居北城，兵燹後，偶過其地，惟望尚書專祠一拜。吾家賜第，巋然尚存。尚書邸之歌臺舞榭，僅餘老屋數椽，荒煙蔓草，不堪回首矣。嘗有句云：「舊日鄰家歌舞地，空餘老樹噪寒鴉。」

蓮香

工部旗員問予曰：「君漢人也，聞漢婦女之美者，其足皆有蓮花香氣，然否？」予曰：「《聊齋》有詞云：『但願化為蝴蝶去裙邊，一嗅餘香死亦甜。』自昔已然，諸君何所見之不廣？」旗員深信不疑。一日，同赴曲院聽蕩韻。有二妓，一曰翠菱，一曰紅玉，姿容皆美，蓮足纖纖，宛轉氍毹，既歌且舞。旗員皆手秉一燭，蹲地觀其足，冀聞其香澤。予則遠立而觀，不敢逼近。少頃，旗員哄然起曰：「臭不可近。」群詰予曰：「君言誤矣，何足之臭也！」予曰：「諸君初觀色界耳。《家語》云：『如入鮑魚之肆，久而不聞其臭。』與之俱化矣。」相與大笑。已而開筵團坐，予論之曰：「漢女纏足之布十數層，密不透風。彼妓女奔波不得休，故臭更甚。不若旗女只著一襪一履。然旗女尚不如廣東咸水妹。咸水妹者，蛋戶女也。著青衣，不施脂粉。自春徂秋，皆赤其足，以足光白而滑為美。予嘗有句云：『弱小青衣未畫眉，腳兒光白滑如脂。迎人猶作蠻蠻語，是否多情我不知。』予前所云，願諸君今日飽嘗臭味耳。」（張籍詩：「獨上西樓盡日閒，林煙演漾鳥蠻蠻。」）

都中鬼怪（五則）

一、

正陽門內松樹胡同道南有一宅，久扃鐍，無租寓者，傳言其內有鬼。一京官貪其價廉租寓之。移入數日，有僕婦三更後入廁，見一中年婦人亦入廁，教之自縊，曰：「以帶圈項，即登仙界，享天上清福，較為世人供奔走，食粗糲，有天淵之別。」僕婦迷惘之中，深以為然。正繫帶於門，又來一中年婦，爭之曰：「此人應替我，我為先縊者。」爭執間，又來三婦，有少者，有中年者，互相爭論，紛糾莫解。無何，雞鳴一聲，五鬼皆無蹤矣。僕婦亦略清醒，竟得不死。傳曰：「一國三公，吾誰適從。」此政出多門之敗事，亦爭而不讓之為害也。

二、

一兵部司員，數日不進署，同僚疑其病，往視之。叩門，司員出迎，一小犬隨之。同僚詢之曰：「君何故數日不入署？」司員曰：「連日寓中有妖，雞鴨皆作人言，惟此犬尚不言。」犬忽人立而言曰：「小的不敢。」同僚曰：「此真怪事，速移家，勿寓此。」乃全家遷出。不數日，寓室旋遭回祿，幸移家而免。蓋此人行善種福，祝融先憑物以示警也。

三、

山東樂陵李進士，忘其名，供職吏部。一日醉歸，徒行至東安門外丁子街。迎面一鬼，其面四方，鼻口眉目皆具。李方醉，亦不懼，笑曰：「近今方面孔，世所罕見，不如長面，尚覺美秀。」以兩手擠之，隨手而長，幾盈尺。又笑曰：「未免太長，過格矣。」再以兩手擠之，用力太猛，其面寬一尺，短數寸。復以手摸其面，則鼻口眉目皆無。以手壓之，鬼入於地。李踉蹌而歸，酒亦醒。謂家人曰：「人言見鬼則死期至，與其死於京，不如死於家。」翌日，請省親假回籍。其父詰之，對以見鬼將死。在家一年，安然無恙。其父痛罵之，乃入京銷假。論者曰：「此公性情婉順，自幼讀書聰明，其父愛之，未曾罵之斥之。今因此而一罵，豈鬼之弄人哉！」

四、

京中李鐵拐斜街有飯莊曰萬源堂，房屋寬廠，後房五間，有猬數十頭，大者如盆盎。京師謂猬為財神，故虛此室以蓄之，十餘年盈室矣。萬源堂生意，亦日盛一日，供皇差闈差，為專家之利。猬嘗憑人而語。如有伙友偷竊器皿者，猬則憑人以告主人，故無敢犯此者。數十年後，老主人物故，子孫以其餘資開賭包娼，家人紛爭，一夜猬皆遠遷，不知何往，家業遂敗。生意歇閉，門牌尚立，殘破無售主，多有流娼優伶雜處其內。過其門者，不堪回首矣。蓋其人正，其運盛，則神佑之；人不正，家不和，則神棄之，理固然也。又見珠寶市街天合金店，螞蟻大如蜂，聚生於樓下窟中。主人丁姓，長者也，日以米餵之，不令夥友踐踏，店中生意獨盛。時招予飲，廚內列饌盈案，而蟻不上緣，迄今生意如舊。蓋物多聚於氣盛之處，人苟不踐生蟲，即有仁心，福莫大焉。此亦《麟趾》、《騶虞》之微旨歟！

五、

禮親王世鐸之冢子，自幼性情執拗，迥異常人。乃長，不願與人近，愛毒蛇、黃鼠狼、黑鐵貍，聚而豢養之，以為樂。視其父母兄弟若路人，與之食則食，不與之食，亦不言饑。偶觸犯之，則捶人至死。禮王圈之京外園內，不令歸家。此殆人妖歟？其先世為紅蘿主人，學問淹雅，著述綦富；禮王世鐸在樞廷辦事十餘年，明達事理，和易近人，竟生此子，殊不可解。或其夫人得胎之時，正值天地厲氣流行故耳。昔曆書云：「河魁在房，宜避之。」李太白詩：「二月河魁將，三千太乙軍。」又《舊唐書・呂才傳》：「蜀郡災燎，豈由河魁之下。」河魁殆鬼星歟？

徐相國

嘉定徐相國生而駢指，第二指與第三指有皮相聯，第四指與第五指相聯，兩手皆然，國人謂鳳鸞轉世。讀書聰敏，書法尤佳。以第一人及第。此科三鼎甲，榜眼、探花皆面麻。有人詠之曰：「狀元非好手，兩手六椏杈。榜眼渾身眼，探花滿面花。」相國之胞侄亦以會元入翰苑，下科叔侄均放差。都人為撰一長聯曰：「《大學》套《中庸》，前解元，後會元，誰說文章無定價；書房兼清秘，叔學差，侄試差，才知家國有奇才。」蓋張文襄以「中庸之為德」題中解元（時年十六歲），徐以「大學之道」中會元，全套文襄之文，一時傳為笑柄。徐氏叔侄同在翰苑，一南書房，一清秘堂，又同時放差也；相國既為鳳鸞轉世，猶有雀性。性善淫，日數次。自言蚤起將入南齋，尚行淫一次。而身體健壯，善飲啖，七十餘歲，猶健步出遊。侍妾極多，一日為相國縫補服，前正後倒，著入朝房。予見之曰：「相國之背，仙鶴倒飛矣。堯舜在位，鳥獸蹌蹌之兆也。」皆大笑。蘇拉乃急為改縫之（朝房官役曰蘇拉，旗人也。一品補服繡仙鶴）。

洋馬車

京官一二品，多乘肩輿。餘則坐車，或大鞍，或小鞍。若大鞍，僕人執鞭驅騾而行，其形有一炷香（僕著小袖衣），有風擺荷葉（僕著大袖衣）。至光緒末年，洋馬車入中華，上等官皆喜坐之。其車四輪，四面玻璃，內只容一人，執鞭者巍然坐於車前，其糞門高於主人之頭，予誚之曰「眼高於頂」。更可笑者，長隨無馬，亦與僕人並坐，懷內抱衣包帽盒，以車內不能容也。吾濰婦人歸寧，必有手禮兩盒，以袱包裹，女僕抱之，坐於車前。予見坐洋馬車，笑之曰：「此人從娘家回也。」曹仲帥調京，亦坐洋馬車，長隨亦坐車前，手捧大衣包。予途遇之，必謔之曰：「老姑奶奶又歸寧而回矣。包中有何手禮？可餉予。」

婚禮鄉俗

京中擇日娶婦，卜者先問此女月經在上半月，下半月。濰俗不問，問亦羞言，但擇吉日而已，往往新人帶月經過門。相沿入重門時，步跨馬鞍而過，取平安之義。予有謔句曰：「預備新人騎馬到，重門階上放雕鞍。」鄉村人家，婿呼岳父母，不得稱老伯、老伯母，須稱爹娘。予有句云：「一雙夫婦如兒女，六日回門叫爹娘。」一友曰：「人無二父，論禮婿為半子，呼岳父母應稱爹字娘字之半，大作應改『六日回門來半子，爹娘從減曰多良』。亦可博笑。濰皆親迎，儀仗鼓樂之前，有雙童曰裙夫，各執紅裙一條。予則曰：「兩條裙，大犯忌諱。」乃改為一條裙，各執其半。一友曰：「亦不甚妥。」詠曰：「新婦顧前難顧後，算來才有半條裙。」詩句固佳，特謔而虐耳。

林中丞

濰俗婚禮親迎，新婦將至門，以紅繩縛草二束，置門兩旁；又以紅磚一雙、箸十枝，置房簷上。此由登州林中丞福清微時，家貧無以為炊，乃赴親友家，借草一束，將為然炊之料；又借箸十枝，並拾磚數塊，將以支釜，挾之而歸。途遇親迎者，見喜轎後有一麻衣女隨之，深以為怪，即尾其後。至喜主門首，將草及磚、箸置之左近，以觀其變。麻衣女逡巡不敢入，倏忽遠遁。中丞以告鄉人，多不能解。蓋緣此日不吉，妖將隨入為祟，遇貴人而遁，非畏草及磚、箸也。由此遂沿為俗。按，檜風「麻衣如雪」與「棘人欒欒」相連而賦，時檜國衰微，死亡相繼，故人以蜉蝣為比，而嘆麻衣之多，知其喪亡者眾矣。然則麻衣女，殆喪神歟？

再醮婦

濰人娶再醮婦為妻，或納為妾，入門即令其為炊，和麵切為長條，全家食之。或曰取其長久之義。予曰：「非也，《禮記・昏義》：『夙興，婦沐浴以俟。質明，舅姑入室，婦以特豚饋，明婦順也。』又王建《新嫁娘》詩：『三日入廚下，洗手作羹湯。』蓋三日饋豚，三日入廚，是為古禮，且為新嫁娘之禮也。若再醮婦，入門即司炊，以別於新嫁初嫁者也。」或曰：「再醮婦，多不思其前夫。」是不盡然。予友譚慈雨，續弦為再醮婦。過門之日，予往賀焉。先至其書齋，聞洞房有啜泣聲。問之，曰：「新婦殆思其前夫耳。」予為題一成句於壁曰：「蟬曳餘聲過別枝。」不忍拜見新婦，逕告退。聞同往賀者，尚結隊入洞房索飲。予曰：「《漢書・刑法志》曰：『滿堂而飲酒，有一人向隅而泣，則一堂為之不樂。』諸君忍心哉！」人以予為迂。又有老友，續娶為再醮婦，攜其前夫之子而來。此於成童後，頭角崢嶸，讀書十行俱下。予贊之曰：「此又一范希文也。」人又以誣謗前賢責予。予曰：「受責亦不怨。請問諸君，知醮字之義乎？」咸曰：「似飲合巹酒耳。」曰：「非也。《禮記・昏義》：『父親醮子而命之迎，男先於女也。』孔疏曰：『酌而無酬酢曰醮。』諸君其記之。」今日學校林立，五經廢讀，十餘年後，國粹盡絕，又一番秦火也。

戲法

即墨拔貢黃象轂新貴時，偕友數人，赴鄉村觀戲劇。村前有演戲法者，數十人圍觀。其友曰：「試觀之。」黃曰：「此掩藏手法耳，無足觀，不若觀戲。」眾咸知黃為新選拔，所見必高人一等，乃群隨而往焉。村前戲法之場，寥寥無一人，演戲法者恨之。及戲劇演畢，邀黃於途，詰之曰：「君言吾作掩藏手法，試問君何所欲，吾能立致。」黃曰：「願偕一美人往遊杭州西湖，聊作西子西湖之樂。」曰：「有之。」由筩中出一竹筒，口向之念念有詞。倏出一美人，身高數寸。再祝之，高與中人等。衣服鮮麗，貌若仙人。向黃折腰，旋握黃手，凌雲而起。耳際風聲嗚嗚，半時許，落西湖之濱，乃棄黃而去。黃獨立湖濱，悵悵無所之。轉輾入都，已誤朝考之期。呈請補試，以拔貢終身。此人誠惡作劇哉，殆亦仙人偶遊戲人間，適遇浮狂之士，而故弄之與？

膠濰工藝

製銅之工，以吾萊屬為最巧。當阿片煙盛行時，膠西之煙燈，雖無煙霞之癖者，亦樂用之：輕便玲瓏，花樣翻新；攜行遠道，油不外溢；徹夜然之，燈花無多。予有句云：「一夢黃粱燈未熄，翻身正好臥看書。」即詠此也。濰工呂姓製水煙袋，馳名遠近。外省人偶得之，視為珍寶。非惟煙袋精工，煙袋之盒，或烏木嵌金銀絲為博古圖，或水磨竹，或攢花竹，或用瘿木，或拭光漆，精致可愛。濰人入仕途者，以之饋要路，竟得顯秩。於是呂氏富甲一鄉。因之嵌金銀絲之藝，愈推愈廣，一切文具器皿玩物，皆嵌以古鼎彝，古貨幣，以及蟲魚鳥篆，勾摹極工，賽會海外，稱為美術。濰城通衢列肆而居者，多業此。然皆男子業之，婦女則以刺繡為生。錦屏羅幛，紅袖彩裙，繡以翻新花卉，燦爛光澤，利市倍蓰。以及名人字畫，倩人以粉筆雙勾，繡出亦不失神。每屆春夏之日，婦女餐罷洗手，推窗迎爽，拈針理線，恍如木蘭之當戶織也。

散館

庶吉士如嬰兒初生，尚待生花，故俗謂散館之日，即生花之日。三鼎甲之卷，別為一束，閱卷大臣必置之一等，以保其功名。如文字大謬，則不能保。咸豐壬子，狀元陸增祥以違式被黜為知縣，群謂焉有狀元而作縣令者，乃捐升知府。予曰：「狀元書法必佳，獨不聞晉有王大令乎？大令且可多得財，太守不若也。」後其子陸蔚庭為編修，貧窘頗甚。榜眼、探花間有散館違式，改為部主事者，品秩轉升一級，是可喜也，何必鬱鬱哉！亦有寒士得庶吉士，自計不能耐清貧，散館時，故意錯一字、出一韻，甘居三等之尾，歸部銓選知縣，謂之老虎班，得缺至速。大概老虎蒞任，一縣生民無噍類矣。其無心而違式者，銓一知縣，尚有仁心，如吾濰之丁佑宸、于福航，皆為賢令。予謂之假老虎，殆虎而麟者也。自科舉停而仕途龐雜，作知縣者惟利是圖，大肆狼吞，更有席捲官帑，逃於海外者。予渭之兔脫鼠竄，又虎與狼之不若矣。吁！

朝審

歷年秋審案件，先由刑部各司將各省命案，按律核定，或緩決，或情實，一一注明，送六部、都察院、大理院閱看。如見有所擬不合者，即奏請交刑部再議。各衙門閱畢，其所刷印原冊，人各留之，亦不繳還。予在諫垣六七年，此項案冊，架上積有盈尺矣。刑部擇定各省勾到日期，或數省一期，或一省一期，分程途之遠近，先期奏明，即定期朝審。六部堂官、都察院、大理院，凌晨集於西長安門內朝房，人各一案。刑部吏先宣讀各省情實案由，至午各散。第二日，再過刑部獄中各犯，被以赭衣；犯人之親友，以山裡紅（即大紅山查，滌曰石榴）一串掛其項上。此物色紅而形圓，蓋取其團圓之義。刑部皂役數人押一犯，八旗兵沿街站立，以備不虞。先點官犯。官犯衣墨青外褂，官帽無頂。吏呼其名則應，令其跪則跪。此犯退，則再呼一犯。凡擬緩決者，吏則高呼曰「緩決」。凡入情實者，吏則低聲，若不欲使之聞。至女犯，則兩役以筐舁之。予見一女犯，曰劉王氏，年三四十歲，歲歲過堂，歲歲緩決。視其案由，其父曰王大粮，賭博無賴。一日，大粮之婦患病，接其女歸寧。夜間，大粮酣醉而歸，欲姦其女。女撐拄力猛，倒於地。地有鍋，首碰其上，腦漿迸流而死。同院租屋而居者，以事關人命，為之報案。刑部判以情有可原，擬緩決。年年御批曰監禁，良以關乎服制之案，不能開釋也。皋陶斷獄，明允不過如此。故清律秋審冊，服制之案，別為一冊，不與尋常者同論也。至勾到之日，都察院奏呈一省全案。上命大學士素服秉朱筆，照刑部黃簽，應勾者勾之，其餘則朱諭曰「某某牢固監禁」，「某某流徙」。給事中捧之，至刑部大堂，陳於黃案。刑部堂官對之行三跪九叩禮。給事中既退，刑部即日登遞釘封文書於該省。至京師勾到之期，監斬絞者，為刑部司員。事畢，同僚在菜館相候飲酌。有李司員應此差，其夫人忌諱極多，嫌其不吉，不令歸家，畀以資，任其冶游一夜，明日再歸。予曰：「此亦療妒之良方，何須鶬鶊肉哉！」予房師聞之曰：「鶬鶊肉不可廢。昔梁武帝郄后性妒，以鶬鶊為羹治之，妒果減半，遂欲以此分餉妒賢嫉能之大臣。此事載在〈止妒論〉。今朝廷大臣妒賢者多矣，宜急服此良方。」聞者大笑曰：「師生誠醫國手哉！」

聽報

會試揭曉之日，自辰刻始。舉人非入戲園觀劇，即聚妓寮優舍飲酒。友人赴琉璃廠，為之代聽鴻臚，多在火神廟內。每出十名，則貼於壁。上自第六名起。予中九十六名，友人看至第九單，而後知之。臨清徐中丞言：九次赴公車，揭曉日即入戲園。有一劇，一人著綠甲冑，面上以綠包繪一大錢，如俗所云波羅錢，不解何戲。八次公車皆見之，便落孫山。第九次不見，乃中式。曾屬予考察究係何戲。問之老優伶，皆云此係老戲，出自《封神演義》，今成廣陵散矣。予會試亦落第數次，或在優舍聚飲。京師傳優伶，必有紙條，予見其僕持紙條，以為報條，趨視之，非也。醉後歸寓，杳無喜信。一燈熒熒，風雨交作，毷氉殆不堪言。牆外有賣題名錄者，相繼叫賣。令僕人購一張，遍閱之，無己名，乃蒙頭而睡，睡亦不穩。曾有句云：「三更乍轉夜燈青，風雨淒涼酒半醒。一紙題名初看罷，聲聲喚賣不堪聽。」前五魁半夜方知。郭木楚太史中北闈時，題為「盍徹乎」，破題曰：「徹則國存，不徹則國亡矣。」予見之咋舌曰：「中必高中。」揭曉日，半夜入城，遇賣題名者，索觀之，名在第三。

奇案（五則）

一、

予在錦州府，見錦縣有一奇案。鄉農李士寶夫婦年五十餘，一子名林兒，年已冠，為之娶妻。數月後，林兒忽僵臥而死。其妻急呼翁姑視之，見林兒下衣血污，視之則陽物被割。疑其妻害之，控之縣。縣官訊鞫無徵，又無凶器，且無割下之物。其妻但言：「昨晚從外急歸，就床面臥。予以為熟睡也，呼之不醒，乃知其死。」縣官審視其妻，溫柔安靜，不似有他，乃置之獄，久不能決。乃有林兒之族兄，以賣針線零布為生，俗名貨郎，搖鼓走賣。至一村，村有一女，年及笄，開門呼貨郎買物。買成付錢，有一厚紙包遺於地。貨郎視之，乃陽物也，已乾矣。急為包之，置原處。女倉皇復出，檢其包而入。貨郎乃住此村店內，詳悉探訪，始知此女不貞，醜聲四溢。疑害其族弟者，必此女也。控之，一鞫而服。蓋兩人私交，情極洽，誓為夫婦。林兒又不敢向父母言之。娶妻後，女聞之恨甚。數月後，林兒來，復續舊好。交媾畢，以剪剪其陽具。林兒負痛急歸，歸即死。縣官判此女論抵，斃於獄。予曰：「此女之愛林兒，非愛林兒之全體，愛其一體耳。其死也，非死於淫，死於妒也。」

二、

鄉農李六牽驢迎其妻自岳家歸，因有他事，距家將近，屬其妻跨驢自歸。謂之曰：「道路既熟，無他虞也。予至別村索欠，晚即歸家。」一妻跨驢徐行，迎面一皤腹男子，亦跨驢得得而來。兩驢一牝一牡，嗥叫驤騰，騎者皆墮。兩驢自相交媾，不能制。兩人觀之，亦頓觸淫興，相攜入秫地交合焉。事畢，婦甚暢。包裹內攜有棗糕，持以相贈，遂跨驢而別。男子持糕策蹇至村店，與李六同室，陳糕案上。李六識為岳家物，心訝之。彼此詢問，一見如故。沽酒偕飲，酒酣暢談。李亦問棗糕從何而來，男子詳述其途遇。李六默然歸，責其妻，妻含羞自盡。李六憤甚，亦不告於岳家，買棺殮之，告以暴病亡。岳家信之，旋葬埋於廟外。廟中老和尚聞墳中有聲，掘而開其棺，婦已蘇矣，遂匿之後舍。小和尚見之，殺其師，盛以原棺，依然瘞於原處。李六之岳家，嗣聞其女非病死，控之。官往驗。及開棺，乃一死和尚。嚴鞫小和尚，始得其實。論如法。李六之妻，亦大歸。捕皤腹男子，杖之如律，蹣跚以歸。

三、

都中部書侵盜國帑，多有富可敵國者。崇文門外有范書吏，與陸書吏聯姻，陸姓催妝禮八十抬，珍寶燦陳；范姓妝奩亦八十抬，珠花金釧，皆陳於外，道上觀者嘖嘖稱羨。新婚之後，新人至東城餘慶堂飯莊，看堂會戲劇。觀畢，出夜城。車三四輛，僕從五六人，行至東長安街，夜靜無人，突來賊匪十餘人，持洋槍利刃，將僕從嚇退。匪登車，驅車疾行。至一僻巷小門，令新婦下車。時昏黑不辨何巷，入室無燈燭，賊將金珠衣服等件，全行摸索而去，僅留中衣小襖而已。門外車上，尚有衣服重物，驅車載之而颺。新婦聞室內尚有數人，為婦女聲音。探首視之，婦各然火紙吸水煙，一婦面上無鼻，一婦唇豁，一婦面麻。野花別樣，盡在此室。旋賊眾擁新婦至巷口，委之於地而去。新婦匍匐而行，巡更者乃喚人送之警署。警官衣以斗篷，餉以熱粥，新婦方蘇。天將明，乃雇車送至其家，再為訪案。月餘後，有鬻金釧者，物主認明，案遂破。為是者，乃一革職武員於次園。陸續供出同夥數人，皆就獲正法。惟金釧一雙仍歸故主，其餘珠寶皆無蹤矣。

四、

昌邑高程九，癸未進士，以知縣須次浙江。為人迂拘。其鄉近村有集墟（即集場），高姓族眾，以其村有進士，思移集墟於其村，牟利較易。由是兩村成訟。程九聞之，頗憤其族人之恃勢逞強，旋成迷眩之疾，自縊而死。旅櫬歸里後，族人捏控近村某某為爭墟故，曾至浙省，賄其廚夫，以毒鴆之。案歸臬司。臬司遣員至昌邑開棺檢驗，確為縊死無毒。其族人又咬定為某某逼勒而死，糾結不休，牽連多人。程九妻子極不願訟，上堂默無一語。承審員窺其情，知此案全由族人唆使，乃搜其族人身上，果得教供之詞，並有一紙，謂若得近村償款若干，即可罷訟。後乃杖責唆訟者，瀕死而後吐實，訟乃息。余憶癸未上公車時，正值黃河決溢，萊府舉人皆由煙臺乘輪渡海北上。船上應試者數十人，惟程九一人獲雋，闈題為「或問禘之說」一節。程九以仁孝誠敬論題，同此義者尚有數人。程九卷以先薦中式，餘則置之堂備，下科乃得中。程九竟以獲第故喪身，次科中式者，皆平安無恙，豈禘之說近鬼神之道，程九當先登鬼錄歟？

五、

青州屬某侍郎，前室生一子，繼室生四子而死其三，存者一人已登賢書。侍郎聽信繼室之言，將逐其長子，長子入京省視，不令入門。同鄉解勸，不從，但言：「我無此子也。」父子無情，殊出人意外。第二子娶婦路氏，數年而亡。路氏孀居，以孝廉之子為嗣，從幼抱養，親逾骨肉，計閱十餘年矣。侍郎將歿，例呈遺摺，摺上直言長子忤逆不孝，欲置之死地。同鄉官竊為之改易，但言長子在家業農。侍郎旅櫬寄於荒寺，孝廉不為卜葬。終賴其長子，奔波千里，扶櫬歸葬。雖遭虐待，一無怨言，可謂孝矣。鄉人咸敬之。孝廉為人所不齒。一日，孝廉赴城控其出嗣子與嗣母有姦，蓋見孀婦有財，因借貸不遂，挾嫌起釁也。張御史訊之，曰：「爾子自幼出嗣孀嬸，與親生母無異，爾何妄言？」孝廉曰：「吾見其母子姑媳同炕而睡。」張曰：「親人同炕而睡者多矣。爾殆有心疾，似乎瘋顛。請爾同鄉為爾具瘋顛之甘結，即宥爾。否則，以誣指寡嫂上聞，革爾舉人。」孝廉懼，乃求同鄉官具結完案。孝廉同母兄弟相繼而亡，停柩於京師廟中。庚子洋兵入城，焚其柩而揚其灰。殆家庭橫逆，有以招之歟？

殺子

濰縣李氏婦，平日幽閒貞靜，與其夫伉儷甚篤。生二男，長者六七歲，幼者四五歲。一日，婦趁其二子睡熟，以切菜刀斷其項，以被蒙之。家人見血污滿床，始知之。婦則癡惘不解人事。乃錮之空屋，給以飲食，數年而死。群不解其何故。余曰：「此妖孽耳。國家將亡，必有餘孽。」無何有辛亥之變，濰邑幾覆。閱數年，又值日本攻青島，奪鐵路，邑中受損頗重。又隔一年為甲寅，邑大水，東關幾沒，灞崖市廛，漂流殆盡，南關城東南隅房屋盡坍塌，死者不可勝計。又一年為甲辰，紅胡匪占濰城，搶劫勒索，失去數百萬貫，富商大戶，淨盡無餘資，外借息款，尚欠百萬貫，迄今無償還之策。是殆有非常之妖，而後有非常之變。如京師甲午之變，亦先有妖為之兆。永定門內陶然亭迤西有大池塘，水深丈餘，蘆葦茂密。夏日池中忽聞嗚嗚有聲，不知何怪。以炮擊之，聲如故。官家將刈其蘆而涸其水，事未竣而日兵逼近，群妖狐鳴，百官兔脫，奪我旅順，割我臺灣，二萬萬賠款簽字矣。清朝遂一蹶不復振。

諧語（三則）

一、

工部同僚清某，旗員也，不通文義，由郎中簡放知府。同僚公餞，席既設，皆曰：「二千石上座。」清不曉「二千石」三字之誼，以為同僚戲之也，曰：「為何相罵？」端午帥曰：「此罵太酷。呼人為十三旦，人多不願受。今又多加數目為二千石，將何以堪？」同僚大笑。清終席為之不歡。抵任後，上憲以其言語不文，降為同知，歸京候選。數年選出，欣然赴任。人咸曰：「由知府降同知，心應懊恨，為何欣然？」予曰：「從此避二千石之罵，豈不快哉！」

二、

工部同僚有旗員長光甫善諧，一日在署，予與曹州曹薇亭閒談。曹曰：「我們西府，現在不靖。」予曰：「我們東府尚安靜。」長光甫曰：「你們東府西府，只剩一對石獅尚乾淨。」（引《紅樓夢》語）端午帥在旁，大聲叫好。予曰：「罵語現成的當，受罵者不惟不怒，且重賞之。昨日挾妓飲酒，妓女旗裝也，梳髮辮，著長袍。予酒醉顛倒，詢之曰：『爾男子乎？女子乎？』妓女詈予為糊塗官。予曰：『罵的是。』重賞之。」長光甫無言而退。又一日，同僚聚飲，端午帥本為旗員之錚錚者，數杯後使酒罵座，曰：「旗人作外官，一事不懂，一字不識，所有事件皆請教於門政，門政即是爸爸。」（旗人呼其父曰爸爸）長光甫肅然起立，向午帥曲一膝曰：「給老爺請安。老爺外放時，千萬將奴才帶去。」誠謔而虐矣。

三、

聊城楊鳳阿在京宴客，新得官窯磁碗四皿，出以示客。及進饌時，此碗輪流而上，計十餘次。陳夢陶曰：「此碗未免偏勞。」於是京師遇偏勞之事，咸曰「楊鳳阿之碗」。一日同僚聚飲妓寮，有一妓與一客相熟，代此飲酒，又代彼飲酒。端午帥曰：「不圖今日復見楊家碗。」咸曰：「君此語頗有《漢書》『不圖今日復見漢宮儀』之調。」予曰：「班、史亦拾人牙慧耳。孔子曰：『不圖為樂之至於斯也。』」

楊翠喜

楊翠喜者，天津樂妓。美姿容，歌喉清澈，名噪一時。有商人王姓與有交，欲納之而索價過昂。會某貝子至津，見而悅之。某候補道員重金購之，獻於某貝子，並備妝奩，值數千金。貝子大悅，為某候補道說項，竟放巡撫，京師哄傳為笑柄。御史趙啟霖遞摺奏參，上命大員查辦。大員委司員往津。某貝子知事難掩，潛送翠喜回津，交其母家。司員集訊時，預教以供，供曰：「從未至京，實係嫁與王某。」王某亦供曰：「以數百金買為妾，半年矣。」案遂定。大員覆奏，謂御史妄奏。乃革御史職，御史得直名而去，祖餞者，贈詩歌者若干人。某巡撫仍降為候補道。越月，又起趙御史為湖北學使，而趙御史入山不出矣。王商人不費一文而得美妾，人為作〈艷福歌〉。某貝子春風不及廿四番而失美妾，人為作〈長恨歌〉。兩歌太長，不及載。

葛畢氏

杭州葛畢氏，小家女也。天生麗質，身細如柳，足纖貼蓮。及笄，歸葛興為妻。興貌不揚，家貧作小營業。氏日開門佇立，引誘浪子。有庚午舉人楊乃武，新貴翩翩，經其門，因以目成，時至其家。氏告其夫曰：「妾幼時識字，今多遺忘，楊孝廉，吾姻也，許閒時來教我識字。」夫諾之。由是孝廉恒至其家，同飲同食。其夫以小營業羈身，白晝常不在家。一日其夫夜歸，天明死矣。族鄰疑其因姦害夫，具呈控縣。縣官帶仵相驗，報稱毒死。嚴究該氏與何人來往，氏堅不承認因姦謀害等情。族鄰聲言楊孝廉時至其家飲酒。縣官以案情關系重大，遂詳府，由府轉臬。既定氏以死罪，楊孝廉知不能免，乃使其妻赴京上控。得旨派學使會同撫藩相驗審理，仍以因姦害夫上聞。孝廉又使其妻上控。得旨解部，氏與孝廉均入刑部獄。屍棺解至通州候驗，棺上貼諸官封條七八條，陳於郊外，觀者麇至。刑部定日開棺驗屍，由州官縶以布城方十弓，備大鍋如十石盎，水缸十具，蒸籠大於鍋，光漆圓桌面一具。仵作開棺檢骨，鍋儲十石水，燒火蒸之。約二時，開鍋舁出，置桌面上以驗之，骨白如雪。報曰：「無毒，亦無刀繩傷痕，因病而死，毫無疑義。」案遂定。奏上，前諸官皆革職，葛畢氏無罪開釋。楊乃武既供稱因有戚誼，時至其家教誦佛經，究屬不知遠嫌，著革去舉人。葛畢氏出獄之日，觀者如堵。出獄登車，髮黑如漆，目若秋水，蓮足纖纖，伸於車前，路人嘖嘖稱羨不置。後氏終歸楊乃武。楊失孝廉而得美人，差勝於寶竹坡棄提學而納痲女也。寶嘗有句云：「宗室三多名士草，江山九姓美人痲。」

三甲

予性懶，喜臥書，字可辨，不能工也。猶憶丙戌將應殿試，同年高仲咸在殿角告山東同年，謂予能臥書大卷，可畏也。予曰：「只求幸得二甲，不願作如夫人。至翰林，讓與諸君，吾不能享清福也。」榜發，予列二甲，仲咸果得翰林，後放知府。予由諫垣亦相繼外放。可見部曹之升轉，亦不遲於翰林。予何以怕得三甲哉？夙聞曾文正為三甲，終身不得意，及位至宰輔，功業恒赫，尚心不能忘，自撰一聯曰：「代如夫人洗腳；賜同進士出身。」以自嘲笑。於是京師人相戲，謂三甲進士為

「如夫人」。予戲吟一絕云：「誰把如夫人作對，賜同進士目難瞑。名登二甲差堪幸，免向人間備小星。」見者笑之。至三甲進士見此詩，則詈予。予曰：「無傷也。小妾亦時詈予。」詈者乃止。凡考試不得意之事，即位極人臣，亦不能忘。合肥在翰苑，未得衡文一差。一日在賢良寺，與幕友聚談，同年楊味蒓自誇其闈作，合肥嗤之曰：「中進士不得翰林，可羞哉！」味蒓曰：「翰林一生不得衡文差，亦可羞哉！」合肥將以杖叩之，味蒓乃遁。光緒間，科舉將議停止，合肥在京為無事宰相，正開經濟特科，殷望振為總裁。適張文襄入都，定學堂章程，大總裁一差，被其奪去，合肥鬱鬱者數日。

非人不暖

《內則》曰：「八十非人不暖。」《曲禮》曰：「大夫七十而致仕。」下曰「行役以婦人。」予曰：「老人不能離婦人，非第為其暖而使令便也。蓋飽食暖衣，精力一線不絕，則不死。既有一線精力，即須婦人，或數月，或半載，尚能春風一度，則志意暢適，而無鬱積之病。吾即所見者，歷歷數之。仁和王相國，予告歸里，年逾七旬。其妾生一子而亡，急欲納妾，而又不願覓幼女及嫠婦，遲遲久之。聞任少園中丞之門政，有女年逾不惑，尚未擇配。緣門政雄於財，原擬相攸於宮場中人，迄無成議，致其女青春久誤。有人為相國媒說，其家人商之於女，女慨嘆曰：「父母皆歿，吾已老大，身將焉歸？如相國以我為妾，我他無所圖，食稻衣錦，一生足矣。」遂不索身價，而以小轎于歸。相國得之，精神為之一爽，又享壽十年而後終。

又聞毓中丞之父，年八十，致仕居京，終日扶杖遊歷巷衢。其子孫皆京秩，輕車肥馬。予見其中途忽焉下車，肅然侍立，攜杖來者乃其父也。一日，杖者觀戲園淫劇，觸動相火，急歸，呼姨奶奶速來。子婦、孫婦輩恐其不豫，促姨奶奶速往，群隨其後以省視之。姨奶奶甫入房門，老人大聲曰：「關門。」一定省者在門外聞之，一笑而散。

又見劉菊農太史之父，年近七旬，老妻病故，田介臣太史往弔，留住數日。太史之父告介臣曰：「予年雖老，無婦人相伴，不可也。此事不便面告兒子，請轉致意。」介臣以告太史。太史曰：「正在尋覓。頃聞馬灣劉部郎家有一婢，年已及笄，不索身價，只索妝奩費八十千，明日即遣車攜資以迓之。」及至，納之簉室，一年生一子，如是數年，比肩之童子盈室矣。

又聞王緗綺老人，年將九十，在京供職史館，隨侍皆以周媽。由京回鄂，將拜督軍，周媽亦願瞻仰閫府，一見大樹風度，乃攜之偕往。至轅投雙名片，督軍訝之。詢之左右，乃知為老人所寵愛之人，即延入相見。周婆亦周旋中禮，其見督軍時，端立三鞠躬；命之坐，然後坐。予有詩紀其事，末句云：「果然制禮是周媽。」人以為用典切當。（語云：一婦悍甚，其夫曰：「夫倡婦隨，夫尊而婦卑，此古禮也。」婦曰：「何人制禮？」夫曰：「周公。」婦云：「周婆若制禮，必不然矣」）。

張文田

予巡中城時，良鄉縣獲一大盜馬海，攀出儒生張文田。知縣遣役入京捕之，而不攜關文。文田正在天橋買卜，縣役捕之，五城巡兵不允，以其無關文會城協緝也。予命傳張文田到城。見之，乃儒雅士也，留之吏房。命縣役回縣，帶同馬海來京相認。數日，縣役同馬到城。予命張文田入於五城看押房叢人中，令馬海一人進屋識認，迄不能認。予訊馬海：「既不相識，何妄攀之？」曰：「素有嫌隙耳。」乃命縣役帶馬海去，而釋張文田。若無此舉，張文田身家莫保矣。人謂此項辦法視《白綾記》一劇略相似，惟《白綾記》之李七善罵，而馬海不善罵耳。予曰：「罵亦無益。昔人被罵則怒，今人被罵則甘受之，今昔相去逕庭矣。」

桂枝

桂枝者，江寧少婦，年二十歲。美姿容。赴中城喊控，供稱與其夫赴京謀生，夫死於近畿，隻身入京，寓店中。有老妓梁氏至店，認我為姨甥女，引其入妓寮。又有中年妓女曰朱桂生，認我為表姊妹，亦百般誘引。桂枝皆不認識，原無此親戚。予訊之：「爾原籍尚有親族乎？」曰：「有。」予曰：「是宜委穩婆伴之，遞回原籍，由官署傳其親族具領。」正擬辦法，其江蘇同鄉京官來告曰：

「彼原籍實無親族，特漂流於此耳。」同鄉京官擬為之覓配，令其暫寓兵部李鍾豫家，予允之。有閣讀學士承春洲者，年少翩翩，家道甚富，願納為妾，遂歸之。數月後，承公攜之遊廟，予適遇之。見其衣服鮮華，珠翠滿頭，視昔日美麗，增十倍矣。猶向予請安，嫣然一笑。予謂承公曰：「昔日柏臺跪訴，飲泣含愁；今日蘭閨養嬌，朝雲暮雨。作朱門之新寵，定不思白下之舊居矣。」承公曰：「小妾正攜一扇，請將數語書其上。」乃敘其事，為之一揮，並題一絕，末二句云：「侯門自有園林勝，蝶抱餘香過別枝。」好事者將以重金購此筆，非愛予俚句，冀自聞其香澤耳。

頭巾語

有師與弟子同應禮部試，寓廟中。揭曉之日，先報弟子中式，賀喜者絡繹不絕，弟子亦眉色飛舞，興高采烈。傍晚客散，師責其弟子曰：「少年得功名，固好，然須有沉重雅量，方為大器，不可得意太過，稍露輕浮。」弟子被申斥後，默默無言，蒙頭而睡，師亦脫衣而寢。至二更後，報喜者又至，師中前五名。同寓者齊集相賀，弟子亦起，周旋數時，客俱散，弟子告師曰：「師胡不著中衣？客皆匿笑。爾時有客在，弟子不敢多言。」師乃恍然大悟，急著中衣，且對弟子曰：「無怪爾也。」此等喜事，固可動人，予謂師責弟子之言，亦是頭巾語。當嘗見一人素極庸惰，喜睡，報捷至，不肯起，手接報條一閱，置之枕側，酣睡如故。及服官，一案不能斷，罷官歸里。若此人者，可謂之大器乎？袁子才中進士之日，已得報矣，是日其恩師病亡，前往襄喪，面有戚容。人謂子才定已落第，子才曰：「今早得報，幸中矣。」人始知之。謂子才有雅量則可，如謂之為大器，非其人也。

大卷白摺

丙戌殿試，一貢士書策為五開半，頂上格而寫。寫畢，人告之曰：「上頂應空二格，君誤矣。」乃在頂上點去二字，行末綴二小字。修飾既畢，群聚觀之，曰：「美哉！行行皆有小腳。」榜發，名殿三甲。此蓋平素不習大卷之故。然亦有習大卷白摺十餘年，工夫純熟，字體端好，而朝殿試不得意者。湖北孫慶恒自捷秋闈後，日書大卷一本，白卷一本。白晝有事，則燈後書以補之，蓋有年矣。及捷南宮，以部屬用，憤甚，不會同年，不預筵宴，閉門仍書卷摺。其房師告及門曰：「孫某久不出門，不解何故，汝輩可往觀之。」於是頂甲翰林若干人至其寓，排闥而入。見其危坐端書，群贊之曰：「此等卷摺字，當首屈一指。吾輩得入翰苑，對之汗顏。吾兄不必再寫，大家五體投地矣。」孫乃大樂，曰：「吾不得志於黃榜，可快意於士論矣。」其憤乃解。予性亦然，有贊吾字者，心感弗諼。

至聖

東阿陳麓賓宗嬀，庚辰進士，官戶部。為人端嚴，不苟言，不苟笑。為部丞堂，司度支，一絲不妄費，為尚、侍所倚重。俗例，外官入京饋送炭敬別敬，麓賓概拒弗受，誠所謂庸中佼佼者，故同鄉稱為「至聖」。一歲管同鄉印結，得結費六七千金。分所應得者，存於仙源局銀號。號中主人任觀亭，亦山東人，議為之加息。麓賓曰：「吾一生不言利，毋庸也。」嗣仙源局將倒閉，任觀亭問之曰：「君之存款，明日將送還。」麓賓不知其情，央其暫存。觀亭曰：「君既不用銀，有一房，為君買之，不勝於租屋而居乎！」麓賓曰「唯唯」。爰以六七千金購一大宅。數日後，仙源局倒閉，虧欠他人生息銀數十萬。麓賓以不牟利而保其資，可見利之為害大矣。清朝讓位，民國政府再三徵之不出。西望泰岱，芳範尚存，可令人起敬焉。

裹足之害

庚子洋兵入京師，男女逃奔出城避居遠村者，如歸市。旗婦棄其厚底鞋，著襪而行，瞬息數里。漢婦裊娜纖步，遲遲也。吾滌王比部之妻行至巷口，後面炮聲隆隆，神魂一驚，更寸步不能移。其男僕見事已急，乃挾之而行，始得脫難。危急之秋，何有嫌疑？孟子曰：「嫂溺不援，是豺狼也。」而況主僕乎？

八字相同

四品京堂陳田，字松珊，貴州人，與予為會榜同年。一日房師黃殿撰慎之邀同門飲宴，命門生序齒而坐。予曰：「年若干歲。」松珊曰：「同歲。」房師復命兩人序月分。予曰：「幾月。」松珊亦言同月。再命序日。予曰：「某日。」松珊亦言同日。再命序時，時亦同。八字不差一字。師乃命按本房兩人中式名次挨坐，予坐其上。舉座嘆異，咸問父母兄弟子女，亦大略相同。予曰：「予素不求人批命，今後更不求人批命，即視松珊同年之命以為命。」此初登仕版時也。以後升轉，又同署。商量公事，又意見相同。在署同餐，復嗜好、食量相同。一年松珊斷弦，人謂予曰：「松珊今歲犯陽刃，君宜設法禳除。」予曰：「老妻臥病已三月，已為之備辦後事矣。」是年亦斷弦。迨兩人年逾花甲，每日同桌健飯，飲酒皆不敢過三杯。夏日冰果，皆不敢入口。彼此問及睡眠，皆早睡早起。人各一妾，伺候而已。松珊竊告予曰：「批吾命者，皆云官至四品，吾兩人其終於此官乎？」予曰：「照例升轉，能謹慎無過，不患無升轉之日也。批命奚足憑？」無何，逢百六之厄，下遜位之詔，兩人皆棄官退隱矣。近聞松珊猶健步遊山。惟松珊胞兄燦，清代為甘省方伯，兄弟親如手足，松珊家財或豐，予則僅能自給。然家兄任廣文二十四年，官俸歲有所餘，今日家居，省儉度日，必使歲少有所餘，此亦可謂之相同矣。松珊之兄年近八旬，家兄亦登八旬，身尚壯健。是兄弟亦關係於八字。新有自西南來者，言松珊收藏金石字畫甚富，予聞之，即將陶齋所贈吉金拓片百餘器，裱懸滿屋床帳門楣，自撫漢璧漢瓦於上，又日攜陶齋所拓埃及國五千年畫像古篆，誇示於人。此效西施之顰，非敢云賞鑒家也。使松珊見之，又當引為同調歟！

靈氣

予表弟郭環芷，需次浙省，寓中惟一妾一子相隨。夏月奉差赴外縣，舟中患霍亂，不救而歿。惟一僕相隨，天氣炎熱，急買棺殮之。棺面嵌小方玻璃對其面，扶柩回省。其妾鑿玻璃呼之，目大張；以手探其體，則如冰。其妾乃以撫孤成家慰之，目乃瞑。遂塞棺孔。予曰：「其心不死，惟魂已離。可知人之靈氣，雖死猶生，不可以其已死而負之也。」尚有死已數年而靈不寐者。濰邑郭方伯仕直隸時，為其次子恩壽結姻於粵西陳三元家，均未及歲，官罷各歸。是時髮匪亂起，音問隔絕。十餘年後，方伯遣使赴粵西探訪，土人皆云，一家逃散，房舍無存。方伯乃為恩壽別締姻親，迎娶生子。又十年，恩壽病歿，由各信局遍散訃文。陳家一老僕見之，持歸告女。女時寄居河南戚家，年逾三十，別無親人，孑然一身。見訃不痛亦不言。親戚力勸別適，女嘆曰：「大亂時，一家流亡，吾暫喘息人間，以有待也。今已矣。」從此絕粒。眾婉勸，亦不應，數日而死。老僕晝夜奔訪至濰，時方伯已歿，其長子偕侄迎其櫬，將合葬於濰。侄方八歲，至河南，舁其棺，數十人不能舉。再增數十人，亦不動。方伯長子視曰：「吾知之矣。肯歸葬郭氏墓，即為吾弟之元配。此八歲孤子，爾之子也。盍隨歸？」棺乃舉。歸葬後，濰人為立神位於節烈祠，春秋祭之。

學校唱歌

《書》有之：「詩言志，歌永言。」孔子云：「詩可以興。」自唐虞以來，未嘗廢也。今日學校林立，不講此道，並《詩經》廢而不讀。所歌者，一個蒼繩哼哼，兩個蒼蠅嚶嚶。舊學憂之，思以詩為唱歌，以導其性情。濰縣教員屬予作詩歌四章，題曰「誠實勤樸」，每字一歌。但誠實殊無分別，似近八股文之合掌，以其欲令學生歌詩，心竊喜之，何待深辨，是在乎作者之手法耳。爰賦四章，誠字詩云：「尼山講道貴存誠，千載傳薪有二程。漫笑愚夫心似鐵，須知佳士意如城。（朱子《敬齋箴》：「守口如瓶，防意如城。」）一生悃愊誾誾語，幾輩朋儕款款情。（徐淑詩：「何用敘我心，惟思款款誠。」）下學莫談機械事，至誠原可感神明。」實字詩云：「不見春風華不實，羲經碩果終逢吉。生前事跡董狐論，身後名譽班馬筆。有侐曾歌魯閟宮（閟宮有侐，實實枚枚），無欺乃入尼山室。雞豚維信葉中孚，尚戒誆言予口出。」（出，葉音熾。）勤字詩云：「維鵲劬勞借一枝，銜泥來去不知饑。遙懷慄里校書（陶潛詩：「校書亦已勤。」）日，喜說陶公運甓時。農子當春趨畎畝，家人徹夜理蠶絲。囊螢映雪成佳話，孟母三遷為訓兒。」樸字詩云：「昔賢常著敝緼袍，由也升堂立品高。馬后練裙留姆教，公孫布被是人豪。丈夫衣褐詩書富，主婦釵荊井臼操。後學莫忘盲史語，慶封車澤工則勞。」（《左傳》：「車甚澤，人必瘁。」）此歌傳出，每逢國慶，學童結隊遊行，高聲齊唱，洋洋乎盈耳矣。

縣長

丁巳年，濰邑新放縣令，為遼陽袁君瀚平伯。下車之後，輕騎減從，訪予於深山之中，略似江州刺史王宏，欲識淵明，邀見慄里之故事。濁酒一罍，對飲而盡。班荊之時，言其先德為清代某科舉人進士，予同年也。大令乃肅然復為禮，予笑吟長聯云：「遼陽路計三千，大令堂堂，來稱小侄；清末運逢百六，勞人草草，歸作逸民。」

宋太史

濰邑宋太史晉之名書升，記前生事，自言前生為青州歲貢。太夫人戒其勿言，遂不敢言。七歲時，讀書過目成誦。十五六歲學為時文，自能清通。蚤歲入泮，即入成人書塾，學制舉業。師問之曰：「六經讀完否？」曰：「《春秋》、《左傳》未見。」乃命之讀。讀書讀文，向不出聲，坐而默閱。師問之，皆能詳舉以對。同學咸以未聞其書聲為憾。光緒己卯科魁於鄉，壬辰科成進士，文名馳京師。朝殿時，名公卿爭相搜羅，見一卷楷書尋常而筆墨典贍，迥異俗手，乃置之一等，果得之，為庶吉士。以母老不仕，十餘年未散館。東省大吏掌書院，纂修志書，脩金豐厚，益不以出仕為念。大吏奏保，朝廷屢徵，皆以病辭，得恩加五品卿銜。一生博覽群書，舉凡算法、堪輿、醫卜、星象，均能精通，卻力言堪輿、星卜，不可深信。予每與戲謔。一年春初，請其為亡妻相墓，將以為同穴之地，就吾先疇殖麥之阡擇之。晉之登高一望，曰：「見地中有稍平坦之處，大概此處即吉，請君偃臥其上，試其安否。」予原不深信此事，乃偃臥似死人。半時許，起而言曰：「剛枕塊而臥，便入邯鄲之夢。」晉之曰：「得之矣。」遂定為穴。予蓋深知晉之達人，故亦學為曠達耳。晉之只一子，未成人而殤；予有女未及笄而殤。有友為牽合冥姻，晉之願從，但云：「陳某為講學家，請聽其議論若何。」予曰：「《周禮》禁嫁殤者，此書確為漢儒偽體。若據為經典，則識見與王莽相同，自比周公，泥古不化而已。」晉之大笑，遂定姻焉。晉之壽七十三而終，不識又轉生於何地。

前後輩

漢御史以入諫垣之先後，分前後輩。人數寥寥，時常晤面，無不相識者。滿御史不分前後輩，彼此以前輩相呼。漢御史亦統以前輩呼之。因滿御史不須考選，願就此途者，則各衙門堂官奏請點派，所謂具臣是也。翰林院論前後輩極嚴，即庶吉士不得留館者，亦與留館者同。然其人如恒河沙數，烏能盡識？偶有聚會，遇相識之前輩，後輩必曰「老前輩」，前輩則頷之而已，酷似子弟之見長輩。若座中有不相識者，不敢問貴姓，必詢之旁人，果為前輩，則至前喚之。不然，必叱曰：「我為汝前輩，尚不識乎？」故曰：翰林如新嫁娘入門，不能遍識夫家人，須有相者告之也。至科分最老，上無前輩，遇有公宴，則昂然而來，巍然而坐，計其壽在七八旬矣。予先伯祖文慤公有句云：「已無朝士稱前輩，尚有慈親喚乳名。」時先伯曾祖母壽逾九秩，猶在堂也。宣宗曾從先文慤公授讀，特親書額以賜，曰「耆臣壽母」，字體端嚴，金匾燦然，今尚懸吾家先祠。幾經兵燹，幸未損失，子孫其寶之。

大老闆

咸同間，京師名優曰程長庚，以文人不得志，降為此業。持身嚴正，一介不苟取，名其室曰「四箴堂」。扮老生腳，喉音高亮；演崑曲，則平上去入，字字能叶。予猶及見之。菊部稱曰大老闆。每逢戲園演劇初開場時，十六七歲優伶，白面拭粉，華衣飾體，群立於場上，作倚門之態。於是紈袴子弟，輕薄狎客，神遊目擊，望眼欲穿。至四五齣以後，後臺呼曰：「大老闆到。」則倚門之伶潛身遠避。每年冬季，長庚則演漢室三分全劇，不襲《三國演義》之說，按陳壽《三國志》演之，忠臣義士，儼若再生。予見時，已年逾六旬，口齒已落其三四，咬字微覺費力。其徒汪桂芬、譚鑫培，只能效其落齒時之音，其中年之音，不能彷彿，所謂調高寡和也。長庚之孫，幼赴德國學校肄業，言語文學，盡能通曉。歸國後，為外交部譯官，保為道員。先尚諱言家世，今共和告成，五族不分等差，縉紳大夫樂與訂交。予聞之而喜。

童謠

童謠無端而起，往往有應。聞數百年前，山東有童謠曰：「刮大風，摟豆葉，摟著花大姐。」果有新城王某業農，貧未娶，在野遇大風，從風中墮一女，自言為登州人，為風所飄，瞬息千里。鄉人為之說合，成為夫婦，子孫昌盛，科第綿延，為一邑巨室。王文簡公即其裔孫，文簡《池北偶談》自言不諱也。文簡且辨傳言者女為外國人之非，實登州人也。

又濰邑學者曾譏識訛字者之可笑，言一人出門遇雨，作信使人歸家取傘，傘字訛寫命字，信云：「家中有命拿命來，沒命拿錢來買命。」近日土匪綁人勒贖之事，層見迭出，即「拿錢來買命」之讖，為之先兆也。

又小說載廣西有謠曰：「石乳及地，三元及第。」一年石乳長至地，陳繼昌果中三元。吾濰丙子年天大旱，忽街巷有童謠云：「天大旱，出狀元。」是歲旱，曹仲帥果中狀元。鄉人又言：「若要不旱，其母討飯。」曹太夫人聞之曰：「吾何惜作半日之乞丐，救一方之生靈？」乃易鶉結之衣，扶杖沿門托缽，家家爭以乾糇相饋，天乃雨，晚穀布種，民乃安。

濰自明至清乾隆，三百餘年來，未有翰林。乾隆末，鄭板橋宰濰，以城南護城河入白狼河之處，人多病涉，乃相度地勢，導引風脈，築一長橋。橋成，名之曰「狀元橋」。父老竊笑曰：「賢宰厚愛吾濰耳，蕞爾一小縣，僻在海濱，翰林迄未得見，焉能盼得狀元？」然自板橋培植各處風脈以後，科名漸盛，竟出兩狀元，此外翰林十八人。謠出人口，誠動天心，天人相應，可知矣。

經解

著書者留名與否，實有幸有不幸焉。《通志堂經解》一書，本為徐乾學所輯，同官納蘭成德慕之，央友與徐關說，言此書卷帙浩繁，鋟工頗費，願出資鐫印，署其姓名。徐曰：「但願傳薪於後學，豈吝纖芥之浮名？」慨然允諾。閱者知為納蘭氏，不知出徐氏手也。後阮元又輯《皇清經解》，集漢學之書彙為一部，與《通志堂》不同軌，蓋《通志堂》專釋經義，《皇清經解》專講考據。維時講漢學者，相繼而起。至同、光之世，科場文字多重博雅，士風靡然相尚，於是人知有阮氏，不復知有納蘭氏矣。今科舉已停，廢經不讀，日夜呫嗶，惟此教科之書，不復知有阮氏矣。

毀廟

聞鄞縣新學界有劉歌丞者，不講聲光化電之事，亦不講經濟法政之學，但聞外國不供神像，破除迷信，即可自由，乃將門外關帝廟神像毀碎，思為一邑之倡。不數月，疽發於項而死。死後無敢繩其武者。忽有同邑文士李慈垣，奮然而興，曰：「愚夫愚婦，燒香拜廟，殆為劉歌丞之死，故信神益虔與？吾為邑中文學士，當有以祛其惑。」遂將邑中大小廟宇神像，率數十工人全毀之，不留根株，頗覺快心。閩鄉人將群毆之，抉其目而斷其腕，大懼，夜奔境外，數月不敢歸。其子往尋之。不數旬，其子扶父柩而歸，言其無疾而終，事可異矣。予曰：「是不為異。傳曰『眾怒難犯』，宜其死也。」

按塑像之始，原於三代祭先，以其孫為尸。祖孫一脈相傳，形多相肖，以相肖者為尸，具有深意。故民間欲奉某神，先塑像以肖之。其肖之也，亦想像而為之，如塑菩薩，則肖其慈善之容，塑閻羅，則肖其威嚴之容，均原於古人祭而為尸之義，敬而遠之可也，何必毀之？難之者曰：「外洋不立神像，是必有道。」予曰：「外國莫古於埃及，五千年王后石像，土人敬奉之，無敢毀。謂予不信，中國出使大臣曾拓而見贈，懸之書齋，請往觀之，其上題跋數百字，雖似蟲篆不能識，定為贊美之辭，頌其有功德於民也。記曰『有功德於民則祀之』，舉凡載在祀典者，又何必盡毀之？」難之者又曰：「廟中皆僧道住持，異端害正，故毀廟而逐之。」予曰：「獨不閱《東華錄》，康熙時，有言官條陳，驅逐僧道，以杜異端。上曰：『今日僧道，絕不解虛無清淨之說，於人心風俗無關，留作詩料可耳。』」故予聞近日毀廟逐僧之事，有句云：「傷心奪我吟詩料，不見僧敲月下門。」

朱太守

明末，孔有德為登州鎮，率師作亂，圍攻萊州。時太守為朱萬年，貴州黎平人，攖城固守。賊攻益急，城內糧將絕，救兵又不至，太守告眾曰：「縋予下城作詐降計，引孔有德至城下，守城者以炮石擊之，勿恤予。予願與賊同死，以救全城生命。」眾不忍，強而後可。下城見孔賊曰：「眾願降，從予至城下，門則啟。」已而果至城下，城上炮石飛擊，孔賊遁，命其黨縛太守斃之，城終不守。西竄至濰縣，圍困一月。邑紳郭、張兩督堂竭力堅守，大炮壞城，隨壞隨堵，萬眾一心，爭先恐後。實因督率有方，毀家紓難，炮矢以千百計，故能擊賊宵遁。兩督堂功德，載在縣志及鄉土志，無待贅言。朱太守殉難後，邑人立廟祀之。泥塑神像，鬚不及寸，尚為生時之鬚，年不過四旬也。相傳太守蒞任之時，入城門，門內有關帝廟，太守車過，關帝木像為之起立。秉心忠貞，人神咸敬，理固有之。光緒間，高密王星瑞以進士部郎出守黎平，聞有朱太守祠，急往謁之。閱視豐碑，始知髮逆之亂，黎平府城瀕於危，夜間賊於城外放火，光焰燭天，仰見城上千百神兵，身高丈餘，弓矢在握，中立一將，身更偉大，紅袍紗帽，持刀怒視，大纛上書金字曰「朱某」。賊驚駭奔竄，城得無恙。邑人感之，為之立廟，春秋致祭。王君拓其碑文，呈於曹仲帥，仲帥正開府黔南也。仲帥復合在萊殉難一事，撰為碑文，親書而鐫之，立之黎平廟中。墨拓一張，寄京萊屬同鄉官，將立碑於萊州，俾鄉人咸知朱太守生而為英，死而為靈，萊州一廟，益當敬謹奉祀，必當呵護全府七屬數百萬生民也。誰謂關壯繆以後，無繼而為神者！

說鬼

《避暑錄》：東坡在黃州及嶺表，所與遊者，各隨其高下，詼諧放蕩，不復為畛畦。有不能談者，則強之說鬼。予謂愛與東坡遊者，定是雅人，雅人即說雅鬼。宋代以前，鬼之雅者恒有之，必先說晉阮瞻事。瞻執無鬼之論，忽有客詣瞻，與之言鬼神之事，反覆甚苦，客作色曰：「鬼神古今聖賢所共傳，君何得獨言無？即僕便是鬼。」於是變為異形，須臾消滅。此鬼之雅者也。東坡應試時，文字難完其說，又苦無典故可引，乃偽作一典曰：「皋陶曰殺之三，堯曰宥之三。」登第後，主司歐陽公詢此典出自何處，曰：「想當然耳。」維時場中必有俊鬼，暗觸其靈機。查《清異錄》：釋種令超遊南嶽，將至祝融峰，逢赤幘紫衣人，密語超曰：「吾豈人也？」凡舉子入試，天命俊鬼三番旁護之，欲以振發其聰明。東坡之客，不知說此事否？惜清朝有似鬼而為雅鬼者，東坡未之得聞。紀文達公曾言：一老儒素執無鬼之論，一少年儒生，與之辯論，不能屈，退而恨恨。夜聞老儒臥床，以沙土擊其窗。老儒曰：「何人？」外應曰：「二氣之良能也。」老儒骨慄，齒振振有聲，急呼人相伴。因此抱病，杖而後能行，食不下咽者數日。或告之曰：「前夜二氣之良能，實某少年也。」病乃愈。若東坡聞之，必大笑。登府蓬萊閣有東坡像，予曾瞻仰。再遊其地，當書此事，贊而告之。垂垂長髯，必風動若笑。

詼諧

或云：「言語恢諧，聖人所不為，學者宜戒之。」予曰：不然。讀聖人書，宜詳味之。如「道不行，乘桴浮於海」，聖人豈不知浩瀚汪洋之大海，非一筏所能渡？大如艟艨艅艎，往往觸浪而沈，況乘桴乎？此言蓋與及門講學之餘，慨憤時事，故作此恢諧之語。子路以聖人一生不妄言，信以為真，故踴躍而喜。揆其意，必將請問夫子何日啟行，弟子必往，不懼也。故下文有「好勇過我」之句，末云「無所取材」，以其率爾狂喜，才欠靈悟，不能聲入心通，不可與作詼諧語耳。至朱子一生，正言莊論，不喜詼諧，立志食文廟冷豬肉，故不作此注解。予更推而言之，其時未有輪船，若輪船日日開駛，子路一聞夫子之言，必一躍登輪，先往彼岸，恭候師駕矣。若去而不返，庶免干孔悝之難，惜哉！

善詼諧者，亦可食文廟冷豬肉。明王陽明一生講學，大著致良知之論，弟子眾多。一弟子問曰：「良知是紅色，是黑色？」陽明曰：「知識初開，良心未喪，是紅色。若人欲錮蔽，良心全變，良知已失，則色黑。如初嫁女子下體落紅，此後則間色矣。」此大詼諧語。及平宸濠之亂，以功封新建伯爵。明制有爵者，朝冠異於眾官，冠旁有帛垂於耳下。陽明冠此冠入朝謝恩，同僚戲之曰：「耳上垂帛，殆耳冷歟？」陽明曰：「非我耳冷，諸君眼熱耳。」其詼諧如此。在文廟西廡吃冷豬肉，二百餘年矣。

湯文正

清湯文正公為諸生時，讀書廟中。時逢大雪，登樓眺望，遠見一人倒地不起，急遣人往扶之，延入廟。詢此人為徐姓，京兆人，因貧投親未遇，饑寒難忍，故中途倒臥。乃予之食，爇火暖之。留數日，薄贈以資，使其歸家。一年鄉試，文正以河南鄉闈額少難中，擬納貢入北闈。至京後，在菜館購食。有乘高車大馬而過者，正值車馬擁擠，高車不能前進。車中人忽下車入館，與文正握手，言：「尚相識否？」文正沈思片刻，言曰：「君非在廟中相見之徐公乎？」曰：「然。」遂共坐啜飲，問：「相公來京何事？」曰：「應鄉試。」徐曰：「京兆須貢監入闈，君捐貢監乎？」曰：「正擬納捐。」徐曰：「昨已有旨，捐例停止。相公速回河南，計期尚不誤，敬送資斧百金，明日速行。」文正嫌所贈太豐，徐曰：「吾家道不似往昔，數萬家財尚有之。此綿薄之儀，不成敬耳。今科必中，明歲入都，尚尋我於某胡同，吾可作東道主也。」文正遂行。時有權相當道，穢聲著聞。徐姓有女，美而艷，送相府為妾，為專房之寵，故徐姓暴富。徐遇文正後，入府告其女，為文正求一關節。女夜告相國，言湯秀才為其父恩人，今尚困於諸生，求設法謀一舉人。相國曰：「盍早言之？昨日河南主考已出京矣。」女婉求不已。和曰：「取紙筆來。」女尋紙不得，剪紅緞一尺，大書「湯斌」二字於其上，封固遣騎兼程，　交兩主考。主考至闈，即交大監臨，將湯斌一卷暗記之。閱其文，甲於諸生，定為解元。文正自謂文有定價，不知內有關節也。及上春官，謁主考，主考問與相國有何交誼，答曰：「無之。」主考乃道其詳。文正即潛行出京，數次不上公車。迨權相既敗，乃會試中式。人讀其元作，即無關節，亦不作第二人想。後有人暑月夜臥村外，見兩鬼相語曰：「此村患疫者大半矣，盍往前村散疫？」一鬼曰：「昨偶至前村，聞書塾中讀湯文正公元作，正氣沖天，不敢再往。」予謂非文正之文能驅邪，實文正之為德驅邪。服官日，驅五通，毀淫祠，毅然為之而不怯。作外吏則澤惠及人，立朝則侃侃正直，大節昭然。身後吃文廟冷豬肉，誠不愧哉！

敲門磚

科場時代，俗謂八股文為「敲門磚」，門開則磚拋而不用。然予廁身朝列後，日日與磚為緣：釋褐入工部，專司國家修工事；主稿行文，則行取臨清州之澄泥磚，蓋宮殿所用，皆見方一尺二寸之澄泥磚，堅致光澤，鋪之殿上，如大理石然。故每逢召對入殿，必徐徐而行，步武若速，則滑倒失儀。故工部有諺云：「金鑾殿上倒栽蔥，一生只怕三折肱。」即謂此也。此外，修庭院皇牆城垣，則用寬五寸、長一尺二寸之大磚，每牆一文，計磚若干，司員一一核之；修河工，則堵口拋磚，共價若干，事後呈工部奏銷。予計與磚為緣，十有五年。漢時劉公幹危坐磨磚，其得過由於曹公使甄妃出見諸臣，以誇其美貌，諸臣皆俯首而立，劉公幹則平視，以飽眼福，因此罰為匠作。予謂同僚曰：「雖與磚有緣，乃渴想漢時甄妃，而不得一見，始知才不足耳。」公幹為建安七子之一，詩句至今流傳。再如曹子建才有八斗，故李義山有「宓妃留枕魏王才」之句。予知玉溪生吟此，亦想像甄妃而不置。予在工部十五年後，乃拋磚落地，轉升西臺。部中俗例，升轉後必再入舊部，一拜舊友，謂之回門，亦曰回娘家。舊友見予到部，咸曰：「新人來矣。身披金貂，美不亞於甄妃。」予曰：「來此覓甄妃耳。」

綁票

綁人勒贖，古無此事。《字彙》云：「綁字古無此字，今作綁笞之綁。」字典即引此。以是知古時人情敦厚，不解此術，故無此名稱。蓋起於東三省胡匪，俗名紅胡子。先只綁富有家財者，以後遞降而下，即家有十畝二十畝之田，亦綁去以勒贖，所謂細大不捐也。其始只綁民人，未聞有綁官員者。有之，自丁巳年始。山東土匪蜂起，無地無之，鄒縣縣長赴鄉公幹，乘肩輿，帶護勇出城二十里，突出匪徒數百，揮轎夫、護勇使去，縣長乃束手以待。隨後匪首策馬而至，問其徒所綁何人，曰：「縣長。」匪首急下馬，與縣長為禮，曰：「黨徒粗率，得罪長官，予之過也。正有言稟告，今日相過，一罄衷懷。予為王德鄰，先為匪，後投誠，為防營營長。有同營季玉霖者，本有夙嫌，又羨慕小妾姿首，乃造蜚語，謂予通匪。統帥不察，將置於法。予聞而竊逃，棲身無地，仍入匪夥。季玉霖竟霸吾妾。縣長如為昭雪，逐季而還予妾，則終身為國家效力，弗敢有貳。」縣長曰：「此事予一力擔任，不出一旬，定有以報命。」匪首乃傳集轎夫、護勇，送歸署。至縣長如何辦理，不得而知。近來土匪愈聚愈眾，勒價漸見低落，家有十畝二十畝之田，出數十千可贖回。惟大戶被綁，索價尚昂。日言同胞，而同胞相害，一至於此，傷哉！或問於予曰：「有何法以除之？」予曰：「查戶清鄉，地無藏窩，是為良法。然地方官謀利之不暇，何暇為此？此外尚有一法，土匪雖多，不敢綁洋人，凡大戶主人，住教堂，服洋裝，鬚髮染黃，目睛染綠，與洋人毫無區別。手拄短杖，昂然而行，一生無患。」此法非予妄言，張勳潛逃出京、逍遙海外，即用此法。不然，復辟未成，綁付法庭矣。

稅糞

經典所著「王者體國經野」，國與野並揭之，重農事也。蓋民以食為天，無民則無國。欲勸農力耕，必先糞田。孟子言「凶年糞其田而不足」，是田之待糞，自古已然。不謂民國成立，理財之官，百計掘羅，即糞亦重稅之。王者制稅之法，井田則取什一，日用之貨，稅亦不過什一。其有猾商營巧以博財者，則稅什二，重其稅以杜流弊，用意至深。乃今之官府，見窮黎之擔糞者，熙攘往來，買之者則田可沃膏，賣之者則家可糊口，官府忌之，必欲令其餓且死，舉凡擔挑肩負，流沫汗血，所賣臭穢難近之物，而鞭笞以稅之，是可忍，孰不可忍？客有自青州來者，言琴堂之上，未聞五弦之音，但見糞筐累累堆於公案之前，鳩首鵠面身帶糞汁之百姓，垂涕環跪，哀求免稅，而官長不允也。隸執板，吏持鞭，官掩鼻而出厲聲曰：「政府有煌煌明令，敢不遵乎？」嗚呼！是可忍，孰不可忍？

徵稅禍

客問於予曰：「今日土匪之多，是何故？」予曰：「非土匪，流民耳。昔桑弘羊為府庫斂財，天下大亂，世謂之紅羊劫。王安石行新法，稅青苗，而流民遍野。民國成立，一變清法，徵地丁則附加之外，又有附加，已加至十之五六，且有新學在位者，貢獻妙策，清丈地畝，多一分地即增一分之糧。萊蕪縣聚眾毆官，案尚未結，官尚蹐蹐而行，傷未全痊。子見之，尚傴僂不能為禮，如巡警官之趙一琴者是也。斂財之法，又百出不窮。清廷禪讓，迥異亡國。舜禹繼位，未改堯典。至民國紅白房地契，重令繳驗取稅，一紙一元未足也。猾吏又令其一畝一紙，稍有抗違者，則鞭笞繼之。更可笑者，縣官能繳驗稅十萬八萬者，則分潤之，且記功超升。政府課吏之法，亙古未聞，必欲使通國官吏，長國家而務財用，吾不知今之巍然為官者，是大人乎？小人乎？吾不敢謂之小人，謂之曰『以利為利』。於是臨朐有戕官之事，泰安有為已去之官，方鑄秦檜之像。長此以往，民窮財盡，難免不盡為土匪。尤可異者，今之人一朝服官，則良心喪盡。日昨鄰縣稅務分局設於城外，被匪搶掠，司事五六人，刃傷仆地，屋盡焚，銀失，此視孔子廄焚之災為尤重。有走相告者，局長但問『傷財乎』？『傷財乎』？到底不問人。蓋人死雖多，局長例不問抵，若少解一分之款，則遲升一日之官，是可慮也。」予言未畢，客已垂頭而睡，蓋客亦亟欲得官以生財者。童子欲呼之，予謂：「不可，彼黃粱之夢未熟也。」

樹上開花

清時，福州將軍滿員充之，兼管閩海關，歲入甚豐。有穆將軍營謀此缺，由內監為之向某妃關說，須繳內費七十萬，先交十萬，到任後再陸續呈繳，名曰「樹上開花」。凡先買缺後交銀者，統謂之「樹上開花」。予曰：「此四字，用之他處，不甚切題；用之穆將軍，則切合典故，古有大樹將軍也。」聞者捧腹。維時穆將軍貧甚，應交之十萬，亦無之，乃乞貸於親朋。予師錫尚書，一生官囊只有四萬金，性情慷慨。穆將軍問之借貸，言借用兩三月，即歸還，亦不明言其事。吾師素與之相契，即盡付之。穆於各處借湊，呈進十萬，得旨簡放。到任後，數月病故，身後蕭然。尚蒙特恩，著入城治喪，殊典也。人謂之「樹上開花」四字，易得「入城治喪」四字，字數相符，可以無憾。而吾師因此貧窘，懊悔難言，抱病而逝。遺妾出一子，方八歲。家中度日，先典衣，後典屋。尚書府邸，淒涼不堪，與予寓相近。師母乃屬予為之籌畫，時年未滿四旬，舉止嫻雅，有大家風範。其呼予也，若婢僕之呼其主人。予謝弗敢當，曰：「如師母，乃世兄之母也，向後當呼予之字。」嗣後相見，乃呼以字。予集合同年，歲有所助。迨世兄成人，同年徐東海乃委之一差，家中稍可支持。

湯相國

江南湯金釗相國為諸生時，聞鄰有貧而鬻女者，恐其墜於煙花，以金贖之。女之父無賴也，又轉鬻於京師，輾轉入和珅府中。女貌美麗，和相寵之。女念湯秀才之恩，日言於和相。和相乃專函致江督，招致湯生。湯生聞而潛逃。江督覓之不得，乃復信和相，言此生不受提拔，逃匿遠方，鄉試亦不復至。迨嘉慶時，和珅得罪查抄，抄得此信，呈進於上。上曰：「窮諸生，乃有此骨格，可嘉也。」乃密囑鄉會試官，暗記其卷，必中之。湯聞和珅既敗，乃歸應試。連捷入翰林，不數年位至宰輔，眷遇極隆。可見士子立身，窮且益堅，一日登位，方能建立事業，如湯相國也。

素某

內務府大臣素姓者，先為內務府郎中，正逢大婚典禮，一切器皿陳設，歸內務府採辦，至奏銷之日，先造草冊，其中浮冒已多。素某閱畢，問同僚曰：「此中浮冒之數，諸君得之，可敷一生享用乎？」咸曰：「足矣。」素某曰：「君等足，吾不足也。請將十字上加一撇，改為千字，此項歸我。有罪吾一人當之，與君等無干。」因此富甲京師，且由郎中洊升內務府大臣。日後風聲漸露，有人奏參，行將查抄，乃以巨款賄要路得免，僅予革職。家居無事，乃起樓閣，修園林，以大理石鋪地，紫肝碎石疊花徑。一切器皿，皆以銀為之，至灶上之溫水鐐子，亦以銀為之。吸鴉片則專購鹿作圖（煙之至香美者），煙槍飾以寶石翡翠。每飯後，吸二十口，用槍二十枝。都中極美優伶，為之燒煙，燒成，插於架上，床頭橫列，如綠營之槍架焉。夜則與群優同寢，所最寵之優，王姓，美秀如處女，為之娶妻建大房。無何，風流病因之大作，小便一滴不能下。予論之曰：「愛龍陽，必傷其陽，此一定之理也。」醫者又誤投以燥烈之劑，用上等肉桂，一兩值五十金，煎成，其香盈室。服至一月，其病益劇。有徐小香者，名優也，往視其病，勸之曰：「行善則病愈。現京中米珠薪桂，饑民流離載道，胡弗發慈悲以濟之？」乃予以銀券兩萬，俾其路逢貧民則施之。小香懷之，甫出大門，聞宅內哭聲已作，知其棄龍陽而歸天矣，年才五十餘歲。小香懷款急走，棄其業而歸姑蘇故里，易名留鬚，為其子捐一武職，而身為封翁矣。聞素某歿於書齋，諸優伶繞榻而哭。予贊之曰：「偉哉素某，不死於婦人女子之手！」

查三

查三，山西人。攜巨金至京，人呼為三慓子（京師揮金如土者為慓子）。自山西入京西便門，寓旅舍，跡足未入正陽門，一日之間，而功名頂戴，車馬衣服，人為之料理妥協。蓋京師捐官，則西河沿金店司之，站街之車，有大鞍，有頂馬大騾，瓜子店胡同衣店，無衣不備，入京者腰纏既富，咄嗟立致。查三捐一部主事，擇日到部，綽綽然為闊京官矣。連日宴同僚，宴同鄉，傳優侑酒，駝峰猩唇，山珍雜錯，為方丈之席。絲竹管弦，雅歌盈耳，為卜夜之樂。客有傍晚入城者，則留之，暗使司門者隨到隨開，一次予十金。司門兵月餉不過二金，得此重賄，無不樂為。新年燈節，菜館甫開張，在龍源樓宴客。時有初生小雞曰看燈雞，大如瓦雀。欲嘗其腦，館廚加工烹之，曰美，再嘗一碗。食畢，謂館廚曰：「是或豬腦，謂之雞腦，贋也。」館廚曰：「請三爺驗之。」果見廚中所割小雞，盈兩案矣。眾曰：「慘哉！」而三爺則大樂。時有優旦曰彩珠，美秀無匹。前數年，紈綺爭風，幾成大獄。三爺愛之，一日昵語曰：「三爺青花大騾，為京中第一，可羨也。」乃並車贈之，無吝色。於是慓子之名大振，都中王公子弟，皆退讓弗敢抗。十年後，家業蕩然，金盡裘敝，常徒行街衢，乞貸於人，咸弗顧。惟彩珠憐之，送以小騾車，及衣帽數事。又數年，困窘而死。予曰：「如彩珠者，綈袍贈范叔，尚有人心。美優多老而無依，此伶定有厚福。」一生有一女，貌亦美，木商呂姓富有資，購為妾，並養彩珠終其身。彩珠尚有義子，木商亦養之，群呼為「勇爺」，以勇字形似舅字。予曰：「彩珠當為兵丈。」以兵字形似岳字也。

書吏

六部書吏之富，莫如戶部銀庫之經承。有史松泉者，家資數十萬。其取利之法，每月外省解餉，必有費，兼有解匯票莊銀券者，則仍暗存票莊生利。經承一任六年，則富甚。史松泉未滿六年，以過被革，禁羈一年。釋出後，豪富自如，房屋連亙，院落數層，皆四面廊廂，雨雪不須張蓋。日日有美伶為之燒煙。其酒食之美，尤異尋常。紹酒每罈百斤，或五十斤，陳過十年而後開罈，醇如膠，甘如醴，飲至十杯，則醉如泥，而不作酒惡。醒解時，喉潤如酥。都中沿街酒簾飄揚，門牌華麗者，無此佳釀。饌有白宮燕，以燒鴨絲加青嫩竹筍和炒之，以餉老饕，予可食一簋。又有自造南豆腐，鴨湯煨之，上加金華火腿細末，作紅壽字，鮮明不忍下箸。侑酒者以匙送予口，乃食之。松泉既脫書吏籍，日與吾鄰往來予嘗見之，故相識。其門外安上馬石兩大方，巡街御史逼其拆去，丐予為之緩頰，認修正陽門外石橋一丈，事乃解，故以盛饌相餉。且為人慷慨，有倪太史淡園與之交，簡放廣西知府，貧不能成行，得其資助，乃之任。予以此重之。每逢投柬邀飲，則欣然而往。

又有國子監經承李秋賓者，自捐例開，捐官者必先捐貢監，每年照費計數萬金，官得其半，經承得其半，家故大富。予初不識之，一日與郭虞琴表兄在戲園觀劇，開戲半日後，忽見有僕數人，攜豹皮坐褥、細磁茶壺、白銅光亮水煙袋，尚有二三優伶，擁一肥胖老者登樓。少頃，年少名優，相繼上樓陪侍。園主人周旋殷勤，送茶點者絡繹不絕。虞琴瞪目視之，問予：「此何人也？」曰：「不知。」數日後，鄰家演戲邀客，此人在座，始知其詳。飯後吸洋煙，優伶代燒，彼則坐而吸之。詢之優伶，皆曰：「此人老而好色，有姬妾數人，疲於奔命，患喘不能臥吸。」予潛告優伶解詩者李靈芝、朱素雲曰：「我有句贈此人：『龐然壓到群花上，恰似吳牛喘月時』。」兩人笑不能仰。

言儉

人能惜物，一生必可飽暖。鄉農背荷糞籃，遇糞則拾之，遇一草一木則拾之，其家必兩餐能給。又見秋後收後，穜陸稙穗，俱在場矣，秋風蕭颯，樹葉紛飛，農子之勤者，編竹為大笆，遍野拖笆而行。須臾盈笆，盛之以筐，負至家，積於茅簷之下，如櫛如邱，為炊飯之需，為冬烘之計，而以所獲秉桿鬻諸市，得錢以購布棉為禦冬之衣，三冬熙然，一家宴如也。縉紳之家，有能惜一絲一縷者，其享用必久。予見郭寅生外表兄，父為中丞，簪纓累世。性極儉，一羊皮服數十年。家居著舊履，出門始易新者，一雙新履，予計其著十年矣。冬月燃煤爐，上有鐵蓋，不令火熾費煤，子弟亦謹聽命。曹殿撰未第時，課讀其家，生徒受戒責甫畢，曹公撥爐蓋吸煙，生徒一手拭淚，一手蓋爐，其家教可知矣。以故良田千頃，大廈千間，子為翰林，作一邑巨室，蓋其家法流傳，已閱二百餘年矣。世亦有儉不中禮者，吾不取焉。平度王宗丞保之，京寓客屋，冬日窗無片紙，涼風颼颼，頭戴風帽，終日不脫。且曰：「人各有風帽，無須糊窗。」予誚之曰：「吾年嫂及如夫人均常戴風帽，雲鬢撩亂，粉黛半掩，金釵翠花插於何處？且飯後偶啜熱粥，香汗淋漓，定與君之風流汗相浹洽矣。」相與大笑。京師人聞之，無不絕倒。

自誇

羊公自誇其鶴能舞，邀客觀之，而鶴不舞。王勃之父王福峙，四子皆有文名，每對人誇之。韓思彥曰：「王武子有譽馬癖，君有譽兒癖，王家癖何多也？」嘗有自誇其闈作者，對人誦之，刺刺不休。若蒲留仙遇之，必謂之曰：「此等文字，只好向床頭對婆子讀之。」又有自誇其妻者。如安邱李侍郎，誇其繼室之賢達明敏，在婦人中所罕見。然不令其前妻之子入門，侍郎亦聽之。前妻子在家，安分守己，自食其力。一日入京省視父母，不得入門。同鄉婉解無效，其子痛哭而返。此婦生有數子，皆夭折。日後侍郎夫婦老死都中，尚賴其長子扶櫬歸里。又有自誇其妾者。黃芝珊為濟南太守，納一妾，對幕賓誇其美。幕賓入見，貌僅中人，而蓮船幾盈尺，咸退而贊曰：「美人也，惟蓮船稍大耳。」太守詫曰：「不大。」已而自悟，曰：「是矣，予手掌太大，每覺纖不盈握耳。」太守本翰林出身，從此人呼為「大手筆」。有自誇其繪事者。吾邑於襄黼為內庭畫師，為人繪人物芭蕉，頗得意。予觀之曰：「君所繪女子，貌似不貞；男子則心似不正。知君胸中有秘戲圖也。惟蕉葉片片，吾愛之。吾久不得歸家鄉，今日得見山東白菜矣。」有自誇其字者。王侍郎覺生素有善書名，一日為人作字，書畢頗得意，請予觀之，見其字體極長，予曰：「吾鄉有一優旦，面極長，幾盈尺，群評之曰：『將其面從中一割，恰好兩個長臉。』君之字似之。」有自誇其收藏者。端午帥好古碑，得六朝墓志銘二三十方，列於書齋階前，森矗如林。予曰：「君違制矣，御城之內，不得立墓，胡有叢葬於此者？」有自誇其道學者。山東傅五星以進士為京官，侃侃然講程朱之學。一日為其壽辰，同寓者賀之，並索酒食。傅公曰：「凡人子生日，即父母苦日，吾逢此日，不飲酒，不茹葷。」同寓者默然而退。迨日將西落，聞其命僕駕車，著新衣冠，登車而行。同人尾其後，見其車徑入韓家潭胡同（優伶所居）優伶家。同人闖門直入，已華筵橫陳，群優團坐。相見大笑，痛飲而歸。又直隸一儒者曰王錫可，章甫縫掖，規行矩步，自稱大儒。設帳於家，生徒濟濟，口講宋儒躬行實踐之學，並自言深明《易》教。一日正講乾坤二卦，曰：「乾道正則坤道自順。」其夫人自內出，至窗下詈之曰：「王錫可，我看你今日敢吃飯否？我席後有錢一串，你竊去，私與大丫頭，幹得好事！」大儒面赧，猶低聲語諸生曰：「婦人之言，未可盡信。」此事與國初毛西河懼內正相同。西河講漢學。得博學鴻詞後，授徒於京寓，生徒數十人。一日正在博證遠引，其夫人出至窗外曰：「學生們勿信毛大可之言，昨日為此一節書，陳書一榻，翻閱半夜，今日又充博學。」西河曰：「考據之學，全在查書。婦人之言，不可聽也。」兩事相類。

蔥姑娘

都中羊肉極肥嫩，宰羊者皆回民，不敢自宰，必待老師父宰訖，予以資數十文，乃自行體解而鬻之。其教規至嚴，篤信甚深。回教不食豬肉，京師閭巷，羊豬兩鋪，相間而設，即不比鄰，亦隔咫尺，若有意相逼，回漢不和以此。冬月多喜食烤羊肉、炮羊肉，或火鍋攢羊肉，皆美。戶部街有五香醬羊肉，以盒盛之，行千里不敗。夏日則燒羊肉，其湯濃腴。大抵皆食綿羊，不食山羊。其白煮者曰羊膏，亦有羊雜，以深溝胡同所鬻為美。櫻桃斜街妓寮有妓曰富琴，善作羊肉包，中插蔥一段，將登筵則拔去，不見蔥而蔥香自在，人號此妓為蔥姑娘。有葉員外昵之，納為妾。予尚至葉家飲酒，飽啖一次，戲撰一聯，以葉與蔥作對云：「才子一身輕似葉，佳人十指細於蔥。」趙殿撰為書之，送入內房。此聯大蒙佳人賞鑒。過數日，又饋羊肉包一盤，以餉老饕。

紅玉

紅玉者，京師歌妓。美姿容，名噪一時，善歌又善謔，工部同僚常聚飲其家。臨清孫主政藍田，同僚呼為「藍田哥」，紅玉則呼為「爛甜瓜」，因之此名大振。曹縣曹郎中曉巒，紅玉則呼為「曹搗亂」，名亦遂振。曹公一日下署，偕友至其家，脫官衣於其榻上。他人所佩荷包等件，皆以玉為墜，曹則用博山料貨。紅玉指之曰：「你們看曹搗亂這塊料。」眾大笑之。蓋「這塊料」三字，京師詬語也。工部書吏王維寅雄於財，以二千金買為妾，同僚大失所望，與予相商曰：「王書吏維寅，為吾輩屬員，奪眾人之所好，可恨也。君能令其暫讓我輩一見紅玉乎？」予曰：「有一故事，與君言之。膠州高南阜夜夢司馬相如來拜，第二日得漢印一方曰『司馬相如』，秘藏之，不以示人。時南阜為揚州鹽大使，德州田山薑為運司，索觀此印，意欲奪之。南阜曰：『生平不能與人共者，山荊與此印耳。』若王書吏以此言相答，可奈何？諸君只好各抱單思病而已。」一年後，聞紅玉孿生二子，予曰：「小杜詩云『狂風落盡深紅色，綠葉成陰子滿枝』，諸君單思病愈否？」咸曰：「愈矣。」

詩鐘

張文襄以宰相入樞廷，寓十剎海樓房。夏日湖水澄綠，荷花萬朵，日集諸名士作詩鐘。所傳詩鐘，鈎心鬥角，巧妙無倫。時正手定學堂章程，刪訂五經，人謂之孔子復生。予曰：「孔子及張公，亦可為詩鐘。詩曰：『心傾東魯三千士，首解南皮二八年』。」（張，南皮人，十六歲中解元）。泰安傅主政庚和以御史、十剎海作詩鐘：「五夜寒燈焚諫草，一湖明月照荷花。」亦覺自然。又記孫茂才玉相以欽天監、優孟為詩鐘：「能尊舊歷為新歷，還以今人作古人。」又李生飴蓀以鴉片煙、詩鐘兩題相對：「異香每向燈前撲，佳句還須飯後成。」青州童子王達成以風及火車相對：「飄飄無影更無臭，軋軋見輪不見蹄。」幼稚吐屬，亦有意致。又歷下張右庭孝廉詠孔明、鹽車云：「三分漢室龍猶臥，十里太行馬不前。」又詠蟲豸、妓女云：「蛺蝶頻來花似錦，鴛鴦並臥樹搖錢。」又詠石頭、弟妹云：「人在山頭夫可望，草生池上婦同遊。」又詠團魚、美人云：「蹣跚出水全身綠，窈窕迎風兩頰紅。」又詠蘇東坡、鶯鶯云：「月白風清遊赤壁，佳期幽會仗紅娘。」又詠洋人暨共和剪髮云：「強寇真如長尾蝎，華人半是禿頭驢。」予阻之曰：「罵到自家，可以已矣。乞罷詠。」張孝廉曰：「尚有難題，請君詠之，以二喬姊妹對頭髮。」予詠曰：「遙望三吳懷二美，全憑一縷引千鈞。」

鼉蛟龍

戊辰冬，于學使建章，吾師也，按試萊府。試濰縣、即墨之日，題為「鼉蛟龍」，闔場士子窘甚。予在堂號，草草完卷，日尚未西。將交卷，後有牽予衣者。回顧之，其人以卷面示予，乃衛案首江姓，低聲曰：「次篇詩皆有，惟首篇下字難著。若被黜，有死而已。君盍救我？」予惻然，乃急為作三百字一篇，亦不佳。予與江皆入泮。歲丁巳，兩人皆年屆古稀，彼此相見，各道闊別。江之親我，如我老妻，可笑也。戲占一絕云：「前生總是訂因緣，鎖院相逢笑靦然。倩我捉刀三百字，為君延算七旬年。」此次曹殿撰以縣案首入泮，彼此相戲曰：「同案後得科第者，為蛟龍。不然，則鼉矣。」予幸不為鼉。此外劉伯興、劉蘭陔登賢書，予嘗呼為蛟。及試膠、高諸縣，題為「鰲生焉」，濰新生相慶曰：「幸而免。」予曰：「『幸而免』，原有此諺，王姓行七者曰『幾幾乎』，王姓行九者曰『幸而免』。恭喜諸君，皆為王老七、王老九矣。」

京察記名

京官凡得京察一等記名者，無不簡放府道。惟旗員之目不識丁者，軍機大臣皆知之，不得簡放。每遇道府缺出，軍機呈單請簡，太后皆詢應放何人，大臣即口奏曰：「某人可放。」常有部院候補者，久不得補京官實缺，堂官即與軍機大臣抗爭曰：「吾部中胡不速放一二人？」不數日，見缺即放，其效如神。予記名時，首蒙簡放。此後或一日放一人，或數日又放數人。予對曹殿撰曰：「今日京察外放，如吾濰所云『開了蟹子包』」。曹曰：「君是頭蟹。」予曰：「頂甲是頭蟹。」

鑽營

有一翰林善鑽營，冀由京察放美缺，先拜許相國為義父；許故後，又拜梁相國為義父。翰林之妻貌甚美，時出入相府。值梁相國壽辰，親饋朝珠，蔥指纖纖，由懷中攜出，為相國掛於項上。都人為詠七律一首云：「當年相府拜乾娘，今日乾爹又姓梁。赫煊門庭新吏部，凄涼宅第舊中堂。郎如有貌何須妾，妾不害羞只為郎。百八牟尼親手掛，朝衣猶帶乳花香。」又一翰林先拜陳相為義父，相國之母死於京，翰林晝夜襄喪；後又拜許相國為義父，遣其妻時入相府請安，一住數日。都人為撰一聯曰：「昔歲入陳，寢苫枕塊；昭茲來許，抱衾與裯。」誠雅謔也。

滿漢歧異

京師各衙門三年一屆京察，每實缺七人，例保一等一人。翰林院編檢，惟南上兩齋行走者，及清秘堂撰文者，充國史館差者，得保一等，此外則論資格。以故屆京察之年，或編檢有在家者，則在京之編檢與有交誼戚誼，飛函召之入京銷假，冀人數多則一等多。六部滿漢員缺，吏戶禮兵刑五部人數大略相等，惟工部則滿缺九十餘，漢缺只十八，正途到部，須十五年後，方得補缺。而主稿行文，則漢人任其勞，漢人之向隅久矣。有四川趙亮熙以進士分工部，十八年補主事，人謂之「苦守寒窯王寶釧」。趙公寫作俱佳，放試差二次，六七年不得升員外郎。尚書潘文勤，乃與趙公同出重資予一年老員外郎，請其告休，乃讓一缺，趙公始得一等，簡放知府。而滿員以二百金捐一筆帖式，不數年洊升工部郎中員外，外放府道，洊升撫藩矣。滿漢之不和以此。查光緒間，各省府道滿人居大半，督撫亦滿多於漢，且滿占優缺，漢則瘠缺，此革命之所由起也。然滿人以不多識字之故，而性情篤實，予在京二十餘年，吾家相第原在太液池西，四面皆滿人，比鄰往來，相交至洽，相信甚深，男女相見，如一家人，不若漢人之隔閡也。賀年必入內宅，祭杆子必請吃肉，吃肉時入閨內正房，上炕盤膝，婦女捧肉而進，坦坦焉無嫌疑也。此殆滿洲古風歟！今日清廷讓位，滿人無產，新學在位，清語人不得濫竽，窘困之狀，殆不堪言。翹首北望，為之黯然。

師生

旗人作官，必聽門政指揮，其發財亦賴門政。即罷官歸來，所有家私，統歸門政掌握。門政吞剝，富於主人。吾師嵩文恪故後，子尚幼，數年後漸患貧。馮夢華偕諸同年為之清查，勒令門政獻出帳簿，一一稽核，計應存二十萬金之產，不令門政管理，存案於順天府，交帳簿與如師母，按月由某當店某票莊支用，母子賴以存活，至今府第及半畝園（《鴻雪因緣》所載）猶巋然存也。又宗尚書故後，家業漸落。廖仲山尚書，其門生也，率同年為之清理，至今產業尚多。緣漢人得科名綦難，知遇之感，終身不忘。年節必公宴老師，且送酒席於師母。三節皆往拜節，且有節敬。門生外放，歲有炭敬。師有過，則規勸，未見有相奏參者。有清一代，師生之誼獨厚，此亦科名之佳事也。

黑手套

共和以來，馬蹄袖如海龍貂皮等物，不得著矣。老年手冷，苦無善策。見舶來貨有絨手套，分白黑兩色，友人贈以白色者，予謝之曰：「手似春蔥者，應著白色。老夫非纖纖，不宜著此。」乃購黑色者著之。十指大如椎，又復黝黑，人皆笑之。予曰：「我題以詩句，可以掩醜。」詩云：「數載含仇志可哀，曾聞三晉有奇才。昂然一士橋邊立，握手才知豫讓來。」此仿唐張祜詠黑婦人之義。其詩云：「黃昏不語不知行，鼻似煙窗耳似鐺。獨把象牙梳插鬢，昆侖山上（山石皆黑）月初生。」形容黑字，可謂工妙。其詠白美人曰「一朵能行白牡丹」，尚覺尋常。

翟文泉

吾萊府翟文泉云升先生，學問淵博，字學尤精，所著《隸篇》一書，考據精詳，堪為後學法守。其收藏之富，誠不可及。又撰《韻字鑒》一書，實為山東末學之津梁。大抵山東口音太重，讀平上去人，不能盡叶，詩句每多失占。自有此書，一翻閱而自知。予主陵縣三泉書院時，其縣六十年無科第，生員文字有極佳者，惟詩多失占，乃令其各購《韻字鑒》一部，教之翻檢。秋遇鄉試，遽高中周遇盛一人，闔縣狂喜。文泉八分書，筆力健勁，山東桂未谷為第一，文泉當為第二。何以知之？京師琉璃廠所賣桂書聯值十金，翟書聯值四金。至鄧頑伯字，非山東人，應作別論。文泉下款「云升」二字，遠視似「三叔」，故吾鄉群呼為「翟三叔」，予不敢也。人問故，予曰：「文泉與先伯祖文愨公同案入泮，相契至深，其《隸篇》一書，先文愨在京序之刻之，風行海內矣，予當稱文泉為太世叔。」人多解頤。

文人標榜

剃頭匠亦有解文義者。濰郭宅街有一剃頭鋪，乞予撰聯，且送宣紙來。予書曰：「職贊共和，學佛門祝髮；名為待詔，代文士修容。」此聯一懸，文士咸來剃頭，日不暇給。予笑曰：「此亦如唐張祜聞妓女端端大名，往訪，不見禮遇，乃作黑婦人詩以貶之，從此門前冷落車馬稀。端端大悔，急延之，款留數日，張復作一詩：「新得驊騮跨繡鞍，善和坊里取端端。揚州今日渾成錯，一朵能行白牡丹。」此詩亦尋常，而車馬又盈門矣，乃一時文人互相標榜之風耳。

同胞

共和以來，咸曰五族同胞。五族者，今所謂漢、滿、蒙、藏、回也。同胞二字，由於《北史》齊昭帝詔曰：「長廣王湛，人雄之望。海內瞻仰，同胞共氣，國家所憑。」又《西銘》：「民吾同胞，物吾與。」查親若同胞，濰人自昔有之。明初，濰邑兵燹後孑餘無幾，乃遷他省之人，俾居濰邑。其同村遷來者，人口無多，彼此相依為命，親如骨肉。舊傳崔、蔣、唐、田為一家，荀、陳為一家，雖各仍其姓，而親如同胞，數世不結婚姻，古風之厚也。吾先人則官留濰邑，自為一陳姓，非荀、陳也。然闔邑陳姓實繁，有自昌樂遷來，曰「房氏陳」，有願連宗者曰「附支陳」，皆世有輩次，為兄弟為叔侄，釐然不紊，二百餘年矣。且同姓不為婚，吾濰謹守此禮。此外各縣，「王王氏」、「李李氏」者多矣。合肥李家，原係寒微，李李氏居多，既有貴人，刻朱卷時，乃避此嫌，改為李季氏，人皆謂賞其外家戴花翎矣。予曰：「統兵大員，以五品頂翎印札賞人，屢見也，奚足怪？」舊例巡城御史尚有此權，其緝捕勤奮之武弁，予特賞之，旋見其帽戴水晶頂藍翎，前來謝獎。

五城

巡城分五城，曰中、東、南、西、北。自禁城外，劃界至大、宛兩縣之外郊，專管緝捕盜賊、戶婚、田產、錢債等案。京師諺云：「中城曰子女玉帛，東城曰布麻絲粟，南城曰商賈行旅，西城曰衣冠文物，北城曰姦盜邪淫。」予巡中城，非如《左傳》所云「子女玉帛，則君有之」，並非美缺也。其地多珠玉綢緞等肆，且有如唐時之教坊優妓，以故既奉命巡城，遂不得冶遊，岸然以道學自居。然亦有可施之德政。戲館妓寮最懼者，因爭鬥封門。封門後，車馬冷落，姑不待言；迨訟事畢，呈請啟封，吏役需索無饜。予則懲其爭鬥之人，而不封其門，恐此輩一日不得食，則濫而為匪。以故優孟衣冠輩，樽前窈窕頌余德政不置，抑可笑也。

念秧

京師盜賊，尚可緝獲，惟小侶（即念秧）無從捉摸，蹤跡詭秘，巧術百變。其師教至嚴，得物先呈其師。如割辮繩，不准割人髮；竊眼鏡，不准割眼鏡盒。遇有勢之人失物，向捕頭嚴索，則原物歸還。竊物後必靜聽數日，方敢變賣。一日，眾小侶謂其師曰：「師之術精矣，某中堂面戴墨晶眼鏡，能竊之乎？」曰：「能竊之，又能還之。」一日，中堂退朝至宅，甫下車，小侶師上前小跪請安，掇其眼鏡，飛行無蹤。中堂震怒，諭捕頭：「還我原物，尚欲一見其人，不之責也，勿懼。」第二日黎明，方辨色，中堂至東華門外下車，其人又上前請安曰：「送還眼鏡。」中堂方將細視其人，第見眼鏡在車前褥上，其人已入人叢中，人多如鯽，不能辨矣。此特顯其手法之敏捷耳，非欲發財也。小侶在人後，惟同行朋友，可以衛護，若途人多言，必思報之。一日有鄉人騎驢過西長安街，驢上褥套儲重物，小侶隨後，摸之。官宅大門前立一女僕，見之曰：「騎驢者小心。」一回顧間，小侶已遁。過數日，女僕告假回家，頭戴銀首飾，手攜衣包，小侶於宣武門外叢人中，將女僕捉住，大聲曰：「此吾妻也，久尋不見，不知淫奔何處？」拳揮之，足踢之，拔去首飾，奪其衣包，恨恨曰：「不要此婦矣。」僕婦受驚，急不能辯，而小侶已逃遁。僕婦乃向途人泣訴，咸曰：「汝早不明言。」咸以為丈夫打其淫婦，外人不便多事也。

民軍之難

自共和告成，五年於茲，袁世凱復稱帝於燕京，改元洪憲。不逾月，滇省獨立，蔡鍔率義師北伐，袁氏遣兵禦之。丙辰春，黔、桂、浙、粵響應滇軍。孫文遣居正、朱霽青率東北軍赴山東，將至濰。有賈人如鄭弦高者，自青島歸，密告陸軍，言東北軍與日人勾結，將乘火車至濰。陸軍乃戒嚴。初三日夜，民軍下車，先攻南門，陸軍登陴禦之，互相轟擊。民軍遣一隊入東關，陸軍之駐城外者，馳往巷戰，民軍敗走，蟄伏於火車站旁。初四日夜，城上下鏖戰如昨，黎明炮聲頓息。有日本兵官岡田，叩關而入，密與陸軍關說，息戰讓城，風傳行將立約議和，自此以後，無戰事。關約定民軍入城，不勒捐，不擾民。此約終未宣布，而城門屯塞，將近一月，無論米糧難得，即河水亦不得汲飲。

故予有句云：「城外河流甘似蜜，街頭井水苦如瓜。四門嚴閉交通斷，一月詩人不飲茶。」即謂此也。斯時邑人窘困難言，聞有議和之信，喜甚。至廿四日；陸軍全隊出城，駐北鄙闞莊，縣官隨之而去。邑父老乃歡迎民軍入城，計其人數，不過四五百耳。只有洋槍，並無大炮。入城之後，又恐陸軍之聚而殲之，乃募兵自衛。於是遊手好閒之人，盡入營伍而為兵，所需糧餉槍枝馬匹器皿，責濰紳出資供給，稍有遲誤，則綁票以強索。閱八九月，已勒去百餘萬元。省憲知濰人之不堪命也，乃委曲同豐前來編練，由省給餉二十萬元。而居正懷之而去，仍仰給於濰。其偽旅長王貫忱尤兇惡貪婪，先以兵力攻趙仲玉而奪其旅長，繼又縶押紳士，勒索巨款。奉調將行，縱兵搶掠焚燒，然後西行。至省後，即嚴拿槍斃。省偽帥朱霽青，亦被監禁。此亂事之大略也。

捻匪

咸豐辛酉，捻匪任柱、賴汶光擾及濰縣。先聞匪在曹、兗一帶，濰即練勇備戰。四隅四關，各有團長，吾家中丞公雲谷為總團長。二月二十二日，匪逼負郭近村，傾城練勇出禦之，鏖戰於三里莊。計城關之勇，約四千餘人，賊匪十萬餘人，寡不敵眾，交綏半日而敗。邑人陣亡者四百餘人，傷賊亦數百人，匪之銳氣少挫。蓋入山東以來，橫行無阻，官兵尾其後，不敢擊，及受濰人之猛攻，實出意外。群匪不敢久停，恐濰人再與續戰，乘夜東竄，而濰城關得以無恙。是役也，吾三胞叔叔康公、吾堂伯綏卿太守公以領隊為前鋒，皆死焉。事後，濱州杜侍郎翮奉命來濰督辦團練，奏請優恤陣亡將士，均蒙飭建專祠或給予世職。祠在文廟之右，地方官歲時致祭。綏卿公諱介眉，原任歸德府知府，恤贈大僕寺卿，世襲騎都尉。叔康公諱介，封恤贈國子監學錄，世襲雲騎尉。

老蹣

濰縣東關九曲巷相傳有一物，夜則出，蹣跚而行，或當道蠢然而臥，體大如盎，有毛似刺，不傷人，不為祟，俗名之曰老蹣。予曰：此彙也。彙即猬，《晉書・桓溫傳》：「面如紫石棱，鬚作猬毛磔。」又《爾雅》：「彙，毛刺。」注：「今謂之猬。」狀如鼠，毛似針。今京師謂之財神。九曲巷貨棧比櫛，為一縣財物所聚，前數年明火大盜入則迷，賴有此多年神物耳。然則白晝藏於何處？曰：此必有窟，窟亦不必大，猬善縮。《西京雜記》：「元豐二年大寒，雪深五尺，鳥獸皆死，牛馬皆蜷縮如猬。」猬縮其身，伏於窟，故白晝不見。爰告鄉人：夜或遇之，切勿傷害。京師以猬為財神，極有靈驗，前已詳紀之。

狐

《聊齋》、《閱微草堂》多言狐，濰不多見。惟城上文昌閣旁建有炮臺，深數丈，太平日久，無強寇攻城之事，故久不啟用。廟祝鞏姓，言狐穴其中，不見形，不擾人，夜靜月明，間聞作人言。爰加敬禮，朔望則焚香奠茶。閣內儲火藥極多，五十餘年，未曾炸燃，或賴其保護歟？鞏姓貧寒，以割雞為生，歲蓄數十隻，未曾被啖。間有邑人赴廟燒香，亦以燒雞、熟雞子供於洞，夜則饗之。或小兒竊食，夜必隔窗告其家長，故無敢竊食者。鞏姓子孫眾多，坐食無策，擬入京入省謀生計，為文祈狐判示。文置於案，翌晨視之，見「京」字上加一「東」字，乃群赴東京，學日本言語文字。歸國後，在青島日署掌文牘，由是家計饒裕。歲久生育漸繁，洞不能容，城下有閒房一所，狐分居之。丙辰年，東北軍踞城，兵士七八人，夏日寢其內，藉乘涼爽。夜則互相手擊，若顛癇然，面目盡腫，曉則鼠竄矣。以匪軍之強悍，而見懲於狐，狐殆為濰人作不平之舉哉！

楊孝廉

濰邑楊蘊軒玉相，予姻丈也。為名孝廉，不求膴無仕。家資鉅萬，慷慨施濟，鄉黨稱為善人。邑中讀書者眾，童試逾千人，縣署不能容，乃捐萬金建試院，規模宏大。別置市房數十間，以租金為歲修之費。士子歌頌，至今不忘。又創牛痘局，每屆春日，在宅內開施種場，襁負而至者，日以百計。邑人得其傳，相沿至今，歲歲有施種者，實先生為之倡也。先生享年七十有三，歿後，闔邑籲請入祀鄉賢祠，私謚文惠。至今子孫猶安居樂業，無蕩佚敗家者。先生在日，予年十餘歲，以姻戚時至其家。見其身僅中人，白鬚下垂，和藹可親。攜予手，遍觀園中，梅花鹿七八頭，仙鶴三四雙，麀鹿濯濯，白鳥鶴鶴，飛走於茂林修竹之間。園門常啟，遊者不分賓主，始恍然於〈靈臺〉一詩之微旨焉。

學禮

文武生入泮，俗例有饋教官學禮，即古束脩之義。其後相沿，失其真意，有勒索至千百緡者。予家三世為教官，仍守古禮，聽其自行束脩而已。濰邑文武學額最廣，每逢院試以後，教官勒索學禮，擇肥而噬，慾壑難盈，笑柄綦多。邑人丁六齋善寶，宮中書舍人，予姑丈也，極傷世風之不古，常思有以維持之，將慨捐二萬緡，發當生息，以三年息金，六千餘緡，為入泮生饋教官學禮，一以保司鐸之體制，一以為寒士之資助。苜盤之滋味不薄，芹宮之清德常存，誠美意也。六齋詩云「不惜金錢倡大義」，殆即謂此。未及舉辦，六齋捐館。哲嗣星甫中表，竟成其先人之志，士論翕然。迨科舉停止，乃以此二萬緡子息移辦繼志學校，養士百餘人，成材甚眾。近年民國官吏，多藉創辦實業為名，檄提各縣學款，以為資本。不數年，旋報歇業，乾沒自肥。如濟南之造紙廠、機器磨房，煙臺之商業銀行，其弊不可勝言。去年有官立華豐公司紡紗局，來提此二萬緡，聲言照當店加息。邑人竭力抗阻，幸未掇去。人謂官場多貪吏，吾謂官場多念秧。如《聊齋》所記之念秧，不惜自獻其身以媚人而騙財，惟不好淫者不墜其術中也。噫！

姜侍御

姜侍御續娶為王氏，有嫁資鉅萬。入門以來，用度浩繁，數年資罄。王氏不能食貧，不免詬誶其夫，反目者日數次。侍御聞樞廷王爺有百萬之款，存滙豐洋行。洋行司事與侍御相契，乃秘商一計，令侍御奏參王爺貪婪，存儲洋行者數百萬。上命大臣率侍御往查，洋司事乃暗改帳簿，將款支出，入於私囊，王爺敢怒而不敢言。迨查無實據，侍御以誣參革職，洋司事分給侍御二十萬。驟得鉅資，乃新市房，設庖廚，以悅婦人。予見《閱微草堂》記有家貧年荒，婦人自鬻其身以養其夫，今侍御自鬻以養其妻，正作對比。都人贈一聯云：「辭卻柏臺，衣無獮豸，安居華屋；家有牝雞。」一夜以洋色寫於磚壁，洗之不能去。予曰：「此如竊賊面上之刺字也。」然刺字一事，亦須有仁心。予審竊賊，只令刺「竊」字，不刺「竊」字，俾少受疼楚，殆亦古哀矜勿喜之義也。曾見兩城滿漢御史為此「竊」字相與爭論，此曰宜正寫，彼曰俗寫亦可，爭論不已，復刮賊之肉而改刺之。迂儒任事，貽害蒼生，一旦秉國之鈞，必將言封建、復井田，或創新法以亂天下，如王安石其人者。

南人北人

地限南北，風氣各判，人物亦殊，蓋山川鍾毓有不同也。嘗見公車北上時，南人則輕舟揚帆，導江達汶。舟中明窗淨几，筆硯燦陳。其人安靜如處女，淡雅如尼姑。北人見之，唯恐浼之。北人則坐大車，下鋪山東棉布十餘捆，席棚高捲，驢騾齊駕，風塵僕僕，輾轉馳驅。其人則身高八尺，南人見之，惕慄生畏。長安道上，運糧河邊，心焉數之，熙來攘往者如繪也。至論文字，北人不遜於南人。王夢樓以江南名元，志在會元，則三元可操左劵。會試榜發，其時關防嚴密，必待榜發而後知之。夢樓奔至榜下，急欲先看榜首。前有一人，身體巍然，高與榜齊。夢樓身僅中人，為此人所蔽。急呼曰：「吾兄定是山東人，請往後看，或有尊名。」其人曰：「兄弟是第一名。」夢樓嗒然若失。蓋會元為諸城王克疇也，夢樓僅得中式而已。又光緒丙子殿試，浙江馮文蔚素有善書名，大卷白摺，字如美人簪花，自命不作第二人想。洎鴻臚高唱，第一人為濰縣曹仲銘，南人心頗不服。及殿試策懸出，見其筆力健拔，一氣貫注，南人舌撟不下，嘆曰：「是真山東吃饅頭者，吾輩瞠乎后矣。」是科馮以第三人及第，能作楷書，不能作大字，視仲銘有大巫小巫之別。予謂仲銘作擘窠大字，筆力之健，精神之充，為有清狀元第一人。南服人所書，如少婦出門，盡力妝飾而已。清代南北不和以文字；今為民國，南北不和則用武力。共和云乎哉！

爆竹

濰邑善製爆竹，其聯而長者曰「鞭」，其單響者曰「爆仗」。冬至後陳於市，遠近來購者，車載擔負，絡繹於道，歲入資二三萬緡。鄉農耕作餘暇，掘地室以向陽，集婦孺而製造。冬間鬻出，以備禦寒度歲之衣，兼為春日儲糧之計。千萬戶不虞凍餒，賴有此耳。自洋人麇居濰邑，此項生意大減。蓋爆竹一物，藉以驅邪祟，驚厲鬼，除夕用之，以祓除不祥，所謂「爆竹聲中一歲除」，自古已然。洋人入中國，中國文人達官以友誼相交，呼之曰外國人。至鄉民無知者，群呼為「鬼子」。愚民既多，「鬼子」之名遍天下。於是官吏腦中印有「鬼子」二字，畏之如虎，恐爆竹之驚鬼也，嚴禁然放，市中寂寂者數載矣。然其響雖絕，其物仍列於肆。考其燃料，係以硫黃、硝炭碾細，裹以堅厚之紙。前數年硝、黃之來，商人販之，領官照採運，貿易頗盛。自入民國，匪黨四起，陸軍部恐鄉民竊以硝、黃接濟，乃歸官局專售。濰邑於是設硝黃官局，總辦督其事。總辦閻君煦丹，予同鄉也。喜作詩，屬予作硝、黃兩題。此題頗難著筆，勉應之。詩不能佳，藉以講考據之學可也。硫黃詩云：「坤陰夏至便包陽，《博物》《淮南》記最詳。應向華清池畔採，溫泉下有熟硫黃。」硝詩云：「硝出河東澮水濱，明如鹽屑白如銀。陽光一射隨風化，香粉和脂贈美人。」

水仙

水仙花出於閩地。相傳兄弟分爨，兄強弟弱，盡以不毛之地與其弟。此地忽生水仙，一年一著花，留其本不再著花，由此致富，天相之也。其兄嫂移植之，則不生；以膏壤易其地，亦不生，一鄉嘆為奇事。今不知此地屬誰矣。凡花木皆有種，惟水仙獨異，謂之仙，宜哉！有戲栽於盎內，貯水浸之，置之唐花之室，或春暖曬之，葉高一尺，花大如掌，香霏盈室，三四日即敗，苦不能久，由催花太急也。宛平梅孝廉潤畲，性愛花，尤愛水仙，冬日培養千餘頭，置之廳事。春初花開時，燦爛一室。其式有如螃蟹者，有如傘如扇者。夜臥廳中，時夢有仙女如雲，風鬟螺黛，縞袂湘裙，旋繞花叢，笑而不語，亦不近孝廉之榻。醒則不見，但聞衣香馥郁，與花香相氤氳，夜夜如是。若與友人同室而睡，則不復夢見。孝廉向人言之，人多不信。一日，有一羽士與孝廉相契，同室而臥，夢適相同。羽士道行本高，人始信其言之不妄。群謂孝廉身有仙骨，故湘妃、洛神惠然肯來也。予在京時，友與予言之，始信陳思王渡洛水而見神女，非子虛烏有之事也。

說餅

吳均《餅說》：五代宋公至長安，約程季，公曰：「今日之食何先？」季曰：「臣當此景，惟能說餅。」蓋北方人家日食，以餅為先。有客到門，留與共食，惟餅易熟。故北方諺云「餅兮單袷皮棉紗」。單餅薄如紙，麵一斤可作餅十六七枚，其大徑尺。若再薄，則上有小孔如紗，又多出數枚矣。皮棉袷者，須油拌乾麵，和而為餅，取其形似而已。此外，如東坡春菜詩「碎點青蒿涼餅滑」，似北方之菜餅。《荊楚歲時記》：「人日，食煎餅於庭，謂之薰天。」煎餅北方亦有之，不專用麵，磨雜糧為之。又東坡赴人家食餅，極酥而香。翌日，又自至索食此餅。食畢，問此餅何名，對曰：「無名。」東坡笑曰：「名之蘇餅可耳。」撮酥為餅，北方人常食之。老年齒落，食之尤宜。

肝

《世說補》：閔仲叔家貧，不能買肉，日食豬肝一片。屠者或不肯多與，蓋肝為美味。惟馬肝不可食。《史記》：「文成食馬死耳。」又《漢書・轅固生傳》：「食肉勿食馬肝，未為不知味。」羊肝最美。京師冬月，炮羊肝下酒，一人可食一全肝。古人亦有嗜之者，《魏書・辛少雍傳》：祖父「紹先性嗜羊肝，常呼少雍共食。及紹先卒，少雍終身不食」。豬肝，濰邑以之煮湯，其味清醇。京師則豬肝、豬腸兩項合烹。或以作天官賜福，乃以豬肝、腸肚加江瑤柱，帶湯蒸之，為下飯之饌。吏部廚所作為美，故名。閔仲叔為安邑人，屠者不肯多與，安邑令又欲日日饋之，或其地所煮豬肝，更有異味歟？仰止高人，兼流饞涎。

桂

北方桂花，都非原本，皆以柚根於夏日接之。柚非橘柚之柚。北方有小樹，葉似桂，本粗如拳。接後，三五年即成叢，高可與人齊，瓦盎不能容，以大木桶實土栽之。濟南家家有之。當科舉時代，以登賢書比蟾宮折桂，此事蓋起於晉郄詵「對策，為天下第一，猶桂林一枝，」及張嬪詩：「鄉俗稀攀桂，爭來問月宮。」予見濟上士子家，大比之秋，月輪將圓，桂花正開，秀才提籃出場，行至家門，剝啄一聲，內有嬌聲問曰：「出場乎？」外應曰：「出矣。」少婦開門，先將桂花一枝，親遞郎君手，嫣然同笑，而後入室。婦為手斟狀元紅酒，滿飲一杯。外府舉子寓其院中者，第艷羨而已。每屆榜發，歷城中式者，獨占多數。予故戲謂友人曰：「應試者須帶家眷。」友人笑不能仰。濰邑遠年桂花為珍品，咸同以來，家家金粟盈庭，鄉榜中式亦最多：咸豐辛亥，中十三人；迨光緒壬寅，中五人。蟾窟霏香，幾遍濰陽城闕矣。今科舉已停，桂花雖多，正如清代進士、舉人，付諸無用之地，存之以備一邑花樣而已。此段寫畢，被講學家見之，曰：「科場視文字之優劣，彼草木烏有靈哉」？應之曰：「自古柳汁染衣，芙蓉及第，李固夢生松而為相，邵武視結榴而紀祥（邵武郡庭有榴一株，視實之多少以占登科。出《通志》），此豈虛語哉！況芝草挺生，麥穗雙秀，為國家之瑞。胡謂草木無靈乎？」

李香君

孔云亭所撰《桃花扇》，末言侯朝宗、李香君在金陵棲霞山被祖師指引，分男觀、女觀以修道。論者咸謂：云亭托虛無寂滅之詞，作為完結全書。以朝宗為紈綺子弟，以香君為煙花女流，烏能清淨修真，成白日飛升之仙哉！予謂不然，非世人再見於百年後，必不信也。一歲，河南鄉試，房官午夜假寐，夢一縞袂湘裙美人搴簾而入，向作道家禮。舉袂時仙風撲面，精神一爽。急問何人，曰：「妾李香君也。〈桂花香〉一卷，千萬留意。」房官本喜閱朝宗文集，正欲詢之，倏不見人。乃檢試卷中詩句，果有桂花香句，文亦清通。急呈薦得中。揭曉，乃知為朝宗之孫。房官乃詳言其夢，見人輒誇曾見李香君，若為生平第一得意事。予謂朝宗為河南文章巨手，明社已覆，入山悟道，既聰明絕頂，自能參透仙機。香君身居青樓，只識侯生一人，破面濺血，毀容保貞，定情之扇，手持弗捐，天性烈，迥異恒泛。一旦投入空門，守真悟偈，身為列仙，夫復何疑？此事小說、詩話有紀之者，予乃藉以抒論而已。

賈侍郎

黃縣賈侍郎允升，文端相國之父也，與予家為姻戚。侍郎入東闈應試，夜靜垂簾，向外構思。忽一婦人搴簾一望，曰：「差矣。」侍郎膽大，自問無愧心事，坦然不懼。急出追之，曰：「爾尋何人？必告我，能為爾排解。」婦人曰：「尋我夫，將索其命。」問：「有何仇？」曰：「吾父母無子，彼贅於吾家。數年，父母俱故，我亦病亡。彼得我家萬貫之財，以薄櫬殮死者，埋於河濱。水浸枯骨，殆將漂沒。彼又不為父母立後，占我家產，娶妻納妾，安然坐享，有是理乎？」侍郎曰：「爾且勿輕動，吾試與彼言之。」問明第幾號，逕往告之，曰：「汝亡妻來索汝命，誤入予號。今在外，汝敢見之乎？」其人驚惶失措，面色如土，曰：「吾誠負心，請君解說，無不從命。」侍郎命其卜地厚葬，立嗣承產，手書筆據，「吾與婉言之」。婦人果允諾，請焚字據，以為冥證。既而歛衽拜謝，且道喜曰：「君高中矣。彼亦中式。場中凡應中式者，號簷有紅燈。此號只中二人，吾為紅燈所誤也。」問：「何以此次方來復仇？」曰：「彼如中式，則為貴人，不易報復矣。」倏而逝。是科二人皆中式。相傳士子入闈，其家亡親皆隨入。吾濰徐徵君金相，闈中大病，吐瀉不止。夢其亡親為之調藥灌之，醒而病愈。雖未中式，得保生命。癸酉，予同邑同年郎大令卓庵，闈中垂簾向外。夜深，見亡妻隔窗內視。生前本極和睦，知非惡意，曰：「何不入坐？」旋不見。是科得雋。蓋士子得博科名，則存亡俱喜。今日科舉停止，數千年之盛典，一旦化為烏有。士子之能文者，心如死灰，則幽冥之鬼，亦死而為漸矣。

木解元

萊州木秀才有文譽，與藍秀才齊名。兩人皆望掄元，不作第二人想。每逢大比年，彼往應試，此則不往，果然前後相繼掄元。文章有定價，信哉！木秀才，寒士也，徒行西上應試。一日早起趁涼，半途遇雨，暫在村農茆簷避雨。此家農夫尚酣睡，夢一跛腳鳳凰立於門外，急起視之。且詢之，則一秀才也。木原跛一足，農夫大異之。延入內，具雞黍，問其已婚否。曰：「斷弦未續也。」農夫為丁姓，有及笄女，欲以配之。乃與相商，木允之，即拜岳丈岳母，並見此女。雖荊釵布裙，端莊秀美，樂甚。因場期尚遠，爰卜吉贅於其家。臨行，言試後在省候榜，無論中與不中，歸途經此，攜婦同歸。榜發，果中解元。鄉農聞之，喜可知也。木則悔焉，自以為巍科高掇，侯門佳麗垂手可得。乃繞道而歸，置諸度外。鄉農聞其歸也，乃以鹿車送女至解元家。拒弗納，並聲言無媒妁，又無婚柬，是妄言也。女聞之，觸牆腦裂而死。鄉農委屍痛哭而去。邑人哀之，為棺殮以葬之。於其死處立一石碑，曰「烈婦丁氏盡節處」。其時邑中尚無節烈祠，邑人乃鳩工創建，中供此女神位。此節烈祠中第一位也，馨香不絕，名譽流傳，予謂不亞於解元。解元從此不齒於人，遍國中無與立談者。又屢上春官不第，於是赴省就館。其父貧餓無依，晉省尋之。乃使其父為館中僕，為之執役。雖不明以告人，人皆知之。失館後，困頓以死。蓋棺之日，論者曰：「不義不孝之中，亦第一人也。」

異人

天地生人，形體大小，強半相同。間有迥異尋常者，殆不可測。身矮者為侏儒，自古有之，不足異也。至如隋蘇世長之驢面，晉元載之獐頭，防風之骨專車，車鄰國之男女皆長八丈八尺（見《魏略》）。又《前秦錄》，有申香者，身長一丈八尺，食飯一石，肉三十斤，腹大能容，可異也。濰邑有周七者，業儒，食無飽時。人匪魁梧，家本貧寒，親友與之食，麵餅可食六七斤。一日在家，其妻磨雜糧為煎餅，旁立食之。煎成一餅，即食之，計雜糧將盡半斗。其妻呵之曰：「留此餘糧，兒女尚待食也。」乃似飽未飽，踧踖而退。食既多，當力大如牛，群呼周七「野牛」。予曰：「此人不宜業儒，若入軍營，能舉千鈞，誠國家干城也。餓死牖下，可惜哉！」濰有李某，商人也。與人同浴，見其陽物長盈尺，嘩然異之。自言與其妻交媾時，只用哥舒翰槍半段，不敢全用。其妻已受創，不能行，十餘日方愈。自謂天生奇物，必無天配耦。間與鄰女秘會，一陰一陽，其大正相吻合。兩人暢適之情，殆不可言。鄰女嫁後，久不相見。一日遇於途，女告之曰：「某日吾丈夫出門貿易，汝傍晚在門外相候，當引子入室。」是日女告其舅姑曰：「土炕久不掃，今當掃之。」乃拖席於門外。李某適至，女拖席捲以入室，一家人不知也。賊人多計，姦人亦多計，信然哉！此後，鄰女姦夫不止一人，多夜深逾牆相從。李某一夜極思鄰女，乃登垣探之。月光正明，騎牆顧影，影則有身無頭，懼而自登自家之牆，則有頭，乃決意不往。是夜鄰夫歸家捉姦，斃二命。李某自此安分守己，不敢恃其利器，妄有覬覦。予戲謂李某曰：「爾陽物大，故陽壽亦大。爾殆似驢而有六腎者。記曰：『男女居室，人之大倫。』爾與妻則不可『敦倫』，勸爾廢此一倫可也。」李某笑曰：「廢之亦可，吾之妻原廢物耳。」

相馬

相騾馬無須相齒，視其眼珠，能照人全身者，其齒稚；照半身者，中年以上；照人面頸者，則近老。此法較驗齒尤易。

關外

山海關外錦州府城中，有塔高於城。明末，清攝政王攻城時，於山上置炮擊之，即此塔也。春日燕子巢於塔，其數盈千。與尋常燕子不同，紅頷，綠尾，短腿。終日繞塔而飛，未嘗棲於他處。其邑文風為關東冠，仕宦顯達者亦多。文中丞格、德中丞銘，皆錦州人。大凌河、小凌河、醫巫閭山，均在境內。小凌河繞城而流，水清而甘，關東茶市萃於此。以水試茶，真味乃出。若遼河之水，則不及遠甚。關外風寒，相傳牡丹、蘭花，不過大凌河。光緒間，何潤夫太史為奉天府丞，攜蘭花二盆往焉，土人方見之。土人謂牡丹花大如盤，乃繪事者故意為之，豈真有此花哉！及火車南北交通，姚黃魏紫，與千頃罌粟爭艷（其時種罌粟花最多）。予猶及見其地罌粟花，皆重臺，與他處異。問之土人，皆云：「夫妻同種，或兩手布種，則花開重臺。」及查《群芳譜》，果有此說。山東人獨不知，緣無文人博覽群書以教之也。予曾教之，亦不肯聽。故有句云：「釵荊裙布饁南畝，底事夫妻不種花？」

玉枝

平原二十里堡，向多妓寮。光緒初年，予主講德州德衛書院。臘初解館回家，路經其地。一雛妓抱琵琶入門，見其明眸皓齒，秀色可餐。詢其名曰玉枝，留與飲酒。坐間言語委婉，應酬周至。予曰：「以上等資質，困於茅店土屋，殊覺可惜。若到濟南，定當首屈一指。」數年後，予仕京師，有自濟上來者，詢以邇來花魁為誰，曰：「玉枝。」予誠賞鑒不謬哉！有旗友懷君，賚泰山香貢至濟，以二千金購為篋室。予請見之，珠翠滿頭，綺羅飾體，儼然侯門貴姬，光艷不敢逼視。予曰：「當年旅舍一燈相對而飲，勸汝晉省，猶記憶否？」笑對云：「尚記君是近視眼，此言亦頗有味。」予戲懷君曰：「小君原鄉村女子，今日身到京華，上林春媚，樂而忘歸。膚凝脂矣，眉畫蛾矣。予之力也，君何力之有焉！」

女議員

某外國，前六年政府聲言立憲，選舉國會議員，兩院共八百人。皆韶年婦女，美麗如花。青年喜事，又以手姿可誇，群思出頭露面，招搖於京華之市，故不惜重資運動而來。及開院議事，先議議員月薪，群言每人月需千金。議長自顧風韻雖在，秋娘將老，深恐無出此身價者，曰：「八百金可矣。」請大眾讓步，眾皆允諾。議員得此八百金，皆不安其室，遊蕩往返。日已响午，尚陪人高臥，呼之不起。數月之間，議場不足法定人數，政府憂之。乃使數十人舁一大木梆，一大鑼，沿街擊之，以警春夢。於是午時以後，議員麇集。每議一事，反目者多。蓋各有配耦，黨見分歧。甚至撕鬢抓面，流血殷殷，哭啼號叫，滿室詬誶之聲，達於巷衢。政府怒之，下令解散，驅之大歸。臨行，尚索例定川費，如娼女索夜合之資，一文不能少也。無何，大總統告逝，新大總統繼任，思見好於議員，復下令招集。于于而來者，如狗之趨食，蟻之慕羶。政府以國帑匱乏，減為月五百金。議長告大眾曰：「時事艱難，應從節儉。獨不聞鄉村人家，荊釵布裙以度日者乎？」眾乃相安。月薪既少，不敷浪費，議員多有掩門暗賣者，醜聲四溢，列國笑之。政府怒，又遣散之。議員之靦不知恥者，乃獻媚於前臨時總統，霸占一城，開非常國會。其地曰廈坡黃木日，要區也。於是煽動亂黨，肆擾各處。各處不勝其擾，乃昌言獨立，或曰自主，或曰中立。正紛紜間，海外突來一將，率勁旅數萬，逐非常國會出境。非常國會議員不暇膏沐，首如飛蓬，躄躄而行。群集於十口水工之地，要求政府並行召回，以期破鏡重圓。政府正擬遣兵捕之，有處士上言曰：「勿庸動兵，吾能說之。」處士航海至十口水工，作羽士裝，說之曰：「吾一生無他術，惟精於批命，請批諸君之命。」憬然曰：「諸君貴造，皆犯七出。即再招集，仍當遣散，不如其已也。」議員乃嗒然各歸，大亂乃平。人咸稱處士為魯仲連。

復辟

丁巳夏四月，國會與政府意見不合，北五省督軍會師北上，萃於津門，將以重兵解散國會。張勳由徐州率兵五千馳至津，聲言願作調人。調和未成，直入京師，國會乃散。五省督軍率師各歸。張勳在京，酒食徵逐無虛日。秘招康有為入都，居其寓中，日畫復辟之策。張之幕友親戚，咸謂不可。其內兄聞其大計已決，入內告張夫人。時張在江西會館觀劇飲燕，命名伶梅蘭芳演《新茶花記》，繡幕璀璨，電燈輝煌，一麗人登場歌舞，座客為之目眩。主人勸張滿飲大觥，酒已醺矣。時張夫人以電話請其歸寓，言有要事，乃策馬而歸。夫人及親戚同聲勸阻，謂復辟之事，萬不可為。張酒氣上沖，勃然大怒曰：「孺子毋敗乃公事。」一時辮子軍全駐城外天壇，乃率親兵數十人直入大內。司宮門者堅閉不啟。辮兵曰：「張大帥請皇上升殿。若不啟，將以炮攻。」門乃啟。張升乾清宮，傳內侍請皇上升殿。太妃聞之，大哭曰：「是害吾一家人也。」少頃，皇上出。張擁之登寶座，向行三跪九叩禮。命康有為草詔布天下，派輔政大臣數人及十部尚書，遣官至總統府，逼其下令退位。黎總統以死拒之。張乃命康有為為偽令宣之中外。輔政大臣及尚書之在京者，俱進內謝恩。所有詔旨，由康一手為之。

下筆千言，殆如夙構。時段祺瑞總理久辭職，閒居津門私寓，乃赴馬廠誓師北伐。段為陸軍總長有年，師皆聽命，率陸軍萬人討之。張遣辮軍五千，禦於豐臺，眾寡不敵，敗北回京。段軍直薄京城，大戰於宣武門外。段軍登城，以大炮射擊張之南河沿私宅，牆垣均毀。辮兵見勢不支，繳械投誠。張攜眷逃入和國使館，剪鬚髮為洋裝。募能文者為撰〈復辟記〉。蓋屢次徐州會議，簽字隨同復辟者，已有十餘省省長、督軍，今見事敗，皆不承認。將來〈復辟記〉成，必有先睹為快者。予年老眼昏，囑京友勿為代購，雅不欲再睹驚心動魄之事耳。苦無言為論斷，只得以模棱語斷之：張勳者，為清代之忠臣，民國之叛將。

井田

予所謂井田，非講學家所謂古之井田也。北方近年每患旱。濰邑平疇沃壤，無山嶺，無鹵城，豐年畝收二三石。一遇暵乾，束手無策，因無井也。或曰：「天旱井亦涸。」此大不然。一宿井泉即出，夜氣所養，必不能竭。至天旱無泉，此乃大變，人類絕矣。一畝一井固好，或二三畝一井，挑掘溪溝，使順流而下，稍潤之，則苗不槁，以待甘澍，便可豐收。乃大戶地多，不論旱潦，皆能自給，不肯出掘井之費；小戶僅有數畝，衣食不足，則作小貿易以糊口。相習既久，惟知貪天之功。縱官家勸諭，農會講說，弗能喻也。是在官長與政府，董之以威，下一令曰：「縣有社，一社計有地若干，限定三畝之中備一井，以一年為限。其不遵者，罰令每畝納錢糧雙分，俟其有井，則糧額復舊。無論大戶小戶，必肅然照辦。若應罰雙分錢糧抗不納者，以抗糧論罪。上憲或慮縣官不肯得罪於巨室，則歲派高級委員詳查，有違抗者，則逮之至省。此為愛民之政，非虐民之政也。計掘一井，以洋灰抹之，較磚石之工為省。汲水時，或用轆轤，或用水車，以騾馬推之，聽其自便。吾知一年之後，桔槔轣轣之響，水車軋軋之聲，遍於北海阡陌矣。收獲歲豐，閭閻殷富，畜牛馬，製鐵輪，全用水車，而桔槔不復再用，焉有饑饉之虞哉！彼苟安畏事之農會長，不恤民瘼之縣知事，得欲薰心之大官，烏足以語此！

煙捲

自洋舶入中國，煙捲之風盛行，光緒間始見之。或以紙捲煙葉，或以煙葉捲成。王漁洋《池北偶談》云出自呂宋國，名曰淡巴菰。其國與東三省相近，清代在關外時，人多吸之。仍將煙葉拈碎，以煙袋吸之。有明禁之，無敢吸者。相傳吳三桂聞李白成破京師，其時三桂鎮山海關，乃赴清攝政王營，請兵復仇。王壯之，賜之坐，令兵役燃煙與之吸。三桂接而倒吸，火灼其唇，清人笑之。晉時有客入石崇家宴筵，宴畢入廁。廁中有兩侍女，以晶盤盛香棗數枚，原備塞鼻之物，客接而食之，侍女大笑。三桂倒吸淡巴菰，得毋類是？予初入京師，至洋行購物，洋人以煙捲餉我，吸之而香，竟至灼唇。又恐被洋人所笑，乃攜物急走，從此不敢再吸。今日文明新進，以及婦女僕婢，無不吸之。予則比之火判官。京中演火判一劇，口含紙捲，內捲硫黃，然之而噴，濃煙自口出，火星迸散，跳躍而舞，非老伶黃三，不能為之。近見老成之人，鬚髯滿口，亦學吸之。唐李勣之然鬚，殆將不免。現歐洲列國酣戰不休，農務停止，業煙捲者攜其種，教中土人植之，幾遍北海。秋初冒雨挺生，葉大如掌，青蔥連陌，蔽芾於禾黍之間。一畝所獲，得利百緡，恐趨者若鶩。不殖有用之糧，而栽無用之物，罌粟之害既除，煙葉之害又至矣。官府因其利厚而重稅之，以裕財政。猶之京中警廳，取娼妓夜合之稅，以供警官兩餐。人謂其饌精而美，予謂其饌臭而臊。

某茂才

濰邑某茂才，頗有文譽。歲科試，屢擢優等。又當英年雋發，咸謂其陟步青雲，在指顧間耳。是年以一等第一應選拔試，自以為如操左券。家人亦掃除門庭，以待喜音。布衣之家，婦女猶尚樸素，平日荊釵而已。其家長曰：「數日後，泥金報到，則家有貴人。舊日門風，不可不改。」急為之製錦衣彩裙，銀簪翠鐺。屈指屆報喜之日，闔門靜俟之。俟至夜深，尚無消息。更者過，聞門內尚有嗽聲，知其候報未睡，隔門呼曰：「報喜者入於前街大門，已酒醉飯飽而去，君事休矣。」予曰：「更夫誠仁人哉，不欲癡心人徒勞無功也。」大凡好勝之人，操一必得之勢，往往失意。此事吾不歸咎於茂才，應歸咎於家長。事未至而鋪張，子孫果有暴貴者，頓易舊規而改家風，亦不祥之兆也。

養水仙

冬日養水仙者，皆午間置之庭院，曝於日中，晚則收入室內，以茅囷藏之。終日搬運，事忙或忘，一夜受凍，則十曝一寒，未有能生者也。即勤如陶侃運甓，恐蘇峻擾亂，士行有不暇時也。予則置水仙於向陽玻璃窗內，隔三五日以水潤之，不須動移。十月葉生，十一月則蕾苞如箭，十二月則花開矣。故有句云：「嘉平望日水仙開，生意何須臘鼓催。愛與詩人常結伴，玻璃窗下暗香來。」適遊洋人園圃，見有三面玻璃小屋，冬日蓄養群花，已先得我心矣。

印書

自同、光以來，外洋傳有活字板刷印書籍。清國初，武英殿亦有鐫銅活字，如《圖書集成》、《佩文韻府》、《四庫全書》，皆銅字所印。後毀於火，字多銷融，書多被焚。外洋活字，以鉛為之。用藥水書字，粘於鉛上。復有機器摩礱，無墨處則鉛削，即成字矣。將印書時，排嵌之法與中國同。惟刷墨壓紙，皆機器為之，敏捷靈活，出人意外。計購活字全分，須二千元，可用數十年不壞。今日書局，千卷萬卷之書，價廉工精，如《圖書集成》萬卷，當清初時，惟王府暨總裁是書者，獲蒙頒賞。此外，獻書最多者，如馬氏、范氏、錢氏諸家，得有恩賜。再鎮江、浙江、江寧三閣，各存一部，以供眾覽。髮匪之亂，烈於秦火，民間不復見此書矣。今則人家稍豐裕者，皆可向書局入股印之，一股才百餘金。外洋石印之法，尤為精美，雇善書者作端正楷字，印出如朝殿卷字式，銀鉤鐵畫，毫不失神，可愛也。石印廿四史全部，才百金。中板《韻府》，不過二十元。插架萬卷，縹緗盈室，殆如東坡所云「氣壓鄴侯三萬簽」也。惟《韻府》一書，典故尚有遺漏。傳聞當時纂修臣工，懶於檢書，傳知都下士子，獻一條酬以百錢。十年之中，士子不慮失館，酒食徵逐，日以為常。沿街曳裙而行者，懷挾書卷，蓋輾轉相借而來也。人謂之開賑濟科。猶之京中開實錄、玉牒、會典諸館，館中雇人抄寫，擇善書者恭寫進呈冊本，一人日可得二金，亦間接之皇恩也，予為之詠少陵句云「大庇天下寒士皆歡顏」。

錢

道光以前，外洋未與我國通商，金錢銀錢不恒見。自海禁大開，金錢偶見，銀錢大行矣。金錢古亦有之。《孟子疏》：「西施，越之美女。勾踐以之獻夫差，大幸之。每入市，人願見者，先輸金錢一文。」是春秋時已有金錢矣。銀錢始自漢，《漢書・西域傳》：「以金銀為錢，銀錢十當金錢一。」至鑄銅為錢，夏殷以前未詳。《周禮》：「外府掌邦布之入出，以供百物，而待邦之用。」《泉府注》：「泉即錢也，言其流通如泉也。」當即銅錢所自昉。今世尚有王莽刀錢，及五銖、四銖、三銖錢，然皆有孔可穿，故《史記・平準書》有緡錢也。自清末仿外洋幣制，鑄銅錢而無孔，謂之銅元，十枚重二兩，較舊制錢輕十之七八，強抑民間，令其通用。於是舊制錢半入東洋，銷為銅，轉售與中國。大利外溢，害何可言！官府畏之，佯作聾瞶。濰向用制錢，自民國六年春，官家逼用銅元，因以制錢不復見，錢緡亦置之無用之地。緡，吾濰名曰錢繩，婦女晝夜辟纑，上市鬻之，以謀升斗。今已矣，洋線充斥，婦女紡績之業失；銅元無孔，婦女擗麻之事停。茆屋寒燈，相對咨嗟，閭閻生計窘甚。因思錢緡一物，沿用數千百年，一日廢之，不可無詩以紀之，爰賦〈濰陽竹枝〉一絕云：「銅元流轉到濰城，上市村婆有怨聲。懷抱錢繩無處賣，人間不見孔方兄。」

瑞澂

辛亥八月，武漢起事。制軍瑞澂棄城先遁，蓋其家傳之法，其先人即賣攬江鎖，使英人長驅北上者也。其名人咸知之。瑞澂之兄瑞麟，以開坊翰林，奏請折漕廢運，京師為撰一聯痛詈之。聯曰：「我我我，曾賣攬江鎖；你你你，又折漕運米。」瑞麟充邊疆大臣，以吞餉被逮，監禁數年，繳款得釋。瑞澂當聯軍入京，為日本問案官。事後，以外人之力簡放道員，洊升鄂督。其人卑小如侏儒，吸鴉片煙無算。讀書不多，不明大義。若在武漢先事預防，無釁可乘，革命黨何由煽亂哉？敗事之始，實由於庸碌無能之旗員。清國以十萬之雄兵，不能輓百六之厄運。停戰議和，此則由於覬覦大器之漢奸。自九月議和，至於十二月，革命黨堅逼清廷遜位，有奸臣斡旋其間。隆裕太后知事不可為，乃下詔遜位。奸雄之陰謀適成禪讓之隆禮，而奸雄之霸圖終以自敗而死，宜哉！清祖宗垂訓，親貴不預政事。適逢幼主臨朝，親貴攫取權利，開夤緣之門，受苞苴之饋。予仕京師，聞之咋舌。梁鼎芬之直言，江春霖之陳奏，所論皆一字不妄，竟至開缺罷官。由此親貴專擅，以杜眾口，使不敢再言，致使大勢已去。京旗十餘萬人，窮困莫救。大城以內，旗男多為人僕隸，旗婦多倚門賣姦，吾不忍往觀矣。近有旗員在吾鄉管理稅局，囊橐頗富。性好冶遊，將入都，予戲謂之曰：「汝住大城內，切勿喚妓侑酒。恐窈窕而來者，為君之親戚。」數月後，由京旋，告予曰：「悔不聽君言。一日同人歡飲，喚四妓，中有二人，確係親戚。竟有岳父之姪女，一見即贈以六元，請其速歸而已。」予曰：「歐陽永叔續弦娶其小姨，群戲之曰『大姨夫今作小姨夫』，君盍與彼成佳事哉！」

油雞

濰有肥雞，無肥鴨。巨室亦儉樸度日，食雞肉豬羊肉，即為美味。填鴨一法，所弗講也。偶有自濟南饋送者，必邀親戚朋友，各嘗一臠，視為美品，逢人輒誇。然肥雞之美，不亞於鴨。京師之雞不能及。蓋雞食糠秕，則不生肥脂；日食糧米，則肥脂滿結於腹。肥脂既結，則不能孕卵。依然雌雄相交，孕卵如黃栗，即為肥脂所化。割肥雞時，每見小卵累累，有黃有白，更無硬殼。烹小卵而食之，亦美味也。雞肥不育卵，亦猶婦人身體肥重，多不生育。楊玉環，肥者也，未聞生子。當時盼望綦切，故有金錢洗兒之事，將以為生子之兆也。後人為之解曰：「《唐書》新舊分明在，那有金錢洗祿兒？」《唐書》諱言之耳。彼雞之餓而瘦者，亦不能孕卵。剖而驗之，並無小卵，亦猶婦人腰細如柳、迎風裊娜者，往往一生不孕，大異於九子魔母。古有趙飛燕，瘦者也，漢成帝納之，久不生子。飛燕綦盼有子便為皇儲，乃薦其妹合德於帝。帝嬖之，晝夜不離，飛燕乃募集牡而多男之民夫，與之交合，迄未得子。此事載在《飛燕外傳》，人皆知之。濰邑當糧貴之時，村婦抱雞上市鬻之，以謀升斗，大抵不能孕卵之雞。以故濰東門外橋邊有雞市，村婦提籃而來，翦其翅，縶其足，咿唔之音，與橋下水聲潺湲，接響互答。人頭攢攢，為一哄之市。予有竹枝詞紀之云：「二月春寒雪壓堤，麥苗才與草根齊。青黃不接糧昂貴，上市村婆賣母雞。」

老婆市

濰邑有老婆市，聞者駭然，疑如東坡所詠「粵女市無常，所至輒成區，」以為此鬻婦女之市也。否則如《北史・龜茲國傳》：「俗性多淫，置女市，收男子錢以入官。」然濰市不爾也。每逢市期，老婦攜衣服、器皿、字畫、書籍陳於市，物各有主，代售而分其餘利。但書籍之旁，雜以女舄女襪，中衣腿帶，亦不雅觀。然利市莫如女舄，男舄蓋有專肆，女舄無之，予取予求，必入此市。且花樣纖巧，錯金為緣，刺繡成紋，五光十色。當嫁女期迫，青蚨飛來，便可攜去，入之妝奩，王化所被，標梅無怨矣。然予有深憂焉：一旦盡改天足，斑斕而陳者，售之何人？人笑予似杞人憂天。

解紛

于覲臣與陳蘭為郎舅。陳蘭乳名敏子，覲臣戲呼之，輒怒。予曰：「唐開成中，楊汝士以戶部檢校尚書鎮東川。白樂天其妹婿也，時以太子少傅分洛，戲代內子賀兄嫂詩曰：『劉剛與婦共升仙，弄玉隨夫亦上天。何似沙哥領崔嫂，碧油幢引向東川。』沙哥，汝士乳名也。沙哥得詩，三復誦之，不怒也。」濰有李星南行九，長者見之，呼曰李九；少者見之，亦戲呼李九。李九怒甚。予為之解紛曰：「宋名臣歐陽文忠公，爵位功業，煊赫一時。當其幼年，群戲之曰：『好個歐九，可惜不讀書。』歐曰：『歐九書已讀熟矣，莫笑我歐九也。』文忠且自稱歐九，人呼李九，又何傷？」於是李九之名大震。元人句云：「能以古人為此例，全憑妙語息紛爭。」非曰能之，願學焉。

恒府姬

青州恒王府，池中埋銀十萬兩，漁洋《池北偶談》記之。府中鬼姬之事，《聊齋》記之。此外，尚有佚事。府中一姬，年逾不惑。恒王敗後，姬逃於民間。有老秀才匿之，納為妾。自言在府中司廚，專司炒雞腦一味。秀才曰：「試為我作之，以餉老饕。」姬曰：「府中蓄活雞若干頭，吾相其雌雄相等、毛羽全豐者割而烹之，故色、香、味皆備。君一寒士，焉得活雞若干？」一日，門生高中祭祖，饋活雞十隻。告姬曰：「能擇其美者，而烹之乎？」姬周視之，曰：「尚有可食者。」乃取為烹飪。秀才坐而食之。食畢，不能動，不能言。家人視之，見其舌縮八寸餘。急為捶其項背，舌乃下。問何故，曰：「吾食之極香美，生平未嘗此味。食之不足，則吮其餘汁，而舌縮矣。古人拚命吃河豚，吾拚命吃雞腦也。」清初，有食年大將軍廚姬之炒肉者，正相同。予聞舌縮者以男子尿一杯灌之則愈，蓋陽氣發舒之理。聞有四人共食河豚，食之雖甘，心惴惴焉。一人忽仆地，手足亂彈，牙齒緊閉。咸曰：「此中毒矣。」凡中河豚毒者，飲糞清則解。三人各飽飲糞清，臭臊入咽，殆不可言。飲畢，而仆者自起，曰：「吾夙有羊癇風耳。」三人乃大嘔。然糞清入腹，如珠還合浦，不能再自其口出矣。彼縮舌之老秀才，幸未飲尿。若有明醫在旁，必以其口為溺器焉。

晝候

《閱微草堂筆記》用「晝候」二字，門生郭自芳不解，問予。查《輟耕錄》，浙江晝夜二潮，甚信，土人括以數語云：「午未未未申，二卯卯卯辰。巳巳巳午午，朔堂一般輪。」此晝候也。初一日午未，初二日未初，十五日如初一。夜候則六時對沖，子午丑未之類。予謂婦人月信，應期而至，亦宜括以數語，作為閨房之歌，以為趨避。同僚孫藍田有二姬，一名采姐，一名福元。藍田屬為一詩括之，詩云：「采姐初三經脈行，福元癸水十三生。會逢洞口桃花泛，傍岸漁篙不許撐。」為書彩箋，貼之閨房。京師不以為異，蓋求人擇娶婦吉日，必先問明也。至於女閭青樓之中，亦應人括以詩，張之於壁，俾尋花宿柳者，一望曉然，何須含羞自道，女伴代達？不潔之語出自口中，更勝於滿壁字幀，上書唐人熟爛之句，如「從此不知蘭麝貴，夜來新染桂枝香」，幾處處雷同也。予嘗有句嘲之云：「青樓接近長安市，滿壁唐詩署翰林。」

象

國初時，緬甸歸化，常以象進貢。於宣武門內城根設象房以育之。逢朝賀大典，象背被以黃毯，脊上安寶瓶，陳於午門玉輅金輦之前，以備方物。其身高一丈，首至尾亦一丈餘。鼻長四五尺，與腿齊，遠望若五腿然。眼如鼠，尾如驢。鼻能拾草而食。牙露於吻外，左右各一，長尺餘。此牙不能食物，食物乃用口中小牙。朝賀畢，有官役牽之，以索貫其鼻孔。欲騎之，則以利鉤勾其皮以登。鉤出，皮孔自合，不見血痕。《論衡》云：「長仞之象，為越童所鉤，象皮不畏刀刺。」誠然。象房中，每象一屋。屋壁有洞，能容人。遇象怒時，官役入洞以避之。養之三四年，則漸馴，能曉人言。婦孺來觀者，官役諭之曰：「請安。」即曲一膝。諭之曰：「打水槍。」置水桶於其前，以鼻吸盡，朝天一噴，水散落如雨。唐德宗之馴象善舞，定非虛語。馴之有年，具有仁心。一日，有象至通衢，有荷擔鬻鮮菜者，象以鼻捲之，頃刻食盡。賣者哀訴曰：「一家人生計，賴此一擔，奈何？」象回顧旁有大肆，門面輝煌，以鼻拉其楹，屋瓦震震有聲。官役告肆主，速代為償菜價。償畢，象乃去。其靈敏可知矣。每屆六月六日，在御河洗象。見水則淫，牝牡相交，一仰一俯，一時許方畢。故聚而觀者，有男子，無婦人也。《說文》云三年一乳，亦不盡然。計壽不過五六十年。自緬甸外屬，貢獻停而象房廢。從前生有小象，惟育不得其法，未及長成，即斃。斃後，官役烹食其鼻，尚稱肥美。以此知《嶺表異錄》所載士人爭食其鼻，洵非虛誕也。

團焦

《閱微草堂筆記》及《聊齋》，每用「團焦」二字。或云「焦」應作「蕉」，非也。查《北齊書・神武帝紀》：「抵揚州，邑人龐蒼鷹，止團焦中。每從外歸，主人遙聞有響動地。蒼鷹母數見團焦中赤氣赫然屬天。」蓋守瓜菜之棚，以木架之，其形圓，上覆以草席，日炙則焦。然每當暑日遠行，息閉汗流，遙望團焦，棲止暫憩，不啻入涼廳、服清涼散也。聞曹仲帥言：典試江南，炎天遠征，肩輿似蒸籠，病欲嘔吐。入人家團焦，少飲溫水，病乃霍然。予曰：「熱中之人，行遇炎暑，焉能不病？鄉農胼胝服勞，未有中暑者，扶犁至地盡處，即有樹蔭敷地，清溪繞之，赤臂乘風，爽然自得，勝於衣冠被體，組帶纏身者多矣。陶淵明之歸來，正為此耳。

李進士

章邱進士李肇基為鹽城令。鄉村有娶婦者，入夜夫妻同寢，晨不啟門，呼之不應，穴窗紙窺之，床上無人，一人臥於地。群壞門入，視新郎受刀傷而死，新婦有頭無身，頭被火炙，模糊不能辨。報案後，李公往驗。周視其室，壁有活門，閉而未關。曰：「是矣，必有姦夫偕新婦潛逃。婦之頭，乃偽者也。」乃微服於婦母家左近，探詢有少年男子，無故逃走者否？果近村長老言：有王應思者，年二十餘，夜間出外未歸。又於附近墓地查勘，見有新土之墳，即問墳主何時葬埋。果見有新土一墳，墳主曰：「葬亡媳，已三月矣。久不到此，何墳土似新哉！」李公令與其媳母家相商，姑開墳視之。兩家見土翻新，本有疑心，遵諭開驗。果棺木被劈，屍則有身無頭。以被燒之頭按其上，骨縫皮縫恰相合。李公乃令差役多人，四出訪尋。兩月後，有老役率兩壯役行至一山壑間，四無居人，惟聞雞鳴聲。循聲而往，山坡有土屋二間，障以柴籬。排籬而入，言渴甚，乞水漿。一少婦在室，問役從何處來。答曰：「從鹽山來。」婦曰：「係同鄉也。我與丈夫荒年逃此。」問：「汝丈夫何往？」曰：「進城賣柴，即歸也。」婦為役炊釜溫水。少頃，王應思歸。役有識之者，出傳票示之。王不肯行，縶之，並其婦同回鹽山。堂訊時，王供先與婦有姦，兩人愛情難斷，故殺其夫而竊以逃。王乃論抵。婦堅供未與同謀，逃時因被逼脅，乃永監以斃之。

定命

文人學士作小說，有應說者，有不應說者。昔紀文達公作筆記，言有一舉子，文學著名已久，而屢躓場屋，乃乞神示夢。神告之曰：「功名有命，文字奚足憑？」文達之父見之，斥曰：「此等話，舉子言之則可。汝輩屢掌文衡，若作此言，上無以酬朝廷開科之意，下無以勵士子讀書之心。」文達奉教維謹，以後不作此說。然王公大臣，亦有專言命者。清代舉人赴大挑場，王公大臣司之。舉人身軀偉大者，挑一等，作知縣；中人者，挑二等，作教職；其身體卑瑣者，則落挑。此顯而易見者也。某年大挑時，有山東某舉人，人如曹交，竟落大挑。其人憤甚，俟大臣事畢登輿時，攔輿詰之曰：「大挑以何者為憑？」大臣知其為落挑負屈者，高聲應之曰：「我挑命也。」舉人無言而退。

京師茶館

燕京通衢之中，必有茶館數處。蓋旗人晨起，盥漱後則飲茶，富貴者則在家中，閒散者多赴茶館。以故每晨相見，必問曰：「喝茶否？」茶館中有壺茶，有碗茶，有點心，有隨意小吃，兼可沽酒。自辰至巳，館中高朋滿座，街談巷議，殊可聽也。有提畫眉、白翎、鸚鵡諸鳥而至者，置之案上，令其學鳴學語，鳴則齊鳴，語則皆語，如一犬吠而百犬應也。鳥性最靈，人盡知之。不意蟲豸之性亦靈。秋冬之間，有攜胡盧若干而至者，內盛蟈蟈、油胡盧。油胡盧如蟈蟈而微大，亦以翼鳴，一蟲鳴則皆鳴。此種蟲鳥有為本人所蓄，有為世家大族所蓄，令其僕人帶至茶館以誇耀於人者，名曰「把扯」，專司其事。可見滿人之富貴者，養尊處優，娛悅耳目，以消歲月，恒宴如也。下等者月支錢糧，妻孥坐食，不務農，不從商，遊手好閒，比比皆是。至中秋節前後，鬥蟋蟀之局，輸贏至鉅。鬥罷記之帳簿，不敢寫錢，寫月餅幾斤，按上等月餅算錢。世家大族，皆有「把扯」。蟋蟀之盆，以國初趙文玉所作為上，每具值十金。陳蟋蟀於庭，午時日烈，則以蝦鬚小簾冪之，使其略見風日，則體強健。鬥時以小戥稱其輕重，輕重相等，乃使之鬥。計養費賭費，一年在千金上下矣。至養金魚一物，另有「把扯」。若紅魚帶絨球，及純色藍魚一尾，須五六金。以有用之財，養無用之物，當時滿人生計之裕可知。

六項

滿洲大家，車馬衣服之外，有必備者六項。京諺云：「天棚魚缸石榴樹，先生肥狗大丫頭。」伏日自大門至內宅，皆搭以天棚，駕屋而過。棚簷以雕欄飾之，彩繩繫之。魚缸石榴，列於照牆之前，以壯觀瞻。先生乃教讀者也，訓子弟讀書之外，兼可代寫信函。所延者，山東秀才居多。蓋旗人皆與山東老米兌房相交易，可以代領俸米，可以預借銀錢，兌房司事，出入王府相邸，若一家人也。以故教讀先生，皆其所薦。八尺之獒，大足之婢，或三或五。入其門者，目所共睹也。最奇者，凡官至一品，則乘轎，轎及轎夫不須主人費錢，轎夫備之。計頭夫抬夫十餘人，開一賭局，左近來博者，其數甚夥，晝夜呼盧，主人若弗聞也者。主人出門，四人舁之，兩人扶之，健步如飛。冬日頭戴紅纓皮帽，大如箕，毛長數寸。舁行三里，則換班。後有雙套大車載之。詩云：「輶車鸞鑣，載獫歇驕。」朱注云：「休其足力也。」情形似之。其雙套大車之行，風馳電掣，不避行人。一日某相國之大車，隨轎至正陽門大街。適趙侍御炳麟乘車進署，驄馬已老，不及回避，大車之驂掛其車帷，裂去半幅，御大車者不顧而馳。翌日，相國知為趙侍御之車，瞰其亡也而往拜之。至門，直入客室，向北行三叩禮而去。趙侍御亦瞰其亡也而往拜之，直入廳，向北行三叩禮而去。都下傳為笑柄。

月賓

漁洋山人歸老後，新城有名妓曰月賓，時至漁洋家，乞作詩題扇，以增聲價。其詩載在《閱微草堂筆記》，人盡見之。維摩丈室，偶留天女散花，如東坡之於琴操耳，然必須如東坡之清高而後可。晉時阮步兵放浪形骸之外，恃其多財，群妓沓至。致使子孫淫瘡遍體，傳染數世，此大不可也。再不然，如參寥和尚之清高，亦能目中有妓，心中無妓。故其贈妓詩云：「禪心已作沾泥絮，肯逐東風上下狂？」予則謂其以柳絮沾泥自比，心雖不動，亦不潔矣，不如拙句云「柳絮隨風不著泥。」

煙癮

人之煙癮，有詭異而莫可擬議者。安邱王氏家，有一老僕，伺候來賓。賓在室內，聞簾外老僕，飯後必作哽噎聲。問之，對曰：「夙有煙癮，今不吸矣。主人賞煙灰一包，飯後吞之，其苦難下，故作此聲。」賓曰：「何不以茶送下？」對曰：「若以茶下，則喉中不苦，便不解癮，故須乾咽之。」時正夏日，未著褂，以手摸其胸，尚簌簌有聲。昔邑有開煙館者，購煙土一兩，以鍋熬之。適有衣服襤褸之友，蒙袂而來。館主人曰：「汝代熬之，吾家有事，暫去即來。」片時旋館，見鍋內之煙已空，其友蹲於牆隅，目瞪不能言，口流煙水，知其盡吞之矣。大驚曰：「汝將死於此地，可奈何？」

其友搖手，以示無妨。半日，起立謝曰：「今日大過癮，君之恩也。」飛奔而去。又有老者，家僅中資，日吸煙二兩，計費十餘金。自思曰：「一兒一兒婦，安分度日，不忍令其餓死。我老矣，死不足惜。」乃以煙膏二兩，和燒酒吞之，一日一夜未死，平復如常。自此不再吸煙，須以煙灰攪酒飲之。其子甚孝，日備煙灰一包。一日大雨，未為備也，其婦以餑餑炒黑，碎為末，裹線予之。老者飲之，安睡一夕。自此以餑餑黑末予之。老者不知，至今猶健存也。予戚郭七素有癮，其子日具煙炮十餘包呈之，乃以遠志熬成者，並無煙土、煙灰、嗎啡等物，吸之欣然。予故以詩贊之云：「男兒遠志行千里，從此椿庭有贋煙。」用《禮記》「男子志在四方」之義。考罌粟花自古有之，蘇子由詩「罌小如罌，粟細如粟」是也。一曰米囊，一曰米殼。陶雍詩「萬里客愁今日散，馬前初見米囊花」。今日禁種罌粟，遂使藥店無真米殼。米殼止瀉，河魚腹疾奈何，恐如左氏所云矣。

色癮

《閱微草堂筆記》曾言有富商，行賈西域，蓄豬十餘頭，閉門而沓淫之，此不足怪。人言有淫羊者，並言溫暖異常。以故牧羊者行淫過度，多患癆症。聞蒙古喇嘛，多與羊淫。若果有此事，則豬與羊即其妾也。客至則宰以供之，是殺妾饗士之張睢陽也，偉人也。

裹足

裹足之害莫甚於山陝。婦人女子，行走街衢，皆扶杖徐步，或扶高粱秸而行。傭人之女僕，令其掃地，須跪而執帚。然其足非真蓮瓣纖纖也，皆墊以高底耳。住戶晚飯後，婦女皆攜小杌，坐於門前，翹其足於閾外，以誇示路人。路人緩行細視則可，若回頭再看，則必被詈。雖極貧之家，亦隔日換著新履。其地婦女，皆成廢物，不若南方務農之家，天然之足，服勞作苦，能為男子助力。粵東亦然，富家纏足，貧家則否；太太纏足，婢妾則否，貧富貴賤之分判然也。然亦以纖足誇示於人。大戶新婦初來，親朋滿座，新婦出見，自牽其裙，露其纖足。處女在閨，終年不敢下樓，因足不健壯，恐致傾跌，失其真紅，而新婚之夕，新郎驗時，無以自白。予作幕於東海關道時，見粵東幕賓之妻，每入署，有大足女僕負之以行。苦哉！今吾山左風氣大開，女校林立，抱書女子，天足自如矣。

京師戲園菜館

京師戲園非一人一家自建也。其始醵金建之，各有地段，如樓上下池子，各有主，若地畝然。日後或轉買典於他家，開戲時派人收票。緣京中居人，無地可種，故以此為業。最懼者，因鬧事封門，則有若荒年矣。予巡中城，雖遇爭鬥之事，向不封園門，判責而已，恐賴此業者，失所望也。且一園之中，每逢演戲，賣茶果者，賣點心者，送戲單者，送手巾拭面者，皆貧民藉以糊口，烏可斷其生計？惟陸軍兵士，不免恃強滋事。其時姜軍門桂題統兵，予婉告之，時加約束。數年間，竟晏然無事。俗傳園中正面樓一間，為備巡城御史觀劇，非也。清例官員不得入戲園酒館，處分綦嚴。如遇團拜，在會館觀堂會戲則可，宴集在飯館莊則可。飯莊皆名某堂，招牌上書「包辦筵席」四字。昔毛尚書愛吃太升館之饌，命改曰太升堂，並掛「包辦筵席」招牌。李文忠公愛吃聚豐堂之荷包魚翅，及鱖魚片，因係飯莊，故常偕友前往。至正陽樓之炮烤羊肉，其薄如紙；太和樓之蒸螃蟹，其大如盤，均係小館，大員不能前往，喚至宅中宴客則可耳。自交涉日多，出使大臣絡繹回國，沾染洋習，遇有宴飲，多在洋飯店中，予時得追陪。以鄉村糲食之腐儒，亦能大嚼洋味，痛飲洋酒。習俗移人，殆不能免，殊可笑也。

酒量

蘇東坡以不能飲酒為憾，勉習多年，才能飲三蕉葉。清代紀文達公亦不能飲。其座師常誚之曰：「作詩文可學東坡，奚必效東坡之不能飲？」文達每引以為恨。予自幼能飲，苦不得酒，亦不自知其量之何如。癸酉中鄉榜後，得權署館陶縣訓導。館陶令倉公爾爽為世兄弟，留予飲，且自誇曰：「宰館陶數年，無能對飲者。」予曰：「試相陪一次。」彼飲紹酒十茶杯，予亦然。再飲五杯，彼玉山頹矣，予竟未醉。自此日日招飲，且曰：「君署中只帶一僕，未有眷屬，不必起炊，蚤起即來可耳。」計權署一載，其署中廊下，空酒罈累累然。晚間歸署，則對燈吟詩。當年先祖資政公大挑二等，曾任館陶訓導十八年，方升臨清學正。故予有詩云：「繩繩祖武一官閒，今日幼孫折桂還。惠澤常留傳石硯，才華敢詡比瑤環。橫披枝葉松將老，謹護庭除草不刪。冷署揣摩錐刺骨，何年射策立朝班。」

劉文清公

諸城劉文清公，為吾濰郭家之甥。自京回籍，必經濰城，在外家盤桓數日，故濰人藏其墨跡甚多。其姊妹亦有歸濰紳者，亦解詩善書。曾見文清由京書一扇與其妹，扇尾書云：「請看愚兄字長進否？」此扇尚在濰，詩與字皆佳，而文清若不敢自信者，老輩之謙沖如此。郭宅有一老僕，呼文清曰大相公，猶為文清少年之稱謂。人皆曰：「今作宰相，呼為大相公，更相宜，不必改也。」時濰令有貪得一款，人皆知之。令赴郭宅謁見，不得入。老僕告文清曰：「僕老矣，一旦先犬馬而死，苦無棺木。濰知縣許出其贓款，以濟我窮。明日再來，大相公可見之。」文清首肯，濰令乃得見。老僕於是買房屋，置田產，蓋所得不菲矣。以本邑之財，濟本邑之人，故文清樂為之。

濰城隍

咸豐年間，捻匪擾山東時，王侍郎次屏在籍，住城隍廟街。一夕醉歸，徒步過廟前，有隸役延之入廟。曰：「城隍知君為翰林善書，請寫一冊。」乃入見城隍。行主賓禮畢，出一黃冊，一名單，請其楷書。單上第一名，為先伯太僕公，時正總辦團練，將與捻匪決戰。二月廿二日，在城外酣戰，陣亡。始知城隍屬書之冊，即應陣亡將士也。忠義捐軀，故令以黃冊恭楷，達諸天庭。可知事由前定，神先知之。相傳郭家有女及笄，夢城隍聘為正妻，女遂無疾而死。於是肖塑其像於後寢，香火益盛。衣服衾枕，邑人歲歲更易。街談巷議，未敢深信。正直之神，未必出此也。

東西廟

京師每逢月之三、八日，東廟、西廟輪流開市。百貨雜陳，男女群集，珠寶玩物，燦然並列。凡寓京者，皆目睹之，無待贅述。惟泥人肖像之工，雖元代劉蘭之藝不能比（京師有廟碑，云劉蘭塑）。嘗見一不倒翁，高三尺，眉目口鼻，栩栩欲活。陳於市上，久未出售。詢其故，肆主曰：「自《子不語》曾言不倒翁為妖，彼此相傳，無敢購者。此物作成，已十年矣。」予自關外歸老，路過京師，見此物猶在。乃賦一絕：「誰向天街挹軟紅，泥人塑就仗人工。我今歸老扶鳩杖，慚對皤然不倒翁。」

銅首飾

自洋白銅入中國以來，製首飾之工，濰匠殆擅其長。其始先製手鐲。其白似銀，質於典庫，典庫不能辨，被其欺蒙。以後人漸知之，乃按銅價出售。今濰城業此者，不下百餘家。花紋之細，窮工極巧。外省商人，年來坐收。鄉村婦女，喜其價廉，購而插之鬢髮。每逢戲場，粉黛群集，日光映射，炫耀奪目，不復見有釵荊者矣。商人運往都門，陳列通衢，日見暢銷。蓋滿洲大戶，遇有喪事，主人須賞女僕丫頭銀首飾，不得戴包金緣牙之物。自有洋白銅所製，費錢不及銀物十分之一，即以此物賞之。此亦裕八旗生計之一策也，政府其奚以酬吾濰匠。

南北不和

近年南北不和，人事也，實天運也。膠東數縣，南縣與北縣不和。一縣之中，南鄉與北鄉不和。至濰縣，則更有甚焉者。街南人家與街北人家不和。吁，可畏也。近聞鄰縣有某富商，先娶一妻，住北城；後娶一妻，住南城。一日，北妻聞之，乃效南康公主之故事，持械尋南妻，將與決戰。戰敗而歸，髮鬢傷損，衣履遺失，恨不欲生。乃集母家男女若干人，將往報復。南妻聞之，亦集母家男女若干人，列陣以待。里人恐釀大禍，為之調處，暫請停戰數日，必有和平解決之法。里中輕薄子謂當如戲劇中之雙搖會，乃可解決。稍知事體者謂為不雅，乃振筆為文，勸諭兩妻母家男女。大意謂若責某富商以停妻再娶，係清代之例，此例只禁官員，不禁商民。中華民國並無此例，不能控於官府。莫若匀分財產，各占一方，個人有個人之權利。當年漢室尚可三分，今兩分之，不愈於蜀魏吳爭漢鼎哉！北妻年漸長，風情略淡，似有允意。南妻青年多欲，所望甚奢，曰：「財可平分，丈夫歸我一人。」北妻又不肯退讓，事不能解，將有宣戰之勢。予曰：「此事應請爾鄉舊議員、新議員，開會議之，或有高論。」若以南北共和為題，屬予作文，予真擱筆矣。

太史公

吾鄉於太史大門，新年對聯曰：「求雨何如掘井好，大人不失赤子心。」予曰：「用意至善，予將假借赤子二字，作一對聯，曰：「八載退隱抱赤子，十年進士如白丁。」蓋鄉諺云：「不作官，回家抱娃子。」又云：「老進士，不識字。」用此義也。至老進士不識字，不自今日始。唐人詩云：「佩玉曳裾新進士，回顧詩書等閒事。」此可見一旦登第，拋書不讀書。大概科場時代，專肄帖括，讀書者甚鮮。相傳有老翰林林下閒步，聞人家塾中有讀書聲，乃昂然而入。問學生讀何書。答曰：「《史記》。」又問曰：「何人所作？」答曰：「太史公。」又問曰：「是某科太史？」答曰：「是漢之太史，非今之太史。」遂就其書而觀之。觀數行而置之，曰：「亦不見佳。」乃扶杖履，聲橐橐而去。

海錯

生長海濱者，愛食海錯。今人宴客，以魚翅為美味。考魚翅未見典籍，惟《漢制考》臘人乾肉注：「大物解肆乾之，謂之乾肉，今鳥翅也。」或是此物歟？嘗見海中釣鯊魚者，魚大如牛，來則波濤墳起，漁人以油灼雞掛於利鉤，上繫以大絲繩，拋之浪中。鯊魚吞鉤不能去，乃徐徐引至海濱。魚行則小船隨之，沿岸而行，半日魚無力，乃連數船曳於岸上屠之。肉粗不適口，村農買其肉，價至廉。將翅與皮曬乾，可得善價。魚皮之上，堅硬如甲，鱗細似粟米。以甲飾刀鞘器皿，斑斑然有文彩。甲下之肥肉，厚半寸，乾為臘。頭上肥肉更厚而美。翅以脊上為美，所謂荷包翅、肉翅是也。至分水翅、尾翅則次之。文人皆謂肉翅為蚩尤翅，《考古器圖》言飛獸有肉翅曰蚩尤，非魚也。海參亦未見於典籍。《本草》有水參，生於地，非生於海。蓋後人以海參為滋養之品，故名曰參。芝罘島海濱多有之，以伏日取者為佳。漁人赤身入水，以長繩繫一大胡壺，胡壺浮於海面。人入水，帶一利鏟，腰繫布袋，口能吸水吐水，如魚，目能瞪視不迷。海參皆粘石上而生，以鏟取下，入於布袋。一鏟不能下，再取則破碎，便棄之。布袋皆滿，人乃泳上水面，臥葫蘆上以喘息。喘息既定，方尋船而上。其人在海底時，若聞腥氣，見天昏地暗，是入於大魚之腹，急以鏟刺之。大魚腹疼則吐出，性命無恙，而耳鼻多融化矣，鮮血淋漓。急上船敷以藥，數日結痂。海參之大者盈尺。鮮者不能食，須以灰培之曬乾，較江中之參肥而腴。

前數年，李道臺山農在煙臺練水師，募海參戶充兵，能行海底，半日方出。賞以十兩銀錁，能從海底拾取。德國潛水艇，此兵定能毀之。今將赴歐助戰，何不募之偕往？海中魚以時上，供人食用。誠有大魚如山嶽，驅之而來，漁人多目睹之。取黃花魚、嘉鯕魚之時，網大數十丈，雜海濱十餘里，數十船共張一網，得魚千萬尾，得錢數百千。緣島上無地可種，賴此為生。所懼者，颶風突來，逃歸不及，船沉人死，不可勝計。間有善浮水而得生者，十人中一二人耳。以故遇此烈風，島中家家穿孝衣哭於海灘。然其父死於海，其子仍繼其業，聽天命而已。至蛤蜊等物，不用網罟。海潮退時，婦女提籃赴灘拾取，可以易升斗，可以為菹醢。殆如彼有遺秉，此有穉穗，伊寡婦之利，人各得其養，滄海猶畎畝也。東海所產鮝魚，咸云由海入江，變為鰣魚。其形相似，理載有之。古無「鮝」字，始於吳王闔閭，航海阻風，數日無可食之物，忽聞隔舟烹魚之香，取而嘗之，曰美。問何名，曰無名。因名之曰「鮝」。《康熙字典》收此字，且加詳注。海魚有人形者，有狗形者，予未敢嘗。其似命字者，頗可食。有浮海面而吐墨者，曰墨魚。漁洋山人記之，謂為文吏沉海所化。有鏡魚，圓似鏡，肉細可餐。此魚一名娼魚，為眾魚之妻，聞之可笑。海魚種類，予皆詠以詩，多不佳，惟鏡魚絕句，差堪告人。詩云：「夷吾霸業女名閭，臨水青樓繞綠藻。人物風情部謔浪，相思留鏡化為魚。」此少年時作幕煙臺，題妓扇者。

自煙臺而西，至萊州，所產之魚，不盡相同。巴魚無鱗，長數尺，肉堅子大。食其肉，曬其子，得價倍之。曬子之法，醃以鹽，以磚石壓曬。萊人以諸魚之腸醃菹，食時去其腸而取其菹，味殊香腴。夏秋間多出刀魚，寬而長，如刀形，無鱗，肉細。此魚上海，婦女取其子，漁人不禁。醃為醬，冬日食之，以之炒肉尤香。海中亦有河豚，長盈尺，網得之，去其腸埋於地，恐鳥雀食之受毒。其肉則無毒，人皆食之。海螃蟹，有大如徑尺盎者。剝其肉，數人食不盡。並循海而西至濰縣，以梭魚為美。四月間，有嘉䱁、母豬蝦、白蝦，費錢無多，便可飽餐。從前青魚，清明即至，其味最良，今不然矣。皆言日本人嗜此魚，驅至東瀛，與其魚相配，遂至亂種。及運至濰邑，則其味不美。吁，海禁大開，洋華亂種，殆所不免。

初夏時，對蝦最多。脂紅肉白，一雙可下酒十大杯。其紅脂在頭上。曾見劉石庵行書說帖，以對蝦贈友，囑以食此蝦勿棄其頭，紅脂全在頭上，言之津津有味。行書則宛轉如秋蚓，室藏數年，被端午帥索去。此蝦與柳葉魚同時上市。魚小如葉，火烤之，即可食，不須油烹，自有腴味。故予有句云：「魚名柳葉堪浮白，蝦似桃花正染紅。」同時比目魚正鮮，身薄，一面有鱗，一牝一牡，兩目相比。似其形者為偏口魚，肉不及比目魚之細膩，此如東施效西施之顰，捧其心不掩其口，亦可醜也。此見龍宮之中，宮娥侍女，未必盡美。惟蛤蜊名西施舌者，白肉如舌，纖細可愛，吞之入口，令人骨軟。予曰：「雖美不可言美，恐范蠡見嫉。」濰以南海上，最多鮮鰒魚，尤為珍物。一面蛤殼，一面軟殼，出水數日不死，冬月有之。不宜向寒，以綿蓋之，不至凍斃。大者曰馬蹄，小者曰金錢。京師所用，皆乾臘無味，惟以之燉肉則合味，京廚不能作。曾食王殿撰可莊家廚一次，極得烹飪之法。冬月吾鄉有銀魚，亦曰冰魚，與京師無異。此魚《萊州府志》曰仙胎魚，因其無骨無刺，故名。出平度新河者佳。螃蟹，濰曰毛蟹，以其螯上有毛。養之得法，可食數月。其法掘一淺井，餵以秫殼，常以水洗其甲，則結黃滿殼矣。有小魚曰鵜鴿郎，肥如鵜鴿，有牡無牝，似乎化生，故曰「郎」。較鵜鴿郎微大者，曰豸花魚，花如繡豸，肉細而骨鯁，猶豸之以角觸邪人也。銅蟹，色如青銅，以鹽醃之，可生食，紅黃滿殼，鮮味難狀。京中人不識之，有自濰寄京者，京廚則蒸之，極似焚琴煮鶴之事。海畔偶見大魚，長數丈，目無睛，闔然待斃。人言為有罪被驅逐者，魚大如此，睛必成珠，故不令人間得之。遠近村氓，分食其肉。其骨可製為楝樑，萊州海廟之魚骨殿，今尚巋然。其餘之骨，可作器皿，堅致耐久。煮以綠色，即海秋角；煮以紅色，即為假珊瑚；以藥粉煮之白，可充象牙。一得此魚，則一村如遇豐年。海之可珍如此。因知陳明允娶龍女，富可敵國，贈其友一珠，可購美妾，事或不誣。

近者每見龍兵整隊而過，領隊者為炮魚，頂上有孔，噴水上激，隆隆有聲，如鳴炮然。見之則漁舟遠避，一日不敢取魚。此之外，海物尤奇，水母不似魚形，遠望白沫一片，蝦引其前，所謂水母目蝦是也。漁人以長繩繫鉤，裂其一片，尚聞唧唧有聲，其餘半片，仍浮游而逝。昔人云�蛣腹蟹，海鄉尤多。潮退後，拾取白蛤，如錢大，剖之中有小蟹，究不知小蟹其所孕耶，抑如漁人所云：此蛤不能覓食，恃蟹取食以養耶？此不可解矣。海虎似虎形而小，四足有皮，無鱗。皮如膜，揭去其膜，方見毛。毛微黃色，鞹極厚。故此項皮衣，雖暖而分量太重，京師名之曰海龍。其光黑者，薰染而成。王大臣冬月赴蒙古地，多著之。寒冽之風不能透，一褂值千金。其帶白針者，價尤昂。海浮石似石而輕，玲瓏有孔，人漁得之，售之藥店。海白菜與海帶同類，無根而生，曬乾可食。海帶之細者，曰清帶草。海鄉用以葺屋，不漏雨，不畏火，遠望之，白如堆雲。海洞石子，浪激成圓形。以之砌牆，如豹之斑，如魚之鱗。豆棚瓜架，蔓延其上。燈光外徹，婦女宵織，機鳴軋軋之聲，與潮聲互答。久宦歸來者，重睹此景，蓋徘徊不能去。

乩詩

光緒壬午科會試，濰縣舉人四五人，同寓呂祖閣。揭曉前十日，扶乩請呂仙降壇，問得失。先問者為彭大令竹泉，乩書「狀元歸去馬如飛」一句。時於太史茀航亦應試，見乩詩，心不謂然。以彭文字雖佳，書法平常，萬無得狀元之理，是扶乩者故作吉語耳，遂不問。適田介臣太史智枚自城外至，亦應試者，群使叩首問乩，乩書一詩曰：「此中消息有誰知，霖雨應符十日期。待到文章傳眾口，聲名還向木天馳。」是科田中式，入翰林。同寓者皆未中。予與彭遲一科，方登第。事後細繹乩詩，詩中有「十」字「口」字「知」字「文」字「木」字，合之為田智枚。其未中式者，隨同下科狀元歸去而已，呂仙不妄語也。人或疑於茀航順口為此詩，以戲田介臣。但是科同寓者未中，惟適來之田介臣中式，則謂于之詩，神默使之作可耳，復何疑？

買鄰

《南史》季雅買宅，與呂僧珍為鄰。呂問宅價，季曰：「一萬一千。」呂怪其價昂。季曰：「一萬買鄰，一千買宅耳。」予家與田介臣家同住來章莊，比鄰而居，閱數十年。咸豐辛酉，捻匪東擾，兩家先人相約避居城中，蓋有年矣。今日濰城宅價極貴，而兩家買宅，又復望衡對宇，亦如季、呂買鄰之故事。爰賦二絕云：「鄉村風景四時新，三十年來作比鄰。相約避兵城闕住，望衡對宇是田陳。」「相約辭官學隱淪，青氈傳世數田陳（兩家先人皆官廣文）。追懷季呂清譚日，不惜千金共買鄰。」詩句不佳，因恰與季、呂事相符，故以俚句誌之。予不敢比古人，而介臣則雅人也。此詩成，介臣喜為書之，以光蓬蓽。《南史》又記僧珍生子，季雅往賀，函書錢一文。閽人怪之，不為通，乃強入。僧珍拜受，拆視之，乃金錢也。聞介臣將得孫，予無金錢，當以銀錢一文賀之。

爭婚

濰邑譚紳為其子聘定秦怡堂之女為媳，娶有日矣。秦姓貧窶無賴，又圖張姓財禮之豐，復受其聘。張姓賤役也，為長班，微有資財，竟迎去為童養媳。譚姓聞之，遂啟訟。縣官判案尚明晰，堂訊譚、張兩家，誰先聘，誰後聘。兩家皆言先聘。詢之秦姓，秦姓既多受張姓聘禮，詭言：「張先聘，譚後聘。予窮極無聊，甘受笞責。」縣官乃急傳張女到堂，為其年稚，定吐實情。女年十六，在張家一月矣。見張氏子翩翩年少，雖未合巹，耳鬢廝摩，兩情相洽。供曰：「譚家聘我，我不知，我在張家一月。」知縣官言：「譚姓供汝被張姓劫去，有此事否？」女供云：「未曾被劫。新年已過，我回母家拜年，張家尚送我去，接我來，何言劫也？」蓋譚氏之婿，女未曾見，所習見而心喜之者，張氏婿耳。年已二八，獨無人情乎？縣官竟斷歸張姓。譚姓貴，張姓賤，譚不甘心，仍糾人私鬧。譚住南闗，張任北闗，予曰：「此如天下大局南北不和也。」爰括而詠之曰：「平等由來無貴賤，共和那復有君臣。」良以共和以後，君臣二字，不敢再言。且蓽門圭竇之人，而皆陵其上，難矣哉。

王妻

丙辰駐濰國民軍旅長王貫忱，搶劫多家，在省槍斃。其妻微有姿，回濰與輕薄少年私通。有郭七者慕其色，屢調之。王妻嫌其多須，堅不納。郭七多資財，乃賃屋與王妻同院，思以財誘之。且雇優伶演劇，多係淫蕩戲文。予聞之曰：「此與令尹子元欲蠱丈夫人事相同。」文人講考據者，皆言文夫人即息夫人，美麗異常，故令尹子元欲蠱之。唐人有〈息夫人不言賦〉，傳云「夫人聞之泣曰」，以下振振有辭。夫人入楚以來，先向楚子明其不言之故，此又泣而言焉，是兩次有言也。唐人作賦，乃云「華如桃李，雖結子而無言」。世豈有枕席與共，生男育女，長此默默耶！

學綁票

人見綁票得財甚易，目下為此術者，日益夥，非盡匪黨為之。各處出校學生，遊手好閒，亦三五為群，四出生財。訪明學校小學生之家有資財者，誘之外出，則縶留一室，以膏藥糊其目，拋擲信函於其家，令其家人夜間赴某河崖某灣崖帶洋原來贖。暗中交易，恐人識其面貌也。一日，被鄉人偵知，通信於官府。官府遣兵士往捕。入其窩，見結夥者，皆少年翩翩，且跪而獻賄，兵士不忍加刃，與之戲謔。戲謔畢，只將被綁者索出，使彼黨遠逸。此亦若輩之幸也。

料量

一日至戚家，見其夫妻反目。詢其故，戚告曰：「余吸洋煙，拙荊為我煎煙不善，故至反目。」予曰：「賢哉！此司炊之主婦也。居中饋有人矣，胡反目為？」戚曰：「目下煙土價昂，不敢浪費，令其酌量攙和煙料。乃彼不善調和，或攙入太多，不能過癮；太少，則多費煙土。訓之不服，以是反目。」予曰：「攙和勻停，此須有料量之學。孔子為委吏，料量平。此聖人之學也，婦人烏能之？」戚大笑，其妻亦掩口而笑，和好如故。

下氣怡色

子女與老親言事，須從容不迫。若有急遽之色，恐致老人驚心。猶記予外祖郎奉政公中進士日，家中已得報矣，予外曾祖母年高聞之，甚喜。突又來報喜者，予外叔祖又中矣。家中婦女，群赴萱幃，拍手而言曰：「了不得，了不得。」是欲報喜，喜極而不能遽言也。太夫人一驚，從此口不能言。故記云：「與父母言，下氣怡色。」此婦女不讀書之過也。

貞婢

先母郎太夫人有隨房婢二，一曰桃兒，一曰鬟子。及長皆嫁之。桃兒嫁成衣人張姓為妻，生有子女，暖飽終身。鬟子嫁予遠族人，亦生有子。遠族人入行伍為兵，食錢糧有年，告假回籍。值洪楊起事，營官又檄其充兵南征，驚悸而癡。家中無以為生，鬟子復入吾家為僕。一日因事至城外，天將黃昏，有無賴子見其中年韶秀，尾其後，以語調之。鬟子回身，直批其頰。無賴子乃抱頭鼠竄。回家向予言之。予時十餘歲，聞之稱快，為有此貞堅之性，天必佑之。後其子以銀匠為生，鬟子得飽暖以終天年。

戒淫

大凡越禮行淫者，或夭其天年，或困躓終身，天道不爽，昭昭然也。嘗見有世家子弟，誘通其婢，始亂之，終棄之。以先世恩蔭，賜進士，入翰林，以其財賄通良家孀婦，始以為獨得之奇。孀婦因此亂交，與之通者，皆沾染淫瘡，不治而死。又有見女尼之美者，必百般設法，誘之失身。以青年翩翩之士，窮窘夭折，予見之屢矣。乃新學子不以此論為然，曰：「吾在學校，雖不讀詩書，卻多閱典故。宋范文正公守饒州，喜妓籍中一小鬟。既去，以詩寄魏介曰：『慶朔堂前花自栽，便移官去未曾開。年年常有別離恨，為托春風干當來。』介遂買以送公。文正公人品學問，為宋代偉人，尚有風流之事，何害哉！」予曰：「『大德不逾閑，小德出入可也』，此乃子夏之言，聖人必不作此語。爾宜學文正之大德，勿第學其小德。」

花園

吾鄉盛時，花園尚有多處，如陳氏園在小於河，田氏園在高家莊，郭氏園在北關外。少時遊覽數次，臺榭池亭，布置有法。自咸豐辛酉遭捻匪之亂，大戶凋落，園林荒廢，只餘西園一處而已。園亦有主，日啟園門，不禁遊人，謂之公園可也。來遊者，園丁備茶，予以茶資少許，不敢多索，主人有命也。予退隱無事，時往消遣歲月，爰詳紀其勝概。園在城東南二里許，為吾鄉先達韓理堂大令所築。後賢葺而修之，復擴充其地，為假山，植花木，添建亭榭，睪然煥然。每當春暄之日，楊柳含煙，桃李吐葩，環映於粉垣茅亭間。正室額曰「西園草堂」。堂之北，假山壁立，蜂巒起伏。旁有陟山之樓，拾級而上，孤山程符山，近在咫尺。下樓穿山而過，深溪橫亙，石梁通之。左右老樹杈椏，修篁搖曳，「柳暗花明又一村」，此景似之。春暮夏初，繞砌牡丹數百株，經雨怒放，花大如盆。綠樹圍之，翠巒映之，透來日光一線，其艷奪目，其香撲鼻。予題壁有句云：「綠樹翠巒圍四面，羨他富貴入山林。」形容牡丹，意在切合園主人也。主人見之，酬我一大白。溪邊有草亭一間，削石為座，遊者可坐而少憩。出亭西行，入花磚圓門，曠然一區，牡丹尤盛。繚以藤蘿荊花，相與競艷。更有異花滿地，蓓蕾可愛。問名於園丁，園丁不知，蓋白海外來者。牡丹開罷，芍藥繼芳，紅白相間，當階而翻，金帶呈瑞，歲歲有之，和氣致祥，可以知園主人之為人。西南為書齋三四間，庭院雅潔，几榻無塵。夏日納涼其中，不知城市之在邇。秋冬之際，紅葉在樹，黃葉在地，清爽之氣，沁人脾腑。每當夕陽在山，遊人徘徊不能去。曲折至草堂之東，怪石虎臥，如浪湧出，恍若東至萊府，路經杲村之浪石。予三十年未東遊，至此神往矣。堂壁之間，多懸吾桑梓遺墨，如桂未谷之隸書及所繪之佛像梅幀，高南阜之左手書，劉石庵之行書，前萊州太守張船山之楹聯，至濰令鄭板橋所留字畫，不可勝紀。主人亦不惜小費，所藏真跡，均勾摹上石，嵌諸廊壁，任人拓賣。而南方之劉園、張園，購得之以文飾其室，尚不知從何處來也。園主人行善而不務名，故不著其姓字。

杜文正公

吾鄉杜文正公及劉文正公，大節相同，潔己奉公，立言有禮，鞠躬盡瘁，存心無私。杜文正為文宗之師，倚若柱石。某歲清江大饑，頒帑施賑。有人奏督賑大員有不實不盡之弊，文宗命文正與一滿大臣往查。至其地，有昏夜請謁者，示意通賄，文正斥之而退。突患感冒，一藥而亡。時兩子皆任學差，未曾侍側，隨侍者猶子一人，視藥未必盡心，此中情竇，不無可疑。文正故後，傳言滿大臣得賄鉅萬。文宗聞文正噩耗，震悼異常，特旨命入京治喪，靈柩停於宣武門內太平街賜第。文宗親往哭奠，哀動左右。文正之父侍郎公已致仕閒居，尚在京第，特恩加宮銜以慰之。文正之孤（庭琛字芸高）賞給舉人進士，一體殿試，入翰苑。恤恩之隆，尤在潘文恭公之上。芸高太史少年清俊，其夫人有大家風範。凡同鄉官有喜慶事，皆請其夫妻為提調，一主外，一主內。夫妻對語，布事井井，出言朗朗，望之殆如天人，惜皆不永其年。至光緒間，杜氏子孫，尚有登第者。

大戶

吾鄉豐厚之家，近年多半凋零。先是濟寧州孫文定公家，仕宦相繼，田畝連阡，開設玉堂醬園，醬菹及酒，馳名遐方。予在濟寧時，吾師萊山先生丁母憂憂居，時偕友登城上太白樓宴飲，飲量甚豪，無能敵者。至腹不能容，以指探喉，出而哇之，入座再飲。玉堂所蓄之百斤五十分大罈紹酒，多有過十年者，濃厚如膠，甘潤香冽。吾師服闋後，以船由運河載至京。每食，席前方丈，飲酒數大觥，年老濕氣下注，兩腿作疼。時直樞密，幸賜有坐輿，可至景運門。及下輿，至直房，二三十弓之地，步履已覺艱難。日日延醫針治。數年後，兩腿針孔，密如撒粟。夜不能臥床，躺於大洋椅之上，腿垂於下，方得交睫。花甲甫周，即告逝。有二子，仲子蚤死無後，長子仕京數年亦故，無後。聞玉堂一肆，業經易主，孤寡度日，不免為強奴侵蝕也。

聊城楊漕帥家，富甲一鄉，藏書最富，宋板卷帙，插架而列，有友專司簿記。後裔只鳳阿農部一人，久寓京師，聞其書有竊而出售者。鳳阿故後，亦無子，覓繼於遠族，遠族人丁亦寥寥，家業恐難保守。黃縣丁氏以商富，質庫二三十處，資本豐厚，自辛亥革命，民軍入城勒索，至四五百萬元，精華殆盡，各處質庫，大半歇業，所存者一二處。章邱舊郡鎮孟氏亦以商富，其字號均有祥字，在京者四五處。拳匪之變，稍有損失，未傷元氣，經營數年，生意猶盛。惟共和以後，所存八團花袍褂料，不合時宜，乃以八成價出售。亦猶明代鼎革後，所有烏帽紅袍，鬻為優孟衣冠，改玉改步，同遭一劫。迄今孟氏尚富，舊郡花園三四所，省垣花園二三所。近以事至省垣，邀予寓半弓園，園內茉莉數千株，繡球百餘盎，廳事雅潔，酒饌精美，幾樂而忘返。

賈文端公

吾鄉賈文端公立朝大節，與祁文端公相同。清代賜諡，可謂得其實矣。賈文端身後蕭然，其生平清操，隱然可想。祁文端為軍機大臣，力杜包苴，清代一人而已。賈文端為予姻丈。予告以後，年已八旬。臥床時，予趨候，方見其家購覓棺木，房屋隘窄，門不容車，視公孫弘之布被不異。賈文端之父、侍郎公諱允升，與先文愨公同時，為登、萊創建寶應寺，作兩府同鄉停厝之所，置義地數頃。至今賈氏停柩寺中不能歸葬者，計四五柩，其家貧可知。孀婦無資度日，賴寶應寺接濟之。賈文端之子霑田為外官，自道至藩，積有宦囊。無子，在其女手。女嫁宋伯魯同年。宋本寒士，一旦富擁妻財，車馬衣服，煥然赫然。同年數人，伏日往訪，西瓜冰碗，供客解暑，同年心羨之。予竊語曰：「此錢賈方伯積累錙銖，殆天所賜，被天孫出嫁攫去矣。」後宋被譴，上命陝撫圈禁，不得歸家。予又曰：「犴狴一牆，似銀河相隔，天孫何時相會哉！」賈女鬱鬱，數年而故。今不知宋同年尚在否也。

張文襄

傳說張文襄公香濤係猴精轉世。蜀地山上有洞，洞中蓄老猴，百餘年矣。文襄父仕蜀，偕夫人遊山。夫人欲觀此猴，老和尚答言：「久不出洞，不必觀。」夫人強之，乃舁出。猴向夫人坐化，遂生文襄。少嗜棗慄。讀書過目不忘，經史而外，一切雜書，閱之即記某事在某卷。十六歲領解。惟登第稍遲，緣本族親戚，以科甲為京員者綦多，考試時往往回避，閱三四科而後得鼎甲。及開府山右，常函告友人曰：「地小不足回旋。」及督湖廣，督兩江，槃槃大才，方能開展。性喜睡，亦易醒。宴客時，所邀多僚屬。一饌甫上，則已坐睡。片刻睡醒，饌已冰。僚屬又不便先嘗，故一饌重溫者數次。是與猴性無異。其身體相貌，極似吾邑王侍郎次屏。王殿試居二甲第二名，相差貳名耳。王先故。予初見文襄時，神為之驚。解元文字，題為「中庸之為德也」一章。後學套濫，殊可笑也。其弊由於徐太史季和套之中會元，京師傳為笑柄。後學再套此文，無不落第者。

王五先生

科場時代，先輩精心揣摩，擬題作文，窮思會神，誠則通靈。吾聞王五先生諱延，後改為延年，因鄉闈中式，寫榜書吏將卷首履歷「年若干歲」「年」字連上「延」字，遂易名。旋中會榜第二名，設帳於濰。先祖資政公受業門牆，得中鄉榜。有拜門者，先生先閱其八字。利於科名者，方受其贄禮。道光己亥鄉試，先生夜夢首題為「君子懷德」四句，醒而擬文，急寄其子次屏。闈中果出此題，得高標焉。但八字不盡可憑，先外祖郎奉政公執贄請業，先生閱其八字，卻之。奉政公乃閉門攻苦，讀書作文時，至不識家中人，竟成進士，作知縣，老年告歸，福壽以終。王五先生之孫菊人，紹其心傳，獲雋鄉榜。先祖資政公以先生之學，教授先父資政公，得中舉人。伏讀先生之文，以六經為根柢，精義奧旨，耐人尋思，非浮掠剽竊者，所可同日語也。

告逝

清代大臣在京告逝，第二日凌晨，遺摺呈遞。先賞給陀羅經被。被係黑綾，書滿洲字，蓋棺時，加於身上。接被時，孝子向北三跪九叩。若第二日或遇初一十五，為補褂期，或遇大典，則遺摺不能呈遞，先行蓋棺。至陀羅經被賜下，焚之而已。蓋棺後，上遣王公貝子帶領侍衛，前往奠醱。用高桌設酒池香案，謂之高奠。奠酒進香，不行禮，不著素服。襄禮者及侍衛等，亦著吉服。至賜祭之日，皆禮部堂官恭代，有祭文祭品，亦著吉服。請謚時，由禮部開單擬謚請圈，單上不敢列「文正」二字。若謚文正，特謚也。亦或有禮部請謚而不予謚者。蓋易名之典，不濫施也。

衍聖公府

衍聖公府極富而用錢不便。有地畝將近萬頃，其規制與帝王家相同。地各有佃戶耕種，以供府用。有專供豬羊魚雞者，有專供綢緞布帛者，有專司修理宮室者，有專司梨園戲劇者，歲有定例。若欲隨意揮霍，則須別行籌畫。其地畝不能出售，出售亦無敢受者。但佃戶耕種年久，不免隱沒自肥。某年衍聖公至京，屬吾鄉王文敏公奏請飭下東撫，按冊詳查，計查出三百餘頃。地畝中，尚有湖田若干頃，蓄水以閘，在運河左近。若天庾正供，糧船北上，運河水淺，漕督則行文向公府借水，即行啟閘。其湖田與汶水分流之處相近，一水分南北而流，亦為奇觀。予在濟寧時，親往觀之。見汶水與運河相交處，兩河分南北而流，所謂「三分朝天子，七分下江南」是也。蓋汶水自西來，注於運河，其地北微高，南微低，汶水力強，故三分逼運河北注，七分逼運河南注。登龍王廟高樓，憑檻俯視，盡在目中矣。自此赴曲阜，一日可到。孔林、文廟、公府、陋巷、顏廟，再盡一日之力，可以遍瞻。山東士子，大概靡不親往仰止者。

京官外官

唐宋時，服官者重內輕外，故倪若水自外內遷，僚友送行者，望之若登仙。清代京官，皆盼外放。緣京官俸薄，外官俸多，盼外放者，思濟其貧耳。除貧富不論外，外官多借重於京官。外官之簠簋不飭、辦事荒謬者，多被京官參撤。以故外官任優缺者，歲時饋送京官，曰「冰敬」，曰「炭敬」。陛見後出京者，尚留別敬。致送者多由匯銀之票莊，按門呈交。故京官一見票莊商人名片投謁，則倒屣相迎。京官相遇，尚考詢銀數之多寡，直言不諱，殊可笑也。漸至主上亦知之。當年高宗與大臣言：「爾宰相俸一年不過三百金，而車馬衣服，無不皆備，朕亦不能一一問其所從來。」是可見外邊之事，宮內無不知之也。若外放苦缺，則無力應酬京官。各省苦缺，莫苦於廣西思恩府，且引以危事。其地瘴癘極惡。至其地者，九死一生。太守蒞任拜印後，書吏請拜一室，室內牌位林立，皆在此病故之前守，此可令人心惡。仰首而觀閣，上有長木板，皆庋置前故幕賓之箱籠，書曰「某縣某人」，是死於此而旅櫬不返者，見之更覺心惡，焉能不病？予仕京廿餘年，知死於其地者不下三四人。因之記名候簡之京官，日夜禱祝，勿放此缺。以後偶有得此缺者，多告歸不再仕。此人不往，則再請簡。樞密大臣嘗笑曰：「既皆不願往，何必請簡？」予怪大臣等奚不奏明其地情形，改為外補之缺，以久仕粵西、習慣水土之人任之，何必置京官於煙瘴之地哉！清代不改置，民國則改之，廢此府城為墟，以武鳴縣遙控之而已。

查抄

查抄官員一事，《石頭記》曾言之，而未盡詳。光緒間，查抄內務府銀庫郎中慶寬時，予正在京，知之甚悉。是日晨，福相國箴廷奉密旨，前往查抄，帶領提督衙門司員吏役，直入慶寬家。先封大門，其家男丁則禁之於外空屋，女眷則禁之於內空屋。福相國則坐於廳事，飭司員帶吏役，按房查抄。抄出貴重之物，則堆積於廳事院中。至女舄兒裤，及器皿等物，棄之弗顧。檢查各房已畢，又飭役赤身縋入井底探之。役恐滅頂，甫入水，則高聲報曰：「無物。」即縋而上之。更可笑者，復入其廁，司員掩鼻，飭役以杆略探之，報言無物，皆出至廳事，將貴重之物一一登記。福相國乃進內覆命。吏役督守物件，監視大門，不敢遠離。凡查抄之事，皆派九門提督前往。福相國正兼此職，並充內務府大臣。人極忠厚，且素喜慶寬之當差明敏。其得罪之由，由於內監冒領物件，嚴禁弗予，內監恨之，為造蜚語。福相國奉命之後，已暗通消息於慶寬，先將銀券契約細軟等件，自後門運出矣。相國覆命後，奉旨慶寬赦免，單開之物，由官變價，房屋入官而已。又遲數年，復慶寬官職，且外放道員，旋升臬司，家富如舊。

福相國

福相國為近支宗室，由翰林出身，屢掌文衡，所得多佳士。性情敦厚，聖眷優隆。慈禧皇太后時，傳其繼娶夫人入內。夫人為大家嬌女，不能理家，每逢入內之時，衣服矜纓屣履，亦相國為之檢點。一日，相國將入署，告夫人曰：「空屋中有人所贈火腿不少，久懸於壁，恐腐敗，應蒸者則蒸之。」意欲其蒸數條以備食。迨歸宅，則一室火腿全蒸矣。相國無奈，乃分饋友人。友人在朝房詢其故，乃言之，相與大笑，且曰：「此非中堂之惠，乃中堂夫人之大惠也。」

海灘

自昌、壽、濰城北行六十餘里。即見眾河入海之處，匯為一灘，寬廣，計地數百頃。灘皆淡水，夏日荷花一望無際，葉大如車輪，花大如盤，香聞數里。其下藕肥如臂，間有脆如梨者。其不脆者，煮食之，如蒸慄然，可以充饑。蓮子飽綻堅實，乾之鬻於藥店，或鬻於果子店。荷葉陰乾，鬻於醬園。藕則上市如山堆，業主獲利，倍於稼穡。灘邊則植蘆葦，連亙數里。初茁時，如筍如筆。秋日長成，葦粗如竹，刈之可以織席。婦女手藝之敏捷者，一日可成方丈席一具，值銀一錢。葦之細者，用以葺屋，閱三十年不腐朽。蘆花如棉，收而藏之，冬月以之蓋韭畦。春初早韭，賴此而生。若天氣較暖，不待春初，節逾冬至，二寸黃韭已登市矣。灘水淺處則植蒲，蒲筍潔白，鮮嫩可食。冬初刈蒲編為暖鞋，編為包囊，或編為蒲團，皆婦女手為之。蘆與蒲，無須布種，留其根則自生。灘中亦有稻田，插秧之時，赤足露半體，入於泥淖者，皆男子。農家婦女，亦復裹足，不似南方村婦，能服胼胝之勞也。稻多紅色，其味香，其性黏，名曰「香稻」。較御田香稻，粒微小。離京千餘里，苦不得其帶皮之種耳。由此北行，漸入漁港。港中細草青蔥，魚小如葉，蝦小如粟。鄉村稚子，以節取之，或供日食，或作菹醢。而二三分之活蝦曰魚蝦子，尚提之入城市，以易錢文。港之較深處，夏秋之際，則多蟹。不須網取，夜間以荊籠然燈其中，則有大蟹引群蟹而入，故名大蟹曰「頭蟹」。節屆仲秋，則團臍黃滿。重九持螯，尖者亦腦滿腸肥矣。有蟹之處，即有蝦，水漸深則蝦漸大。長一二寸，白殼銀鬚，名曰白蝦。去殼烹熟，其肉尚白。晾乾去皮，便為蝦米。鬻之遠方，不脛而走，殆遍寰區。循港而行，即至海濱。依海濱取魚者，或以網，或以釣鉤。一舟小如瓜皮，艙中儲水，得魚即入水蓄之。若入海十里以外，則舟長如三間屋，海浪躍舟而過，漁人坦然不懼，遊人不能從也。

草帽辮

自昌、濰循海而東，至萊府。其鄉村婦女，多業草帽辮。地畝植小麥者，多加糞力，再遇雨水調和，麥莛可高三四尺。刈獲後，以木梳去其皮，水潤之，以刀劈之。刀雙層有口，口有大小。初學編者，用大口刀劈之，辮微粗。手藝精熟者，用小口刀，辮極細。路過其鄉，見青年婦女或坐於門前，或在樹林蔭翳之下，信手拈來，顧盼自如，談笑自若，而辮則條理不紊，絲毫不差，較紡織之利，多至倍蓰。外來海舶捆載而去，亦輓回利權之一端也。猶記甲辰年，予蒙召對，皇太后詢問山東婦女所編草帽辮，係用何草。予對曰：「用麥秸編成。」麥秸者，山東土語。皇太后遲疑片刻，曰：「麥莛耳。」對曰：「這這者，華言是也。」《元史》有這字一語。

柯太史

柯太史鳳蓀，詩古文淵源家學，別有心傳。故兄弟皆成進士，太史文名馳天下。封翁佩韋雖未得科名，經史之學，具有根柢。太夫人長霞，為掖縣李長白先生之女，詩學三唐。稿中〈亂後憶書〉一律，京師傳誦殆遍。詩云：「插架五千卷，竟教一炬亡。斯民同浩劫，此意敢言傷。業廢憑兒懶，窗閒覺日長。吟詩憐弱女，空復說三唐。」太史原籍膠州，因捻匪之亂，避居濰邑。李長白先生後人，亦居濰邑，由李季侯豐綸始遷也。季侯為予癸酉同年，太史為予丙戌同年。甲戌會試後，柯、李皆下第，同赴河南禹州投親。已入豫境，離禹城僅九十里，坐車行至深溝。其地兩面懸崖，中為大道。雨後山水陡下，季侯淹斃，同死者車夫三四人，騾馬十餘頭。鳳蓀踞車蓋之上，浪沖車倒行，其後懸崖崩塌，車乃止，乃呼救。崖上人縋而上之，竟得生。此行也，得生者鳳蓀一人，亦云幸矣。太史自言：得生固幸，水退後，一面雇人尋屍，一面雇人赴禹州署送信。夜間屍體在野，一人守之，與群犬酣戰，殆竭盡生平之力矣。太史元配于氏，為予表妹。繼配為吳贄甫先生之女，過門後，囑太守帶往寺內前室靈前行禮。見太史所作輓言，懸於壁間，嗤其語句多疵。則夫人學問，又加太史一等矣。

靴包

滿洲某相國，本寒微出身。先為筆帖式，京師所謂提靴子包者。蓋家貧無車，入署以布袱包靴，足穿履，頭戴官帽，帽上有罩身穿外褂，將長袍扱於腰帶，下與外褂相齊，以便行走。至署門，再著靴，去帽罩，伸長袍。天衢之上，熙來攘往，多此人也。而筆帖式當差勤奮，其升轉亦最速。不數年，可至郎中。某相國升郎中後，充粵海關監督。到任數月，先寄二十萬金與其兄。兄生平未見此巨款，無術安頓。欲開典肆，則恐人欺蒙；欲存票莊，又恐倒閉。左思右想，寢食弗安，因此遘疾，旋亡。相國三年差滿回京，起華屋，營園林，置姬妾。年近六旬無子，乃以其兄子為子。此子浪費無度，相國訓之，此子即指而言曰：「汝死後，家財盡屬於我，汝能管我乎？」相國怒而逐之。年近八旬，拜相已久，入朝聽宣，每骨軟而自倒於榻。友人勸其告休，乃退居。一日，忽喧傳其得子。王仁和相國，善謔者也，搖首曰：「我不信，我不信。」其語殆有疑義焉。鈍人不解此語，急詰仁和相國。相國曰：「不談此事，別說一笑話。有一外國王，年老無子，乃多置嬪妃，且日服何首烏以養身，果得一子。群臣進賀，稱頌王存心慈善，功德蓋世，應有後嗣。王曰：『非也，此何首烏之力也。』適其臣有名何首烏者，乃力白其非，曰：『君之力也，臣何力之有焉。』」

惡謔

旗友有好謔者，然胸無墨汁，語多惡劣。見有郎舅相謔者，郎詈其舅為龜，此猶可也；舅亦詈其郎為龜，郎應曰：「是也，吾妻在爾家，未出嫁時，爾兄弟本是畜類，早與吾妻通矣。使吾為龜，爾之罪也。」予聞之，掩耳而走。出告人曰：「果如其郎之言，其舅即為齊襄公，不圖今日又見古人。」一言甫畢，適此家廄中逸出一豕，僕人執鞭追之。予曰：「此豕將人立而啼，公子彭生也。」一友曰：「君亦知旗人家中之稱謂，有大可異者乎？兄之妻不曰嫂，而曰姐，或曰大姐二姐；弟之妻不曰弟婦，而曰妹，或曰三妹四妹，此大可異者。」予曰：「此尚似古人之膠執者。嫂溺不得援之以手，呼為姊妹，則無嫌矣。」

膠執

世之膠執不達權者，多讀書不化之儒。吾鄉有王進士，文章秀雅，飄飄欲仙。鄉試中魁選，其房師喜曰：「今得一翩翩門生。」及謁見，乃一黑醜痲面者。登第後，自知不宜宦途，歸而設帳於家，從學者數十人。每至月盡，必告生徒曰：「每人一月應若干束脩，明日務須帶交。」既交錢，先生親手數之。鵝眼綖環之錢，則一一挑出。以後學生皆以康熙、乾隆之錢呈之。年雖老，尚有風情。目近視，一日入內室，見老僕婦蹲而洗衣，以為其夫人也，自後抱之。僕婦急呼曰：「予某人也。」乃釋之，深以為慚。乃為文告天以自懺悔。文內有「誤用情於一抱，應偕老於百年」，「養之以終身，待之如結髮」，「予所否者，天厭之」等語。又一老儒，當鴉片煙盛行之時，深知其為害至烈。一日訪其族弟，族弟在廳事西偏床上吸煙。老儒乃循東壁而行，坐而呼曰：「老弟與我一火，我吸旱煙。」弟曰：「有煙燈可吸旱煙。」老儒曰：「了不得，向煙燈呼吸，恐從此有癮矣。」又一大儒，事親至孝，其親暑日思食瓜，大儒急至後圃摘瓜，其弟婦隨往接瓜。大儒曰：「男女授受不親，吾擲之，爾以衣襟接之。」用力太猛，傷其弟婦之乳，創甚。又一大儒，終日正顏厲色，學程朱之面目，與其妻亦無戲言。每逢交媾，必高聲曰：「來，吾為國家造人才，為祖宗留後嗣。」第二日，必大書筆記曰：「與妻倫敦一次。」學者迂拘如此，亦如《閱微草堂》所記：一儒者見其友之妻門前坐睡，赤子匍匐將入井，乃矩步方行，尋其友而告之曰：「尊嫂坐睡，赤子在井旁，吾以男女有別，不便驚動尊嫂，其往視之。」既至，則婦人俯井哭子矣。事正相類。

Do歷史36　PC0507

清朝官場祕聞

──《春冰室野乘》《諫書稀庵筆記》合刊

原　　著／李岳瑞、陳恒慶
主　　編／蔡登山
責任編輯／陳品悅、杜國維
圖文排版／楊家齊
封面設計／蔡瑋筠

出版策劃／獨立作家
發 行 人／宋政坤
法律顧問／毛國樑　律師
製作發行／秀威資訊科技股份有限公司
地址：114 台北市內湖區瑞光路76巷65號1樓
電話：+886-2-2796-3638　傳真：+886-2-2796-1377
服務信箱：service@showwe.com.tw
展售門市／國家書店【松江門市】
地址：104 台北市中山區松江路209號1樓
電話：+886-2-2518-0207　傳真：+886-2-2518-0778
網路訂購／秀威網路書店：https://store.showwe.tw
國家網路書店：https://www.govbooks.com.tw

出版日期／2016年2月　BOD一版　**定價**／490元

|獨立|作家|
Independent Author
寫自己的故事，唱自己的歌

清朝官場祕聞：《春冰室野乘》《諫書稀庵筆記》
合刊 / 李岳瑞, 陳恒慶原著；蔡登山主編. --
一版. -- 臺北市：獨立作家, 2016.02
面； 公分. -- (Do歷史；36)
BOD版
ISBN 978-986-92704-2-7(平裝)

857.1 104028869

國家圖書館出版品預行編目

讀者回函卡

感謝您購買本書，為提升服務品質，請填妥以下資料，將讀者回函卡直接寄回或傳真本公司，收到您的寶貴意見後，我們會收藏記錄及檢討，謝謝！如您需要了解本公司最新出版書目、購書優惠或企劃活動，歡迎您上網查詢或下載相關資料：http:// www.showwe.com.tw

您購買的書名：________________________________

出生日期：________年________月________日

學歷：□高中（含）以下　□大專　□研究所（含）以上

職業：□製造業　□金融業　□資訊業　□軍警　□傳播業　□自由業

□服務業　□公務員　□教職　□學生　□家管　□其它____

購書地點：□網路書店　□實體書店　□書展　□郵購　□贈閱　□其他

您從何得知本書的消息？

□網路書店　□實體書店　□網路搜尋　□電子報　□書訊　□雜誌

□傳播媒體　□親友推薦　□網站推薦　□部落格　□其他________

您對本書的評價：（請填代號　1.非常滿意　2.滿意　3.尚可　4.再改進）

封面設計____　版面編排____　內容____　文／譯筆____　價格____

讀完書後您覺得：

□很有收穫　□有收穫　□收穫不多　□沒收穫

對我們的建議：________________________________

____

____

____

請貼
郵票

11466
台北市內湖區瑞光路 76 巷 65 號 1 樓
獨立作家讀者服務部 收

（請沿線對折寄回，謝謝！）

姓　　名：＿＿＿＿＿＿＿＿＿＿ 年齡：＿＿＿＿ 性別：□女　□男

郵遞區號：□□□□□

地　　址：＿＿＿＿＿＿＿＿＿＿＿＿＿＿＿＿＿＿＿＿

聯絡電話：(日)＿＿＿＿＿＿＿＿＿＿ (夜)＿＿＿＿＿＿＿＿＿＿

E-mail：＿＿＿＿＿＿＿＿＿＿＿＿＿＿＿＿＿＿＿＿